Le testament du cœur

SHERRYL WOODS

Le testament du cœur

BEST SELLERS

éditions Harlequin

Si vous achetez ce livre privé de tout ou partie de sa couverture, nous vous signalons qu'il est en vente irrégulière. Il est considéré comme « invendu » et l'éditeur comme l'auteur n'ont reçu aucun paiement pour ce livre « détérioré ».

Cet ouvrage a été publié en langue anglaise
sous le titre :
AFTER TEX

Traduction française de
FRANÇOIS DELPEUCH

Ce roman a déjà été publié dans la même collection
en juillet 2001

HARLEQUIN®

est une marque déposée du Groupe Harlequin
et Best-Sellers® est une marque déposée d'Harlequin S.A.

Photo de couverture :
© JÉRÔME TISNE / ICONICA

83-85, boulevard Vincent-Auriol, 75013 PARIS — Tél. : 01 42 16 63 63
Service Lectrices — Tél. : 01 45 82 47 47
ISBN 2-280-08688-3 — ISSN 1248-511X

1.

Tandis qu'elle traversait d'un pas alerte l'élégant hall en marbre et verre du prestigieux gratte-ciel de Manhattan dans lequel elle travaillait, Megan O'Rourke répondit à la demi-douzaine de salutations qui s'élevèrent dans son sillage.

— Ohé, Megan !

— Bonjour, mademoiselle O'Rourke.

— Mademoiselle O'Rourke...

— Salut, ma jolie !

Ces derniers mots avaient été proférés par le vendeur de journaux, qui lui tendait en même temps un exemplaire du dernier numéro du luxueux magazine consacré à l'art de vivre concurrent de celui de Megan.

— Rien dont vous n'ayez déjà parlé en mieux, assura-t-il avec un clin d'œil.

— Merci, Billy. J'espère ne jamais connaître le jour où vous me direz qu'on m'a surpassée sur un sujet.

— Ça ne risque pas. Votre équipe connaît toutes les ficelles du métier.

Megan le savait déjà. Ses collaborateurs étaient tout aussi dynamiques et ambitieux qu'elle-même, et aussi déterminés à assurer le succès de *Megan's World* ainsi que celui de l'émission de télévision quotidienne qu'elle venait d'inaugurer quelques semaines à peine auparavant. Ses employés étaient jeunes et malins, prompts à repérer les nouvelles tendances et parfois même, reconnut-elle en pénétrant dans l'ascenseur, aussi prompts à les lancer.

Dès que les portes de la cabine se furent refermées avec un chuintement, elle se pinça — rituel matinal qu'elle avait adopté depuis le début de son ascension fulgurante dans le monde de la presse. Elle avait encore de la peine à croire qu'elle était sur le point de devenir un phénomène comparable à Martha Stewart, en succès et en renommée, et qu'elle barbotait à son aise dans la mare aux médias, dispensant articles, livres et émissions télévisées, le doigt posé sur le pouls de la culture américaine.

Pour sa part, elle estimait cette réussite impressionnante de la part d'une fille originaire d'une bourgade du Wyoming et qui avait grandi dans le ranch de son aïeul, Tex O'Rourke. Car ce dernier n'était guère versé dans la mode, ni dans l'art de vivre, ni dans quoi que ce soit d'autre que la terre, le bétail et le profit qu'il pouvait en tirer. Megan, en revanche, ne comptait pas revoir une vache avant longtemps.

Pourtant, ainsi que Tex aimait à le lui rappeler, elle devait beaucoup à ces vaches qu'elle détestait tant. Elles lui avaient permis de s'installer à New York dès sa vingt et unième année avec un certain pécule en poche et d'y louer un appartement dans un quartier relativement sûr.

Après avoir suivi des stages dans trois magazines et entamé sa carrière au plus bas niveau de la hiérarchie, elle avait pu — là encore, grâce à ces satanées vaches — racheter une publication bimensuelle sur le déclin qu'elle avait rebaptisée et dont elle avait fait, en l'espace de deux petites années, une référence incontournable de New York à Los Angeles. Même les prescripteurs de modes lisaient le magazine, juste au cas où elle les aurait battus au poteau. La composition de son lectorat était un rêve de publicitaire : des gens qui dépensaient leur argent, sans trop compter, rien que pour être en avance sur leurs voisins.

Maintenant, s'il était vrai que l'argent de Tex lui avait servi de tremplin, elle savait qu'elle devait à son énergie, sa persévérance et son flair personnels d'avoir permis à l'impossible de se réaliser. Alors que *Megan's World* était une entreprise financièrement stable, son premier livre — un gros volume consacré à l'art de la réception — avait été un succès et le second — recueil de trucs et astuces pour transformer les trouvailles chinées aux puces en trésors domestiques — s'envolait des rayonnages des libraires à un rythme plus rapide encore.

Six mois auparavant, elle avait lancé une émission sur une chaîne câblée de Manhattan. Elle avait monté les enregistrements pour réaliser un pilote de démonstration grâce auquel, depuis quelques semaines à peine, elle bénéficiait d'un créneau horaire au niveau national. Elle était la dernière coqueluche du monde des médias. Les offres d'interventions à la télévision et dans les journaux remplissaient complètement son emploi du temps. Par une ironie du sort, il se trouvait que cette capacité à dévouer au travail chacune de ses heures de veille était une autre leçon qu'elle avait apprise de l'infatigable Tex, même si ce dernier n'approuvait pas la manière dont elle la mettait en pratique.

La vie était belle, se dit-elle. La vie était très, très belle. Seule dans l'ascenseur, elle se pinça une nouvelle fois rien que pour s'assurer que le moment présent était bien réel et qu'il ne s'agissait pas d'une de ses rêveries estivales auxquelles elle se complaisait naguère, en ces quelques rares occasions où Tex l'autorisait à aller flâner près du ruisseau quand elle n'avait pas école.

Lorsque la cabine l'eut transportée jusqu'au trente-deuxième étage, Megan pénétra dans le chaos. L'extension rapide de ses activités avait rendu ses bureaux trop étroits ; cependant, personne n'avait suffisamment de temps à perdre pour s'enquérir d'un surcroît d'espace. Son agent immobilier était aux abois.

— Jasmine a rappelé, lui apprit Todd Winston, son secrétaire de direction, tout en la suivant dans son bureau. Le penthouse sur Madison va nous échapper à moins que tu n'ailles là-bas aujourd'hui même pour présenter une offre plus intéressante.

— Est-ce que mon emploi du temps le permet ?

— Non.

— Et le tien ?

— Non plus, sauf si tu me clones.

Megan le dévisagea avec intérêt.

— C'est possible ?

— Théoriquement, oui, s'il faut en croire *Guiding Light*. En pratique, j'en doute.

Todd — dont le visage comme les biceps étaient typiquement américains — aspirait à devenir comédien quand Megan lui avait mis le grappin dessus alors qu'il effectuait pour elle un remplacement entre deux rôles. Elle avait fait de lui un secrétaire de direction, l'archétype du *Yuppie* avec ses cheveux bruns soigneusement coiffés, ses costumes Oxford, ses chemises boutonnées jusqu'au col et ses lunettes à la mode — qui ne pouvaient cacher des yeux mystérieux dont la couleur gris-vert se rapprochait de celle de la sauge. Megan pressentait qu'il avait assumé ce travail comme un nouveau rôle et choisi en accord ses vêtements, ainsi que les lunettes. Elle savait du reste qu'il avait une meilleure vision que la sienne, qui était pourtant sans défaut.

Il enregistrait toujours les épisodes d'au moins trois

des séries diffusées durant les après-midi de la semaine pour les visionner ensuite chaque week-end, se conformant ainsi à une sorte de rite télévisuel un peu étrange. Il prétendait que ses relations féminines adoraient ça et, si cela satisfaisait quelque besoin profond en lui et lui permettait de reprendre le collier chaque lundi, Megan ne voyait aucune raison de s'en plaindre. Pas plus qu'elle n'allait lui reprocher sa manie de lui rapporter les intrigues de ses séries comme s'il lui évoquait de vieux et chers amis. Plus d'une fois, elle lui avait témoigné la compassion que lui inspiraient ses récits pour découvrir ensuite que les malheurs en question avaient été inventés et mis en scène dans un studio de l'ouest de Manhattan.

— Qu'est-ce que je dis à Jasmine ? s'enquit Todd.

— De commencer à chercher un autre local. Trouve-moi ensuite un trou dans mon emploi du temps et inscris son prénom au crayon noir sur mon agenda, à une date quelconque avant la fin du millénaire.

— Ce sera au stylo que je l'inscrirai, rétorqua-t-il. Autrement, tu te contenteras de l'effacer pour le remplacer par un autre rendez-vous. Je ne veux plus entendre les jérémiades de cette femme, d'autant qu'elles sont parfaitement justifiées. Tu l'as engagée pour qu'elle nous trouve un nouvel espace de travail et que nous ne soyons plus entassés les uns sur les autres. Le moins que tu puisses faire, c'est de jeter un œil à ses trouvailles.

Megan accueillit d'un sourire l'irritation de Todd.

— Je pensais que tu adorais te presser contre le personnel. Surtout contre Micah.

Micah Richard était une productrice brillante et ambitieuse qui avait pour mission de mettre en forme les émissions de Megan en un temps record. Avec ses cheveux noirs coupés en brosse, ses traits anguleux et ses longues jambes, elle était d'une beauté aussi éblouissante que singulière. La simple évocation de son nom suffit à faire rougir Todd.

— Micah est le genre de femme qui me traînerait devant les tribunaux pour harcèlement sexuel si jamais j'éternuais dans sa direction ! répliqua-t-il. Je me garde bien de me serrer contre elle.

— Ce n'est pourtant pas l'envie qui t'en manque, hein ?

Todd la fusilla du regard.

— Mes envies personnelles ne te concernent nullement.

— Mais si ! Ça compense le fait que je n'en ai moi-même aucune.

— Je croyais que tu avais un rendez-vous galant, hier soir.

— C'était une réunion d'affaires, répliqua Megan. Aucune trace de désir là-dedans.

— Et vous en êtes à combien de prétendues réunions d'affaires avec Peter, maintenant ? La gestion de tes finances doit être sacrément complexe pour que tu aies besoin de voir ton comptable aussi souvent.

Voilà ce que c'était, d'avoir un assistant efficace, songea Megan. Il connaissait trop bien ses occupations.

— Est-ce que je te paie pour veiller sur ma vie privée ?

— Tu me paies pour veiller sur tout.

Exact, reconnut Megan — sans évidemment rien en dire.

— Soit. Alors, prends mon agenda et raconte-moi ce qui est prévu aujourd'hui.

Todd entreprit de lui énumérer la liste impressionnante de ses rendez-vous de la journée — rendez-vous pour lesquels elle était déjà en retard à cause de la manie qu'avait Todd d'en prévoir dès 9 heures, tout en sachant pertinemment qu'elle refusait de voir qui que ce fût avant

10 heures. Trop d'années passées au ranch à se lever à l'aube l'avaient rendue rétive aux activités matinales. Heureusement, la plupart de ses rendez-vous prévus pour 9 heures étaient avec des membres de son personnel, lesquels connaissaient ses habitudes. Aussi n'interrompaient-ils leur travail que quand elle les appelait elle-même. Megan devait alors comprimer une heure d'entretien en quinze minutes. Todd semblait apprécier ce petit jeu, mais c'était là un faible prix à payer pour son efficacité par ailleurs incroyable.

Elle avait d'abord rendez-vous avec la responsable de la rubrique gastronomique, qui souhaitait y parler des fleurs comestibles. Elle recouvrit le bureau de Megan de cresson de fontaine et l'encouragea à y goûter pour achever de la convaincre. Megan considéra avec dégoût les petites fleurs jaunâtres et préféra croire son interlocutrice sur parole.

Suivit un bref entretien avec un photographe indépendant qui désirait effectuer un reportage sur la nouvelle résidence que s'était fait construire sur les quais un homme ayant amassé une fortune dans l'industrie informatique. Megan dut lui apprendre que ledit reportage avait déjà été réalisé des mois auparavant.

Elle déjeuna ensuite avec son éditeur pour lui parler de son prochain livre, puis eut plusieurs discussions d'affilée concernant chacune un aspect du magazine ainsi que les sujets des quatre prochains enregistrements de l'émission télévisée.

— Ils vous plaisent ? demanda-t-elle à Micah qui arpentait son bureau avec une fébrilité caractéristique de son énergie pleine de nervosité.

— Oui, répondit la jeune femme. Sauf un. Pour être honnête, je doute que les figues intéressent qui que ce soit.

— N'est-ce pas votre travail de montrer cet intérêt aux spectateurs ?

Micah hocha la tête.

— Certes, mais je vous rappelle qu'ils doivent ensuite aller faire leurs courses pour acheter les ingrédients de vos recettes. Or, à votre avis, combien de variétés de figues sont disponibles dans les épiceries de l'Amérique profonde ?

— En d'autres termes, repartit Megan d'une voix pensive, nous les tentons pour les frustrer ensuite.

— Exactement ! Il est bel et bon de suggérer de nouveaux plats à la mode mais, dans ce cas, mieux vaut s'assurer au préalable qu'il existe un service de commande pour les ingrédients difficiles à trouver — si vous voyez ce que je veux dire...

Megan hocha la tête.

— Un service de commande, hein ? Voire un catalogue ?

Elle afficha un sourire rayonnant.

— J'adore cette idée ! Mettez quelqu'un là-dessus. Nous n'allons pas seulement évoquer des plats exotiques, mais aussi proposer à la vente des échantillons de tout ce dont nous parlons durant l'émission. Rien d'autre ?

— Non. Je m'occupe de ça et je vous tiens au courant.

— Merci, Micah, répondit Megan.

Puis, la regardant avec espoir, elle ajouta :

— Je suppose que nous ne pourrons pas disposer d'un premier exemplaire de ce catalogue avant Noël ? s'enquit-elle.

— Sauf si nous obligeons le personnel à ne plus dormir ni manger d'ici là. N'attendez pas de résultat probant avant le Noël suivant.

— O.K., concéda Megan. Alors, disons pour l'été.

— Entendu, approuva Micah avant d'esquisser une

moue comique. J'étais prête à vous le promettre pour le printemps...

C'était là un jeu auquel elles se livraient souvent : tempérer leur enthousiasme et leur tendance naturelle à la précipitation par un rappel aux réalités.

— On se revoit demain, conclut Micah. D'ici là, je vous aurai dégotté une solution de remplacement pour les figues.

Après cette entrevue avec sa productrice, Megan se retira dans le laboratoire culinaire afin d'y goûter les recettes prévues pour le numéro de juillet du magazine, et un dossier consacré à la cuisine en plein air. Elle s'enorgueillissait de ce que, dans *Megan's World*, le mot « hamburger » n'ait jusqu'à présent jamais figuré au sein de semblables articles.

Repensant à son grand-père, elle sourit. Tex traitait de « nourriture de femmelette » ses suggestions culinaires alternatives et interdisait à sa gouvernante de lui en servir aucune. Megan le savait pour avoir, au cours de sa dernière visite éclair au ranch, demandé à Mme Gomez s'il lui était arrivé d'essayer une de ses recettes.

— Seulement chez moi, *niña*, lui avait répondu cette dernière. Votre grand-père veut uniquement de la viande et des pommes de terre, rien d'aussi fantaisiste que ce que vous proposez.

— Est-ce qu'il lit au moins le magazine ? s'était enquis Megan sur un ton qui trahissait malgré elle sa déception.

En dépit de toutes ses protestations d'indépendance, elle aspirait encore à l'approbation de Tex, qui ne l'accordait qu'avec la plus grande parcimonie.

— Bien sûr qu'il le lit. Il s'est même abonné au câble le mois dernier pour que votre image soit plus nette à la télé. Il est très fier de vous.

Haussant les épaules, Mme Gomez avait ensuite ajouté :

— Ce qui ne veut pas dire qu'il comprenne vos choix de carrière ni vos goûts en matière de cuisine, n'est-ce pas ?

— Non, certes, avait admis Megan en soupirant.

Elle était un mystère pour son grand-père, tout autant que Tex était une énigme pour elle. Il l'avait recueillie alors qu'elle avait à peine neuf ans et venait d'être abandonnée par une mère qui ne voulait plus s'occuper d'une enfant difficile. Megan n'avait plus revu Sarah O'Rourke. Elle n'avait jamais connu son père, du moins à ce qu'elle s'en souvenait, et personne ne l'évoquait devant elle. Elle ignorait jusqu'à son nom. Et au vu du visage fermé de son grand-père lorsqu'il répondait à ses questions hésitantes, elle doutait que sa mère l'ait su elle-même.

Tex avait été à la fois sa mère et son père, assumant ce rôle de son mieux. Mais ce n'était pas un homme particulièrement chaleureux. Il croyait à la vérité pure et nue, aux faits bruts et sans fard. S'il l'avait logée, nourrie et vêtue, il estimait que les jouets et les poupées étaient une bêtise, la télévision une perte de temps et tous les livres ne se rapportant pas à l'exploitation d'un ranch une occupation à peine meilleure.

Malgré tout, Megan n'avait jamais douté de son affection pour elle. Et quand le jour était venu de la laisser partir, il s'en était plaint, mais ne lui en avait pas moins accordé de quoi réaliser ses rêves et assuré que la maison serait toujours pour elle un refuge en cas d'échec.

Que Megan eût connu une réussite dépassant leurs espoirs les plus fous ne laissait toujours pas de le sidérer. A chacune de leur conversation, il ne manquait jamais de lui demander quand elle allait enfin « renoncer à ces satanés inepties » et réintégrer enfin leur foyer. A cause de cela, elle avait déjà annulé sa dernière visite au ranch, sachant que les tentatives de Tex — à la fois ouvertes et subtiles — pour la persuader de revenir chez eux seraient incessantes. Voir la peine et la déception qui altérait le regard de son grand-père quand elle lui opposait un refus gâchait en partie la joie que Megan pouvait tirer de ses succès. Aussi avait-elle conclu qu'il valait mieux pour elle se tenir à l'écart du ranch.

Tex pensait qu'elle aurait dû se satisfaire d'avoir su prouver au monde qu'elle était capable de se ménager sa place au soleil. Il ne comprenait tout simplement pas que chaque émission, chaque numéro du magazine, sans exception, était un défi nouveau et excitant pour Megan. L'attitude de Tex montrait que le soutien qu'il lui avait accordé jusqu'alors était une forme d'indulgence bienveillante, et non l'expression d'une vraie confiance en ses capacités. Il rêvait toujours de faire d'elle une fermière.

Tant d'incompréhension, le refus obstiné de Tex de poser le pied à New York avaient fini par miner Megan et rendaient délicates chacune de leurs conversations. La dernière s'était achevée sur une explosion qui l'avait ébranlée. Sachant qu'elle ne pouvait tout simplement pas lui parler sans risquer d'accroître encore le poids de la culpabilité qui l'accablait déjà, elle évitait les appels de son grand-père depuis une semaine, laissant Todd et le répondeur prendre ses messages.

Perdue dans ses pensées, elle tapotait de son crayon le plateau de son bureau, quand Christie Gates déboula dans son bureau avec une dînette *I Love Lucy* et une poupée *Howdy Doody*. Christie était l'assistante de Todd et aspirait à devenir journaliste, passant toutes ses pauses déjeuner à chercher le sujet d'un papier qu'elle pourrait vendre à Megan. La plupart de ses idées s'étaient jusqu'à présent révélées inintéressantes, voire incongrues ; mais celle-ci promettait, sentit Megan.

— Ne sont-ils pas fabuleux ? s'exclama Christie.

Avec enthousiasme, elle posa les deux objets publicitaires sur le bureau de Megan avec une déférence surprenante de la part de quelqu'un qui n'était même pas né à l'époque où les deux célèbres séries étaient diffusées à la télévision.

Megan les examina attentivement.

— Ce sont des originaux, en tout cas, déclara-t-elle.

— Bien sûr que ce sont des originaux ! répliqua Christie avec indignation. Je sais reconnaître une copie quand j'en vois une.

— Et que proposez-vous d'en faire ?

— Je pensais à un article montrant comment se servir de touches décoratives similaires pour redécouvrir l'enfant en soi. Pour introduire une note fantaisiste dans un intérieur. Je veux dire : qui pourrait ne pas sourire en pénétrant dans une pièce où Howdy Doody ou Lucy serait là pour accueillir le visiteur ? J'ai même entendu dire que certains collectionnaient ce genre d'objets pour se rappeler leurs vacances d'été à la mer, quand ils étaient gosses.

Elle fit une pause et dévisagea longuement Megan.

— Alors, qu'en pensez-vous ? s'enquit-elle enfin.

Megan soupesa l'idée avec une lenteur délibérée. Puis elle sourit à Christie, qui bouillait d'impatience.

— Je pense que c'est génial. Félicitations ! Vous avez votre premier papier.

— Ouah ! C'est sérieux ?

— Absolument. Demandez à Todd de vous préparer un contrat pour la pige et assurez-vous auprès de la comptabilité que vous serez remboursée de tous les accessoires nécessaires aux prises de vue.

— Comme pour un vrai travail d'indépendante ? demanda Christie.

— Oui, madame.

Christie s'empressa de contourner le bureau pour venir embrasser Megan, puis elle se recula, l'air embarrassé.

— Désolée, mademoiselle O'Rourke.

Megan lui sourit.

— Pas la peine de vous excuser. Et puis, je pense qu'à partir de maintenant vous pourriez m'appeler Megan.

Les yeux de la jeune fille étincelèrent.

— Vraiment ? Oh ! là ! là !

Megan aurait pu être amusée par l'enthousiasme de Christie, mais le temps n'était pas si éloigné où elle-même accueillait avec autant de joie chaque triomphe, aussi minime fût-il. C'était du reste toujours le cas, même si elle réservait désormais ses manifestations d'allégresse à l'intimité de son bureau.

— Une dernière chose, ajouta-t-elle. Je vous conseille de demander autour de vous pour voir si aucun décorateur ne connaît une maison déjà décorée de cette manière. Todd vous donnera une liste de contacts à appeler pour vous en assurer.

Christie s'élança aussitôt vers la porte pour aller annoncer la nouvelle.

— Hé, Christie ! la héla Megan. Dès que vous aurez achevé votre article et que les séances de photos seront terminées, j'aimerais que vous me rapportiez Howdy Doody, d'accord ?

— Vous voulez la poupée ?

— Bien sûr. Moi aussi, j'ai besoin de me rappeler mon enfance...

En vérité, elle ne pouvait pas se souvenir avoir jamais été enfant.

Lentement, le silence revint à l'étage. Megan travailla sur l'éditorial du prochain numéro du magazine et ne releva pas la tête de son bureau avant que la nuit soit tombée, dehors, et que le ciel soit illuminé par les lumières scintillantes des interminables rangées de gratte-ciel. C'était son heure préférée de la journée à New York, quand les rues se vidaient de la circulation, lorsque les coups de klaxon impatients devenaient plus rares et que la vue depuis son bureau se transformait en carte postale. Certes, en plein jour, elle pouvait distinguer les frondaisons rouges et orange de Central Park dans leur splendeur automnale, mais la perspective qui s'offrait à elle à la nuit tombée était celle représentée sur la seule carte postale qu'elle ait jamais reçue de sa mère, après que celle-ci l'avait abandonnée.

Parfois, Megan se demandait si son attirance pour New York avait été professionnelle ou personnelle. En était-elle inconsciemment venue à espérer retrouver Sarah O'Rourke à un coin de rue ? C'était là une question qu'elle se posait rarement et à laquelle elle n'avait jamais vraiment répondu, de même qu'elle ne cherchait pas trop à savoir comment une femme ayant eu une enfance si perturbée pouvait être à même de conseiller autrui dans sa vie domestique.

A sa grande surprise, malgré l'heure avancée, le voyant d'une des lignes téléphoniques s'alluma ; elle entendit Todd prendre l'appel. Elle fut encore plus surprise lorsque ce dernier vint directement la voir au lieu de s'adresser à elle par l'Interphone. Il affichait une expression compatissante qui l'inquiéta.

— Qu'y a-t-il ?

— C'est Mme Gomez.

Tex avait dû lui demander de servir d'intermédiaire, songea Megan.

— Je ne peux parler à mon grand-père ce soir. Dis-lui simplement ça, s'il te plaît.

Todd ne bougea pas.

— Il faut que tu prennes l'appel, Megan.

Si celle-ci ne s'était déjà sentie mal à l'aise, le ton lugubre de Todd l'aurait franchement alarmée. Elle décrocha son combiné d'un geste réticent.

— Madame Gomez ?

— Ah, *niña*, murmura celle-ci d'une voix rauque, comme si elle venait de pleurer. Je suis désolée d'appeler comme ça. C'est ton grand-père.

L'inquiétude de Megan se changea aussitôt en frayeur.

— Tex va bien ? Il lui est arrivé quelque chose ?

— Excuse-moi, *niña*, mais il n'y a pas de mots faciles pour dire ça : il est parti. Ton grand-père vient de s'éteindre.

Ces paroles résonnèrent dans l'esprit de Megan sans qu'elle pût en admettre le sens ni la réalité.

— Non, protesta-t-elle dans un souffle.

— Je suis désolée, *niña*.

— Non, répéta Megan tandis que des larmes roulaient sur ses joues. Pas Tex...

Il était grand et fort, pensa-t-elle. Indomptable. Immortel.

— Je suis vraiment désolée, reprit Mme Gomez. Ça s'est passé très vite. On n'a pas eu le temps de te prévenir. C'est son cœur, d'après le médecin. Il y a eu des symptômes, avant, mais ton grand-père les a ignorés. Comme toujours, il se croyait le plus fort.

— J'arrive par le prochain vol, annonça Megan.

En remarquant un voyant s'allumer sur son téléphone, elle songea machinalement que Todd, toujours aussi efficace, était déjà en train de réserver sa place d'avion. Elle savait pouvoir compter sur lui pour annuler ses rendez-vous et gérer les affaires courantes en son absence. Plus que jamais, elle remerciait le ciel de le lui avoir envoyé.

— Je vous préviendrai de mon heure d'arrivée dès que

possible, reprit-elle. Et je m'arrangerai pour louer une voiture.

— Ne te tracasse pas pour ça. Des voitures, il y en a, ici. Et puis, je vais avertir le señor Jake. Il ira te chercher à l'aéroport.

Megan n'était pas désemparée au point de laisser passer le nom de l'homme qu'elle croyait depuis longtemps parti de Whispering Wind, dans le Wyoming.

— Jake ?

— *Sí*. Le señor Landers. Tu te souviens de lui, n'est-ce pas ?

Oh, oui ! songea Megan, elle se souvenait de lui. Trop bien, même. Un homme séduisant. Arrogant. Dérangeant au possible. Un homme que son grand-père, jadis, avait méprisé. Tex n'avait d'ailleurs pas ménagé ses efforts pour qu'il ne soit plus mêlé à leur existence.

— Qu'est-ce que Jake Landers fait là-bas ?

— Je suis sûre qu'il t'expliquera tout lui-même.

— Dites-le-moi, insista Megan.

— Je ne sais rien des affaires de ton grand-père, répondit Mme Gomez. Dépêche-toi seulement de rentrer, *niña*.

Se dépêcher ? pensa Megan. A quoi bon ? Il était trop tard, désormais. Trop tard pour toutes ces choses qu'elle s'était promis d'accomplir afin que son grand-père sache qu'elle l'aimait et qu'elle lui serait toujours reconnaissante des soins dont il l'avait entourée.

— Je reviens à la maison, Tex, murmura-t-elle.

Mais, bien sûr, il était également trop tard pour ça.

2.

— Alors, elle vient ? demanda Jake à la gouvernante de feu Tex O'Rourke après que celle-ci eut parlé à Megan.

— Evidemment ! répliqua Mme Gomez sur un ton légèrement indigné. Qu'est-ce que tu croyais ?

Au vrai, Jake ne savait pas trop quoi penser de Meggie après toutes ces années. Jadis, il en avait sérieusement pincé pour elle, mais elle lui était demeurée aussi inaccessible que s'ils avaient habité tous deux sur des planètes différentes. Ce qui, d'une certaine manière, n'était pas qu'une métaphore.

Petite-fille de Tex O'Rourke, Megan appartenait à l'élite sociale de Whispering Wind, pour autant qu'on pût l'appeler ainsi. Lui était le fils de la prostituée du coin et d'un délinquant notoire. Jake était le premier surpris de se voir exercer aujourd'hui le métier d'avocat. Mais peu de gens connaissaient aussi bien que lui les deux côtés de la loi.

Il ignorait toujours quel démon avait pu le pousser à revenir à Whispering Wind quelques mois plus tôt. Certains auraient pu dire qu'il retournait sur le lieu de ses crimes. D'autres lui auraient sans doute attribué des mobiles encore moins louables. En tout cas, il était bel et bien de retour, et il y avait fort à parier que toute la ville en parlait encore.

Par une singulière ironie du sort, Tex O'Rourke avait été l'un des rares à l'accueillir sans préjugés, mais le vieil homme était aussi un des seuls à savoir que les rumeurs courant sur les forfaits passés de Jake n'étaient pas toutes fondées. D'ailleurs, quand Tex, un après-midi, s'était présenté à son cabinet pour lui demander une assistance juridique, Jake avait pu se rendre compte qu'il n'était probablement pas le plus gêné des deux.

La dernière fois qu'ils s'étaient rencontrés, Jake était poursuivi pour une tentative de vol de bétail perpétrée dans le ranch de Tex. Même s'il avait été ensuite lavé de tout soupçon, l'affaire lui avait laissé un goût amer dans la bouche. Quant à Tex, il s'était racheté de cette erreur de jugement en lui payant d'abord ses études à l'université, puis son cursus à la faculté de droit.

A la mort de sa mère, peu avant qu'il obtienne son diplôme, Jake s'était juré de ne plus jamais remettre les pieds à Whispering Wind. Il était entré dans un prestigieux cabinet d'avocats de Chicago, s'était marié, installé et avait poursuivi la fortune avec autant d'obstination qu'il pourchassait jadis le bétail égaré.

Jusqu'au jour où il avait trouvé sa femme au lit en compagnie d'un de ses associés, dont la carrière connaissait une ascension plus fulgurante encore que la sienne. Alors qu'il se débattait au milieu des chicanes d'une procédure de divorce particulièrement tortueuse, il avait obtenu l'acquittement pour un petit délinquant avant de s'apercevoir que ce dernier était aussi coupable que le péché. Il n'avait guère d'arguments à opposer à ses associés, des gens collet monté redoutant par-dessus tout le scandale, qui le poussaient à démissionner. Il avait donc récupéré ses confortables avoirs et son orgueil blessé pour se retirer à Whispering Wind, songeant que, s'il parvenait à s'y réconcilier avec son passé, il serait peut-être en mesure d'affronter l'avenir.

Ouvrir un cabinet en ces lieux avait été un geste peu convaincu, un moyen d'amener ses anciens voisins à ne plus le considérer simplement comme ce paresseux et bon à rien de fils Landers. Il était à peu près certain qu'aucun des habitants de la ville ne ferait jamais appel à ses services, comptant sur ses investissements pour lui épargner le souci du lendemain. Plusieurs jours avaient ainsi passé sans qu'il daigne aller consulter le répondeur de son cabinet. Il aurait cependant dû se douter que le plus puissant personnage de la ville — son bienfaiteur malgré lui — serait le premier à s'y présenter et à le surprendre un beau jour assis derrière son bureau...

— Je suis étonné de te revoir dans les parages, lança Tex en se laissant tomber dans le fauteuil qui faisait face à celui de Jake.

— Et mécontent aussi, je parie.

— Eh bien, non, figure-toi. En fait, je suis heureux d'avoir l'occasion de rattraper ce qui s'est passé jadis. Tu as commis quelques bêtises. Tout t'accusait dans cette histoire de vol de bétail. Et j'ai moi-même été victime des apparences.

Cela ressemblait à des excuses, et Jake ne s'attendait pas à tant. Il haussa les épaules, signifiant ainsi que l'aveu, désormais, lui importait peu.

— Tu m'as payé mes études. Nous sommes quittes.

— Non, répliqua Tex, pas encore. Je voudrais t'engager. Ça devrait t'attirer la clientèle de tous les autres habitants de la ville.

A cette perspective, Jake haussa de nouveau les

épaules. Il ne souhaitait pas connaître un trop grand succès si rapide. Cela l'avait plutôt desservi, auparavant.

— C'est gentil de ta part, répondit-il, mais si je suis venu ici, c'est pour retrouver une vie calme et tranquille. Je n'ai pas besoin que tu me fasses de la publicité.

— Ouais, j'ai entendu parler de cette histoire avec ce gamin. J'imagine que ça a dû te secouer. Presque autant que de découvrir ta femme au pieu avec celui que tu prenais pour un ami.

— Je vois que tu te tiens au courant, répliqua Jake d'un ton sec, sans pour autant s'étonner de la capacité du vieux renard à connaître ses secrets.

Des années plus tôt, Tex avait toujours su ce qui se passait entre Jake et Megan, cela ne faisait aucun doute, et il avait agi de manière à ce que les choses n'aillent jamais trop loin entre eux.

— Tu m'as coûté assez cher, expliqua le vieil homme sans ambages. J'ai considéré qu'il était de mon devoir de m'informer sur l'évolution de mon investissement.

Jake sentit ses vieilles rancœurs, longtemps refoulées, remonter à la surface.

— Non, rétorqua-t-il, ce qui t'a coûté, c'est ton erreur de jugement. Je n'ai jamais été un voleur, et tu aurais dû le savoir. Je te respectais, je te vénérais à l'égal d'un père. J'ai mérité par mon travail tout l'argent que tu m'as octroyé, sinon plus.

Tex acquiesça d'un hochement de tête.

— C'est un fait, admit-il. Et je n'en attends pas moins de toi aujourd'hui.

— Et que souhaites-tu de moi, au juste ? s'enquit Jake à contrecœur.

— Je veux que tu rédiges mon testament, et que tu me ficelles assez bien la chose pour qu'aucun requin du barreau ne puisse ensuite le réduire en pièces.

Jake étudia alors plus attentivement l'homme qui lui faisait face, se reprochant aussitôt de ne pas avoir remarqué plus tôt que Tex O'Rourke avait mauvaise mine, le teint cendreux, et une élocution essoufflée. Chez cet homme qui n'avait pas encore soixante-dix ans et dont la bonne santé était jusqu'alors proverbiale, il s'agissait de changements spectaculaires.

La pensée que son ancien tourmenteur était sans doute sur le point de mourir secoua désagréablement Jake. Malgré tout le temps qui avait passé, il se rendait compte combien il désirait toujours lui prouver sa valeur. Avant qu'il ne l'accuse de lui avoir volé du bétail, Tex avait été presque un père pour lui. Et s'apercevoir ainsi qu'il n'avait peut-être plus beaucoup de temps à vivre laissait Jake désemparé.

— C'est ton cœur ? demanda-t-il en s'efforçant de dissimuler son trouble.

Il savait à quel point Tex détestait la pitié.

— C'est ce que dit le toubib, répondit le vieil homme. Moi, je pense que je suis trop têtu pour mourir, mais bon, je ne suis pas non plus dans les petits secrets du Seigneur. Alors, je préfère prendre mes précautions.

Il s'interrompit un instant et regarda Jake droit dans les yeux.

— Tu feras ça pour moi ?

Non sans répugnance, Jake se saisit d'un calepin jaune légal et d'un stylo.

— Dis-moi ce que tu as en tête...

Une heure plus tard, il avait le vertige.

— Megan va être complètement coincée, articula-t-il.

Tex haussa les épaules.

— Elle s'adaptera à la situation. Ce ne sera d'ailleurs pas la première fois que la vie lui réservera des surprises.

— Quand elle a été abandonnée devant ta porte, elle

n'était qu'une gosse, elle n'avait pas le choix. Maintenant, si. Elle mène une carrière plus que brillante à New York. Pourquoi reviendrait-elle ici ?

Tex donna un grand coup sur la table, prouvant ainsi qu'il avait encore la force de faire valoir son point de vue.

— Parce qu'elle est ma chair et mon sang, nom d'un chien ! Elle accomplira son devoir, ainsi que je le lui ai appris.

— Elle ne sait encore rien de tout ça, n'est-ce pas ? s'enquit Jake. Tu ne lui as rien dit ?

— Pas un mot. Voilà des mois qu'elle n'est pas venue à la maison, et ce n'est pas le genre de choses dont j'ai envie de lui parler au téléphone. Si le toubib ne s'est pas trompé, elle apprendra la vérité assez tôt.

— Et c'est moi qui devrai lui annoncer la nouvelle...

L'embarras de Jake fit sourire Tex.

— Je suis sûr que ça te plaira, fils. Allons, n'essaie pas de le nier. Tu n'attends qu'une occasion de la séduire depuis que tu as posé les yeux sur elle. Eh bien, la voilà, l'occasion. Mieux encore : tu as ma bénédiction. Ça devrait te suffire, non ?

Les yeux dans le vague, Jake soupira. Il était évident que, cet après-midi-là, ce vieux renard de Tex O'Rourke se réjouissait de la bombe qu'il venait de lâcher ainsi que du sac de nœuds qu'il confiait à Jake. Désormais, il revenait à ce dernier de démêler le tout.

Mais comment diable était-il supposé révéler à Meggie que son grand-père bien aimé avait eu une liaison passagère avec ce qu'il fallait bien appeler une femme de mauvaise vie ? Sans compter qu'il devrait également lui apprendre que de cette aventure était issue une enfant qui allait aujourd'hui sur ses huit ans et qui était récemment venue habiter au ranch — ou plutôt, qui y avait été abandonnée avec autant d'indifférence que Meggie elle-même, jadis.

Il y avait pire : il lui faudrait en outre annoncer à Megan O'Rourke — femme influente du monde des médias — qu'elle était la tutrice légale de ladite enfant et que, pour toucher l'héritage du vieux Tex, elle devrait l'élever au ranch en question, celui-là même qu'elle avait quitté une dizaine d'années plus tôt.

En somme, même mort, Tex O'Rourke avait le chic pour bouleverser l'existence d'autrui — dont celle de Jake. Nul doute qu'il en riait à gorge déployée sur le chemin de l'enfer.

Megan s'était retenue de justesse d'en venir aux suppliques mais, hélas ! rien n'avait pu dissuader Mme Gomez de lui envoyer Jake Landers pour venir la chercher à l'aéroport.

— Il sera là, *niña*. Ne le loupe pas. Tu le reconnaîtras, *sí* ?

Le reconnaître ? Et comment ! Elle serait capable de repérer ce misérable gredin dans une foule de plusieurs milliers de personnes. Son radar personnel s'était branché sur lui pratiquement depuis le premier jour de sa puberté. Ensuite, il lui avait fallu de longues et douloureuses années pour découvrir que ce radar était incapable d'exercer un jugement correct. Elle avait dû attendre que Jake vole du bétail à Tex pour comprendre enfin son erreur. Lorsqu'elle était partie pour l'université, Jake était derrière les barreaux et son nom n'avait plus été mentionné depuis.

Alors, que diable faisait-il maintenant au ranch ? Et pourquoi donc se chargeait-il des courses de

Mme Gomez ? Son grand-père l'avait-il embauché après sa libération sur parole pour lui offrir une seconde chance qu'il ne méritait pas ? Megan en doutait : Tex n'était pas un sentimental. Elle supposait plutôt que Jake avait dû le berner d'une manière ou d'une autre afin de rentrer dans ses bonnes grâces.

Quand l'avion atterrit à Laramie, Megan fut la première à en descendre. Il ne lui fallut qu'un bref coup d'œil pour repérer Jake dans la salle d'attente. Adossé à une rampe, il était habillé en noir de la tête aux pieds, Stetson et bottes comprises, tel l'archétype d'un méchant de western. Même ses lunettes de soleil à verres miroir lui donnaient un air louche. Mais au moins l'empêchaient-elles d'user de ces yeux bleus dont le regard pénétrant avait toujours fait perdre une partie de ses moyens à Megan.

— Heureuse de voir que tu es à l'heure, déclara-t-elle d'un ton sec en lui tendant le ticket de ses bagages. Quatre valises assorties, des Gucci, précisa-t-elle.

Il esquissa une grimace comique.

— Le contraire m'aurait étonné.

Son ton amusé ainsi que le timbre grave de sa voix donnèrent à Megan la chair de poule. Son sarcasme, en revanche, l'irrita.

— Ce qui veut dire ? rétorqua-t-elle en contrevenant d'emblée à son vœu de rester froide et distante avec lui aussi longtemps qu'elle aurait à supporter sa compagnie.

— C'était juste une remarque en passant, Meggie. Ne commençons pas à laver notre petit linge sale en public.

— Mon petit linge ne te regarde pas.

Il lui agita le ticket des bagages sous le nez.

— Manifestement, si. A moins que tu n'aies apporté que celui que tu portes sur toi... si tant est que tu en portes, ajouta-t-il avec un air canaille.

— Je vois que ton niveau ne s'est guère élevé ! répliqua Megan.

Le toisant d'un regard impérieux, elle passa devant lui et courut presque jusqu'à l'aire de réception des bagages. Dix secondes, songea-t-elle. Il n'avait pas fallu plus de dix secondes à Jake pour non seulement l'exaspérer, mais encore lui rappeler qu'elle le désirait jadis avec une telle passion qu'elle avait failli en gâcher sa vie.

De fait, à une époque, rien d'autre ne comptait pour elle que Jake Landers. Elle aurait volontiers renoncé à ses rêves pour un avenir des plus incertains afin de rester avec lui. Personne n'aurait pu la persuader que Jake était pour elle un mauvais parti. Puis, du bétail avait manqué au ranch, Jake avait été emprisonné, elle-même avait eu le cœur brisé, elle avait perdu ses illusions et quitté le Wyoming.

Depuis, pas une fois elle n'avait regretté son départ : Jake l'avait trahie en même temps que son grand-père. Et ce n'était pas là une chose qu'elle était prête à oublier ni à pardonner.

En un sens, elle aurait pu lui être reconnaissante : son forfait lui avait révélé son erreur de jugement et l'avait obligée à reconsidérer les priorités de son existence. Si bien qu'aujourd'hui, grâce à sa trahison, elle menait la carrière pour laquelle elle était destinée et fréquentait des hommes à la fois riches et puissants, et surtout, honnêtes. Cette leçon lui avait appris à n'accorder sa confiance qu'après un certain temps et avec beaucoup de prudence ; ceux qui cherchaient à en abuser le faisaient à leurs risques et périls, car elle avait la réputation d'être impitoyable avec quiconque s'y hasardait.

Elle attendit que Jake ait récupéré ses bagages, puis le suivit jusqu'au parking. Bien qu'on ne fût encore qu'à la mi-octobre, l'air avait déjà la froideur coupante de l'hiver. Elle frissonna en sentant la bise s'insinuer sous sa légère veste de laine.

— J'espère que tu as emporté des affaires plus chaudes que ça, lui lança Jake en lui ouvrant la portière. La météo prévoit de la neige pour cette nuit ou demain au plus tard.

— Ne t'inquiète pas pour moi. Je m'en sortirai. Voilà des années que je m'habille toute seule.

— Et depuis quand n'as-tu pas connu le Wyoming sous la neige ?

— Pas si longtemps que ça, répondit Megan de façon évasive, tout en sentant un feu accusateur lui monter aux joues.

— Le Noël d'il y a quatre ans ne te rappelle rien ?

L'allusion fit mouche.

— Tu as cuisiné Mme Gomez ? s'enquit Megan avec humeur.

— Je n'en ai pas eu besoin, elle adore parler, expliqua Jake en même temps qu'il faisait démarrer le moteur de son luxueux véhicule. Tu es l'un de ses sujets de discussion favoris, ajouta-t-il, lançant un bref coup d'œil à Megan.

— Il faudra que je lui en touche deux mots. Je ne suis pas sûre d'apprécier qu'elle parle ainsi de moi aux employés.

Jake, qui affichait jusqu'à présent une singulière décontraction, se raidit soudain. Il se tourna vers Megan et, pour la première fois, ôta ses lunettes de soleil pour la fusiller de son regard bleu étincelant.

— Sans doute devrions-nous mettre d'emblée les choses au point, Meggie. Si je suis ici, c'est effectivement pour rendre service à Mme Gomez et, en un certain sens, à ton grand-père. Mais je ne suis pas un employé du ranch. Si tout se passe comme je le souhaite, j'espère même en être le propriétaire sous peu.

Megan ne fut pas plus ébahie que s'il l'avait brusquement ligotée pour la traîner dans la boue.

— Jamais ! répliqua-t-elle sur un ton farouche.

L'idée de céder le ranch à l'homme qui avait volé son grand-père lui était insupportable.

Curieusement, sa réponse véhémente eut surtout l'air d'amuser Jake.

— Tu projettes donc de le gérer toi-même ? demanda-t-il.

La question décontenança Megan. En fait, elle n'avait pas encore songé à ce qu'allait devenir l'exploitation. Depuis qu'elle avait appris la mort de Tex, seul le vide immense qui s'était soudain creusé dans son existence l'avait préoccupée — car, même de loin, Tex O'Rourke avait toujours beaucoup compté pour elle. Jamais plus elle ne l'entendrait dire de sa voix bourrue le « je t'aime, ma fille » par lequel il concluait chacune de leurs conversations téléphoniques, y compris les plus houleuses.

Mais le ranch, ce ranch qu'elle détestait, pas un seul instant elle n'y avait pensé.

Bien sûr, il serait à elle maintenant. A part Sarah, elle était la seule proche parente vivante de Tex. Il avait dû compter sur elle pour reprendre les rênes de son empire, c'était à peu près certain. Peu lui importait qu'elle n'y connaisse presque rien en matière de bétail, qu'elle déteste ce travail ou qu'elle soit pleinement satisfaite de la vie qu'elle s'était choisie à New York. Tout au long de son existence, Tex n'avait jamais obéi qu'à un seul principe : le *devoir*.

Megan sentit en elle le chagrin céder au désespoir. Elle s'estimait incapable de se charger du ranch. Et surtout, elle ne pouvait ni ne voulait rester ici. C'était aussi simple que cela. Nul besoin de réfléchir au dilemme moral qui s'imposait à elle ni de l'examiner sous toutes les coutures : elle demeurerait à Whispering Wind le temps de régler la succession, puis regagnerait aussitôt New York.

— Alors, Meggie, quelle est ta décision ? Tu restes ou tu repars ?

— Je ne resterai pas, admit-elle. Mais du diable si je te vends jamais le ranch. Je préfère encore le laisser tomber en ruine plutôt que de te le céder.

Elle ne releva même pas l'arrogance avec laquelle il prétendait avoir les moyens de se le payer. A supposer qu'il eût amassé des millions, ce ne serait pas encore assez à ses yeux pour le ranch de Tex — pas au prix qu'elle en exigerait pour dissuader Jake de l'acheter.

— On verra bien, déclara-t-il. Tu as encore le temps de prendre une décision.

L'assurance tranquille avec laquelle il laissait ainsi entendre qu'elle pourrait changer d'avis désarçonna Megan. Le Jake dont elle avait le souvenir aurait été mis en fureur par son refus dédaigneux, ce qui l'aurait elle-même incitée à camper sur sa position. L'homme qui lui parlait aujourd'hui usait d'une circonspection qui lui laissait du champ, la possibilité de revenir plus tard sur une décision hâtive sans avoir à perdre la face. Pourquoi ça ? Quelle idée avait-il donc derrière la tête ? Son grand-père avait-il conclu avec lui un accord dont elle ignorait tout ?

Elle sentit son regard posé sur elle et se força à le dévisager.

— Qu'y a-t-il ?

— Je ne te l'ai pas encore dit, Meggie, mais je suis désolé pour Tex. Je sais que tu l'aimais. Mieux : je sais qu'il t'aimait. N'oublie jamais ça, dans les jours à venir.

Son ton révélait une réelle compassion. Et cela seul avait de quoi surprendre Megan. Toutefois, elle avait la certitude que son conseil recélait autre chose. Un avertissement, peut-être ? Cherchait-il à la prévenir qu'elle n'était pas au bout de ses émotions ? Ou voulait-il simplement lui signifier qu'il avait conscience que les formalités des funérailles, ainsi que l'enterrement lui-même et son deuil seraient pour elle des épreuves pénibles ? Oui, ce devait être ça. Elle ne voyait pas à quoi d'autre il pouvait faire allusion.

En sentant des larmes aussi inattendues qu'inopportunes lui mouiller les yeux, en réaction à la compassion de Jake, elle détourna la tête et fixa la vitre de sa portière tandis qu'il déboîtait et prenait le chemin du ranch. Le trajet dura une heure, durant laquelle ils échangèrent à peine quelques mots. Jake paraissait heureux de la laisser plongée dans ses pensées. Plus d'une fois, elle désira qu'il lui dise quelque chose, n'importe quoi, rien que pour avoir l'occasion de se disputer avec lui. Ce silence lui donnait trop de temps pour regretter Tex, pour appréhender son retour dans une maison vide.

Lorsqu'ils s'engagèrent sur la longue allée sinueuse menant au ranch, le soleil avait disparu derrière un banc de lourds nuages gris. De gros flocons de neige à moitié fondus s'écrasaient sur le pare-brise. Et quand enfin Megan sortit de la tiédeur de la voiture, l'air lui parut coupant.

Confiant le soin de ses bagages à Jake, elle courut jusqu'à la porte du corps de logis et s'arrêta net sous la véranda en voyant la porte s'ouvrir sur une fillette âgée d'environ huit ans aux yeux gonflés et rouges de larmes.

— Qui t'es, toi ? lança-t-elle en levant les yeux sur Megan.

— Megan O'Rourke, répondit-elle machinalement, avant d'estimer que c'était plutôt à elle de poser des questions. Et toi, qui es-tu ?

— Tess. Et je vis ici, ajouta la fillette avec un rien de défi dans la voix.

Megan en demeura bouché bée, aussi ahurie que si l'enfant avait proféré la plus grossière des obscénités.

— C'est impossible, murmura-t-elle enfin alors que Jake, qui venait de la rejoindre sous la véranda, lui prenait le coude pour la guider à l'intérieur de la maison.

La fillette le dévisagea avec à peine plus de cordialité.

— On va bientôt dîner. Tu restes encore manger avec nous ?

Jake ignora la froideur de l'invitation et esquissa une grimace comique.

— Il y aura du poulet aux knödels ?

Tess opina.

— D'après Mme Gomez, c'est son plat préféré, précisa-t-elle avec un geste en direction de Megan.

Elle décocha à cette dernière un nouveau coup d'œil méfiant et ajouta :

— Moi, je déteste le poulet aux knödels.

Puis elle tourna les talons et repartit en direction de la cuisine. Megan la suivit un instant des yeux et s'affala sur le siège le plus proche.

— Qui est cette enfant et que fait-elle ici ? interrogea-t-elle en redoutant d'avance la réponse.

Quelle que soit cette réponse, elle était certaine qu'elle n'allait pas l'aimer. La chevelure auburn et embroussaillée de la fillette trahissait assez son ascendance : c'était une O'Rourke.

— Elle s'appelle Tess, commença Jake.

— Elle vient de me le dire.

— Tess O'Rourke.

La confirmation de ses craintes procura un long frisson à Megan, qui planta son regard dans celui de Jake.

— Je t'en prie, ne me dis pas que...

Elle s'interrompit, incapable d'aller plus loin.

— Si, déclara Jake. C'est la fille de ton grand-père. Ce

qui, techniquement parlant, fait d'elle ta tante, mais je crois qu'on te pardonnera si tu ne l'appelles pas tatie Tess.

Megan avait espéré qu'il s'agirait plutôt de quelque cousine éloignée. Voire d'une sœur. Mais une *tante* ? C'était grotesque !

— Je n'y crois pas, murmura-t-elle. Je n'y crois pas.

— Essaye quand même.

— Mais comment est-ce arrivé ?

— De la manière habituelle, j'imagine. Tout ce que je sais de façon certaine, c'est que Tex a découvert son existence pour la première fois il y a quelques mois de cela. Elle avait été abandonnée sur le pas de sa porte. Il n'a pas jugé nécessaire de te mentionner l'événement au téléphone.

— Et je comprends ses réticences, répliqua Megan avec humeur.

Jake la dévisagea avec compassion.

— Ça va ?

— Un peu secouée, c'est tout.

— Tant mieux, parce que c'est maintenant que ça va devenir vraiment intéressant.

Megan secoua la tête.

— Je ne suis pas sûre de pouvoir en supporter plus.

— Bah, tu t'adapteras. Tu es douée pour ça, non ?

Il avait prononcé ces derniers mots sur un ton plus accusateur qu'élogieux. Il reprit la parole avant qu'elle ait eu le temps d'en chercher la raison.

— En vertu du testament de ton grand-père, annonça-t-il, tu es la tutrice légale de Tess.

— Non ! chuchota-t-elle, abasourdie par cette perspective, et plus encore par le poids des responsabilités qui lui étaient ainsi échues.

Elle n'avait pas projeté d'avoir des enfants, du moins

pas sans suivre le parcours habituel — mariage et une grossesse, neuf mois afin de se faire à cette idée. Or, on ne lui accordait même pas neuf secondes.

Elle essaya de s'imaginer en train de ramener une enfant avec elle à New York et de trouver à la caser dans un emploi du temps déjà surchargé. Son imagination, pourtant vive d'ordinaire, échoua lamentablement.

— Il y a sûrement une autre solution. Mme Gomez...

— Elle t'aidera, naturellement, assura Jake. Elle m'a d'ailleurs promis de rester ici aussi longtemps que tu aurais besoin d'elle.

— Eh bien, voilà ! s'exclama Megan avec gratitude, soulagée de voir le problème aussi vite résolu.

— Tu ne peux abandonner Tess à Mme Gomez comme ça et t'en aller, objecta Jake.

— Et pourquoi pas ?

— Parce que Tex a été extrêmement précis dans son testament. Je t'en confierai plus tard une copie.

La connaissance intime qu'il semblait avoir des dernières volontés de Tex réveilla les soupçons de Megan.

— Et comment se fait-il que tu sois aussi bien au courant du contenu de ce testament ? s'enquit-elle en plissant les yeux.

— Parce que c'est moi qui l'ai rédigé. Et, crois-moi, c'est du béton.

Megan se demanda combien de chocs son cœur pourrait encore supporter avant qu'elle ne finisse dans une tombe, juste à côté de Tex.

— Tu es avocat ?

— Et un bon — si je puis me permettre. Contreviens à une seule des clauses énoncées par Tex, et le ranch est mis à l'encan. En d'autres termes, ajouta Jake avec un sourire triomphant, il sera alors à moi, Meggie, et tu ne pourras strictement rien y faire.

3.

Jake ne savait au juste ce qui lui avait pris dans la voiture. Pourquoi avait-il proclamé son intention de s'approprier le ranch de Tex ? Certes il caressait cette idée, mais il n'avait pas encore arrêté de décision à ce sujet. Loin de là. Il en était encore à peindre l'intérieur du modeste pavillon qu'il avait acheté en ville, découvrant à cette occasion qu'il aimait réparer les robinets qui fuyaient et combler les fissures dans les murs. Qu'avait-il donc besoin d'un ranch ?

Bien sûr, posséder une telle étendue de terrains représentait la respectabilité. Même les plus méfiants à son égard, à Whispering Wind, devraient le prendre au sérieux s'il devenait le plus gros fermier de la région. Mme Perkins, la propriétaire du grand magasin d'alimentation de la ville, arrêterait peut-être de le suivre dans sa boutique comme s'il avait l'intention d'y dérober une miche de pain. Oui, c'était là un avantage qui avait de quoi l'attirer. Pourtant, il avait l'intuition que ses mobiles étaient autrement plus compliqués.

Faire enrager Meggie, par exemple. L'inciter à demeurer dans le coin afin qu'elle veille sur une fillette qui avait besoin d'amour. Car si Tess ne lui manifestait pas une affection débordante, il était bien obligé d'admettre qu'il éprouvait une certaine tendresse pour elle.

Après tout, cette enfant était issue d'un milieu qui ne différait guère du sien. Qu'elle en fût consciente ou non, Tess avait plutôt eu de la chance que sa mère l'abandonne devant la porte de Tex. Malgré ses manières bourrues, ce dernier était un homme sur qui on pouvait compter. Le perdre si vite et si brusquement était pour elle un sale coup. Quant à se retrouver avec Meggie pour mère, eh bien, seul l'avenir dirait si c'était une aubaine ou non.

Tandis que Megan était montée se rafraîchir avant le dîner — et essayer probablement de rassembler ses idées —, Jake se rendit dans la cuisine, où il s'était senti chez lui depuis jour où il avait franchi le seuil de cette pièce pour la première fois, des années plus tôt. Mme Gomez avait toujours correspondu à l'image qu'il se faisait de la mère parfaite et différait tellement de sa propre génitrice qu'il aurait pu la croire sortie tout droit d'un conte de fées. Tantôt emportée et tantôt aimante, elle avait toujours une gâterie dans le four.

— Assieds-toi, assieds-toi, l'exhorta-t-elle en lui indiquant la table.

Le parfum du sucre et du chocolat se mêlait au fumet du poulet mijotant sur la cuisinière. Incapable de se retenir, Jake chipa un cookie encore tiède sur la plaque de cuisson, puis s'installa à la table de la cuisine.

— Comment ça se fait qu'il a droit à un cookie avant le dîner et pas moi ? demanda Tess.

— Parce que c'est un grand et que je ne peux pas lui donner des ordres, répliqua la gouvernante.

— Moi non plus, tu ne peux pas me donner des ordres ! affirma Tess. Je ne suis pas ta fille.

— Non, *niña*, mais tu es sous ma responsabilité et je veillerai à ce que tu restes dans le droit chemin, parce que c'est ce que ton père aurait voulu.

— Tu parles d'un père ! marmonna la fillette. Il ne savait même pas que j'existais avant que j'arrive ici. J'imagine que ma mère et lui ne devaient pas être très proches.

Surprenant le regard désemparé de Mme Gomez, Jake décida d'intervenir.

— Il a su être là au bon moment, n'est-ce pas ? Il t'a recueillie, il t'a donné un foyer. Ces derniers mois n'ont pas été si pénibles que ça...

Les yeux d'un vert étincelant de la fillette se brouillèrent de larmes, ce qui rappela à Jake une autre gamine, à une autre époque. La lèvre inférieure de Tess frémit, mais elle n'en redressa pas moins fièrement son menton de O'Rourke.

— Ça me fait une belle jambe, maintenant ! lança-t-elle. Il est mort et j'ai pas envie de rester avec l'autre, ajouta-t-elle avec un mouvement de tête en direction de la porte.

— Je serai là, moi aussi, lui promit Mme Gomez. Nous allons tous très bien nous entendre.

— Et moi aussi, je serai là, précisa Jake.

— Pas tant que je serai vivante, lança Megan en s'avançant dans la pièce.

Elle se dirigea tout droit vers Mme Gomez, qui lui ouvrit aussitôt les bras pour l'embrasser.

— Ah, *niña*, c'est si bon de te revoir à la maison — dommage que ce soit dans de telles circonstances, articula la gouvernante avant de lui glisser un doigt sous le menton et de la regarder dans les yeux. Tu tiens le coup, hein ? Veux-tu un peu de thé ? J'ai toutes tes variétés préférées : à la framboise, à l'orange et j'en passe.

Jake nota que Megan avait les paupières légèrement gonflées, et il en déduisit qu'elle avait dû se laisser aller à une bonne crise de larmes dans sa chambre, là où elle pouvait pleurer sans témoin. Elle s'était toujours comportée ainsi, et c'était là un legs de Tex, à n'en pas douter. Ce dernier avait toujours détesté l'étalage de sentiments ; plus d'une fois, Jake avait vu Megan ravaler son chagrin, aussi grande que fût sa douleur physique ou sa peine.

— Ça va, affirma-t-elle.

Puis, comme Jake, elle prit à son tour un cookie et mordit dedans, sans prêter garde à l'expression dégoûtée de Tess.

— J'en ai marre ! s'exclama cette dernière. Tout le monde fait ce qui lui plaît sauf moi !

Repoussant brutalement sa chaise, elle alla ouvrir la porte de service et disparut bientôt dans les ombres du crépuscule.

— Elle n'a pas pris son manteau, dit Mme Gomez sur un ton soucieux en désignant la patère près de la porte à laquelle pendait une veste rouge fourrée. Il fait trop froid dehors pour qu'elle sorte comme ça.

— J'y vais, se proposa Jake en posant une main sur son épaule. Toi, reste ici avec Megan.

Heureux d'avoir ainsi trouvé un prétexte pour échapper à la nervosité qu'il éprouvait en présence de Megan, il se saisit du manteau de Tess et alluma la lampe extérieure avant de sortir. Il aperçut aussitôt la fillette qui se dirigeait en catimini vers la grange et devina qu'elle y était attirée par les chatons auxquels on avait ménagé là une litière.

Il la trouverait certainement agenouillée devant la boîte en carton garnie d'une vieille chemise en flanelle, une des préférées de Tex. Jake se demanda si elle avait été réquisitionnée dans ce but avant ou après le décès du vieil homme... Il sourit en voyant les petites boules de fourrure orange et blanches qui trébuchaient dans la boîte à la recherche du sein maternel.

— Ils grandissent vite, remarqua-t-il en s'accroupissant près de Tess. Tu as un favori ?

— Pas vraiment, répondit-elle, sans pour autant quitter des yeux la portée nichée contre le flanc de la chatte.

Jake tendit le bras pour écarter un peu les chatons et permettre ainsi au plus petit d'atteindre à son tour une mamelle.

— On dirait que celui-ci a besoin d'une attention particulière, dit-il.

Il songea que c'était aussi le cas de Tess — ainsi que celui de Megan, même si cette dernière aurait certainement détesté de se voir mise sur le même plan que la fillette.

— Oui, je suppose.

— Peut-être devrais-tu penser à l'adopter et à l'emmener à l'intérieur. Il est assez grand, maintenant, et tu pourrais le nourrir toi-même au biberon pendant une semaine ou deux.

— C'est pas possible, murmura Tess avec regret.

— Pourquoi ?

— Tex me l'a interdit.

— Et il t'a expliqué pourquoi ?

— Il a dit qu'il ne voulait pas d'un sale chat à la maison qui lui flanquerait des puces et lui grifferait les meubles.

Jack réprima un sourire : il y avait fort à parier qu'il s'agissait effectivement des paroles exactes de Tex.

— Tu sais ce que je crois ?

— Non.

— Eh bien, je crois que si Tex pouvait voir à quel point tu t'es sentie seule ces derniers temps, il changerait d'avis.

Le visage de la petite fille s'illumina.

— Ah oui ?

— Absolument ! confirma Jake sans vergogne.

Après tout, le vieil homme n'était plus là pour le contredire. Et en cet instant, Tess avait besoin de s'occuper d'un être plus faible et plus nécessiteux qu'elle-même. Mme Gomez n'y verrait sans doute aucune objection. Il savait du reste qu'elle avait plein de chats chez elle. Elle avait l'habitude de recueillir tous les égarés qui échouaient devant sa porte — dont lui-même jadis. Plus d'une fois, en effet, c'était vers elle qu'il s'était réfugié quand il ne pouvait supporter de passer une nuit de plus sous le même toit que sa mère et ses « invités ».

Il leva les yeux et constata que Tess le dévisageait avec intensité.

— Je peux te poser une question ? demanda-t-elle.

— Bien sûr.

— Est-ce qu'elle va me garder ?

— Megan ?

Tess hocha la tête avec un air morne.

— J'ai pas l'impression qu'elle m'aime beaucoup.

— Tu l'as un peu prise de court, c'est tout. Personne ne lui avait parlé de toi auparavant.

— Ouais, eh bien, ça ne m'a pas fait plaisir non plus de la voir débouler ici comme si elle était la reine du château !

— C'est pourtant à elle qu'appartient désormais cette maison, rappela Jake d'une voix douce.

— Alors, pourquoi elle vit pas ici ?

— Parce qu'elle a un travail à New York.

— Ah oui, son émission de télé ! articula Tess sur un ton faussement désintéressé que démentait la lueur de fascination brillant dans ses yeux. Tex la regardait de temps en temps. Il croyait que j'en savais rien, mais des fois je me cachais derrière son gros fauteuil, dans le bureau, et lui, dès que le dîner était fini, il venait mettre une cassette et la regarder en se parlant à lui-même.

— Et tu l'entendais ? Que disait-il ?

— Il disait que c'était une foutue connerie. Tu sais ce que je crois, quand même ?

— Non. Quoi donc ?

— Qu'il était sacrément fier d'elle. Il ne me regardait jamais comme il la regardait, elle, à l'écran. Je pense que pour lui je comptais pour du beurre, conclut Tess en baissant les yeux.

Jake préféra ne pas relever cette dernière remarque.

— Tu sais, mon bouchon, lui lança-t-il d'une voix joviale, tu as vraiment besoin de corriger ton langage. Les vraies dames ne jurent pas autant que toi.

— Peut-être que j'ai pas envie d'être une vraie dame.

En la voyant adopter de nouveau un ton plein de défi, Jake ne put s'empêcher de sourire.

— Et que veux-tu devenir ?

L'expression de la fillette s'éclaircit aussitôt.

— Une fermière, comme Tex, déclara-t-elle avec résolution. Comme ça, je pourrais commander aux autres à mon tour, me faire un tas d'argent et monter des chevaux.

Elle redressa la tête et riva son regard à celui de Jake.

— Il était en train de m'apprendre à monter, reprit-elle, et tu sais quoi ? C'est à ce moment-là que c'est arrivé. Il est tombé par terre, d'un coup. J'ai crié et appelé au secours, mais il a fallu une éternité pour que quelqu'un arrive. Je savais pas quoi faire. J'avais vu ce truc sur le massage cardiaque, à la télé, mais je savais pas comment me débrouiller. J'ai essayé quand même, mais ça a servi à rien.

Elle s'interrompit de nouveau, les épaules secouées de sanglots.

— Je... je ne voulais pas qu'il meure ! lâcha-t-elle tout à trac en se précipitant vers Jake.

Ses petits bras maigrelets étreignaient si fort le cou de ce dernier qu'il pouvait à peine respirer.

— Des fois, je... je lui ai dit que je le détestais et que je voulais qu'il meure, avoua-t-elle, mais je le pensais pas. Non, je l'ai jamais pensé.

— Je sais, mon bébé, je sais, lui assura Jake, complètement désemparé. Tex était malade. Ce n'était pas ta faute.

— Mais si j'avais été là, peut-être qu'il ne serait pas devenu malade.

— Non, tu te trompes. Il souffrait du cœur depuis un moment déjà, il me l'a confié lui-même. Et il a fini par avoir une attaque. Cela aurait pu arriver à n'importe quel moment. Je te jure que tu n'as rien à voir là-dedans.

Les sanglots de Tess s'apaisèrent peu à peu. Elle renifla, accepta le mouchoir que lui tendait Jake et se moucha. Elle battit ensuite des paupières pour chasser ses dernières larmes et dévisagea Jake d'un regard plus serein.

— J'ai une idée.

— Quoi donc ?

— Et si je venais vivre avec toi ?

Jake songea qu'il l'avait bien cherchée, celle-là. Il s'était fait un devoir de passer un peu de temps avec la gamine au cours de la dernière quinzaine, prévoyant ses réactions et sachant qu'elle aurait besoin d'un ami avant de pouvoir s'adapter à tous les bouleversements de sa vie.

Lui rendre visite n'avait en aucun cas représenté pour lui un quelconque sacrifice. C'était une enfant brillante et drôle, et elle avait la langue bien pendue. Elle ne l'aimait pas, certes, se défiait de lui et ne se gênait pas pour le lui dire, mais Jake avait passé outre ses rebuffades et continué à la soutenir. Qu'elle recherchât maintenant sa compagnie prouvait qu'il avait bien agi. Moyennant de la persévérance, il avait réussi à contourner ses défenses. Il était donc essentiel qu'il procède désormais avec la plus grande prudence.

Il prit ses mains entre les siennes et la regarda droit dans les yeux.

— Tu sais bien que ce n'est pas possible, mon chou. Je te l'ai déjà expliqué. Tex a fait de Megan ta tutrice légale au cas où il lui arriverait quelque chose.

— Elle veut pas de moi ! répliqua Tess en dégageant ses mains pour poser les poings sur ses hanches. Tu sais qu'elle n'a pas envie de moi. Je vais gâcher sa vie.

— Il lui faudra simplement un peu de temps pour se faire à cette idée, tout comme il t'a fallu du temps à toi-même pour t'habituer à vivre ici avec ton papa. Pour l'instant, tout le monde est vraiment bouleversé par la disparition de Tex. Mais, comme je te l'ai déjà dit, je serai là. Tu peux me parler quand tu veux. Mais tu ne peux pas vivre avec moi.

— Alors, je retrouverai ma mère.

Jake avait prévu que cette pensée finirait tôt ou tard par lui venir à l'esprit. Aussi, plutôt que de chercher à l'écraser dans l'œuf, demanda-t-il tranquillement à la fillette :

— Et tu as une idée de l'endroit où elle est ?

— Non, mais je la retrouverai. Je n'aurai qu'à poser des questions à tout le monde et quelqu'un finira bien par me le dire. Elle a dû retourner à Laramie. C'est là-bas qu'on habitait avant qu'elle m'amène ici.

Jake ne nourrissait guère d'illusions. Il avait lui-même écumé en vain la ville de Laramie à la recherche de la mère de Tess.

— Il est probable qu'elle a déménagé, mon chou.

— Je la retrouverai ! répéta Tess. Je le sais.

— Dis-moi une chose, reprit Jake. Tu étudies la géographie à l'école, n'est-ce pas ?

— Bien sûr.

— Dans ce cas, tu sais que les Etats-Unis sont un grand pays. Ta mère pourrait être n'importe où.

Elle le dévisagea un moment en silence, les traits soudain décomposés.

— Autrement dit, articula-t-elle, ça pourrait me prendre la vie entière ?

— J'en ai peur.

— C'est pas juste, murmura-t-elle. Rien n'est juste.

— Non, acquiesça Jake avec douceur. Ça n'est vraiment pas juste que tu aies perdu ton papa avant d'avoir eu réellement la chance de mieux le connaître. Et ça n'est pas juste non plus que ta mère t'ait laissée tomber. Mais tout va s'arranger, Tess, crois-moi. Megan a bon cœur. Tu t'entendras avec elle.

— Tu peux pas la forcer à s'occuper de moi, affirma la fillette avec la sombre résignation de qui a appris trop tôt que l'amour ne suffisait jamais, même de la part de ses propres parents.

— Non, je ne peux pas l'y forcer, mais je n'en aurai pas besoin, mon chou. Je sais qu'elle prendra soin de toi.

Et s'il ne pouvait l'y forcer, pensa-t-il, du moins était-il en mesure de l'y inciter fortement. Tex lui en avait donné les moyens, et cette enfant le méritait.

Comme quoi, pensa-t-il, le vieux renard n'avait pas tort : Jake se réjouissait à l'avance de veiller à ce que Megan O'Rourke reste dans le droit chemin.

Si cela n'avait tenu qu'à Megan, l'enterrement de Tex se serait déroulé dans la plus stricte intimité. Toutefois, Jake lui communiqua une lettre dans laquelle Tex avait détaillé ses dernières volontés pour l'organisation de ses funérailles ; et il désirait une cérémonie somptueuse, alors même qu'il n'avait plus mis le pied à l'église des années durant.

« Cette messe n'est pas pour moi, avait-il écrit. A ce moment-là, je me trouverai déjà là où je dois être. Elle est pour toi, Megan. Je veux que tu soies entourée par les gens stables et solides du coin. Peut-être cela t'aidera-t-il à te rappeler ce que ça fait d'avoir des amis qui peuvent partager ta peine et te soutenir sans rien attendre en retour. M'est avis que tu as accumulé suffisamment de représentants de l'autre espèce à New York. »

Megan soupira en lisant ces mots. C'était bien Tex de profiter ainsi de la rédaction de ses dernières volontés pour lui décocher une ultime pique quant à son style de vie. Elle se força à reprendre sa lecture.

« Quand toute cette agitation sera terminée, enterre-moi tranquillement sur cette butte qui domine le ruisseau. J'ai déjà commandé ma pierre tombale. Ça n'a rien de fantaisiste, alors ne va pas verser dans le mélo. Que tout cela reste carré et simple, c'est ce qui me conviendra le mieux. »

Quand elle eut achevé sa lecture, elle replia soigneusement la lettre et la rangea dans l'enveloppe blanche sur laquelle Tex avait inscrit son prénom de son écriture heurtée.

— Je suppose que tu en connais déjà le contenu, lança-t-elle à Jake, irritée de savoir qu'il avait été dans les confidences de son grand-père alors que ce n'était pas son cas.

— Dans les grandes lignes, confirma-t-il. Manifestement, c'est à toi que revient de régler les détails, mais il m'a notifié par ailleurs ses desiderata.

— Et bien sûr, je lui obéirai, déclara Megan avec humeur.

Jake l'étudia attentivement.

— En tout ?

— Tu veux parler de Tess, n'est-ce pas ?

— Absolument.

— Ecoute, Jake, je suis incapable d'y réfléchir maintenant. Totalement incapable. Je me sens...

Sa voix mourut, et elle leva les mains en un geste d'impuissance qui ne lui était guère coutumier.

— Perdue ? Dépassée ? Furieuse ? suggéra-t-il.

Elle se prit à sourire de la litanie, qui était singulièrement exacte et lui rappelait l'époque où Jake lisait sans peine dans son esprit.

— Plutôt, oui, admit-elle.

— Il y a certains problèmes que tu auras à résoudre par toi-même mais, pour ce qui concerne les funérailles, si tu acceptes les souhaits de Tex, tu peux te reposer et me laisser la suite. Je m'occuperai de la messe et de l'enterrement.

La proposition était tentante. Pourtant, de nouveau consciente de son devoir, Megan répugnait à confier cette tâche à Jake.

— Cette responsabilité est la mienne.

Il secoua la tête et esquissa une grimace comique.

— Ah ! Meggie, tu ne sais toujours pas lâcher la bride, hein ? Je m'étonne que tu ne sois pas déjà consumée par toutes les activités que tu mènes à New York. Fais-tu au moins confiance à quelqu'un pour les moindres détails ?

Elle pensa alors à Todd et à l'incroyable efficacité de ce dernier.

— Evidemment !

Jake soutint son regard, l'air sceptique.

— Vraiment ?

Bon, soit, reconnut-elle en son for intérieur, il fallait qu'elle donne son aval à peu près à tout. Et quand un de ses employés venait à s'irriter de ce manque de confiance, elle lui répliquait que c'était son nom qui était sur la couverture du magazine, son visage à l'écran et sa réputation en jeu. Pas question, néanmoins, de l'admettre devant Jake.

— C'est un enterrement, pas une investiture présidentielle, souligna-t-elle. Je peux m'en sortir toute seule. Je t'appellerai à ton cabinet au moment voulu.

Jake sourit et se renfonça contre le dossier du fauteuil en face d'elle — le fauteuil de Tex, celui de cuir, qui était surdimensionné afin de convenir à un homme imposant. Jake y paraissait aussi à l'aise que Tex naguère. Le soulagement que Megan éprouvait à voir Jake assis là la déconcertait. Sans doute la maison lui paraissait-elle trop vide sans Tex, se dit-elle. Et cette impression aurait persisté quand bien même elle eût été bondée... Toutefois, et bien qu'un voleur de bétail fît un piètre remplaçant pour l'homme honorable qu'avait été son grand-père, elle lui était un peu trop reconnaissante à son goût de se trouver ici. Il était donc d'autant plus important qu'elle l'éloigne.

— Tu as entendu ce que j'ai dit ? s'enquit-elle avec brusquerie.

— Essaierais-tu de me chasser, Meggie ?

— Tel est mon vœu, oui, admit-elle sans ambages. Je suis fatiguée, Jake. La journée a été longue et pénible.

— Je m'en doute. Il nous reste quand même encore quelques problèmes à discuter.

— Ce soir ?

— Je le crains.

— Quel genre de problèmes ?

— Tess.

Rien qu'à songer à la fillette, Megan se sentait prise de migraine.

— Je te répète que je ne suis pas encore prête à considérer son cas.

— Tu ne peux quand même pas l'ignorer, Megan. Elle ne se sera pas volatilisée dans les airs demain matin.

Megan ferma les yeux, comme si elle pouvait ainsi nier la réalité de ces propos. Malheureusement, Tess était tout ce qu'il y avait de plus réel et, à l'évidence, elle relevait de sa responsabilité. Elle n'avait pas besoin de voir les instructions de Tex au sujet de la fillette inscrites noir sur blanc pour être convaincue de leur authenticité : malgré tous les défauts de Jake, elle doutait que ce dernier ait eu l'impudence de lui mentir sur un point aussi important.

— Je suis incapable de m'en occuper maintenant.

— Il le faut, pourtant, insista-t-il.

— Mais ne viens-tu pas de me signifier à l'instant que Tess n'était pas censée quitter la maison durant la nuit ? Je réfléchirai à la situation demain.

— Ou après-demain ou encore le jour d'après, ironisa Jake. C'est une enfant, Megan. Tu ne peux la mettre de côté à ta convenance. Elle a besoin qu'on l'assure que tout se passera bien, que tu vas désormais prendre soin d'elle. Elle est déjà persuadée que tu ne veux pas d'elle. Peux-tu imaginer à quel point ça doit la perturber ?

Le souvenir d'une autre petite fille terrorisée et perturbée revint alors hanter la mémoire de Megan. Aussitôt, elle s'efforça de le chasser de son esprit, de le refouler là où il aurait dû rester, dans les profondeurs du passé.

— Et d'où te vient cette soudaine sollicitude ? demanda-t-elle à Jake. Je ne me rappelle pas t'avoir jamais connu la fibre paternelle.

— Il s'agit d'une simple question de décence. Tess est effrayée. Peux-tu le lui reprocher ? Tu es pourtant mieux placée que quiconque pour savoir ce que ça fait d'être abandonnée sur un pas de porte.

Megan ne put s'empêcher de frémir tandis que les souvenirs affluaient de nouveau. Cela s'était passé plus de vingt ans auparavant et elle se rappelait encore combien elle s'était sentie affreusement seule dans cette maison qui lui était alors étrangère, sachant que, cette fois, sa mère était très probablement partie pour de bon.

Mais pourquoi donc toutes les femmes que Tex avait connues — sa propre fille, la mère de Tess et elle-même — s'enfuyaient-elles ainsi ? S'étaient-elles senties menacées par son écrasante personnalité ? Avaient-elles éprouvé le besoin de s'échapper pour mieux se trouver elles-mêmes ?

— J'irai voir Tess quand je monterai me coucher, articula-t-elle avec résignation, sachant que cette promesse était le prix à payer pour que Jake la laisse en paix.

— Que tu lui donnes un bisou et bordes son lit ne suffiront pas à la rassurer, répliqua-t-il, visiblement insatisfait.

— Je le sais bien, bon sang ! s'exclama Megan, agacée par son insistance. Je ferai ce que je peux, voilà ! Toi, tu es courant de cette situation depuis... quoi ? Des semaines ? Des mois ? Moi, je n'ai eu qu'un jour pour m'y habituer. Alors, tu m'excuseras si je ne me montre pas encore à la hauteur. Comme tu viens d'ailleurs de le rappeler, je n'ai pas eu de mère dans ma vie pour me servir d'exemple aujourd'hui.

Pour le coup, Jake parut vaguement coupable.

— Désolé. Je n'avais pas l'intention de rouvrir d'anciennes blessures.

— Mais si. Et tu as eu raison, convint-elle en soupirant. Je devrais être plus compréhensive envers Tess, étant donné que je suis passée par là moi aussi.

Elle repensa à l'attitude de la fillette au cours du dîner : Tess n'avait cessé de l'asticoter.

— Elle ne me rend pas non plus les choses faciles, tu sais, ajouta-t-elle.

Jake n'en parut pas vraiment convaincu.

— Ah bon ?

Megan se rappela alors qu'elle avait elle-même constamment provoqué Tex jusqu'à ce que les principes fondamentaux qu'il entendait lui inculquer finissent par rentrer et s'enraciner en elle.

— Enfin, à mon avis.

— Ecoute, Meggie, c'est toi l'adulte, maintenant. Contente-toi d'agir avec elle comme tu aurais voulu qu'on se comporte avec toi jadis.

Sur ce, il se leva, manifestement satisfait d'avoir accompli son devoir.

— Si tu as besoin de quoi que ce soit, appelle-moi, conclut-il au moment de rejoindre la porte.

— Je m'en sortirai.

Il secoua la tête.

— N'hésite pas, je te dis. Quant à la suite du testament de Tex, on pourra toujours se pencher dessus après les funérailles, d'accord ?

Megan doutait que le document lui réserve encore d'autres surprises de taille — mais elle pouvait se tromper.

— J'ai hâte d'y être, marmonna-t-elle.

Dès que Jake fut parti, elle alla se glisser dans le fauteuil de Tex, tout comme elle l'avait si souvent fait par le passé, quand ce dernier venait juste de le quitter. Le cuir avait gardé la chaleur de Jake. Elle pouvait presque s'imaginer que c'était son grand-père qui venait de s'y asseoir. Cependant, c'était bien l'odeur de Jake qui l'environnait ce soir-là. En dépit de sa répugnance à accepter quoi que ce soit venant de lui, elle se blottit à l'endroit où il se tenait quelques instants plus tôt et se sentit réconfortée par les traces de sa présence.

Elle repensa à l'homme agaçant et envahissant qui venait juste de la quitter, à la petite fille en colère qui se trouvait à l'étage et au vieux renard qui était parti pour toujours.

— Oh ! Tex, chuchota-t-elle en refoulant ses larmes. Que m'as-tu fait ?

4.

La femme légèrement replète qui se tenait sous la véranda, les bras chargé de plats, avait une expression soucieuse, comme si elle n'était pas certaine d'être la bienvenue. Son arrivée avait pris Megan de court. A New York, il était rare que des gens passent ainsi chez elle, et quand c'était malgré tout le cas, il leur fallait franchir tout le dispositif de sécurité de l'immeuble avant de parvenir jusqu'à son appartement. La surprise, en l'occurrence, ne gâchait pas son plaisir : voilà trop longtemps qu'elle n'avait revu sa meilleure amie de jadis.

— Megan, c'est moi, Peggy, s'empressa d'annoncer la visiteuse d'une voix incertaine avant que Megan ait pu lui souhaiter la bienvenue. J'aurais sans doute dû t'appeler avant, mais on ne s'embarrasse pas trop de chichis par ici. Ce n'est pas comme à New York, j'imagine. Avec tout ce que tu fais, tu dois avoir trente-six secrétaires pour empêcher les gens de te déranger. Je te laisse juste ça et je file, ajouta-t-elle en tendant les plats à Megan.

Si elle avait pu ralentir son débit ne fût-ce qu'une seconde, Megan l'aurait accueillie d'une accolade, mais Peggy avait toujours babillé à perdre haleine. Et sa gêne aggravait encore ce défaut. Megan dut finalement la rattraper par le bras alors qu'elle tournait déjà les talons.

— Rentre donc ! lui proposa-t-elle. Tu ne vas pas t'enfuir comme ça !

Le visage de Peggy s'illumina.

— Tu es sûre ? Je tenais seulement à ce que tu saches que je pensais à toi. Je ne veux pas te déranger.

— Mais comment pourrais-tu me déranger ? Allons, entre. J'emporte ça dans l'autre pièce et je suis à toi.

Elle attendit que Peggy ait franchi le seuil avant d'emporter les plats encore chauds dans la salle à manger, dont la table croulait déjà sous les présents des autres voisins. Quand elle revint dans le vestibule, Peggy la considérait toujours d'un air hésitant.

— Je n'étais pas sûre que tu te souviendrais de moi, avoua-t-elle.

— Comment as-tu pu penser une chose pareille ! s'exclama Megan, abasourdie. Nous avons grandi ensemble. J'ai dormi chez toi chaque fois que Tex m'y autorisait. Tu connais plus de mes secrets que n'importe qui d'autre sur la terre. Et tu as pu croire un seul instant que je t'aurais oubliée ?

Peggy haussa les épaules.

— Ça fait longtemps.

Elle avait proféré ces mots sur un ton dénué de reproche et de rancœur, à la manière d'un constat, ce qui fit mesurer à Megan la profondeur de sa rupture avec Whispering Wind et tous ceux qu'elle y avait jadis fréquentés. Peggy, notamment, n'avait eu droit depuis son départ ni à une carte, ni à une lettre, ni même à un simple coup de fil.

— Je suis désolée, déclara-t-elle avec sincérité. Jamais je n'ai pensé que je partirais si longtemps. Tu peux rester un moment ? Ça nous permettra de rattraper un peu le temps perdu.

Alors même qu'elle prononçait ces paroles, elle s'aperçut combien lui avait manqué une vraie confidente, quelqu'un qui la connût intimement sans jamais la juger. Elle avait maintenant des centaines de relations, mais seulement quelques bons amis et absolument personne qui lui fût proche depuis l'enfance. Revoir ainsi Peggy et se rappeler leurs confidences nocturnes, les rêves qu'elles avaient partagés et leurs irrépressibles fous rires lui faisait sentir ce manque avec une acuité nouvelle.

— Tu es sûre ? répéta Peggy. Je sais que tu dois avoir des milliards de choses à faire. Nous sommes tous désolés pour Tex. Si tu as besoin de quoi que ce soit, tu n'as qu'à nous appeler. Wilma, aux pompes funèbres, m'a dit qu'une messe était prévue. Tout le monde sera là, bien sûr. Tex était proche de beaucoup de personnes par ici. Je n'ai compris à quel point qu'une fois adulte et indépendante. Les enfants ne s'aperçoivent jamais de ce genre de choses, je crois.

Elle s'interrompit et eut une grimace comique.

— Comme tu vois, j'ai toujours la manie de parler sans arrêt. Tu n'as qu'à m'arrêter dès que ça te fatiguera. D'après Johnny, je serais capable de réveiller un mort rien qu'en lui causant. Il dit que c'est grâce à ça que je j'obtiens si souvent ce que je veux.

Megan fouilla sa mémoire. L'image d'un blondinet au visage couvert de taches de rousseur, à l'épi rebelle et au sourire timide lui revint à l'esprit.

— Tu t'es mariée avec Johnny Barkley ?

— Bien sûr ! répliqua Peggy. J'ai fantasmé sur lui assez longtemps. Mettons que je l'ai eu à l'usure... Nous avons trois enfants, maintenant, deux garçons et une fille, ce qui explique pourquoi j'ai réussi à attraper ces neuf kilos dont je me passerais bien et tous ces cheveux gris que tu ne vois pas à cause de la teinture blonde que j'ai mise dessus. Du diable si j'ai envie de paraître vieille avant l'âge comme ma mère ! Enfin, elle a une mine terrible, maintenant qu'elle est installée là-bas, dans l'Arizona. Elle s'est fait faire un lifting l'année dernière. Je te jure qu'elle a l'air presque aussi jeune que moi.

— En tout cas, pour ce qui te concerne, tu sembles te porter à merveille, affirma Megan avec la plus parfaite sincérité.

En dépit de son léger embonpoint, Peggy paraissait effectivement en forme et heureuse — rayonnante d'une satisfaction que, sans trop savoir pourquoi, Megan se surprenait à lui envier. Ses yeux verts, notamment, pétillaient de gaieté, tout comme jadis, du temps de leur jeunesse.

— Va donc t'installer dans le séjour, proposa Megan. Je vais demander à Mme Gomez de nous préparer un peu de thé. A moins que tu préfères du café ?

— Eh bien, je prendrai plutôt un soda, si tu en as. N'importe lequel.

— Un Dr Pepper ! s'exclama Megan en se rappelant soudain les goûts de son amie.

Elles en avaient vidé ensemble des caisses entières par le passé.

— Je parie qu'il y en a dans le frigo, ajouta-t-elle.

Dans la cuisine, elle trouva la gouvernante en train d'essayer de caser dans le réfrigérateur déjà rempli un autre plat apporté par une voisine. Elle était passée par l'entrée de service et n'avait pas souhaité déranger Megan.

— Encore heureux que l'enterrement ait lieu demain, déclara Mme Gomez. Autrement, toute cette nourriture aurait été gâchée. Remarque, ça ne serait pas une perte : personne n'a eu l'idée de nous préparer des *enchiladas*.

— Peut-être les gens croient-ils que c'est ta cuisine épicée qui a mis Tex dans la tombe, repartit Megan pour taquiner Mme Gomez, qu'elle tutoyait de nouveau, comme avant.

Elle regretta aussitôt sa plaisanterie en voyant les yeux de la gouvernante s'embuer de larmes.

— Allons, dit-elle en la prenant par les épaules, ne pleure pas ou je vais m'y mettre, moi aussi.

— Ça te ferait sans doute du bien. Mieux vaut exprimer ses émotions que les garder pour soi, comme Tex t'y obligeait. Tu te rappelles quand ce garçon, ce... Bobby Temple, c'est ça ? Il t'a poussée dans la boue alors que tu portais ton manteau d'hiver tout neuf. Tu t'es mise à pleurer sans t'arrêter. Alors, Tex t'a lancé un de ses regards et t'a dit : « Jeune fille, une O'Rourke redresse toujours le menton et jamais, au grand jamais ne pleure sur ce qui est fait. »

Mme Gomez avait rapporté avec exactitude les paroles de Tex — des paroles que Megan avait entendues si souvent. Elle serra une dernière fois la gouvernante contre elle.

— Oh ! j'aurai versé ma part de larmes avant la fin de l'enterrement, crois-moi, lui assura-t-elle. Pour l'instant, Peggy est là, et nous nous demandions s'il n'y avait pas du Dr Pepper dans le secteur...

Le visage de Mme Gomez s'illumina aussitôt.

— Je pense qu'il en reste dans la réserve. Je vais vous en remplir deux grands verres avec plein de glace, comme tu l'aimais, et je vous apporte ça tout de suite.

— Je m'en occupe. Tu as déjà suffisamment de travail.

Megan trouva une caisse pleine de Dr Pepper dans le garde-manger. Quand elle en ressortit avec deux canettes, elle considéra la gouvernante avec un air contrit.

— Je parie que tu attendais la visite de Peggy...

— Bien sûr, *niña* ! C'est ta meilleure amie. En des circonstances pareilles, elle ne pouvait que passer te voir.

« Quelle amie j'ai été ! » songea Megan avec amertume, tout en emportant les verres dans le séjour. Peggy s'était mariée et avait eu trois enfants sans qu'elle n'en sache strictement rien. Jamais elle n'avait eu l'idée de demander de ses nouvelles à Tex au téléphone, et lui-même n'était pas du genre à lui livrer spontanément des informations sur la vie locale.

Dans le séjour, Peggy s'était assise au bord du canapé, comme si elle allait bientôt repartir. Jadis, elle se serait pelotonnée à l'angle de ce même canapé usé après avoir ôté ses chaussures et pressé un gros oreiller contre son ventre.

Megan lui tendit un des verres et prit place à l'autre bout du sofa.

— Bon, d'accord : tu es mariée et tu as trois enfants. Quoi d'autre ?

Peggy lui lança un coup d'œil amusé.

— On voit bien que tu n'as pas d'enfants toi-même pour poser une question pareille, répondit-elle. Trois bambins en dessous de dix ans suffisent à remplir mes journées, quand ce n'est pas mes nuits.

Megan pensa alors à Tess, ainsi qu'à tous les bouleversements survenus récemment dans son existence.

— Je suppose que je vais d'ici peu m'en rendre compte, articula-t-elle.

C'était la première fois qu'elle envisageait tout haut cette perspective. Bien qu'elle eût prié le ciel de lui épargner cette épreuve, les propos de Jake ainsi qu'une longue nuit agitée l'avaient finalement persuadée qu'elle ne pouvait abandonner cette enfant, même si elles le désiraient toutes deux. Elle savait qu'elle se le reprocherait toute sa vie.

Peggy la considéra d'un regard compatissant.

— On t'a donc mise au courant pour Tess ? Je me posais justement la question.

— Oh ! oui, je suis au courant. C'est même la première chose que j'ai découverte en arrivant ici.

— Doux Jésus ! s'exclama Peggy, manifestement choquée. On ne t'en avait rien dit avant ? La ville ne parle que de ça depuis des mois ! J'étais certaine que Tex t'en avait au moins touché un mot.

— Personne n'a jugé utile de me prévenir, indiqua Megan sans rien cacher de son amertume. Mme Gomez, évidemment, a estimé que ce n'était pas à elle de le faire. Quant à Tex, il n'a pas jugé nécessaire de m'en informer au téléphone. Il a préféré que la bombe soit lâchée quand il ne serait plus là pour en subir les retombées. D'après son avoué, je suis censée me montrer à la hauteur de la situation.

— Il faudra que tu t'y adaptes, c'est certain, mais ce ne sera pas si terrible que ça. C'est une chouette enfant. Elle est souvent venue chez nous. Elle est amie avec ma fille, du moins dans ses bons moments. C'est qu'elle n'est pas toujours commode. Mais enfin, qui pourrait le lui reprocher ? Ça n'a pas dû être facile pour elle d'être abandonnée comme ça par sa mère et de se retrouver à la charge d'un inconnu. En voilà une, en tout cas, qui a mérité d'aller tout droit en enfer.

— Elle y sera en bonne compagnie avec les autres ex de Tex, déclara Megan. La coutume remonte à ma mère — sinon au-delà, vu que sa propre mère est morte alors qu'elle avait cinq ans.

Les joues de Peggy s'empourprèrent.

— Mon Dieu, je suis désolée ! Je ne sais pas où j'avais la tête. Ça remonte à si loin, ce qui t'est arrivé. Et puis, tu t'en es tellement bien sortie. J'étais loin de penser aux cicatrices que cela avait pu te laisser.

— Il n'y a pas de cicatrices, répliqua Megan avec raideur. Tu as raison : ma vie est aussi parfaite que je l'avais jamais rêvée.

— Parfaite ? Oui, c'est l'impression que tu donnes à la télé et dans ton magazine. Ça nous a d'ailleurs tous rendus carrément jaloux. Mais... quelle place au juste Tess va-t-elle avoir là-dedans ?

Megan soupira.

— Si seulement je le savais...

— Ouais, eh bien, en tout cas, si quelqu'un peut arranger les choses, c'est bien toi, reprit Peggy avec une confiance absolue. Après tout, n'es-tu pas celle qui montre à tout le monde comment fabriquer de la limonade avec des citrons ? Non, je te jure, je crois que tu pourrais prendre n'importe quelle vieillerie et la transformer en bibelot du dernier chic. Après ton émission de l'autre jour, j'ai ressorti un vieux landau de la cave et j'en ai fait une jardinière. Au début, Johnny a pensé que je voulais un autre enfant, et puis j'ai mis deux pieds de fougère dedans et il a reconnu que c'était du meilleur effet. D'après lui, c'est vrai, l'arrosage risque de pourrir le bois avant peu, mais bon, tout le monde aujourd'hui préfère acheter ses meubles au tout-pour-rien du coin. Le plastique est pratique, hein ? Même ma mère le dit, alors que ça me donne des frissons quand elle me sort ça. Tiens, la dernière fois que je suis descendue la voir dans l'Arizona, je te jure que j'en suis tombée à la renverse. Pour elle, la décoration, c'est ce qu'on trouve dans la première grande surface, point à la ligne. Si tu voyais comment elle a arrangé chez elle... un vrai méli-mélo ! Tu en pleurerais de dépit.

Megan gloussa.

— Oh ! Peggy, tu m'as manqué. Personne ne sait aller au cœur des choses comme toi. Ne change jamais, par pitié.

— Je ne crois pas que je le pourrais même si je le voulais. Je suis comme je suis et, grâce à Dieu, Johnny m'aime ainsi.

Elle s'interrompit un instant pour dévisager attentivement Megan.

— Toi, par contre, tu as changé.

— Mais encore ? demanda Megan.

Elle s'attendait à ce qu'elle lui parle des coûteuses décolorations de la coiffure sophistiquée, quoique d'un style court et plutôt simple, qui avait remplacé sa queue-de-cheval de jadis. Ou encore de ses vêtements élégants, qui offraient un contraste saisissant avec le jean usé et la chemise de coton élimée qu'elle chérissait dans son enfance.

— Tu as l'air préoccupé, répondit Peggy d'une voix songeuse. Mais j'imagine que ce doit être à cause de Jake. Ça a dû te faire un choc de le retrouver ici. Tout le monde en ville a d'ailleurs été stupéfait de le voir revenir. Et plus encore quand ton grand-père et lui sont devenus pour ainsi dire copains comme cochons, sans qu'on sache pourquoi. Maintenant, il faut rendre justice au diable et avouer que Jake est toujours le plus beau mâle de Whispering Wind... Non que je l'échangerais contre mon Johnny ! s'empressa d'ajouter Peggy. Johnny est un homme sur qui on peut compter. Tandis que Jake Landers, c'est le type briseur de cœurs... Enfin, tu sais tout ça mieux que moi.

— C'était il y a longtemps. Jake Landers ne signifie plus rien pour moi, déclara Megan sur un ton ferme. Plus rien du tout.

Peggy parut d'abord surprise par la véhémence de ces propos, puis un sourire se dessina lentement sur ses lèvres.

— Eh bien... C'en est déjà à ce point ?

— J'ignore de quoi tu parles ! rétorqua Megan malgré la chaleur qui lui montait aux joues.

— Evidemment, c'est un avocat respecté, poursuivit

Peggy comme si de rien n'était. Oui, je suppose que ça pourrait marcher. Surtout que Tex n'est plus là pour vous gêner...

— Ça suffit ! coupa Megan. Je ne suis absolument pas intéressée par Jake. Tout ça, c'est du passé, d'accord ? Et puis, quand même, il a volé du bétail à Tex ! Comment pourrais-je accorder la moindre attention à un homme qui a trahi mon grand-père alors que celui-ci lui avait donné un toit et un travail ?

Peggy la dévisagea d'un air singulier.

— Qu'est-ce qu'il y a encore ? demanda Megan.

— Ce n'est pas lui qui a fait ça, répondit Peggy. Tu dois quand même le savoir, non ?

Elle semblait si sûre d'elle-même que Megan en fut décontenancée.

— Ce n'est pas Jake qui a volé le bétail ? Tu en es certaine ?

— Absolument. Et je m'étonne que tu me poses cette question...

S'interrompant une nouvelle fois, elle secoua la tête.

— Non, je retire ce que j'ai dit, reprit-elle. Ça ne m'étonne pas du tout — au contraire. Tex n'allait certainement pas te le dire. Non seulement il n'a jamais été du genre à reconnaître ses erreurs, mais il ne tenait certainement pas à ce que tu te réconcilies avec Jake. Je me suis d'ailleurs toujours demandé s'il n'avait pas déposé cette plainte en toute connaissance de cause, même si j'ai du mal à imaginer quelqu'un d'aussi droit que lui commettre une bassesse pareille.

— Mais qu'est-ce que tu racontes ? s'exclama Megan en coupant ce monologue débité à mi-voix.

— On n'a jamais volé son bétail, répondit Peggy de façon laconique.

— Bien sûr que si ! Sinon, pourquoi...

— Ce n'était qu'une énorme méprise. Enfin, c'est ce qu'on a prétendu plus tard. C'est la raison pour laquelle ton grand-père a ensuite payé les études de Jake à l'université et à la faculté de droit. Pour racheter son erreur.

— Tex a payé les études de Jake ? répéta Megan, sidérée.

— Jusqu'au dernier dollar.

— Et le bétail n'a jamais été volé...

Megan ne parvenait toujours pas à saisir pleinement le signification de ces propos.

— Eh, non, confirma Peggy. Les bêtes s'étaient simplement égarées dans une autre pâture, comme on l'a appris par la suite. Elles broutaient dans les hauteurs, tranquilles comme Baptiste.

— Il ne m'en a jamais rien dit, murmura Megan. Pas un mot.

— Qui ça ? Tex ?

— Non. Jake. Durant toutes ces années, il m'a laissée penser les pires choses de lui.

— Et à quoi t'attendais-tu ? Cet homme a sa fierté. Tu étais censée mieux le connaître que n'importe qui d'autre sur terre et tu as cru qu'il était un voleur. Ce dont tu n'as jamais douté ensuite, si ma mémoire est bonne. Bref, dans son esprit, tu l'as trahi. Rien d'étonnant à ce qu'il ne t'ait rien dit après ça.

L'accusation toucha Megan, d'abord parce qu'elle était fondée, et ensuite parce qu'elle venait d'une femme qui, à l'époque, n'avait jamais vraiment apprécié Jake Landers. Or, Peggy semblait maintenant le soutenir avec un enthousiasme des plus ardents. Manifestement, songea Megan, le vent avait tourné à Whispering Wind.

— Je me demande s'il pourra jamais me pardonner, articula-t-elle, surprise et désemparée à la fois de s'apercevoir combien cela lui importait soudain.

Toutes ces années durant lesquelles elle avait considéré Jake comme le méchant de l'histoire n'étaient que temps perdu et regrets sans fondement, se dit-elle. Elles constituaient un grief de plus à l'encontre de Tex. A ce rythme, songea Megan, elle serait bientôt heureuse que ce vieux gredin retors soit mort et enterré.

Une légère couche de neige poudrait le sol quand Tex fut enfin porté à sa dernière demeure, sur la colline dominant ses terres. Une montagne de fleurs recouvrait la tombe, depuis la composition grandiose et élaborée qui aurait certainement eu ses faveurs jusqu'au modeste bouquet de pâquerettes que Tess avait choisi chez le fleuriste de la ville en compagnie de Jake.

Durant tout le service, la fillette avait tenu la main de ce dernier tandis que de grosses larmes coulaient en silence sur ses joues. Jake n'avait pu s'empêcher de penser qu'il s'agissait de la seule manifestation sincère d'émotion parmi toute l'assistance en deuil. La plupart des gens étaient là par devoir et quelques-uns par pure curiosité, simplement pour entrevoir la célébrité new-yorkaise qui habitait jadis au bout de la rue.

Meggie, pour sa part, ne paraissait guère bouleversée. Les yeux secs, détachée, efficace, elle semblait ne se soucier que des détails matériels de la cérémonie alors qu'elle devait être bouleversée, Jake en avait la certitude. Pourtant, cinq minutes après la messe, elle était déjà de retour au ranch afin de donner ses ordres aux extra embauchés pour la circonstance dans la cuisine et mettait la touche finale au buffet. Elle effectuait toutes ces tâches avec une vivacité et une compétence qui prouvaient que recevoir une foule de cette importance était chez elle une seconde nature.

Tout en la regardant placer les uns après les autres les plats chauds sur la table, Jake ne put s'empêcher de se demander où était passée toute la nourriture que les voisins avaient apportée dans des récipients de Pyrex protégés d'une feuille de papier d'aluminium. Sans doute n'était-elle pas à la hauteur des exigences de Megan...

Debout devant la table, la jeune femme fixait le buffet d'un air renfrogné, y décelant apparemment quelque imperfection qui lui échappait. Il s'approcha d'elle.

— Ça ne va pas ?

Elle le regarda à peine.

— Il manque quelque chose, mais je n'arrive pas à cerner quoi, répondit-elle avec une frustration manifeste.

— Si tu as oublié la salière ou une cuillère pour le service, personne ne s'en offusquera, tu sais. Tous ces gens sont là pour te témoigner leur soutien et leur sympathie, pas pour voir la manière dont Megan O'Rourke organise un raout mondain.

Cinq minutes plus tôt, il pensait le contraire, mais ça n'était pas grave.

Comme Megan s'abstenait de toute protestation, il lui glissa un doigt sous le menton et la força à le regarder.

— Meggie, ce n'est pas un examen.

L'espace d'un instant, les yeux de la jeune femme s'embuèrent de larmes. Elle avait l'air perdue et étonnamment vulnérable.

— Il faut que j'arrange tout au mieux, murmura-t-elle. Pour Tex.

— Alors, tu aurais mieux fait d'organiser un barbecue. Ça, c'était le style de Tex, Meggie. Pas toute cette argenterie.

Il avait prononcé ces paroles pour la réconforter, mais il sut bientôt qu'elle les avait mal prises. Des flammes étincelèrent dans ses yeux.

— Autrement dit, je fais encore fausse route, hein ? Mais qui es-tu donc pour prétendre savoir ce que mon grand-père aimait ou non ? répliqua-t-elle avec fureur. C'était *mon* grand-père, bon sang. Ce n'est pas parce que tu as réussi à te rabibocher avec lui au cours de ces derniers mois que tu le connaissais mieux que moi, Jake Landers.

Sur ce, elle fondit en sanglots et courut se réfugier dans la cuisine. Jake n'avait pas voulu provoquer un tel éclat, mais il ne pouvait malgré tout s'empêcher d'être heureux d'avoir percé la carapace d'indifférence qu'elle avait revêtue pour la galerie. Il s'apprêtait à la rejoindre quand la gouvernante le retint par le bras.

— Laisse-la donc, lui conseilla Mme Gomez.

— Je crois avoir manqué de tact, déclara-t-il, sans pour autant en éprouver trop de remords.

— Non. Elle avait seulement besoin de se soulager de sa peine et elle ne voulait pas que tu la voies dans cet état. Que tu sois la cause de cette crise lui a donné le prétexte qu'il lui fallait pour aller pleurer dans son coin. L'idée que Tex est mort et enterré est encore trop dur à supporter pour elle.

— Elle va s'en remettre ? demanda Jake, de nouveau inquiet pour la jeune femme.

— Oh ! je suppose qu'il ne lui faudra pas trop de temps. Megan est une personne résistante. Elle l'a toujours été. Il le fallait bien. Son univers est un peu chamboulé pour le moment, mais elle va bientôt retomber sur ses pieds.

Jake songea que ces paroles semblaient plus gentilles dans la bouche de Mme Gomez qu'elles ne l'avaient été naguère dans la sienne, quand il avait affirmé à Megan d'un ton sarcastique qu'elle saurait toujours s'adapter à la situation.

— Et avec Tess, elle s'en sortira, tu crois ?

— Elle est résistante, je te dis. Et puis, elle a bon cœur. Elle agira au mieux avec cette enfant.

Le regard perdu en direction de la cuisine, Jake soupira.

— Au cours des derniers mois, il m'est souvent arrivé de regretter d'avoir accepté de rédiger le testament de Tex. C'est encore le cas maintenant.

— Si tu ne l'avais pas fait, quelqu'un d'autre s'en serait chargé. Il est préférable que ce soit quelqu'un qui connaissait Meggie, qui tient à elle et veillera à ce qu'elle passe ce cap difficile.

Jake riva son regard à celui de la gouvernante.

— Je n'ai jamais dit...

— Ce n'était pas nécessaire, coupa Mme Gomez en lui tapotant la joue. Tes yeux parlent pour toi. Comme toujours. Allez, ajouta-t-elle en désignant le buffet, remplis-toi donc une assiette. Tu vas bientôt avoir besoin de toutes tes forces, tu ne crois pas ?

Jake avait l'impression qu'il aurait pu dévorer l'intégralité des plats sans pour autant avoir la force d'affronter Meggie quand elle découvrirait le dernier traquenard que Tex lui avait réservé pour la contraindre à revenir s'installer pour de bon dans le Wyoming.

5.

Les joues sillonnées de larmes qui, elle en était sûre, devaient ruiner son maquillage, Megan se réfugia sur les marches de l'entrée de service, où elle était pratiquement certaine que personne ne viendrait la déranger. L'altercation avec Jake avait été absurde, elle le savait. Mais elle ne l'avait pas moins plongée dans l'angoisse et avait réveillé en elle une rancœur et une colère qu'elle s'était efforcée de réprimer durant ces derniers jours.

Cette colère se trompait évidemment de cible. C'était contre Tex qu'elle était furieuse, pas contre Jake. Elle en voulait à son grand-père de s'être montré aussi retors et insidieux avec elle et, surtout, d'être mort.

Désormais, elle n'aurait plus jamais l'occasion de lui avouer qu'elle l'aimait, qu'elle lui était reconnaissante ni qu'elle regrettait leurs disputes. Il était trop tard pour qu'elle puisse revenir sur ce qu'elle lui avait dit un jour, à savoir que c'était à New York qu'elle se sentait chez elle, et non dans le Wyoming, sans songer au mal qu'elle lui faisait.

L'air froid avait séché ses larmes, sur ses joues, et commençait à lui donner la chair de poule quand elle perçut un frottement assourdi et s'aperçut que Tess s'était glissée près d'elle. La figure de la fillette était fripée par les larmes et salie de poussière ; ses cheveux étaient un buisson de boucles emmêlées et de paille. A l'évidence, elle s'était de nouveau faufilée dans la grange. Mais malgré son air pitoyable, elle parvint à toiser Megan d'un regard provocant.

— Pourquoi tu pleures ? s'enquit-elle comme si Megan n'avait aucun droit de verser elle aussi des larmes sur Tex.

— Pour la même raison que toi, j'imagine.

— Tu ne t'intéressais pas à Tex.

— Si, je tenais à lui, corrigea Megan à mi-voix.

— Eh bien, ça se voyait pas beaucoup. Ça fait six mois que je suis là et c'est la première fois que je te vois.

— C'est parce que je travaille à New York.

— Et alors ? D'après Tex, tu gagnes plein d'argent. Tu aurais pu venir le voir, si tu l'avais voulu.

Megan soupira.

— Oui, je suppose que je l'aurais pu.

Tess parut décontenancée par cet aveu.

— Alors, pourquoi tu ne l'as pas fait ?

— C'est compliqué, répondit Megan, faute d'une meilleure explication.

— Comment ça ? insista Tess.

Etait-ce donc l'existence qui l'attendait désormais ? s'interrogea Megan. Allait-elle être désormais harcelée par les questions de cette enfant plutôt que par celles d'un journaliste ? Elle s'efforça de trouver une réponse vraisemblable qui pût satisfaire une fillette de huit ans.

— Tex et moi n'avons pas toujours été d'accord sur les choix que j'ai faits dans ma vie.

— Comme quoi ?

— Comme habiter à New York, justement.

— Tu préférais vivre là-bas qu'ici ?

— Oui.

— Ça m'étonne, avoua Tess. C'est mieux, ici. Il y a des tas de choses à faire et c'est vraiment un joli coin. Pourquoi tu aimerais mieux habiter une grande ville toute moche avec plein de monde partout ?

Cette description de New York portait indubitablement la marque de Tex, songea Megan. Elle l'avait du reste entendue bien souvent dans sa bouche, au fil des années. Elle estima que le moment était aussi bien choisi qu'un autre pour essayer de l'amender et de persuader Tess de l'accompagner dans l'est du pays.

— Parce que mon travail est là-bas, expliqua-t-elle. Et parce qu'on y trouve plein de gens venus des quatre coins de la planète. C'est une ville fantastique, la plus fantastique ville du monde. Elle est toujours pleine d'animation, de lumières, d'énergie. Il s'y passe constamment quelque chose. On y trouve des tas de musées, de théâtres, des restaurants merveilleux, tu verras.

Tess la considéra avec défiance.

— Comment ça, *je verrai* ?

— Eh bien, quand tu viendras y vivre avec moi.

La fillette eut un mouvement de recul, et une expression d'horreur se peignit sur ses traits comme si Megan venait de lui suggérer qu'elle allait bientôt embarquer sur un vaisseau spatial à destination d'une planète étrangère.

— Je n'irai pas là-bas. Pas question ! D'ailleurs, tu peux pas m'y forcer.

Megan tendit la main vers Tess, qui s'éloigna plus encore.

— C'est ici que je vis, reprit-elle en criant presque. C'est ici ma maison. Tex me l'a dit. Il me l'a promis !

Puis elle tourna les talons et s'enfuit en courant, laissant Megan sous le choc. Elle ne s'attendait pas à une réaction aussi violente. Pourquoi Tex ne l'avait-il pas préparée à sa nouvelle existence ? se demanda-t-elle. La réponse était évidente : parce qu'il ne s'attendait pas à mourir. Pour autant, il avait pris soin d'établir un testament qui la nommait tutrice de la fillette. Ce qui prouvait qu'il sentait sa fin prochaine. Simplement, il s'était abstenu de provoquer lui-même les événements et avait préféré laisser ce soin à Jake.

Comme si cette pensée avait suffi à invoquer sa présence, Jake apparut à cet instant derrière elle, dans l'entrée de la cuisine, une expression soucieuse sur le visage.

— Ça va ? demanda-t-il.

— Au poil, répliqua-t-elle sans lever les yeux vers lui.

— Je suis désolé de t'avoir fait de la peine, tout à l'heure.

Megan songea à mentir et prétendre qu'il n'était même pas capable de lui faire de la peine, mais elle craignait de ne plus avoir l'énergie de soutenir la dispute qui s'ensuivrait immanquablement. Alors, elle se contenta de hausser les épaules, comme si les propos de Jake l'avaient laissée indifférente.

— Les gens commencent à partir, lui annonça-t-il. Ils souhaiteraient te dire au revoir, si du moins tu t'en sens la force.

Parce que c'était l'attitude qu'on attendait d'elle, Megan se redressa, défroissa machinalement ses vêtements, tapota ses joues pour estomper son maquillage et gratifia Jake d'un sourire éblouissant.

— Bien sûr que je m'en sens la force ! Les O'Rourke ne se laissent jamais aller.

— Personne ne te le reprocherait aujourd'hui, souligna Jake.

— Moi, si, marmonna-t-elle en passant devant lui.

Si, dans le monde des affaires où elle évoluait d'ordinaire, les apparences comptaient, c'était également le cas dans le Wyoming, quoique pour des raisons fort différentes. Ici, il était important de ne pas rester sur son quant-à-soi, d'être un bon voisin, comme Tex l'avait lui-même été afin de prouver la valeur des O'Rourke.

Megan garda donc son sourire plaqué sur son visage durant toute l'heure suivante tandis qu'elle recevait les condoléances d'une douzaine de personnes qu'elle n'avait jamais rencontrées jusqu'alors ainsi que de plusieurs autres qu'elle n'avait pas revues depuis des années.

Quand le dernier invité fut parti, elle s'affala dans un fauteuil et poussa un soupir de soulagement. Mais elle s'aperçut qu'elle l'avait poussé un peu trop vite en voyant Jake s'installer dans le fauteuil en face du sien. Il avait tombé la veste de son costume sombre et desserré sa cravate, ce qui lui donnait une allure à la fois négligée et séduisante à laquelle il lui aurait été difficile de résister si elle n'avait été aussi épuisée.

— Je te croyais parti avec les autres, marmonna-t-elle.

— Désolé de te décevoir, répliqua-t-il d'un ton sec. Mais nous avons encore des affaires à régler — à moins que tu préfères passer à mon cabinet demain.

Elle fut tentée de le prendre au mot, mais estima qu'elle aurait ainsi fait preuve de lâcheté.

— Non, répondit-elle. Finissons-en. Je vois bien que tu ne seras heureux que lorsque tu m'auras craché à la face les sombres secrets qui te travaillent depuis l'instant où je suis arrivée ici.

Il sortit une chemise bleue de sa mallette.

— Veux-tu que je t'en fasse une lecture dans les règles ou préfères-tu le parcourir toi-même ?

Elle tendit la main vers les papiers. Le document rangé dans la chemise, constata-t-elle, n'était autre que le testament de Tex. Une enveloppe contenant une lettre de ce dernier lui était jointe. Les doigts tremblants, elle déplia les feuillets et se mit à déchiffrer l'écriture familière.

« Ma chère petite... »

La lettre commençait comme toutes celles de Tex, même quand il était fou de rage contre elle.

Des larmes montèrent aux yeux de Megan. Mais elle refusait de craquer maintenant, alors que Jake l'observait. Avalant péniblement sa salive, elle croisa son regard.

— Je ne suis plus très sûre de pouvoir me mettre à ça tout de suite, en fin de compte.

Sans dire un mot, il lui prit la lettre, la mit de côté et entama la lecture du testament rédigé en un jargon juridique qui ne réserva à Megan aucune surprise — il y avait un don à Mme Gomez ainsi qu'aux autres employés du ranch, un legs en fidéicommis à Tess et les dispositions légales instituant Megan tutrice légale de la fillette.

— C'est tout ? s'enquit-elle alors que Jake marquait une pause.

— Pas tout à fait. Sur le dernier point, toutefois, je crois que la lettre est plus explicite que toutes les formules du testament. Et elle te permettra peut-être aussi de mieux comprendre les motivations de ton grand-père. Si ça t'est trop douloureux, je peux te la lire à voix haute.

Ces paroles, comme le ton de Jake, avertirent Megan que la révélation à venir risquait de l'ébranler. Elle songea alors qu'il lui serait sans doute plus facile de dissimuler sa réaction si elle lisait la lettre elle-même.

— Non, je vais le faire, répondit-elle en reprenant la lettre des mains de Jake.

« Je sais que je te laisse un fardeau dont, en toute justice, la charge ne devrait pas te revenir, mais je compte sur toi, ma petite. Sois une mère pour cette enfant. Dieu sait combien elle en a manqué jusqu'à présent. »

Megan jeta un coup d'œil à Jake.

— Que sais-tu au juste de la mère de Tess ?

— Seulement son nom : Contessa Florence Olson.

— Contessa ?

— Ce n'est qu'un prénom, pas un titre, crois-moi, assura-t-il d'une voix morne. Elle se fait appeler Flo. Tex m'a appris qu'elle était serveuse dans un restaurant de Laramie quand il l'a rencontrée pour la première fois, il y a neuf ou dix ans de cela. Ils se sont ensuite revus de temps en temps pendant un peu plus d'un an. C'était, pour reprendre ses propres termes, une commodité.

Ainsi, songea Megan, leur liaison avait commencé à peu près à l'époque où elle était partie à l'université. Tex avait dû se sentir plus seul qu'elle ne l'avait pensé et n'avait finalement trouvé compagnie qu'auprès d'une étrangère. C'était drôle, se dit-elle, mais elle n'aurait jamais imaginé qu'il pût souffrir de la solitude. Il lui semblait être au contraire l'homme le plus autonome qui soit.

— Il ignorait donc qu'elle était enceinte ? demanda-t-elle.

Jake hocha la tête.

— Il ne l'a su que lorsqu'elle a débarqué ici, il y a six mois de cela. Elle lui a lancé tout à trac que — je cite — elle en avait assez de ce boulet et que c'était à son tour de s'occuper un peu de la gamine. Et puis, elle est repartie sans un regard en arrière. Il n'a plus entendu parler d'elle. J'ai mené une enquête de mon côté, mais il n'y avait aucune trace d'elle à Laramie. Personne n'avait reçu de ses nouvelles, là-bas.

— Pauvre Tess, murmura Megan, qui savait exactement ce que la fillette avait dû ressentir le soir où elle avait été abandonnée.

Toutefois, se reprit-elle aussitôt, ce n'était pas de pitié que Tess avait besoin, mais d'un foyer, et elle n'était franchement pas convaincue qu'elle fût à même de lui en donner un. Tex, malheureusement, ne lui avait pas vraiment laissé le choix. Elle reporta son attention sur la lettre.

« Quand je ne serai plus là, reste quelque temps au ranch avec la petite et ne repars pas tout de suite à New York. Vu comment sa mère l'a laissée tomber avant de prendre la poudre d'escampette, elle est déjà assez perturbée comme ça. Tu devrais d'ailleurs savoir ce qu'elle peut éprouver, Megan. Ça sera un lien entre vous deux et chacune de vous, j'en suis sûr, trouvera un réconfort dans la présence de l'autre. Vous avez toutes deux besoin d'une famille, que tu en sois consciente ou non. Cela vous a jusqu'à présent trop manqué, à l'une et à l'autre. Je suis le premier à le regretter, crois-moi, mais j'ai agi au mieux avec vous deux. »

Pour l'instant, se dit Megan, il n'y avait là rien de quoi la bouleverser. Il lui paraissait effectivement raisonnable de demeurer au ranch une semaine ou deux, le temps que Tess retrouve ses repères. En outre, elle savait pouvoir compter sur Todd et Micah à New York.

Cette pensée lui rappela soudain la réaction de Tess à la perspective de l'accompagner là-bas, et elle comprit aussitôt, à son grand désarroi, que son séjour au ranch ne devait rien avoir de provisoire, dans l'esprit de son grand-père, mais que celui-ci souhaitait au contraire qu'il fût définitif. Jake lui en avait du reste déjà touché deux mots, quand il l'avait prévenue que si elle ne suivait pas à la lettre les dernières volontés de Tex, le ranch serait mis à l'encan... et qu'il serait parmi les premiers à s'en porter acquéreur.

Une terrible sensation d'abattement s'appesantit sur l'estomac de Megan tandis qu'elle poursuivait sa lecture.

« Toutes les mesures que tu devras prendre pour faire face à cette situation peuvent aussi bien être prises d'ici.

C'est à ça que servent les fax et les ordinateurs, si j'en crois ce que tu m'as toujours dit. Considère ça comme un de ces défis dont tu m'as tant parlé. Tu peux t'en sortir, Megan, à condition que tu le veuilles très fort. »

Le pouvait-elle ? Tex avait assurément plus confiance en ses capacités qu'elle-même, du moins en ce domaine. Elle retourna la feuille et vit que la lettre n'était pas terminée.

« Si tu décides malgré tout de repartir, si une autre solution doit être trouvée pour Tess, alors Jake sait ce qu'il y a à faire. Jusqu'à présent, tu as mené ta barque toute seule. Tu n'as pas besoin que je te laisse quoi que ce soit. Il faut que je songe à l'enfant. Je dois veiller à ses intérêts. »

La lettre avait jusqu'alors la tournure d'une supplique, mais ce dernier paragraphe montrait qu'il s'agissait de bien plus que cela. Megan était contrainte de demeurer définitivement au ranch avec Tess, de devenir la fermière que Tex avait toujours voulu qu'elle soit — ou elle perdrait tout. A elle de choisir, si tant était que son grand-père lui ait laissé le choix.

— Il s'attendait à ce que je reste ? s'enquit-elle en quêtant auprès de Jake la confirmation de sa propre interprétation de la lettre.

— Oui.

— Et si je refuse ?

— Alors, le ranch sera vendu aux enchères — c'est-à-dire à moi —, et le produit de cette vente sera reversé sur le fonds établi au nom de Tess.

— Il n'y songeait pas sérieusement, quand même ? murmura Megan, tout en étant déjà certaine du contraire.

— Si.

— Mais je peux pas venir vivre ici ! Il n'est pas question que je renonce du jour au lendemain à ma carrière, à tout ce qui compte pour moi.

Jake haussa les épaules.

— Tu as le choix. Soit tu restes, soit tu repars et tu perds le ranch. Tess peut habiter avec moi ici.

— Ce n'est pas un choix. Et le ranch ne m'intéresse pas. Pas plus aujourd'hui qu'hier.

— Alors, va-t'en. Tu n'as certainement pas besoin de l'argent de Tex ni de ses terres, n'est-ce pas ?

— Non, admit Megan.

Elle n'avait effectivement besoin ni de l'un ni des autres — mais elle avait toujours aspiré à l'approbation de Tex et elle savait que, même dans la tombe, il la renierait si elle ne décidait pas d'au moins essayer de se conformer à ses dernières volontés.

D'ailleurs, songea-t-elle, qui d'autre aurait pu le faire à sa place ? Pas Jake, aussi ferme que parût son intention de s'approprier le domaine. Jamais elle ne s'en remettrait à lui pour accomplir un devoir qui, en tout état de cause, revenait à elle seule. Et puis — Dieu les assiste toutes deux —, Tess n'avait qu'elle, tout comme elle n'avait eu elle-même que Tex jadis. Elle parviendrait à s'en sortir aussi bien que lui. Les O'Rourke ne décevaient jamais les attentes d'autrui. Tel avait été le principe de son grand-père.

— Alors, Meggie, quel est le résultat des courses ? Tu restes ou tu t'en vas ?

— Tu aimerais que je me défile, hein ? Comme ça, tu pourrais t'installer ici et jouer le héros.

— Je doute que ton départ fasse de moi un héros, mais il me facilitera certainement l'achat du ranch. Cela dit, ajouta Jake avec un sourire en coin, je peux patienter encore. Ta présence risque d'ailleurs de rendre mon attente... fascinante.

⁂

Ce fut la nuit la plus longue que Megan eût jamais connue. Elle se sentait absolument aussi seule et terrorisée que le jour où sa mère l'avait abandonnée devant la porte de Tex, une éternité plus tôt. Une seule pensée l'empêchait de sombrer dans le désespoir : celle que Tess n'allait sans doute pas mieux et qu'elle devait se sentir encore plus seule et plus effrayée qu'elle-même.

Non qu'elle le lui eût montré à aucun instant. Au contraire, Tess l'avait évitée durant presque toute la soirée et, quand Megan lui avait proposé de l'accompagner dans sa chambre, elle lui avait répliqué :

— Je ne suis pas un bébé !

Et elle était montée se coucher, la tête fièrement dressée.

Une fois seule, Megan avait regretté de n'avoir personne à qui se confier. Le seul nom qui lui venait à l'esprit était celui de Jake, mais elle refusait de lui donner la satisfaction de constater son angoisse et sa vulnérabilité.

Lorsque enfin elle s'avisa que Peggy aurait été prête à l'écouter et lui donner des conseils aussi prudents que sensés, il était trop tard pour qu'elle l'appelle.

— Ressaisis-toi ! marmonna-t-elle en voyant les chiffres lumineux de son réveil indiquer 4 heures du matin.

Elle se répéta qu'elle dirigeait un petit empire médiatique, qu'elle disposait de ressources de toute nature, qu'elle était célèbre dans le monde entier pour sa capacité à trouver des solutions inédites à toute espèce de problème. Alors, il allait certainement lui venir à l'esprit de quoi résoudre le présent problème, non ?

Finalement, à 5 heures du matin, elle se leva, s'habilla

et se retrouva dans la cuisine à chercher le moulin à café. Elle ne dénicha rien d'autre qu'un paquet de grains colombiens pré-moulus. Elle soupira, versa une dose dans la cafetière électrique et attendit de voir quel pitoyable breuvage allait en sortir. Son goût la fit grimacer, mais comme il était chaud et bourré de caféine, elle pensa qu'elle pourrait s'en contenter.

Il était 5 h 30, elle téléphona à son bureau. Todd décrocha à la première sonnerie.

— Comment ça se passe là-bas ? demanda-t-elle, ne sachant plus trop si elle devait lui annoncer le prochain bouleversement qui allait affecter leur existence — car, quelle que soit sa décision, certains changements seraient inévitables.

— On s'en sort, lui répondit-il. Et toi ?

— Pareil.

— Quand rentres-tu ?

— Eh bien, c'est là le hic, articula lentement Megan.

— Je comprends que la perte de Tex ait pu t'affecter, déclara Todd avec gentillesse, même si vous passiez votre temps à vous chamailler. Tu sais, on doit pouvoir encore se débrouiller sans toi une semaine ou deux.

Megan prit une profonde inspiration.

— Ça risque de durer un peu plus longtemps.

Todd garda le silence un instant.

— Combien de temps au juste ? s'enquit-il enfin.

— Je ne dis pas que cela va arriver. En tout cas, je ne le souhaite pas, mais...

— Allez, Megan, accouche ! A quoi faut-il s'attendre, au pire ?

— Au pire ? A moins que je trouve une solution, et crois bien que je m'y emploie, je risque de demeurer ici de manière permanente.

— De manière permanente ? répéta Todd d'un ton incrédule. Permanente comme dans « pour toujours » ?

— C'est la définition du terme qui m'est la plus familière.

— Mais qu'est-ce qui se passe, bon sang ? On te retient prisonnière, ou quoi ?

— Le temps de l'Ouest sauvage est plus ou moins révolu, assura Megan sans pouvoir s'empêcher de sourire.

— Alors, quoi ?

— Mettons que la situation s'est compliquée.

Elle avait utilisé le même terme qu'avec Tess, mais Todd ne fut pas plus satisfait de cette réponse que ne l'avait été la fillette.

— Compliqué comment ? C'est l'héritage qui pose problème ?

— Pour ainsi dire.

— Megan, pourquoi est-ce que tu ne vas pas au fait ? insista Todd avec une irritation qui ne lui était guère habituelle. Il faut que je sache où tu en es exactement. Vas-tu liquider la succession ? Vendre l'ensemble des biens de ton grand-père ?

— Certainement pas ! s'exclama Megan.

Son assurance la surprit elle-même et lui fit comprendre qu'elle avait finalement pris sa décision au cours de la nuit.

— Alors, explique-toi.

— Le testament de Tex n'était pas exactement ce à quoi je m'attendais.

— Il te laisse plus d'argent que prévu ? Moins ? Quoi au juste ?

— Une fille de huit ans, annonça Megan.

Ce qui coupa le sifflet à son imperturbable assistant.

— Todd ?

— Je suis là. J'ai encore simplement un peu de mal à saisir. Il t'a laissé une fille ?

— En gros, oui. Pour être complète, j'ajouterai qu'il a également fait de moi sa tutrice légale.

— Tu plaisantes ?

— Je le voudrais bien.

— Toi avec un enfant, murmura Todd avec une stupéfaction manifeste. Là, ça me dépasse.

— N'est-ce pas ? Mais ne t'inquiète pas, j'en suis au même point que toi. Cela étant, je cherche toujours un moyen d'arranger les choses, alors ne va pas crier la nouvelle sur les toits et répandre la panique dans la boîte, d'accord ? J'ai l'intention de revenir à New York, même si ça risque de me prendre du temps et quelques contorsions juridiques, d'accord ?

— Motus et bouche cousue, promit Todd. Maintenant, Megan, entre nous, quelles solutions envisages-tu exactement ? Faire la navette entre ici et là-bas ?

— C'est une éventualité, convint-elle, même si cet arrangement lui apparaissait d'emblée fort peu pratique.

Elle n'était toutefois pas certaine que Todd soit prêt à entendre l'autre solution, qu'elle avait caressée durant toute la nuit. S'imaginer son assistant et ses autres employés — tous New-Yorkais délicats et raffinés — essayant de s'adapter à la vie dans le Wyoming lui avait donné son seul vrai moment d'hilarité. Mais ce n'était là qu'un dernier recours, avait-elle finalement décidé. Le tout dernier recours.

— Oui, tu pourrais tout diriger de là-bas, reprit Todd, comme s'il était désireux de l'en persuader. Il y a le fax et le courrier électronique. Et puis, tu accumulerais un sacré bonus kilométrique auprès des compagnies aériennes. En plus, tu serais déjà à mi-chemin de la côte Ouest, et les voyages à L.A. ne seraient plus qu'une balade. Tu n'as qu'un mot à dire et je commence à organiser la chose.

— Pas tout de suite. Il faut encore que j'y réfléchisse. Entre-temps, je vais installer un télécopieur et un ordinateur dans le bureau de Tex. Je te rappellerai dès que je serai parée. Bon, maintenant, raconte-moi comment vous vous débrouillez, là-bas. Vous n'avez pas accumulé trop de retard ?

— Pas le moindre. J'ai reporté d'une semaine la prochaine séance d'enregistrements de l'émission. Si tu ne peux pas te libérer à temps, on s'arrangera autrement, même si Micah prétend qu'on court au désastre. Nous avons assez de cassettes en avance pour tenir un moment. Quant au dossier du magazine, ses grandes lignes sont déjà définies. Je peux t'en faxer la maquette dès que tu le souhaites.

— Super. Je ne sais pas ce que je ferais sans toi. Bon, je te rappelle plus tard. Et dis à Micah que je la joindrai également avant la fin de la journée.

— D'accord.

Todd s'interrompit un instant, avant de reprendre, d'une voix légèrement hésitante :

— Au fait, Megan, ne va pas croire que je ne me suis pas aperçu que c'est le milieu de la nuit, chez toi. Remarque, ajouta-t-il pour la taquiner, maintenant que je sais que tes méninges fonctionnent aussi le matin, je pourrais programmer tes premiers rendez-vous de la journée pour 8 heures.

— N'y songe même pas ! répliqua Megan avant de raccrocher en gloussant.

— Tout va bien à ton bureau, *niña* ? s'enquit Mme Gomez derrière elle.

Megan se retourna.

— Je ne t'avais pas entendue entrer. Je ne t'ai pas réveillée, au moins ? Tu sais, je suis vraiment contente que tu restes là tant que les choses ne se sont pas un peu calmées.

— Je t'en prie. Ce n'est pas un problème. Ma sœur s'occupe de tout, chez moi. Et puis, tu ne m'as pas réveillée. On est des lève-tôt, par ici, tu le sais bien. D'ailleurs, Tess va bientôt descendre prendre son petit déjeuner.

— Et ensuite ? s'enquit Megan, qui ignorait tout de la vie quotidienne de l'enfant.

La gouvernante la considéra avec perplexité.

— Je ne comprends pas ta question.

— Va-t-elle à l'école ?

— Euh... oui, naturellement. Cela dit, j'ai pensé qu'elle serait aussi bien ici cette semaine, à cause de Tex. Elle retournera en classe lundi, et tout redeviendra normal.

Megan eut envie de hurler que plus rien ne serait jamais normal, de demander à Mme Gomez ce qu'il pourrait jamais y avoir de normal dans le bureau vide de Tex ou dans son absence à table, en quoi il était normal que du jour au lendemain elle s'improvise mère d'une enfant dont elle ne connaissait même pas l'existence quelques jours à peine auparavant...

— Tu verras, *niña*, lui assura la gouvernante, comme si elle avait lu dans ses pensées.

Avant que Megan ait pu protester, Tess pénétra dans la cuisine, lui décocha un coup d'œil méfiant et prit place à l'autre extrémité de la grande table en chêne.

— Je pensais que tu étais déjà partie, déclara-t-elle.

— Tiens donc ?

— Je sais que tu es très occupée à New York, ajouta la fillette d'une voix moqueuse. Tu me l'as dit toi-même. Eh bien, vas-y, si tu veux. On n'a pas besoin de toi, ici.

— Tess ! intervint Mme Gomez en lui posant une main sur l'épaule. Sois polie.

L'enfant se réfugia dans un silence boudeur. Sur le coup, Megan n'eut pas la force ou la naïveté d'essayer de l'en arracher. Elle devait admettre, aussi, que la méfiance de Tess était justifiée. Jusqu'alors, en effet, rien dans sa conduite n'avait montré qu'elle souhaitait demeurer dans le Wyoming. Comment l'aurait-elle pu, du reste, alors qu'elle ignorait encore elle-même quelle serait sa décision finale ? Elle espérait que les courses qu'elle devait effectuer ce jour-là leur donneraient, à Tess comme à elle-même, un peu de répit et de champs pour réfléchir.

— Si vous voulez bien m'excuser, dit-elle en repoussant sa chaise, il faut que j'effectue quelques achats en ville. Je vais me retirer dans le bureau de Tex pour en dresser la liste.

— Un tour en ville te fera le plus grand bien, approuva Mme Gomez avec un peu trop d'enthousiasme. Pourquoi n'emmènerais-tu pas Tess avec toi ? ajouta-t-elle insidieusement.

— Pas question ! s'exclama Tess alors que Megan était elle-même sur le point de protester.

— Tess te servira de guide, poursuivit la gouvernante, imperturbable. De nouvelles boutiques ont ouvert depuis ta dernière visite.

— Oui, c'est une idée, admit Megan à contrecœur. Ça te dirait de m'accompagner, Tess ?

— Pas vraiment, marmonna la fillette.

Mais Mme Gomez lui adressa un coup d'œil comminatoire, et elle finit par hausser les épaules.

— Enfin, ça ou autre chose... De toute façon, ma journée elle est libre.

— Tu pourrais aussi travailler un peu ta grammaire, murmura Megan, qui ne s'en força pas moins à sourire. Bon, marché conclu, alors, reprit-elle tout haut. On part dans une heure.

Une heure plus tard, toutefois, Tess avait disparu. Si cela n'avait tenu qu'à Megan, celle-ci aurait filé sans elle, mais Mme Gomez semblait déterminée à leur imposer ce rapprochement forcé.

— Elle doit être retournée dans la grange, suggéra-t-elle à Megan. Il y a des chatons, là-bas. Ils lui apportent un peu de réconfort, j'ai l'impression.

Penser que Tess devait se tourner vers des chatons sans défense pour se consoler de sa peine culpabilisa Megan et la poussa à aller chercher la fillette dans la grange. Comme elle s'y attendait, elle la trouva accroupie au milieu des petites bêtes.

— Ils sont mignons, murmura Megan, attendrie malgré elle.

— Je ne les donnerai jamais ! répliqua Tess sur un ton plein de défi.

— Te l'ai-je demandé ?

— Non, pas encore.

Megan se doutait que Tex avait dû être intransigeant sur ce point. Il avait toujours autorisé qu'un chat chasse les souris dans la grange, mais pas deux, et jamais il n'en avait accepté dans la maison comme animal de compagnie. Pourtant, Megan aurait jadis souhaité en avoir un — une petite boule de poil qui se serait blottie contre elle et aurait dormi dans son lit. La seule fois où elle avait osé en faire la demande à Tex, ce dernier lui avait opposé un refus si catégorique qu'elle ne lui en avait plus jamais reparlé ensuite.

— Tu peux les emmener à la maison, si tu veux, proposa Megan sur un ton détaché. Du moins, dès qu'ils seront plus grands et que leur mère n'y verra pas d'inconvénient.

Tess la considéra avec des yeux ronds.

— C'est vrai ?

La voix de la fillette était si vibrante de désir que Megan en eut la gorge serrée. Elle hocha la tête.

— Pourquoi pas ?

— Jake était d'accord, lui aussi, mais je croyais que tu voudrais jamais.

— Si, je le veux bien, confirma Megan. Mais à une condition.

Tess se renfrogna aussitôt.

— Je le savais ! J'étais sûre qu'il y avait un piège.

— Non, pas de piège, juste une condition, répéta Megan. Je veux un des petits chats pour moi.

Cette fois, Tess la contempla, bouche bée.

— Alors, s'enquit Megan, marché conclu ?

— Ouais ! s'écria Tess avec enthousiasme, avant de se reprendre. Enfin, je veux dire : pourquoi pas ?

Megan réprima un sourire. Ce n'était pas grand-chose, se dit-elle alors qu'elles se dirigeaient vers sa voiture, mais c'était déjà un début. Si seulement les dix prochaines années se passaient aussi facilement, alors elles pourraient sans doute y survivre toutes les deux.

6.

Jake était désœuvré. Maintenant que son plus gros — et à vrai dire unique — client était mort et enterré, son emploi du temps était de nouveau vide. C'était ce qu'il voulait depuis le début, du moins le croyait-il. Car au lieu de se détendre, voire de partir pour une longue promenade à cheval dans la campagne alentour, il se sentait fébrile. La raison de son état, il la connaissait parfaitement : Megan.

Il avait dû refouler nombre de vieilles rancœurs au cours des jours derniers. Il aurait voulu continuer à détester la jeune femme qui l'avait jadis méprisé ; il aurait voulu lui soustraire le ranch pour se venger d'elle. Or, pour quelque obscure raison, il n'arrivait plus à éprouver autant d'enthousiasme que cela pour la guerre à outrance dont il avait naguère caressé le projet. Sans doute était-ce à cause de la lueur de tristesse et de détresse qu'il avait surprise dans le regard de Megan. Il avait toujours eu un faible pour les personnes vulnérables — surtout pour les femmes qui, d'ordinaire, étaient aussi solides que Megan.

Mais mieux valait qu'il garde ses distances avec elle. Même si elle tentait plus ou moins de se conformer aux dernières volontés de Tex, il était à peu près certain qu'elle trouverait avant longtemps un moyen de les contourner et de traîner Tess avec elle jusqu'à New York. Il était sûr, en tout cas, que c'était là son plus cher désir et avait senti ses méninges entrer en action dès l'instant où elle avait pleinement saisi la signification du testament de son grand-père.

Désormais, c'était une fille de la ville. Et peut-être l'avait-elle toujours été, au fond, alors même qu'elle vivait au milieu de nulle part en compagnie de Tex.

Pour lui, devenir un citadin avait été avant tout un geste de pure révolte. Il lui fallait alors prouver sa valeur, à lui-même, à Tex et à tous les censeurs de Whispering Wind.

Et il y avait réussi — brillamment réussi. Pour finir par admettre qu'il se sentait plus heureux ici, à Whispering Wind. C'était un endroit tranquille, où nul n'exigeait ni n'attendait grand-chose de qui que ce soit. Et puis, il avait désormais assez d'argent pour profiter à sa guise des magnifiques paysages qu'offraient les environs sans que personne ne se croie permis de l'appeler « ce bon à rien de fils Landers ».

Il promena son regard sur son bureau, contempla les tableaux qui ornaient les murs, le cheval cabré en bronze sur son socle, le tapis épais à ses pieds, le canapé et les fauteuils de cuir confortables, les rayonnages remplis de livres juridiques reliés de cuir, son ordinateur dernier cri.

Alors que sa maison n'était guère pour lui qu'un pied-à-terre, il avait pris plaisir à aménager son bureau de manière ostentatoire... sans aller jusqu'à embaucher une secrétaire et à solliciter de nouveaux clients. Il le regrettait un peu, maintenant, car s'il avait eu quelques dossiers à se mettre sous la dent, peut-être l'image de Megan ne surgirait-elle pas dans son esprit avec une régularité aussi irritante.

Il entendit soudain des éclats de voix en provenance de la rue, puis un hurlement d'indignation. Il s'était redressé et précipité vers la porte avant même de s'apercevoir que ce hurlement lui était des plus familiers.

Une fois dehors, il découvrit Tess, l'air scandalisé, tandis que Bryce Davis, le shérif, lui avait posé une main sur l'épaule, la face rubiconde. Lyle Perkins se tenait quant à lui devant le seuil de l'épicerie de sa maman et arborait une expression suffisante.

Dès que la fillette aperçut Jake, elle se libéra d'une secousse et courut droit vers lui. Puis elle pivota sur elle-même et décocha au shérif un coup d'œil plein de défi qui aurait décontenancé n'importe quel homme moins sûr de lui.

— Bon, quel est le problème ? demanda Jake à l'imposant représentant de la loi.

— J'exige un avocat ! déclara Tess avant que Bryce ait pu ouvrir la bouche.

Elle plaqua un quart de dollar dans la paume de Jake.

— Voilà déjà une avance, reprit-elle. C'est pas beaucoup, mais c'est tout ce que j'ai sur moi. Je veux que tu le poursuives pour arrestation abusive, brutalité policière et toutes les autres charges qui te viendront à l'esprit. Et porte aussi plainte contre lui, tant que t'y es, ajouta-t-elle en désignant Lyle du pouce.

Jake sourit en entendant cette requête pleine de fougue.

— Tu regardes trop la télé, mon bouchon. Je doute que tu sois déjà en état d'arrestation.

Tess se mit à trembler d'indignation.

— Ouais, eh bien, dis-le-lui. Il allait me passer les menottes et m'emmener en prison.

Jake jugea plus prudent d'entendre une autre version de l'histoire avant de prendre aveuglément la défense de la fillette.

— Bryce ?

— Tante Emma l'a surprise en train de chaparder dans la boutique, expliqua le shérif sans mâcher ses mots. Lyle m'a appelé. Il a essayé de la retenir jusqu'à mon arrivée, mais elle a réussi à lui échapper. Je venais juste de la rattraper.

Jake se tourna vers Tess.

— C'est ainsi que ça s'est passé ?

Tess affronta son regard sans sourciller.

— J'ai rien volé du tout dans le magasin de cette vieille. De toute façon, elle a que des cochonneries sans intérêt. C'est lui qui a dû lui monter le bourrichon, ajouta-t-elle avec un regard venimeux en direction de Lyle. Il est plus sournois qu'une vipère, tout le monde le sait bien, ici.

— Hé, sale petite peste ! commença à protester Lyle en avançant vers elle.

Un coup d'œil de son cousin suffit toutefois à le faire reculer.

Comme Jake avait eu lui-même quelques ennuis avec la boutiquière paranoïaque et son rejeton trop gâté, il aurait été plutôt enclin à croire Tess, quand bien même elle ne l'aurait pas engagé pour le défendre. Lyle avait toujours eu la sale manie de chercher des poux aux plus faibles que lui. A l'époque, le seul tort de Jake avait été de n'avoir personne pour le soutenir, et plus d'une fois il avait dû conclure ses disputes avec Lyle à coups de poing. Fort heureusement, il s'était quelque peu assagi en grandissant.

— Qu'aurait-elle volé, au juste ? demanda-t-il au shérif.

L'air légèrement embarrassé, Bryce se balança sur ses talons.

— C'est encore un peu confus, vu tout le tintouin qu'a provoqué sa fuite.

— Eh bien, dans ce cas, je propose qu'on aille voir dans la boutique pour en avoir le cœur net, déclara Jake en se dirigeant vers l'épicerie.

Les poings sur les hanches, Mme Perkins les attendait sur le seuil, campée derrière son fils.

— J'aurais dû me douter que tu prendrais le parti de la gamine, articula-t-elle en dévisageant Jake avec un froncement de sourcils méprisant.

Elle gratifia ensuite Bryce Davis d'un regard aussi peu amène.

— Tu me déçois, shérif, d'autant que tu es de la famille.

— Personne n'a à prendre parti ici, tante Emma, souligna Bryce d'un ton apaisant. Il s'agit seulement d'établir les faits. Qu'as-tu vu ?

— Elle était là-bas, répondit Mme Perkins en désignant le présentoir des fournitures scolaires. J'ai relevé les yeux juste à temps pour la voir fourrer les mains dans ses poches. Quand elle les a ressorties, elles étaient vides. Elle a dû voler des crayons ou un de ces autocollants que les gamins aiment tellement.

— Ces crayons ou ces autocollants, vous les avez vus dans ses mains ? s'enquit Jake.

Bryce le toisa d'un air renfrogné.

— C'est moi qui pose les questions ici, mon garçon.

Jake haussa les épaules.

— A ta guise. Mais je me réserve le droit d'en poser moi-même si tu ne te dépêches pas d'éclaircir cette embrouille.

— Alors, tante Emma, reprit Bryce, as-tu vu cette enfant en possession d'un des objets de la boutique, quel qu'il soit ?

— Non. Mais de toute façon ce genre de gamine, c'est de la graine de racaille.

Jake sentit immédiatement les poils de sa nuque se hérisser. Il se força néanmoins à garder son calme, estimant qu'il valait d'abord mieux s'assurer si, oui ou non, Tess avait volé quoi que ce soit à cette vieille harpie.

— Tess, ma chérie, as-tu ne serait-ce que touché aux objets que Mme Perkins vient de mentionner ?

— J'ai une tête à aimer les autocollants ? répliqua la fillette avant de décocher à la boutiquière un regard empli d'animosité. Et les crayons, Tex il en achetait par boîtes entières pour en grignoter le bout depuis que le toubib lui avait interdit le cigare. Qu'est-ce que j'en ferais, moi ?

Jake réprima un sourire.

— Là n'est pas le problème, rétorqua-t-il. As-tu mis quoi que ce soit dans tes poches ?

— Non. Tu peux me fouiller, si tu veux.

Tess toisa Mme Perkins avec un air triomphant. Mais, comme le shérif s'avançait vers elle, elle se renfrogna aussitôt.

— C'est à Jake que je parlais, pas à vous.

— Tu es d'accord, Bryce ?

— Euh... ouais, vas-y, répondit ce dernier avec une évidente mauvaise grâce.

Jake entreprit donc de vider les poches de Tess, qu'il retourna sous les yeux du shérif. Il en sortit un emballage de sucrerie, deux *pennies*, des brins de tissus et une pâquerette fripée, laquelle devait provenir du bouquet qu'elle avait déposé sur la tombe de Tex.

— Satisfait ? lança Tess en les dévisageant tour à tour avec rancœur.

— Toutes mes excuses, murmura Bryce avant de se tourner vers Jake. Je n'avais pas le choix, tu comprends ?

— Alors, je peux porter plainte contre lui, maintenant ? demanda Tess. Et contre elle aussi ?

— On en reparlera plus tard, lui dit Jake.

Voyant que Tess s'apprêtait à protester, il précisa :
— Chez le marchand de glaces.
Elle se tint coite.
Une fois qu'ils se retrouvèrent sur le trottoir, il s'arrêta un instant.
— Comment se fait-il que tu sois en ville, à propos ? Et qu'est-ce que tu fichais dans cette épicerie alors que tu connais aussi bien que moi Mme Perkins ? Elle est persuadée que tous les mômes de la ville ont juré de la dévaliser.
— Je suis venue avec Megan. Et Mme Perkins...
Elle haussa les épaules.
— Mettons que j'aime bien la faire enrager. Cela dit, ce Lyle, il me fiche franchement la trouille.
— Alors, un bon conseil : ne va pas le provoquer. Bon, où est Megan ?
— Sais pas. Je l'ai vue qui allait vers le magasin de fournitures pour bureau, et moi je suis partie de mon côté. Elle n'a pas eu l'air très déçue que je la quitte.
— Et vous êtes convenues de vous retrouver quelque part ?
Tess haussa de nouveau les épaules.
— Je me disais qu'elle finirait bien par revenir tôt ou tard à la voiture.
Jake soupira. Manifestement, Tess n'était guère disposée à lui donner des renseignements de son plein gré.
— Et où est-elle stationnée ? demanda-t-il.
— A deux pâtés de maisons d'ici, répondit la fillette en montrant du pouce la rue derrière elle.
— Allons voir si elle ne t'attend pas là-bas.
— Et ma glace ?
— Dès qu'on aura retrouvé Megan et qu'on l'aura rassurée sur ton sort.
— Tu parles ! marmonna Tess. Pour ce que je l'intéresse...

A l'évidence, songea Jake, les choses ne s'arrangeaient guère entre elles deux.

— Tu ne crois pas que tu pourrais lui accorder un répit ? suggéra-t-il.

— Pourquoi ? Elle se fiche de moi comme de sa première chemise !

— Tess, elle n'a pas encore vraiment eu le temps de te connaître — et la réciproque est vraie.

— A quoi bon ? Elle va bientôt repartir.

A son grand regret, Jake accueillit cette nouvelle avec un pincement au cœur.

— Elle te l'a dit ?

— Non, mais elle repartira quand même. Comme tout le monde.

Jake renonça à discuter ce dernier point. Jusqu'à présent, rien dans la vie de Tess n'aurait pu la persuader du contraire. Il faudrait du temps avant que Megan parvienne à la convaincre qu'elle était différente, qu'elle pouvait rester fidèle à un lieu... et à une personne. Pour l'amour de Tess, Jake pria le ciel de ne pas se tromper au sujet de la jeune femme. Tess était déjà assez perturbée comme cela sans avoir à subir une nouvelle défection.

— Et qu'est-ce qu'elle est allée faire dans le magasin de fournitures pour bureau ? demanda-t-il.

Tess lui lança un regard dégoûté.

— Tu sais, moi, les fournitures de bureau, je m'en tape.

— Ecoute, ma puce, un de ces jours, quelqu'un pourrait s'offusquer de ton langage.

— Ah, ouais ? Qui ça ?

— Lyle Perkins, par exemple. Tu l'as bien cherché, tout à l'heure.

Elle eut une grimace comique.

— Je sais, répliqua-t-elle fièrement. Et à part lui ?

— Moi.

— Toi ? répéta-t-elle sans paraître le moins du monde intimidée. Et qu'est-ce que tu me feras ? Tu vas m'enfermer dans un placard, peut-être ?

— Non. Je te laverai la bouche avec du savon, comme ma maman quand je disais des gros mots.

Tess écarquilla les yeux.

— Vraiment ? C'est dégueu !

— Sans doute, mais efficace. Depuis, je ne salis plus les oreilles d'autrui avec mes grossièretés. Réfléchis-y.

Puis Jake redevint silencieux, de même que Tess — même s'il doutait qu'elle ait pris au sérieux son avertissement. Elle le suivait à deux ou trois pas, grattant le trottoir du bout de ses *sneakers*.

Jake aperçut enfin Megan, près de sa voiture. Comme il s'y attendait, elle semblait plus irritée qu'inquiète.

— Ah ! te voilà ! s'exclama-t-elle en avisant Tess derrière lui. Mais où donc étais-tu passée ? Ça fait au moins une demi-heure que je t'attends.

Tess adressa à Jake un regard implorant. Ce dernier en comprit la signification et s'abstint de révéler à la jeune femme l'altercation avec Mme Perkins.

— Elle se promenait en ville avec moi, déclara-t-il. Nous allions déguster une glace. Si tu veux te joindre à nous...

— J'avais l'intention de retourner au ranch pour installer l'équipement. J'ai du pain sur la planche.

Jake jeta un œil à l'arrière du véhicule de Megan. Il distingua une demi-douzaine de cartons, ainsi que des sacs qui paraissaient remplis de rames de papier et de diverses autres fournitures. Avec une certaine satisfaction, il songea que l'ensemble représentait une dépense conséquente.

— Ce genre d'article est-il donc moins cher ici qu'à New York ? interrogea-t-il d'une voix détachée.

— En effet, mais ce n'est pas la raison pour laquelle j'ai acheté tout ça.

— Ah bon ? Et quelle est cette raison, alors ?

— Parce que j'en ai besoin pour travailler.

Jake reporta son attention sur les cartons.

— Un fax, une photocopieuse, un ordinateur, une imprimante, un scanner, énuméra-t-il. Ouais, voilà qui devrait te permettre de tenir au moins jusqu'à ce soir.

— Ravie de ton approbation. Maintenant, si ça ne te dérange pas, j'aimerais rentrer.

— Moi, ça me dérange ! protesta Tess. Jake m'a promis que j'aurais une glace, après ce qui s'est passé.

Elle s'aperçut aussitôt de son impair et plaqua une main sur sa bouche avant de reculer d'un pas.

— *Après ce qui s'est passé ?* répéta Megan.

Comme Tess gardait un silence boudeur, la jeune femme se tourna vers Jake.

— Alors ?

— Désolé. Je suis tenu par le secret professionnel.

— Elle t'a engagé comme avocat ? Et pourquoi donc ?

— Voyons, Meggie, tu sais bien que je ne peux pas répondre à cette question.

— J'exige des éclaircissements. Et sur-le-champ ! s'exclama Megan en croisant les bras et en se mettant à tapoter du pied sur l'asphalte.

Amusée par cette démonstration de mauvaise humeur, Jake considéra Tess.

— Manifestement, lui dit-il, elle nous en veut de se retrouver en dehors du coup. Peut-être qu'on pourra tout lui expliquer quand elle aura dégusté un bon fondant au chocolat. Qu'en penses-tu ?

— De toute manière, tu vas tout lui raconter, hein ? souligna Tess. Merde, personne n'est capable de garder un secret, ici ! Et la déontologie de l'avocat, qu'est-ce que t'en fais ?

— Je ne lui dirai tout que si j'ai ton accord, répliqua Jake. A toi de choisir.

— Mais si je dis non, je n'aurai pas de glace, c'est ça ?

Il hocha la tête.

— Bon, d'accord, vas-y, marmonna Tess.

Tournant les talons, elle s'éloigna.

Jake lui emboîta le pas. Megan, qui le toisait avec irritation, finit malgré tout par les suivre jusqu'au café.

— Je ne vais pas aimer ça, hein ? s'enquit-elle avec résignation.

— Sur une échelle allant de un à dix, et comparé à tout ce qui t'est arrivé ces derniers jours, cet incident mérite à peine un deux.

— Tu parles d'un soulagement...

— Ne t'inquiète pas, Megan. J'ai tout arrangé. Tu n'as pas de souci à te faire.

— C'est étrange, mais il suffit que tu dises cela pour que je sois encore plus nerveuse...

— Peut-être que tu as un petit problème de self-control ? suggéra-t-il.

— Oh ! va donc au diable, repartit-elle avant de garder un silence crispé.

Elle n'ouvrit plus ensuite la bouche jusqu'à ce que la serveuse du café lui demande un autographe d'une voix tremblante de trac, avant de se mettre à lui parler interminablement de son émission et de prendre — enfin — leurs commandes. Tout le monde opta pour des *sundaes* avec double ration de sauce au chocolat.

— Bon, lâcha alors Megan. Autant en finir. Que s'est-il passé, tout à l'heure ?

Après avoir jeté un coup d'œil à Tess, Jake lui rapporta brièvement l'incident avec les Perkins.

— Quoi ! s'exclama Megan avec indignation. Oh ! mais elle ne perd rien pour attendre, cette vieille sorcière !

Je vais aller lui dire deux mots en sortant d'ici. Quant à Lyle, je ne l'ai jamais aimé, et, manifestement, il ne s'est pas arrangé avec l'âge.

Tess la contemplait avec des yeux ronds de stupéfaction.

— Tu vas aller secouer les puces à Mme Perkins ?

— Et comment ! s'exclama Megan avec emportement. Gare si on touche à une O'Rourke !

Jake se laissa aller en arrière avec un soupir de satisfaction.

— Bravo, petite ! murmura-t-il, enchantée par la réaction de Megan et la promptitude avec laquelle elle avait pris la défense de Tess.

Jadis, elle avait su se montrer aussi protectrice avec lui, le soutenant face à toutes les accusations — lesquelles étaient généralement lancées par cet envieux de Lyle.

Toutefois, quand il avait été confronté à la plus grave d'entre elles, lorsqu'il avait été accusé d'avoir volé du bétail à Tex, elle lui avait fait faux bond. Il avait alors compris qu'elle devait avoir depuis longtemps des doutes à son égard. Mais cette pensée ne l'avait guère consolé, et il avait bien plus souffert de sa défection que du séjour qu'il avait passé en prison — alors qu'il ne le méritait pas.

Elle se tourna vers lui et croisa son regard.

— Et comment se fait-il que tu sois arrivé juste au moment où Tess avait besoin d'un avocat ? s'enquit-elle.

— Mon bureau est à côté de l'épicerie.

Megan eut une grimace comique.

— Histoire de remettre Mme Perkins à sa place, je suppose ?

— C'est possible, concéda Jake en haussant les épaules.

En fait, Megan avait parfaitement raison. Elle était

même la seule à avoir deviné la raison pour laquelle il avait précisément choisi cet emplacement pour son cabinet.

— C'était la boutique du coiffeur avant, n'est-ce pas ?

Il hocha la tête.

— Après la mort de Pete, le local est resté vide durant une année. Quand je suis revenu en ville, j'ai trouvé que c'était une bonne idée de m'installer dans la Grand-Rue.

— As-tu pu enlever cette horrible odeur d'après-rasage qui imprégnait l'endroit ? demanda Megan en plissant le nez de dégoût. On pouvait la sentir à cinquante mètres.

— Je crois que j'ai réussi à la faire partir, oui. Tu n'as qu'à venir le vérifier par toi-même... D'accord ?

Il avait voulu prononcer cette invitation sur un ton détaché, mais elle lui avait échappé à la manière d'un défi. Il vit Megan hésiter. Puis sa curiosité naturelle l'emporta sur ses dernières réticences.

— Pourquoi pas ? dit-elle.

Cette réponse prouva à Jake que l'ancienne Meggie n'avait pas entièrement disparu sous le vernis et les paillettes de sa nouvelle existence. Il en conçut quelque espoir.

— Tu viens, Tess ? demanda-t-il à la fillette en se redressant.

— Mince, vous vous rappelez encore que j'existe ? Vous avez pas arrêté de vous faire les yeux doux, depuis qu'on est là.

Jake s'esclaffa.

— Et qu'est-ce que tu connais aux yeux doux, dis-moi ?

— J'aimais bien regarder les vieux films à la télé, quand Tex était monté se coucher. Ça m'a appris beaucoup de choses...

— Et pas que des bonnes choses, vu la façon dont tu

parles, répliqua Jake. Tu aurais mieux fait de regarder des rediffusions de *Brady Bunch*.

— Beurk ! C'est de la comédie, tout ça.

— Peut-être, mais tu aurais vu comment une famille arrive à rester soudée. Ça t'aurait peut-être donné des idées. Et à toi aussi, ajouta-t-il à l'adresse de Megan.

Celle-ci se renfrogna.

— Si jamais j'ai besoin d'un conseiller familial, je doute que je me tourne vers toi ou les Brady.

— Ce n'était qu'une suggestion.

Jake se rendit à la caisse pour payer la note, puis alla rejoindre Tess et Megan dehors.

— Si ces dames veulent bien me suivre...

— Attends un peu ! répliqua Megan, les yeux fixés sur l'épicerie. Je crois que je vais d'abord rendre une petite visite à Mme Perkins.

— Tu vas réellement lui remonter les bretelles ? s'enquit Tess avec une évidente incrédulité.

— Disons qu'à l'avenir, elle réfléchira à deux fois avant de t'embêter, déclara Megan.

Puis elle redressa les épaules, tel un boxeur s'apprêtant à monter sur le ring, et se dirigea tout droit vers l'épicerie.

— Allez, viens ! murmura Tess à Jake en lui prenant la main. Il faut qu'on voie ça.

Ils pénétrèrent dans la boutique au plancher à grosses lattes et aux étagères croulant sous les marchandises juste à temps pour entendre Mme Perkins accueillir Megan avec enthousiasme.

— Cela faisait bien longtemps, jeune dame. On pensait que tu nous avais tous oubliés. Je suis désolée que ce soit en de telles circonstances. Ton grand-père était quelqu'un de bien. J'ai toujours pensé qu'il aurait dû avoir une femme et un fils au ranch pour s'occuper de lui ces dernières années, mais après la mort de ta grand-mère, il avait l'air de ne plus avoir envie de se remarier.

Apparemment, comprit Jake, elle avait songé qu'elle-même et Lyle auraient pu remplir ce rôle. Tex avait été assez avisé pour ignorer toutes les perches qu'elle avait dû lui tendre.

Mme Perkins avisa alors Jake ainsi que Tess, et son air affable la quitta aussitôt.

— Mais bon, ajouta-t-elle, je suppose qu'il était occupé ailleurs — si tu vois ce que je veux dire.

Megan afficha un sourire ingénu.

— Je crains que non. Qu'entendez-vous par là, au juste ?

— Tu sais bien, voyons, répondit Mme Perkins en désignant Tess d'un mouvement du menton. Je parle de sa mère. Personne en ville n'ignore *ça*.

— Ce qui, je suppose, explique pourquoi vous avez accusé Tess de vol à l'étalage, reprit Megan. Parce que vous désapprouviez la liaison de mon grand-père avec sa mère. Ou peut-être étiez-vous jalouse, tout simplement ?

La vieille dame parut choquée.

— Voyons, Megan, comment peux-tu dire une chose pareille ?

— Si mes souvenirs sont bons, après la mort de votre mari, vous n'avez pas cessé d'apporter des petits plats à la maison, alors que vous saviez que Mme Gomez était là pour nous faire la cuisine. Et personne n'ignorait ce que *ça*, ça voulait dire.

Les joues de Mme Perkins s'empourprèrent.

— Jeune dame, savez-vous au moins à qui vous parlez ?

— Oui, m'dame, je crois le savoir, répondit Megan d'une voix polie. Et à l'avenir, j'espère que vous vous rappellerez à qui vous vous en prenez quand vous accuserez à tort un membre de *ma* famille.

Elle sourit, tout en fusillant du regard Lyle, qui venait de se joindre à eux.

— Je suis certain que vous souhaitez tous deux vous excuser auprès de Tess pour l'erreur que vous avez commise ce matin. Tess, viens ici. Mme Perkins a quelque chose à te dire. N'est-ce pas, madame Perkins ? ajouta Megan en rivant ses yeux à ceux de cette dernière.

— Euh, oui, je suppose que oui, balbutia l'épicière, visiblement troublée. J'ai commis une erreur, ce matin, et j'en suis sincèrement désolée. Lyle aussi. N'est-ce pas, fils ?

Lyle se renfrogna, mais un coup d'œil acéré de sa mère le ramena à la raison. Il hocha la tête.

— Ouais, si tu veux...

— Bon, merci, articula Tess sur un ton égal.

— J'ai été positivement ravie de vous revoir, madame Perkins, enchaîna Megan avec le plus parfait manque de sincérité. Toi aussi, Lyle. On y va, Tess ?

Comme elles revenaient toutes deux vers Jake, celui-ci entendit Mme Perkins murmurer :

— Eh bien, si je m'attendais...

— Laisse tomber, maman, l'interrompit Lyle. C'est qu'une garce pleine de fric, maintenant. Elle a toujours été bêcheuse. Et, crois-moi, les gens du coin lui rabattront bientôt son caquet.

Jake gloussa.

— Je doute qu'elle continue à proposer *Megan's World* à sa clientèle, murmura-t-il à l'instant où ils quittaient tous trois la boutique.

— Je suis sûre que mon directeur des ventes ne se remettra jamais de cette perte, répliqua Megan.

Puis elle eut un grand sourire.

— Mon Dieu, ce que c'était bon !

— T'as été terrible, approuva Tess. On aurait dit qu'elle venait de se faire renverser par un trente tonnes.

— Oui, mais ne te réjouis pas trop, répliqua Megan d'une voix sèche. Remettre les gens à leur place, c'est mon boulot, pas le tien.

— A vos ordres, capitaine ! De toute façon, j'ai pas envie de me bagarrer avec des gens qui font deux fois ma taille. C'est elle qui avait commencé, pas moi.

— Et maintenant, c'est fini, lui rappela Jake.

Il se tourna vers Megan.

— N'est-ce pas ?

Elle arbora un sourire éblouissant.

— Absolument, maître.

Jake se demanda soudain si Whispering Wind était prête à accueillir une enfant du pays qui risquait de bouleverser la tranquillité séculaire des lieux... et si lui-même accepterait de voir chambouler l'existence terne et paisible à laquelle il aspirait jusqu'alors.

Cependant, comme il jetait un coup d'œil vers Megan, qui rayonnait de satisfaction, il comprit qu'il était désormais trop tard pour faire machine arrière.

7.

Megan était la première à reconnaître qu'elle avait pris un peu trop de plaisir à remettre Mme Perkins à sa place. Elle ne l'avait fait qu'en partie pour Tess, et toutes les personnes présentes dans la boutique l'avaient sans doute compris. Elle avait simplement dit les paroles qu'elle avait jadis brûlé de prononcer en faveur de Jake. A l'époque, malheureusement, elle était trop prudente et trop jeune pour se montrer grossière avec un adulte, même si celui-ci méritait amplement qu'on le remette à sa place.

En ce temps-là, elle était également intimidée par Lyle, adolescent grand pour son âge et puissamment bâti. Sous prétexte que sa maman le prenait pour un petit dieu, il pensait que tout lui était permis — et il se permettait d'ailleurs tout. Il se conduisait comme le dernier des voyous, choisissant ses cibles en toute impunité. Megan n'avait pas voulu être l'une d'elles, et pas seulement parce qu'elle refusait de voir Jake se battre pour elle. Elle n'aimait pas la lueur qui brillait dans les yeux de Lyle quand celui-ci la regardait ; elle lui trouvait alors un air inquiétant. Ce n'était que plus tard qu'elle avait compris la raison du malaise qu'il suscitait ainsi en elle. A ce moment-là, toutefois, elle avait appris à éviter ce genre de personnages.

Mme Perkins et Lyle n'étaient pas les seuls habitants de la ville à avoir méprisé Jake et fait de son existence un enfer. Nombre de paroissiens respectables l'avaient jugé et condamné uniquement à cause de l'activité de sa mère. Nul n'avait daigné songer que Lettie Landers aurait pu se racheter si seulement on lui avait permis de souffler un peu et de choisir un autre moyen de subsistance que celui auquel elle avait dû se résigner après que le père de Jake les avait tous deux abandonnés.

Aux yeux de Meg, il était remarquable que Jake ait si bien tourné depuis, lui qui avait passé son enfance dans un taudis misérable, seul logement que sa maman pouvait leur payer avec la maigre part des revenus qu'elle ne dépensait pas en alcool. Megan se souvenait encore très bien des achats que Jake avait effectués avec le premier salaire que lui avait versé Tex, des années plus tôt : il avait acquis des planches, des clous, un pot de peinture, avant de se charger lui-même de toutes les réparations dont leur maison avait tant besoin et que Josh Wilson, leur odieux propriétaire, aurait dû financer lui-même.

Le changement apporté par ces travaux n'avait été malheureusement qu'extérieur : à l'intérieur, sa mère demeurait toujours plongée en permanence dans l'hébétude de l'ivresse. Jake en avait été terriblement déçu, faisant comprendre à Megan qu'il espérait que cette remise en état de leur logis la remettrait elle-même sur le droit chemin.

Et à présent, alors qu'elle se tenait sur le trottoir, face à ce qui avait jadis été la boutique de Pete, le coiffeur, elle était ébahie par les modifications que Jake avait apportées à l'ancien bâtiment de bois. Il avait conservé l'enseigne de barbier, qui conférait une touche nostalgique à la devanture, mais les bardeaux brillaient d'une couche de peinture blanche toute fraîche. Les moulures, en revanche, étaient soulignées d'un noir austère. La grande baie vitrée — jadis enfumée par les cigarettes des clients — scintillait sous le soleil de la fin de matinée, et, dans un coin de la vitre, une discrète inscription en or indiquait que le local était désormais occupé par le cabinet de Jake Landers, avocat.

— Je suis impressionnée, avoua-t-elle. Pete ne reconnaîtrait pas sa boutique.

— Attends de voir l'intérieur! s'exclama Tess. Il y a de grandes peintures du Far-West sur les murs. On se croirait dans un film avec John Wayne.

— Je vous suis, annonça Megan, curieuse de voir quels étaient au juste les goûts de Jake.

Comme Tess l'avait annoncé, la décoration était de style western, mais élégante. Megan s'aperçut immédiatement que les huiles étaient l'œuvre de peintres réputés et que le bronze, sur son socle, était un authentique Remington. Manifestement, songea-t-elle, Jake s'était fort bien débrouillé au cours de la dernière décennie...

— Ta secrétaire est sortie déjeuner ? demanda-t-elle en parcourant du regard la pièce vide.

— Je n'en ai pas encore engagé. A quoi bon, puisque je suis presque tout le temps là ?

— Pourquoi ça ?

— Je ne cherche pas vraiment le client, vois-tu. Mis à part la succession de ton grand-père, je n'ai aucune affaire en cours.

Megan le dévisagea attentivement.

— Par choix ?

— Eh oui, ma biche. Une vie tranquille, voilà tout ce que je souhaite. Mais ne t'inquiète pas pour moi. Les gens du coin ne me snobent plus comme jadis. Tex y a veillé en m'embauchant.

— Tant mieux.

— Tu aurais donc été prête à aller leur secouer les puces, à eux aussi, si je te l'avais demandé ? s'enquit Jake avec un air amusé.

— Oh ! j'ai comme l'impression que tu n'as désormais plus besoin de personne pour te défendre...

— Dommage. J'avais hâte de te voir de nouveau en action.

Au regard intense dont il la couva alors, Megan crut saisir que le type d'action qu'il avait en tête n'avait rien d'une joute verbale avec les gens du coin. Détournant la tête pour échapper aux sensations que ce regard éveillait en elle, elle reporta son attention sur le premier objet qui se présenta : le bronze.

— Il est magnifique.

— Tu as déjà eu l'occasion de l'admirer, dit Jake en se rapprochant d'elle.

— Ah bon ? Et quand ça ?

— Durant le voyage de l'école à Denver. Il était dans la vitrine d'un antiquaire, et tu n'arrivais pas à en détacher les yeux. Je t'ai alors promis que je te l'offrirais un jour. Même si tu ne m'as pas cru, je n'ai pas oublié ma promesse.

— Mais... il a dû te falloir des années avant de pouvoir le payer, non ?

— Cela fait à peine six mois que je l'ai acheté, confirma Jake.

— Chez ce même antiquaire ? J'imagine qu'entre-temps, quelqu'un d'autre avait dû l'acheter. Musées et collectionneurs s'arrachent le moindre Remington qui passe sur le marché.

— Il faisait effectivement partie d'une collection privée. J'ai simplement persuadé son propriétaire de me le céder.

Megan éprouva les pires difficultés à croiser le regard de Jake.

— Pourquoi ? demanda-t-elle, alors qu'une brusque tension s'installait entre eux, presque palpable.

— Je le voulais, c'est tout.

— Pourquoi, Jake ? insista Megan, sans trop savoir elle-même pourquoi elle souhaitait entendre la réponse.

— Parce que tu l'aimais, dit-il enfin. Et parce que j'ai l'habitude de tenir mes promesses.

Megan avala péniblement sa salive. Le bronze froid lui semblait brûlant sous ses doigts. Elle devait être écarlate jusqu'à la racine des cheveux, c'était sûr. Enfin, elle parvint à détourner la tête et articula d'une voix haletante :

— Il faut que je rentre au ranch.

Elle promena son regard alentour.

— Où est Tess ?

— Cela fait quelques minutes qu'elle est sortie. Je suppose qu'elle désirait nous laisser seuls.

— Tu crois vraiment qu'elle a autant de tact ? A mon avis, elle devait en avoir assez que nous nous fassions les yeux doux.

Il se rapprocha plus encore.

— C'est ce que nous faisions, Meggie ? Nous nous faisions les yeux doux ?

Megan déglutit une nouvelle fois et secoua la tête.

— Pas moi, en tout cas.

— Moi non plus, murmura Jake.

En même temps, il pencha la tête vers elle et, quand ses lèvres rencontrèrent les siennes, Megan les entrouvrit avec un soupir. Personne au monde ne savait embrasser comme Jake, se dit-elle. Il avait des baisers doux et lents, tendres, légèrement fiévreux aussi, délicatement ardents. Elle en avait le souffle coupé. La tête lui tournait. Pour garder son équilibre, elle se retint au seul soutien à sa portée — Jake...

Les choses n'étaient pas censées se passer ainsi,

songea-t-elle. Pas après tout ce temps. Elle n'aurait pas dû éprouver cette chaleur soudaine au creux de son ventre, ce frémissement d'excitation. Mais le feu était là, ainsi que le désir, l'émerveillement, la sensation déroutante de s'être retrouvée elle-même. A la fin, cette dernière émotion la terrifia et elle repoussa Jake farouchement, afin de ménager entre eux deux une distance indispensable.

— Non, dit-elle.

Elle avait voulu crier. Seul un murmure, tout juste audible, lui échappa.

Jake esquissa un sourire tranquille et provocant.

— Certaines choses ne changent jamais, n'est-ce pas, Meggie ?

— Tout a changé, répliqua-t-elle en s'efforçant de refouler la singulière impression de panique qui l'envahissait.

Il haussa les épaules.

— Puisque tu le dis...

Feindre était comme une seconde nature, chez Megan, et elle parvint à se composer un sourire distant.

— Merci pour la glace et pour avoir pris la défense de Tess, déclara-t-elle d'un ton neutre.

Il lui retourna son sourire.

— A ton service.

Megan détourna les yeux du visage de Jake — de sa bouche, surtout — et fixa son attention sur la porte. Elle se ressaisissait quand il reprit la parole.

— Dîne avec moi, Meggie.

— Je ne préfère pas.

Comme de bien entendu, Jake interpréta cette réponse à sa manière.

— Tu as peur ? demanda-t-il.

— Bien sûr que non !

— Répète-moi ça en me regardant dans les yeux.

Elle le dévisagea carrément.

— Vous ne me faites pas peur, Jake Landers, déclara-t-elle sans le moindre cillement ni le moindre frémissement dans la voix.

La discipline qu'elle s'était forgée pour dominer ses nerfs devant une caméra se révélait utile, en cet instant.

— Alors, pourquoi refuser de dîner avec moi ? insista Jake. Deux vieux amis qui se retrouvent autour d'une table. Où est le problème ?

Cela n'aurait effectivement pas dû être un problème, convint Megan. Si la proposition était venue de Peggy, par exemple, elle aurait accepté avec plaisir. Mais l'invitation venait de Jake et cela signifiait qu'elle devait être très, très prudente. L'homme était dangereux. Il avait plus qu'un simple dîner en tête. Ses propos, un peu plus tôt, l'avaient d'ailleurs clairement laissé entendre.

— Je suis désolée, murmura-t-elle. Je crains de ne pas avoir le temps.

— Je croyais pourtant que tu comptais rester un moment ici.

Trop tard, Megan se rendit compte du piège qu'il lui avait tendu. Si jamais elle exprimait son intention de repartir à New York, nul doute qu'il lui rappellerait les termes du testament de Tex.

— Ce n'est pas parce que je reste ici que je ne vais pas travailler. Mon séjour ici va même me rendre la tâche encore plus compliquée.

— Tex avait l'air de penser que tu étais plutôt douée pour mener plusieurs activités de front. Dîner avec moi n'en sera qu'une de plus, Megan. Considère ça comme un repas d'affaires.

— Un repas d'affaires ? répéta-t-elle d'un ton dubitatif.

— Nous pourrions discuter les détails de la succession au moment du dessert.

— Quels détails ?

— Oh ! Je suis sûr que je saurai bien en trouver d'ici à demain soir. 18 heures, ça te va ?

— D'accord, finit par répondre Megan, sachant que la moindre réticence de sa part passerait pour de la lâcheté aux yeux de Jake. Passe au ranch. Je demanderai à Mme Gomez de préparer un de ces festins mexicains que tu aimes tant.

— Sur ton terrain, hein ? lança Jake en haussant un sourcil. Un de ces quatre, il faudra vraiment qu'on parle de ton problème de self-control...

Megan, qui sentait la moutarde lui monter au nez, tâcha de n'en rien montrer.

— Disons plutôt 19 heures, reprit-elle comme si de rien n'était. Je devrai passer plusieurs coups de fil avant.

— Après le choix du terrain, celui de l'heure, murmura Jake en secouant la tête.

— Oh ! pour l'amour du ciel, arrête ! Ça te va, oui ou non ?

— Evidemment. Pour rien au monde je ne voudrais louper ça, Meggie.

— Vous allez être amoureux, Jake et toi ? voulut savoir Tess sur le chemin du retour.

— Mais pas du tout ! s'exclama Megan.

— Alors, pourquoi est-ce que vous vous léchiez la figure dans le bureau de Jake ?

Horrifiée, Megan la toisa d'un regard sévère.

— Ce n'est pas beau d'espionner, jeune fille !

— *Espionner ?* répéta Tess. N'importe quel passant pouvait vous voir à travers la vitre. Et je te signale qu'elle n'est même pas teintée.

Megan eut du mal à réprimer un gémissement.

— Je t'en prie, dis-moi que tu étais la seule spectatrice...

— Il y avait Tommy Morgan, aussi, mais il n'ira pas cracher le morceau. Il n'a que six ans et il ne sait même pas qui tu es.

— Et la mère de Tommy Morgan ? Où se trouvait-elle ? s'enquit Megan.

— A la parfumerie, en bas de la rue. C'est là qu'elle travaille. Tommy trouve que ça pue, là-dedans, alors elle le laisse jouer dehors. Comme ça, tout le monde peut le surveiller et il a peu de chances de se faire renverser par une voiture ou d'avoir un accident.

— Tu m'as l'air de bien le connaître, ce Tommy.

Tess haussa les épaules.

— Tex m'a souvent emmenée avec lui en ville, quand il allait voir Jake. Je traînais dans la rue, comme aujourd'hui. A force, Tommy s'est en quelque sorte habitué à me voir.

— Ça ne te dérange pas ?

— Pas du tout. Il est plutôt cool, pour un gamin. Et ça me fait un peu comme un petit frère.

Megan se souvint combien elle aurait elle-même souhaité avoir des frères et des sœurs. Alors qu'il était déjà assez pénible d'être enfant unique, l'isolement du ranch ainsi que les règles strictes que lui imposait Tex avaient encore aggravé sa solitude — il lui était ainsi plus ou moins interdit de sortir en dehors des heures de classe, ce qui lui aurait permis d'élargir le cercle de ses amis. Peggy était la seule qui n'avait pas semblé rechigner à lui rendre visite au ranch et à l'aider dans ses corvées.

— Tu sais, Tess, si tu habitais New York, tu aurais tout le temps du monde autour de toi, souligna Megan sur un ton détaché. Tu pourrais avoir beaucoup d'amis, là-bas.

— Et moi je te répète que je mettrai jamais les pieds à New York ! s'emporta Tess, brisant d'un coup la trêve fragile et provisoire qui s'était établie entre elles. Si tu as besoin d'y retourner, vas-y donc, je ne t'en empêche pas — mais moi je reste ici, au ranch.

Megan se sentit désemparée.

— Tu l'aimes donc à ce point-là ?

Tess parut prise de court par cette question.

— C'est chez moi, voilà tout, répondit-elle avant de lancer à Megan un nouveau regard de défi. Tex a promis que je pourrais y rester, quoi qu'il arrive.

— Je sais...

— Bon. Alors, la question est réglée, conclut Tess avec satisfaction.

Du point de vue de Megan, cependant, rien n'était réglé du tout.

Après le départ de Megan et de Tess, Jake alla s'installer dans son gros fauteuil de cuir, posa ses pieds bottés sur son bureau et réfléchit au baiser que Megan et lui avaient partagé. Voilà qui avait pimenté sa journée, se dit-il. Encore plus que sa prise de bec avec Mme Perkins, Lyle et le shérif.

Pourquoi diable aucune autre femme ne lui faisait-elle autant d'effet que Meggie ? s'interrogea-t-il. Elle était pourtant aussi agaçante et chatouilleuse qu'une puce. Il se demanda ce qu'auraient pensé d'elle ses fans s'ils avaient pu voir dans quel état la plongeait un baiser, un simple petit baiser. A leurs yeux, Megan était l'incarnation de l'efficacité et du sang-froid, quelles que soient les circonstances. Le genre de femme qui quittait son lit et son amant sans une mèche de travers.

Or, quand il l'avait embrassée, elle n'avait pas brillé

par son sang-froid, loin de là. Il avait senti sa peau brûler, comme si elle se tenait en plein soleil par une écrasante journée de canicule. Son expression était devenue tendue et rêveuse à la fois. Il avait eu conscience du degré d'irritation que lui procurait ce trouble, mais elle n'en était pas moins parvenue à se composer ensuite une attitude détachée, vaguement hautaine et impériale. Il avait alors compris qu'il passerait tout le temps où elle demeurerait à Whispering Wind à essayer de briser cette carapace. Et depuis son retour en ville, c'était bien la première activité qu'il envisageait avec enthousiasme.

Il était perdu dans une contemplation enjouée du futur quand son téléphone sonna, le tirant en sursaut de sa rêverie.

— Oui ?

— Jake Landers ? s'enquit une femme à la voix pâteuse et légèrement brouillée.

— Oui. A qui ai-je l'honneur ?

— C'est vous qui vous occupez de la succession de Tex O'Rourke ?

En entendant cette question, ainsi que le ton de sa correspondante, Jake posa aussitôt ses pieds par terre et se redressa dans son fauteuil.

— Qui est à l'appareil ?

— Vous ne m'avez toujours pas dit si c'était vous qui régliez la succession.

— Oui. C'est moi. Maintenant, soit vous me donnez votre nom, soit je raccroche.

— Combien touche la petite ?

La mère de Tess, pensa Jake avec dégoût. Plus aucune présentation n'était nécessaire. La nature de ses questions ainsi que sa voix avinée lui apprenaient tout ce qu'il avait besoin de savoir au sujet de Contessa Florence Olson.

— Je n'ai pas la liberté de discuter des termes du testament avec d'autres personnes que les descendants directs du défunt.

— Et moi, je suis la mère de l'enfant, déclara-t-elle enfin. Ce qui me donne quelques droits, j'imagine. Tex a bien pris soin d'elle, pas vrai ?

— Je vous répète que cela ne concerne que les héritiers de Tex et moi-même. Vous pourrez obtenir copie du testament au Palais de justice dès qu'il y aura été déposé pour homologation.

— Oh ! vous pouvez parier le ranch que c'est ce que je ferai ! répliqua-t-elle.

Devinant qu'il allait avoir besoin de connaître la réponse à cette question avant que tout ne soit dit, Jake lui demanda :

— D'où appelez-vous ?

— Je ne vois pas en quoi ça vous regarde, répliqua-t-elle d'un ton moqueur. C'est une affaire entre moi et ma fille.

— Restez à l'écart de Tess, la prévint-il sèchement. Vous n'avez plus aucun droit sur elle.

— Qui êtes-vous pour me donner des ordres ? C'est mon bébé, non ?

— Non. C'est là où vous vous trompez. Vous l'avez reniée du jour où vous l'avez confiée à Tex. J'ai d'ailleurs le document signé de votre main où vous renoncez en sa faveur à tous vos droits sur elle.

— Tex est mort. Ça change tout. Elle a besoin de sa maman.

— Tess n'a pas besoin de gens comme vous, rétorqua Jake avec humeur.

— Qui s'occupe d'elle en ce moment ?

— Tess va bien. Ne vous inquiétez pas pour ça.

— Je préférerais le vérifier par moi-même. Je ne vous fais pas confiance.

— Restez à l'écart, répéta Jake. Si vous approchez de Tess, je vous fais coller une ordonnance d'éloignement si vite que vous en aurez le vertige.

— C'est mon bébé ! reprit la femme sur un ton larmoyant qui agaça Jake au plus haut point.

— Vous auriez dû vous le rappeler avant de l'abandonner, répondit-il froidement.

Et il raccrocha.

Puis il se leva, saisit sa veste et se rendit au ranch afin de mettre Megan au courant de l'appel.

Il songea alors qu'il lui faudrait également en informer Tess. Mais il ne désirait guère être celui qui lui annoncerait la nouvelle. Il ignorait comment il réagirait si la fillette se mettait de nouveau en tête de partir vivre avec sa mère. Légalement, il pouvait empêcher une telle chose. Cependant, Tess était désormais sous la garde de Megan, et c'était à cette dernière de se battre pour la retenir. Le ferait-elle ? Ou ne verrait-elle pas dans ce rebondissement un échappatoire idéal, l'occasion rêvée de reprendre son existence de naguère ?

Il atteignit le ranch en un temps record et passa rapidement dans la cuisine pour embrasser Mme Gomez.

— Où est Megan ? s'enquit-il aussitôt.

— Dans le bureau de Tex, en train de jouer avec tous les gadgets qu'elle s'est achetés ce matin, répondit la gouvernante.

Elle le dévisagea d'un regard entendu, avant de demander :

— Il y a un problème, n'est-ce pas ?

— J'ai seulement besoin de lui parler.

Comme il s'apprêtait à repartir, elle le retint par le bras.

— Cette femme t'a appelé, hein ? C'est pour ça que tu es dans un tel état ?

Il hésita et la dévisagea.

— La mère de Tess, tu veux dire ?

Une expression soucieuse sur le visage, Mme Gomez hocha la tête.

— Comment le sais-tu ? demanda Jake.

— Elle a téléphoné ici tout à l'heure. J'ai refusé de lui passer la petite. Je lui ai donné ton numéro. Moi, ça ne m'étonne pas de la voir rappliquer maintenant. Pour elle, la mort de Tex, c'est de l'argent en perspective, n'est-ce pas ?

— Très certainement, approuva Jake.

— Mais elle n'a aucun droit sur Tess, hein ?

— Ça dépend.

— De quoi ?

— De la volonté de Megan de se battre ou non pour Tess.

— Elle se battra.

— Tu m'as l'air bien sûre de toi, remarqua Jake, tout en regrettant de ne pas avoir sa confiance.

— Je le suis. C'est la petite-fille de Tex, non ? Les O'Rourke se serrent les coudes.

Jake lui prit la main.

— Pour l'amour de Tess, je souhaite que tu aies raison.

8.

Il avait fallu à Megan presque tout l'après-midi pour installer son équipement et s'assurer de son bon fonctionnement. Dès qu'elle avait eu branché l'ensemble, le fax s'était mis à dérouler en bourdonnant un premier message en provenance de son bureau. Depuis, elle avait été littéralement submergée.

Elle avait passé l'heure précédente au téléphone avec Todd, lui dictant des directives, réorganisant avec lui son emploi du temps et se faisant sermonner pour n'avoir su maintenir un meilleur contact avec son personnel.

— Je t'assure que Micah grimpe déjà aux rideaux, la prévint-il. Tu avais promis de l'appeler ce matin. Elle croit que tu la maintiens délibérément hors du coup. Et puis, il y a Caitlyn. Elle ronge son frein en attendant d'avoir ton aval pour la maquette de l'article sur le gâteau de mariage.

— Je les appellerai tous, promit Megan.

— Fais-le maintenant, insista Todd. Et commence par Micah, ou elle finira par être persuadée qu'elle est encore moins importante à tes yeux que la directrice artistique de ton magazine.

— Bon, soit, bascule-moi sur son poste.

— Merci ! répondit Todd avec ferveur.

— Je t'en prie. Je sais que je t'ai déjà laissé assez de pain sur la planche comme ça sans que tu doives en plus affronter les récriminations de toute l'équipe.

La conversation avec la productrice fut aussi tendue que Todd l'avait prévu. Au bout de quelques minutes, Megan décida de jouer cartes sur table avec elle.

— Micah, avons-nous un problème ?

— Une centaine, je viens de vous le dire, répliqua sa correspondante du tac au tac.

— Je ne vous parle pas de l'émission, mais de nous deux.

A l'autre bout de la ligne, un silence lui répondit, et Megan soupira.

— Apparemment, il y a un problème..., murmura-t-elle. Ecoutez, je sais que ce n'est pas facile pour vous en ce moment. Je suis moi-même très loin de me réjouir de compromettre ainsi notre programme, mais les circonstances sont exceptionnelles. Mon grand-père vient de décéder et je me suis trouvée confrontée à tout un tas de difficultés auxquelles je ne m'attendais pas.

C'était un euphémisme, l'euphémisme du siècle même ! Toutefois, Megan préférait ne pas encore parler de Tess.

— J'ai conscience du fardeau que je vous inflige, reprit-elle, mais j'essaie moi-même de faire de mon mieux.

Micah prit une profonde inspiration.

— Je suis désolée, déclara-t-elle avec sincérité. Mes propres angoisses m'ont fait oublier le stress que vous devez vous-même subir. Ça ne se reproduira plus.

— Hé ! il nous arrive à tous d'être stressés de temps en temps. Efforcez-vous simplement de mettre les choses en perspective, d'accord ?

— Compris.

— Je vous rappellerai bientôt. D'ici là, n'hésitez pas à

m'appeler ou m'envoyer un fax si les pépins s'accumulent.

— Quand rentrez-vous ?

— Pas dans l'immédiat. Mais vous serez tenue au courant, soit par moi, soit par Todd.

— J'aime mieux vous avoir directement, déclara Micah avec une pointe d'irritation.

Megan devina qu'elle venait involontairement de mettre le doigt sur le problème.

— C'est donc ça qui vous tracasse ? Vous ne vous entendez pas avec Todd ?

— C'est moi la productrice de votre émission, Megan. Lui n'est que votre secrétaire. Pourquoi est-ce que je devrais recevoir vos directives de lui ?

C'était donc bien cela, songea Megan. Une blessure d'orgueil.

— Si je passe par Todd, c'est simplement par souci d'efficacité, Micah. Je vous rappelle à ce propos qu'il n'est pas mon secrétaire, mais mon assistant et qu'il me sert de bras droit. A l'avenir, je m'efforcerai de ménager votre susceptibilité, mais je ne peux vous promettre qu'une telle situation ne se reproduira pas. Cela fait des années que Todd travaille avec moi — alors que vous et moi, nous en sommes encore à la phase d'adaptation.

— Et moi, je vous répète que j'ai besoin de savoir que vous me faites confiance et que vous considérez ma fonction comme importante.

— Mais elle *est* importante ! affirma Megan avec impatience. Et je vous fais confiance. Si je n'ai pas encore su vous en convaincre, j'en suis désolée et j'essaierai dorénavant d'être plus explicite à ce sujet. Bon, il faut que je vous laisse, maintenant, j'ai d'autres coups de fil à donner.

Megan raccrocha aussitôt, avant de céder à l'envie de

conseiller à son interlocutrice de grandir un peu et de ne se soucier que de son travail. Micah était une excellente productrice. Elle savait choisir d'instinct les idées susceptibles de fournir les meilleures lignes directrices pour l'émission. Pour le moment, toutefois, Megan ne se sentait pas la patience de guérir ses blessures d'amour-propre.

Elle décrocha de nouveau le téléphone et entreprit de caresser dans le sens du poil sa directrice artistique. Toutefois, la maquette que la jeune femme avait conçue pour le dossier principal du prochain numéro du magazine lui avait semblé un peu faible; faute de trouver le moyen de le lui dire sans la froisser, elle finit par s'en ouvrir franchement à elle.

— Il est indispensable que la photographie du gâteau de mariage soit plus grande, expliqua-t-elle à Caitlyn Holmes. Les lecteurs doivent pouvoir distinguer les moindres détails de sa décoration. C'est un chef-d'œuvre. Je tiens à ce qu'ils s'en rendent compte — de manière à ce qu'ils sachent ce qu'ils ont accompli lorsqu'ils auront suivi la recette chez eux. Je veux que toutes les futures mariées du pays exigent ce gâteau pour leur réception.

— Dans ce cas, rétorqua Caitlyn, il serait préférable qu'elles s'adressent à un professionnel, car si elles essaient de le refaire à la maison, ce sera un désastre. Vous en connaissez beaucoup des gens capables de trouver de l'or comestible dans leur épicerie de quartier et de réussir ensuite à en poser sur un gâteau sans qu'au final ça ait l'air de crottes de bique dorées?

— C'est là que les indications jouent un rôle fondamental, répliqua Megan avec impatience. Rendre la recette claire pour tout le monde.

— Avez-vous au moins essayé de préparer ce gâteau vous-même?

— Non, mais...

— Alors, faites-le, coupa Caitlyn, et appelez-moi ensuite. Je vous promets que je vous rejoindrai alors dans le Wyoming à mes frais pour le prendre en photo. Tenez, je vais même demander à Micah que vous le prépariez en direct dans la prochaine émission.

En d'autres circonstances, Megan aurait volontiers relevé le défi. Mais un picotement au niveau de la nuque l'avertit de la présence de Jake. Tournant la tête, elle l'aperçut dans l'encadrement de la pièce. Il la contemplait d'un air qui l'alarma.

— Il faut que j'y aille, dit-elle à sa directrice artistique. Faxez-moi la nouvelle maquette dès que vous l'aurez terminée.

— Mais...

— Nous discuterons de la faisabilité des recettes une autre fois, Caitlyn.

Puis elle raccrocha et reporta son attention sur Jake.

— Tu es en avance d'environ vingt-six heures, lui fit-elle remarquer.

— On a un problème.

Megan fut frappée par le ton lugubre de sa voix, qui s'accordait du reste avec l'expression de son visage.

— Entre donc, proposa-t-elle.

Il pénétra dans la pièce et referma la porte derrière lui.

Elle lui désigna un siège.

— Assieds-toi.

Ignorant son invitation, Jake se mit à faire les cent pas, sans un mot, et son agitation eut vite fait de rendre Megan nerveuse.

— Jake ?

— Je viens de recevoir un coup de fil de la mère de Tess.

Il avait prononcé ces mots d'un ton détaché, mais il était à l'évidence profondément perturbé par cet appel.

— Pourquoi t'a-t-elle téléphoné ?
— Parce que Mme Gomez le lui a conseillé.
Megan en fut surprise. La gouvernante ne lui en avait rien dit.
— Elle désirait avoir des nouvelles de Tess ?
— En quelque sorte. Elle souhaitait surtout connaître le montant de son héritage.
— Je vois, murmura Megan, tout en sachant qu'elle aurait dû s'y attendre. Que lui as-tu dit ?
— Que ce n'était pas ses oignons.
— Bravo.
Il lui lança un regard inquiet.
— Elle va venir ici pour réclamer sa part, Meggie.
— On s'occupera d'elle comme elle le...
S'interrompant soudain, Megan dévisagea Jake d'un air interrogateur.
— Elle n'a aucun droit dans cette affaire, n'est-ce pas ?
— Pas sur la succession, non. Sur Tess, si.
Megan comprit alors ce qui tracassait autant Jake.
— Tu as peur que je la laisse reprendre Tess, c'est ça ?
Si elle n'avait pas été consciente de lui avoir donné toutes les raisons de craindre cette éventualité, elle aurait pu se sentir insultée par un tel soupçon.
Il la scruta intensément.
— C'est ton intention ? s'enquit-il.
— Non ! répliqua-t-elle avec une véhémence qui la surprit elle-même.
— Ce serait la solution idéale, pour toi. Tess retrouverait sa mère, et toi tu pourrais rentrer à New York la conscience tranquille.
Megan fut d'abord blessée qu'il ait une aussi piètre opinion d'elle. Puis elle se dit qu'elle ne méritait guère mieux, puisqu'elle s'était plus ou moins comportée ainsi avec lui par le passé.

— Tu ne me connais pas très bien, n'est-ce pas ?

— Je le croyais, à une époque.

— Je ne choisis jamais la solution de facilité, Jake. Pas plus aujourd'hui qu'hier.

— C'est pourtant ce que tu as fait à l'époque, souligna-t-il sur le ton du reproche. Tu as pris pour argent comptant les rumeurs qui couraient sur moi et tu es partie.

Megan soupira. Elle savait que cette histoire reviendrait sur le tapis, tôt ou tard. Mieux valait en finir dès maintenant.

— Je suis désolée, dit-elle. J'ai commis une erreur. Tex semblait si certain que tu lui avais volé ce bétail. J'ai pensé que tu l'avais trahi, et moi aussi.

— Tu es partie sans même me parler ni me demander ma version de l'affaire. C'est ça qui m'a le plus blessé.

— Tex affirmait...

Jake se pencha vers elle et la fusilla du regard.

— Il ne t'est jamais venu à l'esprit que Tex pouvait avoir menti afin de nous séparer ?

— Sur le coup, non, répliqua Megan avec emportement. Tex ne m'avait jamais menti auparavant, pas une seule fois. C'était d'ailleurs une des premières choses qu'il m'ait promises quand je suis arrivée ici — qu'il ne me mentirait jamais.

— Mais il ne t'a jamais informée non plus que j'avais été lavé de tout soupçon, n'est-ce pas ?

— Non.

— Mensonge par omission. On en est déjà à deux gros mensonges. Et on peut supposer qu'il y en a eu bien d'autres.

Megan pouvait mesurer à quel point Jake avait dû être effectivement blessé ; elle pouvait l'imaginer en train d'attendre qu'elle prenne sa défense, pour apprendre soudain qu'elle avait quitté la ville sans même lui dire au revoir.

— Je suis désolée, répéta-t-elle. Je sais que ça ne signifie plus grand-chose aujourd'hui, mais je suis sincèrement désolée. J'aurais dû avoir plus confiance en toi.

— Pas seulement en moi, Meggie. En nous. Moi, j'aurais été incapable de te trahir.

Il se recula, fourra les mains dans ses poches et haussa les épaules.

— Enfin, comme tu l'as dit toi-même, tout cela s'est passé il y a longtemps.

— Mais tu n'as rien oublié, Jake.

— Non, certes. Bon, ça n'est de toute façon pas le problème qui nous préoccupe actuellement. C'est Tess, notre souci présent.

— Je ne la laisserai pas tomber, Jake. J'aimerais rentrer à New York, c'est vrai. J'aimerais reprendre l'existence qui était la mienne avant la mort de Tex, mais ce n'est pas possible. Même si je n'ai pas encore toutes les réponses aux questions que je me pose, je sais une chose : Tex souhaitait que Tess vive avec moi et, quoi qu'il m'en coûte, je respecterai sa volonté.

Jake la gratifia d'un hochement de tête satisfait.

— Bien. Dans ce cas, je crois que nous ferions mieux d'aller tout de suite au Palais de justice pour y demander une ordonnance d'éloignement. Ça devrait déjà nous éviter un bon nombre d'ennuis.

— Tu penses que la mère de Tess s'y conformera ?

— Il le faudra bien si elle ne veut pas échouer en prison. Et je doute qu'elle prenne ce risque.

— Et Tess ? Comment réagira-t-elle en apprenant cela ? Moi, j'aurais été furieuse si Tex m'avait empêchée de voir ma mère, autrefois.

Maintenant qu'elle avait découvert le rôle joué par son grand-père dans leur séparation, elle se demandait même s'il ne s'était pas arrangé pour éloigner d'elle Sarah

O'Rourke à son insu. Elle ne le saurait évidemment jamais.

— Tess n'a que huit ans, répliqua Jake. Ce n'est pas à elle de prendre ce genre de décision.

Megan ne put retenir un sourire.

— Essaie donc de l'en convaincre. En plus, ajouta-t-elle plus sérieusement, il faudra bien la préparer à l'éventualité d'une visite de sa mère, et lui faire comprendre les enjeux de cette affaire.

— Est-ce toi qui iras lui annoncer que sa mère désire la reprendre, maintenant qu'elle a reçu un héritage ?

Cette perspective était peu attirante, Megan devait en convenir.

— Hé ! protesta-t-elle, c'est toi qui as eu cette femme au téléphone, pas moi.

— Alors, on parlera à Tess ensemble, conclut Jake d'un ton lugubre.

En fait, Tess accueillit la nouvelle avec un silence stoïque. Quand ils lui eurent rapporté la teneur de la conversation téléphonique et ce qu'elle impliquait, elle hocha lentement la tête.

— Je vais dans ma chambre, annonça-t-elle d'une voix sans timbre.

Puis elle tourna les talons.

— Tess ? la héla Megan.

Mais la fillette refusa de se retourner.

— Je crois que tu ferais mieux d'aller lui parler, conseilla Jake.

Jamais Megan ne s'était sentie aussi désemparée.

— Pour lui dire quoi ?

— Peu importe. L'important, c'est qu'elle sache que tu es à ses côtés.

Megan monta donc à l'étage, non sans réticence. Une fois parvenue devant la porte de Tess, elle hésita un instant, prit une profonde inspiration et frappa sur le battant.

— Tess, je peux entrer ?

— Ne te gêne pas. Je ne suis qu'une enfant. De toute façon, tu feras ce que tu voudras.

Megan ne put s'empêcher de sourire en entendant cette repartie grincheuse. Tess était peut-être déprimée, songea-t-elle, mais elle n'avait toujours pas déposé les armes. Ouvrant la porte, Megan s'avança dans la pièce, qu'à son grand étonnement elle découvrit impeccablement rangée. Elle ne vit au mur aucun de ces posters qu'elle affectionnait elle-même dans sa jeunesse ni de jouets éparpillés par terre. Elle aurait pu croire que Tess venait juste d'arriver au ranch, qu'elle y était une simple invitée.

C'était bien là la chambre d'une enfant craignant d'avoir à repartir d'un instant à l'autre, pensa-t-elle avec tristesse. Elle promena son regard autour d'elle à la recherche de quelque signe lui indiquant que la fillette avait déjà fait ses bagages.

— Tu es juste venue pour jeter un coup d'œil ou quoi ? interrogea Tess.

— En fait, je voulais voir si tu allais bien.

— Et pourquoi je n'irais pas bien ? rétorqua Tess en redressant fièrement le menton.

Quelques jours plus tôt, le bluff aurait marché. Désormais, Megan n'était plus dupe de ces rodomontades. De plus en plus de souvenirs de son propre passé — un passé qu'elle avait soigneusement refoulé au cours des années — remontaient des profondeurs de sa mémoire pour lui rappeler ce que Tess pouvait ressentir en un tel instant.

— Ce que Jake et moi venons de t'annoncer est plutôt lourd à porter, reprit-elle d'une voix égale. Il serait normal que tu en sois inquiète, voire effrayée.

Tess la foudroya du regard.

— J'ai peur de rien.

— Je n'ai peur de rien, la corrigea Megan.

— Je t'ai sonnée ?

Megan pencha la tête pour dissimuler un sourire.

— Passons... Qu'est-ce que ça te fait de revoir ta maman ?

Il n'y eut pas la moindre trace d'angoisse dans les yeux de Tess.

— Parce que j'y suis obligée ?

— Non, justement. Tu n'y es pas obligée. Mais je me disais que tu pourrais le vouloir quand même.

Quand Sarah avait disparu, Megan aurait été prête à tout pour la retrouver. Ne projetait-elle pas ses propres sentiments d'alors sur Tess ? s'interrogea-t-elle. C'était plus que probable.

— Elle m'a laissée tomber, déclara Tess. Pourquoi je voudrais la revoir ?

— Ma maman aussi m'a laissée tomber, murmura Megan. Pourtant, je n'ai jamais cessé de souhaiter son retour.

Tess en demeura bouche bée.

— Ta maman t'a abandonnée ? demanda-t-elle enfin.

— Comme la tienne, oui, confirma Megan, la gorge serrée malgré toutes les années écoulées. Elle m'a amenée ici un beau jour, et puis elle est repartie, en pleine nuit. Je ne l'ai plus jamais revue. Je n'ai eu de ses nouvelles qu'une seule fois, ensuite, il y a longtemps de cela. Je ne sais même pas si elle est encore en vie.

Se rapprochant d'elle, Tess la dévisagea attentivement.

— Et tu l'aimes encore, après ce qu'elle t'a fait ?

Megan hocha la tête.

— Je sais que ça paraît absurde. Je devrais plutôt la détester, n'est-ce pas ? Du moins dans ma tête... Mais là, ajouta-t-elle en se frappant la poitrine, là, oui, je l'aime encore.

Une grosse larme roula sur la joue de la fillette.

— Moi aussi, avoua-t-elle.

Megan lui ouvrit les bras.

— Viens là, mon bébé.

Pour une fois, Tess ne releva d'aucune pique ni d'aucune protestation ce terme affectueux. Elle courut étreindre Megan et s'accrocha à elle, secouée de sanglots et de larmes, qui mouillèrent le chemisier de Megan. Elles demeurèrent ainsi, à se bercer l'une l'autre sur le bord du lit, jusqu'à ce qu'un grattement à la porte éloigne Tess d'un bond.

— Ça va, là-dedans ? s'enquit Jake.

— Très bien, répondit Megan. On descend dans une minute.

— J'ai réussi à persuader Mme Gomez de nous préparer une pizza. Ça vous dérange si je reste ?

— On peut t'en empêcher ? demanda Tess d'une voix rauque qui avait perdu de son mordant habituel.

— J'en doute, reconnut Jake.

Megan perçut son amusement, mais aussi son soulagement.

— Bon, on se retrouve en bas, alors. Et ne tardez pas trop : je meurs de faim.

Tess jeta un coup d'œil timide à Megan.

— C'est pas un mauvais gars, Jake.

— Non, convint Megan, ce n'est pas un mauvais gars.

— Mais il a toujours faim.

Megan eut une grimace comique.

— Il est comme ça depuis tout petit. Je me souviens qu'il fallait presque lui cacher la nourriture. Tex prétendait que la facture de l'épicier augmentait d'au moins cent dollars quand il travaillait ici...

— Tu sais quoi ? coupa Tess.

— Quoi donc ?

— Tex disait aussi ça de moi, avoua la fillette, dont le visage s'éclaira d'un sourire canaille. Mais je ne crois pas que ça le dérangeait vraiment.

Machinalement, Megan écarta une mèche moite du front de l'enfant.

— Non, j'imagine que ça ne le dérangeait pas du tout.

Epuisée par toutes les émotions de la journée, Megan se coucha à 22 heures et sombra aussitôt dans un profond sommeil. Dont Todd la tira pratiquement au milieu de la nuit. Sans se soucier de son état comateux, il l'assaillit derechef d'un déluge de questions qui lui donnèrent le vertige.

— Hé, minute ! protesta-t-elle. Laisse-moi au moins le temps de me réveiller.

— Il est déjà 9 heures passées ! répliqua-t-il.

— Pas ici.

— Oh ! fit-il, manifestement confus. Désolé. Tu appelais si tôt, ces derniers temps, que j'en ai oublié le décalage horaire.

— Ouais, eh bien, fais un nœud à ton mouchoir pour y penser. Bon, reprenons tout depuis le début et, surtout, va plus lentement. Qu'est-ce qui te met dans un état pareil ?

— Le directeur des programmes a appelé. Dean Whicker commence à être inquiet de ne plus te voir tourner alors qu'il ne reste que quelques enregistrements d'avance.

— Je vais lui passer un coup de fil.

— Et tu lui diras quoi ?

— Qu'ils n'ont pas à s'inquiéter.

— Vraiment ? Ça m'inquiète moi aussi, Megan.

Elle préféra ignorer cette remarque.

— Quoi d'autre ?

— L'agent immobilier a déclaré qu'elle ne rechercherait plus de nouveaux bureaux tant que tu ne lui aurais pas accordé de rendez-vous.

— Bon. Quoi d'autre ?

— Caitlyn est toujours furax que tu lui aies demandé de refaire sa maquette.

— Elle s'en remettra. Rien d'autre ?

— Je trouve qu'à 9 heures du matin, c'est déjà beaucoup. Pas toi ? Quand est-ce que tu rentres, Megan ?

— Je ne peux pas te le dire.

— Les enregistrements te permettront de tenir jusqu'à la fin de la semaine, c'est tout.

Elle soupira lourdement.

— Je sais. Et je te promets d'y réfléchir et d'essayer de mettre au point de nouveaux scripts. Je téléphonerai aussi au directeur des programmes, à l'agent immobilier et à Caitlyn dès que j'aurais avalé ma première tasse de café, d'accord ?

— Merci.

— Tiens le coup, Todd. Le bout du tunnel est proche.

— Quand on est dedans, ce n'est pas l'impression qu'on a...

— A qui le dis-tu !

Et Megan raccrocha avant que son assistant ait pu lui répliquer quoi que ce soit. Comme il fallait s'y attendre, le téléphone se remit aussitôt à sonner. Sans doute Todd qui désirait s'excuser, songea-t-elle. Elle s'abstint de décrocher. Cependant, comme la sonnerie se faisait insistante, elle soupira de nouveau et prit l'appel.

— Ça va, Todd, tu es tout excusé.

— Qui diable est Todd ? demanda Jake sans préambule.

— Ah... Bonjour à toi aussi.

— Désolé. Qui est Todd ?

— Mon assistant, qui est en train de se coltiner tous les problèmes dont je devrais m'occuper moi-même. Sa journée s'annonce rude.

— Il t'a appelée pour pleurer sur ton épaule ?

— En quelque sorte. Mais tu te lèves tôt, dis-moi.

— J'ai repensé à ton problème.

— Lequel, au juste ?

— Concilier ta présence ici et ta carrière.

— Et ?

— J'ai peut-être la solution. Tu peux être prête dans une heure ?

— Pour aller où ?

— Fais-moi confiance. Juste une fois, d'accord ?

— Donne-moi une heure et demie et j'essaierai.

— Entendu. A tout à l'heure, ma biche.

Megan laissa retomber sa tête sur l'oreiller, encore hantée par la voix de Jake. Autrefois, il lui suffisait d'un simple murmure pour la mettre en émoi. Or, elle commençait à éprouver les mêmes sensations et trouvait cela plutôt inquiétant. Jake était une complication supplémentaire dont elle se serait bien passée. Todd venait juste de lui soumettre une longue liste de problèmes qui aurait dû entièrement l'absorber. Et au lieu d'y réfléchir, voilà qu'elle se mettait à rêvasser sur un homme qui était sorti de sa vie — et de son cœur — depuis des années.

— Et ça, c'est dangereux, Megan, chuchota-t-elle. Carrément dangereux.

Ce qui ne l'empêcha pas de s'habiller et de se maquiller avec un soin particulier avant d'expédier ses appels à destination de la côte Est. Dean Whicker, qu'elle joignit dans ses bureaux de la Whicker Television, lui affirma qu'il comprenait ses difficultés, mais elle n'en perçut pas moins de l'inquiétude dans sa voix. Jasmine se montra tout aussi compréhensive, mais refusa catégoriquement de visiter sans elle de nouveaux locaux. Quant à Caitlyn, elle se déclara navrée que les récriminations de Megan à propos de la maquette lui aient été communiquées par Todd.

— Vous me connaissez, Megan, je bougonnais dans mon coin, c'est tout. Je sais qui est le patron ici. Certes, vous êtes exigeante et intransigeante, mais je respecte vos intuitions. Si ce n'était pas le cas, je vous aurais remis ma démission depuis longtemps.

— Euh... eh bien, merci, répondit Megan, certaine qu'il y avait un compliment quelque part là-dedans — un éloge à la manière de Caitlyn. Pour ma part, je ne vous en demanderai pas autant si je ne savais pas que vous êtes capable de le faire.

— Ouais, ouais, c'est ça. Je vous faxe la nouvelle maquette avant la fin de la journée.

— Merci, Caitlyn.

— Vous allez adorer.

— J'en suis certaine.

Caitlyn s'esclaffa.

— Comme toujours quand on se plie à vos quatre volontés.

Trois crises, et il n'était même 9 heures dans le Wyoming, pensa Megan avec abattement. Mais que lui arrivait-il donc ? D'ordinaire, elle était encore loin d'avoir atteint son rythme de croisière à ce moment de la journée. Elle en avait d'ailleurs fait un point d'honneur, comme pour se venger des années où elle avait dû se réveiller avant l'aurore. Encore une semaine au ranch, se dit-elle, et elle allait retomber dans ses vieilles habitudes alors même que Tex n'était plus là pour la harceler.

Elle soupira et ferma les yeux, essayant de dissiper le

mal de tête qui menaçait de se transformer en migraine tenace. Elle sursauta brusquement en sentant des mains solides se poser sur ses épaules et commencer de la masser. Les mains de Jake, pensa-t-elle en se laissant aller à la détente qu'elles lui prodiguaient.

— Depuis quand es-tu là ? murmura-t-elle.

— Depuis une minute ou deux. Tu as l'air éreintée. La matinée a été dure ?

— Ni plus ni moins que d'habitude. Elle a commencé plus tôt, c'est tout.

Les doigts de Jake s'attardèrent sur le nœud qui lui crispait les épaules jusqu'à ce qu'elle soupire de plaisir. Elle avait beaucoup de mal à empêcher son imagination de lui rappeler les sensations merveilleuses que ces mains étaient capables de susciter.

— Quand tu en auras assez de jouer l'avocat, tu pourras te reconvertir dans le massage à domicile, chuchota-t-elle d'une voix pleine de langueur. Je connais des gens à New York qui seraient prêts à payer tes services une fortune.

— Désolé. Je ne prends qu'une clientèle choisie.

Une dernière fois, il lui pressa les épaules.

— O.K., c'est bon, enchaîna-t-il. Bougeons de là, maintenant. Le temps passe, et j'aimerais qu'on se dépêche d'aller demander cette ordonnance d'éloignement.

Megan gémit.

— Seigneur ! Pourquoi suis-je entourée de gens qui démarrent au quart de tour dès le matin ?

— Par chance, je suppose. Allez, viens. On va d'abord prendre notre petit déjeuner. Une autre tasse de café et des crêpes aux airelles amélioreront ton humeur.

Megan se sentit aussitôt rassérénée par cette proposition.

— Le Starlight Diner existe toujours ?

— Bien sûr. C'est une institution. Je crois que la ville ne s'en remettrait pas si jamais Henrietta décidait de prendre sa retraite. C'est chez elle que tout le monde va pour récupérer, physiquement et mentalement.

— Pour cancaner, tu veux dire.

Jake fit la grimace.

— Cancaner et déguster des crêpes aux airelles, précisa-t-il. Je constate avec soulagement que ta nouvelle vie ne t'est pas monté à la tête au point que tu ne les aimes plus. J'avais peur que tu préfères désormais les kiwis et les granolas faits maison — aussi rares les uns que les autres à Whispering Wind, tu t'en doutes.

— Il est certaines traditions auxquelles je me garderais bien de contrevenir, répliqua Megan en passant devant lui pour aller avertir Mme Gomez de leur départ.

— Où vous allez ? s'enquit Tess en levant les yeux de son petit déjeuner.

Après les émotions de la veille, elle s'était réveillée plus tard que d'habitude.

— En ville, lui répondit-il.

— Je peux venir ?

Megan faillit saisir cette occasion d'avoir un chaperon, avant de se reprocher sa couardise. D'autant que Tess n'avait pas besoin de tout savoir sur l'ordonnance d'éloignement.

— Non, pas cette fois, lui dit-elle. Jake et moi avons certaines affaires à régler.

— Des affaires louches, je parie, rétorqua Tess.

— *Niña !* s'exclama Mme Gomez. Ça suffit comme ça. Nous avons beaucoup de travail ici, aujourd'hui. Tu vas m'aider à mettre les petits pois en conserve avant qu'ils pourrissent sur pied.

— Génial..., fit Tess sur un ton sarcastique.

Puis son expression redevint soudain grave.

— Tu crois que ma maman sera en ville aujourd'hui, hein ? C'est pour ça que tu veux pas que je vienne avec vous ?

— Non, lui assura Megan. Absolument pas. Je te répète que nous avons des affaires à régler, c'est tout. Crois-moi, tu t'amuseras plus ici, avec Mme Gomez.

— Je suis sûre qu'on t'a jamais forcée à faire des conserves, toi, gémit la fillette.

— Mais si ! Tous les ans, même. Jusqu'à ce que Mme Gomez me supplie de sortir de sa cuisine.

— Et pourquoi elle voulait plus de toi ici ? demanda Tess avec une curiosité évidente.

La gouvernante sourit.

— Il y a eu un petit incident. Rien de grave.

— Ce n'est pas ce que tu as dit quand les bocaux se sont mis à exploser, rappela Megan.

Tess gloussa.

— Tu as fait exploser les légumes ?

— J'ai seulement commis une légère erreur de calcul, rétorqua Megan. Cela aurait pu arriver à n'importe qui.

— Si tes gens apprenaient ça, ils n'achèteraient plus ton magazine, hein ?

— Ne va pas te mettre des idées en tête, ma puce. J'ai déjà raconté tout ça dans un article.

Tess soupira, apparemment déçue.

— Moi qui pensais te faire chanter...

— N'y songe même pas.

— Dommage. Il y a cette chouette paire de bottes que je veux m'acheter depuis longtemps. Tex disait que je les aurais que lorsque je saurais monter.

Son expression s'assombrit aussitôt.

— Je ne les aurai jamais, maintenant.

Megan la contempla avec perplexité.

— Pourquoi dis-tu ça ?

— Qui va m'apprendre à monter ?

— Moi, répondit Megan du tac au tac, sans trop réfléchir au fait qu'elle n'avait pas pratiqué l'exercice depuis une éternité. Et tu auras ces bottes, Tess, crois-moi.

La boutique de vêtements western serait sa première étape en ville, se promit-elle. Du moins, après avoir fini les crêpes aux airelles qui la hantaient depuis que Jake lui en avait parlé.

9.

Le Starlight Diner, avec son enseigne au néon dans la devanture, ses banquettes de skaï rouge vif et ses juke-box individuels remplis de vieux succès, faisait partie des traditions de Whispering Wind. C'était un de ces rares endroits où la cuisine de style familial était tout aussi savoureuse que les cancans qui s'y échangeaient. La plupart des gens du coin s'y rendaient chaque semaine, sinon tous les jours. Deux générations d'adolescents s'y étaient courtisés au-dessus de hamburgers, de sodas à la cerise et de milk-shakes. Les fermiers y passaient lorsqu'ils venaient en ville chercher des aliments pour leurs bêtes ; et leurs épouses s'y retrouvaient pour déjeuner à l'occasion de leurs courses. Au final, l'établissement était presque toujours plein.

Quand Jake et Megan en franchirent le seuil, toutes les têtes se tournèrent vers eux et un silence soudain tomba sur la salle. Jake songea un peu tard qu'il aurait dû prévoir cette réaction tandis que Megan saluait tout le monde d'un geste timide de la main. Puis elle se glissa sur une des banquettes, contre la grande baie vitrée donnant sur la rue, au vu et au su des badauds.

La propriétaire des lieux, Henrietta Hastings, une grande femme maigre aux cheveux gris et coupés court à la garçonne, jaillit de derrière son comptoir en fronçant les sourcils.

— Et alors ? lança-t-elle à la cantonade, les poings sur la ceinture de son jean longiforme. Qu'est-ce qui vous prend, vous autres ? Vos mères ne vous ont donc pas appris les bonnes manières ?

L'air contrit, les curieux reportèrent leur attention sur leurs assiettes et leurs tasses et reprirent leur conversation — sans pour autant cesser de regarder Megan à la dérobée.

Son carnet dans une main, la cafetière dans l'autre, Henrietta leur boucha la vue. Elle remplit les tasses de Jake et Megan jusqu'au bord, puis adressa un grand sourire à la jeune femme.

— C'est chouette de te revoir, la môme. Alors, t'es de retour pour de bon, cette fois ?

Toujours curieux de connaître ses intentions, Jake observa la réaction de Megan. A voir sa tête, on aurait pu croire que Henrietta essayait de la forcer à signer un contrat à son désavantage. Elle s'agita un instant sur la banquette.

— C'est difficile à dire, répondit-elle enfin. Ça dépend de beaucoup de choses.

— Oui, naturellement, convint Henrietta. Je ne voulais pas te mettre mal à l'aise. N'empêche, c'est bon de te revoir. Y a pas à revenir là-dessus. Trop de jeunes du coin désertent Whispering Wind pour ne plus y remettre les pieds. Si ça continue, la ville finira bientôt par mourir de vieillesse.

— Tu exagères ! s'exclama Megan. En tout cas, tu as toujours autant de clients... Ce n'est pas Barbara Sue, qui travaille derrière le comptoir ? Jadis, tu étais toute seule pour servir.

Un nuage sembla passer dans le regard de Henrietta,

mais il avait disparu avant que Jake ait pu en cerner l'origine.

— Elle vient donner un coup de main chaque fois qu'elle peut, expliqua Henrietta de façon laconique. Il n'empêche que la ville se meurt... Regarde-moi donc toutes ces têtes à cheveux blancs — quand elles ont encore des cheveux, ajouta-t-elle avec un geste en direction de l'agent immobilier Josh Wilson, qui était chauve. A part toi et Jake, vous croyez qu'il y a beaucoup de personnes de moins de quarante ans, ici ? Eh bien, non, pas une seule.

Elle s'interrompit, sans doute pour leur permettre de vérifier ce fait par eux-mêmes.

— Evidemment, reprit-elle, les plus jeunes vont maintenant dans ce fast-food qui a ouvert sur la nationale. Mais, franchement, quel genre de petit déjeuner on peut avoir dans un endroit pareil, hein ? Rien de bien nourrissant, pour sûr. Bon, qu'est-ce que je vous sers ? Tu veux voir le menu, Tess ? Il n'a pas changé depuis vingt ans, mais ça se peut bien que tu l'aies oublié.

— Oh, non ! affirma Megan. Pour moi, ce sera des crêpes aux airelles.

— Deux ou trois ?

— Trois ! J'en ai rêvé durant toute la matinée.

Jake sourit.

— Mets-en donc six, Henrietta. Je terminerai celles que Megan n'aura pas mangées.

— Si tu en veux plus que trois, tu ferais mieux de passer ta propre commande, mon vieux, répliqua Megan, parce que je ne te laisserai pas une miette de la mienne. J'ai à peine dîné, hier soir. Quelqu'un que je connais a dévoré les trois quarts de la pizza...

— Tess, sûrement. Cette petite a un sacré coup de fourchette.

— Tess ? Tu parles !

Henrietta suivait l'échange avec une moue amusée.

— Toujours à vous chamailler sans cesse, tous les deux, hein ? Jeu de mains, jeu de coquins, si vous voulez mon avis.

Et sur ce, elle fila vers le comptoir.

— Intéressant dicton, tu ne trouves pas ? demanda Jake.

Megan le considéra avec un air faussement innocent.

— Quel dicton ?

— Bon, soit. Laissons ça de côté pour l'instant.

Les crêpes arrivèrent quelques minutes plus tard, et Jake observa Megan avec amusement, alors qu'elle les dévorait comme si elle n'avait rien avalé depuis des mois. Il la soupçonnait d'ailleurs de n'avoir rien mangé d'équivalent depuis ce temps — peut-être même plus. Elle avait l'air de s'être exclusivement nourrie de petites salades, de yaourts sans matière grasse et de raisins. Si elle voulait supporter l'hiver à Whispering Wind, songea-t-il, il lui faudrait se remplumer un peu.

Elle leva les yeux de son assiette et le surprit en train de la fixer.

— Qu'est-ce qu'il y a ?

— Je me disais que ce serait plutôt à moi de te donner ma part.

— Pourquoi ?

— Tu es trop maigre.

— Je ne suis pas maigre ! protesta Megan. Voilà des années que mon poids s'est stabilisé.

— Depuis combien de temps au juste ? insista Jake.

— Depuis mes quatorze ans.

Il avait encore à la mémoire le souvenir vivace d'une adolescente dégingandée, toute en bras et en jambes, qui n'avait pas terminé sa croissance.

— Tu as grandi de combien, depuis ?

— Deux centimètres et quelques, marmonna-t-elle, visiblement consciente d'être tombée dans le piège que Jake lui avait tendu.

— Dis plutôt sept ou huit.

— Je m'étonne que tu prêtes une telle attention à ces détails.

— Ma chère, je t'ai toujours accordé la plus grande attention. A quatorze ans, tu m'arrivais à peine sous le menton. A seize, ajouta-t-il en fixant délibérément les lèvres de la jeune femme, ta bouche était juste au niveau que la mienne.

Il leva la tête.

— Or, aujourd'hui, tu peux encore me regarder dans les yeux, et je t'assure que j'ai grandi, moi. D'où j'en déduis que tu dois faire dans les un mètre soixante-dix-sept...

— Un mètre soixante-seize et demi, objecta Megan, comme si ce demi-centimètre faisait de Jake un menteur.

— Tu veux vraiment qu'on se dispute là-dessus ?

— Je n'ai tout simplement pas envie d'en parler.

— Parce que tu sais que j'ai raison. Manifestement, tu fréquentes trop tous ces mannequins qu'une bourrasque trop forte suffirait à faire s'envoler.

Prenant un pot sur la table, il le lui tendit.

— Tiens, mets donc un peu de crème dans ton café.

Elle le dévisagea d'un œil mauvais.

— Je doute qu'une cuillerée de crème ait un quelconque impact sur mon poids.

Jake s'empara alors de la bouteille de sirop d'érable.

— Attention ! le prévint-elle. Ne va pas noyer mes crêpes avec ça.

— Une noisette de beurre, alors ? proposa-t-il.

Elle écarta sa main.

— Si j'ai droit à cette comédie chaque fois que nous prenons un repas ensemble, cela risque d'être très pénible.

— J'essaierai de me contrôler — à condition que tu me promettes de manger plus souvent avec moi.

— Ne pousse pas le bouchon trop loin, Jake. Quand je vois la façon dont tu me gâches déjà ce petit déjeuner, je ne suis pas vraiment tentée de renouveler l'expérience.

Il leva les mains en signe d'apaisement.

— C'est bon, tu as gagné. Je ne dirai plus un mot. Allez, termine-moi cette assiette et... Oh ! désolé.

— Tu n'es pas désolé.

— Désolé pour quoi ? s'enquit Peggy Barkley qui, debout près de Megan, les observait avec une curiosité non dissimulée.

Le visage de Megan s'illumina.

— Peggy, assied-toi donc à côté de moi. Jake et moi discutions alimentation.

— Il m'avait pourtant semblé l'entendre s'excuser. Je pensais que vous parliez...

S'interrompant, elle jeta un coup d'œil à Jake.

— Enfin, tu sais de quoi, acheva-t-elle.

— Le fameux vol de bétail ? suggéra Jake.

Il fut lui-même étonné de la sérénité avec laquelle il avait prononcé ces paroles ; il songea qu'après en avoir parlé avec Megan, la veille au soir, sa vieille rancœur était peut-être en train de se dissiper.

— Nous avons déjà plus ou moins épuisé le sujet, ajouta-t-il.

— Ainsi que d'autres, repartit Megan. Plus de discussions à propos de la nourriture, d'accord ?

Elle se tourna vers son amie.

— Qu'est-ce qui t'amène ici ? s'enquit-elle. Si l'on en croit Henrietta, aucune personne de notre âge ne franchit plus ces portes.

— Elle n'a pas tort. Mais à qui la faute ? J'ai l'impression d'attraper des kilos rien qu'en regardant ces crêpes !

D'un geste, Peggy refusa le café que lui proposait Henrietta.

— En fait, reprit-elle, Johnny m'avait demandé de passer pour lui au magasin d'aliments pour bétail et, quand je vous ai vus assis là, j'ai pensé que je pourrais m'incruster le temps de dire bonjour et de t'inviter à la maison demain soir — si du moins ça ne te dérange pas de te retrouver avec trois gamins dans les pattes. Tess serait également la bienvenue. Et toi aussi, précisa Peggy à l'adresse de Jake. Ce ne sera pas de la grande cuisine, car les enfants n'aiment pas les plats qu'ils ne connaissent pas, mais ce sera nourrissant.

— Je viendrai avec plaisir, déclara Megan.

Cette réponse aussi spontanée qu'immédiate surprit Jake. Bien que les deux femmes aient jadis été proches l'une de l'autre, il s'attendait plutôt à ce que Megan garde quelque distance avec ses anciens amis afin de rendre plus facile un éventuel retour à New York. Or elle avait l'air réellement enchantée de l'invitation de Peggy. Quant à cette dernière, elle semblait... quoi au juste ? Soulagée, peut-être. Comme si elle avait craint un refus.

— Qu'est-ce que je peux apporter ? demanda Megan.

— Ta présence, c'est tout. Si tu viens avec un plat réalisé selon une de tes fameuses recettes, ma cuisine paraîtra minable par comparaison et je ne te le pardonnerai jamais.

— Et moi, je peux apporter une bouteille de vin ou de la bière, peut-être ? proposa Jake.

Peggy gloussa.

— Je doute qu'il existe un vin qui s'accorde avec ce que je compte préparer. Apporte de la bière si ça te chante, même si Johnny a toujours un pack au frais à la maison. Bon, ajouta-t-elle en se levant, je ferais mieux de filer. J'ai un million de choses à faire et le temps passe.

Elle se pencha vers Megan pour l'embrasser sur la joue.

— A plus, ma douce. Je suis bien contente de vous avoir tous les deux à la maison demain soir.

Jake la regarda partir, puis secoua la tête.

— Je manque de souffle rien qu'à l'écouter.

— Elle n'a pas changé d'un iota durant toutes ces années, remarqua Megan. Elle a l'air si heureuse...

— Elle a l'air, oui, repartit Jake sur un ton neutre.

Megan le considéra avec perplexité.

— Que veux-tu dire ? Saurais-tu des choses que j'ignore ?

Comme il ne s'agissait que d'une rumeur, Jake décida de la garder pour lui.

— Non, bien sûr que non. J'ai à peine revu Peggy depuis mon retour.

— Et Johnny ?

— Je l'ai croisé une ou deux fois. Ne fais pas attention à ce que j'ai dit, c'était juste histoire de parler.

— Bon, soit.

Mais Megan paraissait sceptique.

— Alors, enchaîna Jake, prête à voir le juge pour cette ordonnance d'éloignement ?

La question eut l'effet qu'il escomptait : la jeune femme se redressa et ses yeux étincelèrent de détermination.

— Absolument ! répondit-elle.

Le juge Lawton Kinsey se laissa facilement persuader de signer l'ordonnance. C'était un des plus vieux amis de Tex, et il savait tout au sujet de Tess, y compris l'arrangement que Tex avait conclu avec la mère de la fillette.

— Vous transmettrez ce papier au shérif, leur précisa-t-il. Si cette femme se montre dans les environs, Bryce se chargera de lui mettre les points sur les i.

— Merci, Votre Honneur, lui dit Megan.

— Pour toi, ce sera Lawton, Meggie. On se connaît trop, tous les deux, pour s'embarrasser de cérémonies. Tex était sacrément fier de toi, tu sais. Chaque fois qu'on se voyait, il ne manquait jamais de me raconter ce que tu faisais et de vanter tes succès.

— Merci. Ça... me fait très plaisir, bredouilla la jeune femme, les yeux soudain brillant de larmes. Il n'a jamais... enfin, Tex était plutôt du genre réservé.

Jake perçut le chagrin qui altérait sa voix, et il maudit le vieux fermier pour n'avoir pas su encourager sa petite-fille. Son approbation comptait tellement pour elle. Il prit sa main et la serra.

— Allons-y, ma puce. Nous avons encore du pain sur la planche.

Ils allèrent déposer une copie de l'ordonnance au bureau du shérif, puis se rendirent dans la boutique de vêtements western, où Megan demanda à Nate Hollings s'il savait quelle paire de bottes au juste Tess avait en vue.

— Je crois que c'est celle-là, répondit-il en désignant de jolies bottes de cuir souple. Elle est déjà venue des centaines de fois ici rien que pour les regarder. Elle disait que Tex avait promis de les lui offrir dès qu'elle saurait monter.

— On les prend tout de suite, lui annonça Megan. Il va falloir que je devine sa pointure au jugé, mais nous pourrons toujours revenir les échanger, n'est-ce pas ?

— Bien sûr. Nous avons même un service de retouches. Ce sont des bottes faites pour durer, alors autant qu'elles lui aillent parfaitement.

— Elle ne rentrera plus dedans avant un an, intervint Jake.

— Peu importe, répliqua Megan. Elle en a envie.

— Et toi, tu as envie de les lui offrir, murmura Jake pour lui-même tandis que Megan se dirigeait vers la caisse afin de régler leur achat.

— Où allons-nous ? interrogea Megan en voyant Jake prendre la direction opposée à celle du ranch quand ils quittèrent le centre-ville.

Elle tenait toujours serrée contre elle la boîte contenant les bottes de Tess. Pour quelque raison inexplicable, elle ne voulait plus s'en séparer.

— Il faut que je rapporte ça à la maison, ajouta-t-elle.

— Chaque chose en son temps. Aurais-tu donc oublié ce que je t'ai dit au téléphone ce matin ?

Elle essaya de se le rappeler. Vainement.

— Quoi donc ?

— Que j'avais peut-être la solution à tes problèmes.

— Oh, ça ! fit-elle.

En vérité, elle avait supposé qu'il s'agissait d'un simple prétexte pour la distraire de son travail et n'y avait pas accordé trop d'attention.

— Je ne pensais pas que tu parlais sérieusement, avoua-t-elle.

— Dès qu'il s'agit de toi, Meggie, je suis toujours sérieux.

Cette remarque lui fit froncer les sourcils.

— Jake, il me faudrait au moins la moitié des conseillers en management du pays ainsi que quelques experts financiers et des spécialistes en logistique pour résoudre mes problèmes actuels.

— Laisse-moi simplement m'en occuper un peu et tu verras que tu changeras d'avis.

Elle se renfonça dans son siège.

— D'accord... Pourquoi pas ?

Il ne leur fallut que quelques minutes pour atteindre la limite ouest de l'agglomération de Whispering Wind. Quelques années auparavant, la municipalité avait investi à contrecœur dans la construction, à cet endroit, d'une zone d'activités destinée aux nouvelles technologies et aux PME. Tex en avait touché deux mots à Megan dans une de ses lettres. Le résultat était un ensemble assez minable de bureaux et d'entrepôts pour la plupart inoccupés. Il fallait dire aussi que le projet était compromis dès le départ, puisque personne en ville n'avait les compétences requises pour attirer dans cette zone les entrepreneurs susceptibles d'en assurer le succès. Il n'existait en effet qu'un seul agent immobilier en ville, Josh Wilson, et ce dernier préférait nettement attendre le client que lui courir après. Depuis, les mauvaises herbes avaient envahi le terrain et réduit à néant le semblant de parc paysager qu'on avait essayé d'y aménager. Les hivers rudes de la région avaient parachevé le désastre en écaillant la peinture sur les murs et en fendant les trottoirs.

Megan détourna les yeux de ce triste spectacle pour dévisager Jake.

— C'est *ça* que tu voulais me montrer ?

— Ça te plaît ?

— Qu'est-ce qui pourrait me plaire là-dedans ? Les bâtiments sont hideux et je doute que quelqu'un ait jamais tondu la pelouse ou entretenu les jardins depuis leur plantation. Tout ça respire l'abandon et la ruine.

— Mais c'est fonctionnel, corrigea Jake. Ce serait parfait pour un empire médiatique.

Il désigna la rangée d'immeubles de bureau.

— Là, ce serait ton Q.G.. Et là, ajouta-t-il avec un geste en direction des entrepôts, tes futurs studios. Tu n'as qu'à y mettre des meubles chic, un peu d'équipement et tu gagnes le jackpot.

Megan contempla le terrain avec incrédulité.

— Tu plaisantes ? Tu veux que je m'installe ici ? Que je transfère toutes mes activités au milieu de nulle part ?

— Il te reste encore la solution d'abandonner le ranch... et Tess.

— Jamais de la vie !

— Dans ces conditions, je ne vois pas quel autre choix tu peux avoir.

Megan eut la désagréable impression de se sentir acculée.

— Faire la navette, rétorqua-t-elle avec humeur. Je caresse cette idée depuis quelques jours. Ça pourrait marcher. Je dispose d'une équipe très compétente à New York. Elle peut parfaitement gérer les affaires courantes. Je n'aurai qu'à me rendre là-bas de temps en temps pour enregistrer mes émissions, régler les problèmes qui requièrent ma présence et revenir ensuite ici.

Cette affirmation présomptueuse avait malheureusement déjà été démentie par les faits, Megan sachant que son personnel se rebellerait contre ses absences avant un mois. Sinon moins.

— Combien de fois as-tu été obligée de changer d'avion pour arriver jusqu'ici ? lui demanda Jake.

— Une seule fois. A Denver. Ce n'était pas si compliqué...

— Ça n'en reste pas moins une énorme perte de temps, n'est-ce pas ? Et vu le nombre de tes activités, le temps n'est-il pas pour toi l'atout le plus précieux, que tu ne dois en aucun cas gaspiller ?

— S'il le faut, je n'aurai qu'à acheter un jet.

Il haussa les épaules.

— Si c'est vraiment ainsi que tu souhaites dépenser

ton argent et ton temps, alors oublie ma proposition — même si elle est la plus pratique.

— Elle implique de délocaliser des dizaines de personnes.

— Des dizaines ?

— Oui, bon, mettons deux douzaines. Mais ce sont des New-Yorkais, pour l'amour du ciel ! Ils deviendraient cinglés, ici.

— Et pour leur épargner ça, tu préfères encore faire la navette, souligna Jake d'un ton sarcastique qui irrita Megan.

— Je suis toute seule, en ce cas. Je peux y arriver.

— Puisque tu le dis.

— Je le peux ! s'écria-t-elle.

— Juste une chose, ajouta Jake sur un ton calme et raisonnable. Si jamais la tête pensante de ta société, la vedette de ton émission, la rédactrice en chef de ton magazine... à savoir toi, si cette personne flanche, que deviendront ceux qui travaillent pour elle ?

— Je ne flancherai pas ! répliqua Megan, avec un peu moins d'assurance qu'elle l'aurait souhaité.

— Même si tes publications laissent parfois entendre le contraire, tu n'es pas Superwoman, Meggie. Superwoman est un personnage de pure fiction. Alors que toi, tu es une femme de chair et d'os, un être humain, tout simplement.

Il lui caressa la joue du bout des doigts, comme pour mieux lui rappeler cette évidence.

— Quelqu'un de doux et de fragile.

— Une dure à cuire !

Mais là encore, elle fut trahie par un tremblement dans la voix qui n'était que trop humain, trop féminin.

— Puisque tu le dis, répéta Jake.

Se penchant vers elle, il lui donna un baiser rapide et

tendre qui, manifestement, n'était destiné qu'à souligner son propos. Il n'en suscita pas moins chez Megan un dévastateur tourbillon d'émotions.

— Je me débrouillerai à ma manière, Jake, insista-t-elle.

Il la considéra d'un air dubitatif.

— A ta guise. Mais je crois que je vais quand même prendre une option sur ce terrain, juste au cas où.

— Tu vas dépenser ton argent en pure perte, souligna Megan.

— A moi de me soucier de l'équilibre de mes comptes, Meggie. A toi de choisir une solution pour régler tous tes problèmes.

10.

Jake pensa qu'il n'aurait pas dû être déçu par la réaction de Megan devant le complexe industriel. C'était pourtant le cas. Si elle avait apprécié l'endroit en dépit de son état, si elle avait saisi son idée au bond et l'avait aussitôt mise en pratique, il aurait été plus confiant quant à sa volonté de demeurer à Whispering Wind et de se conduire comme il le fallait avec Tess. Or, il était plus certain que jamais qu'elle avait décidé de ne s'enfermer dans aucune décision et qu'elle avait déjà un pied en dehors de la place, malgré les souhaits clairement exprimés par Tex dans son testament.

Toutefois, cela ne l'empêcha pas de passer par l'agence immobilière juste après son retour du ranch et de prendre une option sur les terrains en question. Si Megan n'en voulait pas, se dit-il, ce serait quelqu'un d'autre. Il suffisait simplement de relancer la campagne de promotion de la zone d'activités et d'y attirer les clients susceptibles de la dynamiser. Vu le nombre d'acteurs ayant une résidence secondaire, sinon principale, dans le Wyoming, il estimait qu'il n'aurait aucun mal à persuader au moins un d'entre eux d'ouvrir une unité de production à proximité de son domicile.

— Mais c'est que tu deviens un véritable petit seigneur local, déclara Josh Wilson après que Jake eut signé les papiers. Tu comptes t'approprier tout le secteur, à terme ?

— Peut-être bien, répondit Jake.

Il songea à la satisfaction que lui procurerait le fait de contrôler une ville qui l'avait jadis exclu. Oui, ce pourrait être là un objectif intéressant à envisager, quand il en aurait le loisir.

— Comment s'appelle cette actrice qui a acheté tout une ville dans le Sud, il a quelque temps ? reprit Josh sur un ton songeur. Tu sais bien, cette jolie poupée. Kim quelque chose...

— Kim Basinger, précisa Jake. Et elle n'a pas acheté la ville. Elle s'est contentée de trouver des investisseurs, de les intéresser au potentiel de la région et de leur laisser utiliser son nom à des fins promotionnelles.

— Ouais, peu importe, marmonna Josh, visiblement peu intéressé par les faits. En tout cas, c'est bien elle. Tiens, ajouta-t-il en poussant un deuxième document vers Jake, signe encore ici et là. On conviendra des termes de la vente dès que tu auras obtenu le financement.

— Convenons-en dès maintenant.

Josh cilla.

— Tu sais, fils, même dans une petite ville comme la nôtre, cela prend du temps pour obtenir un crédit.

— Ce ne sera pas un problème, lui assura Jake. Contente-toi de préparer les papiers, et moi j'apporterai l'argent.

Visiblement enthousiasmé par la perspective de toucher rapidement une grosse commission sur la vente des terrains abandonnés de la municipalité, Josh se saisit de la main de Jake et la secoua avec ardeur.

— C'est un plaisir de traiter avec toi, mon garçon. Un vrai plaisir.

Jake lui décocha un regard venimeux. Le vieil homme avait la mémoire courte, se dit-il. Vingt ans plus tôt, il avait été parmi les premiers à le considérer comme un fauteur de troubles. Sa femme et lui avaient même mené une croisade pour que Jake et sa mère soient expulsés de la ville. Seule l'intervention de Tex, qui l'avait embauché et lui avait avancé de quoi payer le loyer du taudis qui leur servait de logis — et qui se trouvait justement appartenir à Josh —, avait empêché les Wilson de mettre à exécution leur menace de faire bannir Jake et sa mère de Whispering Wind.

Jake revoyait encore sa mère, rentrant à la maison après une énième confrontation avec leur propriétaire, les épaules voûtées, humiliée. Chaque fois, il en avait éprouvé un sursaut de rage impuissante et s'était promis, avec une ferveur toute juvénile, de se venger un jour de Josh Wilson. Rien ne l'en avait dissuadé depuis.

Malheureusement, Josh était le seul agent immobilier de la ville, et Jake était obligé de passer par lui. Mais il ne manquait jamais de faire valoir ses disponibilités financières pour obtenir le plus bas prix possible de chaque parcelle qu'il achetait par son intermédiaire. Aveuglé par la cupidité, Josh se rendait à peine compte que, peu à peu, Jake accumulait les titres de propriété, telles les cartes d'un jeu de Monopoly et que, s'il continuait ainsi, l'agence immobilière finirait par devoir fermer ses portes faute de terrains à proposer — ce qui était le but ultime de Jake. Il attendait avec impatience le jour où Wilson viendrait lui quémander du travail, car ce jour-là, enfin, il pourrait l'envoyer paître à son tour et lui faire payer les rebuffades qu'il avait sans cesse infligées à sa mère.

⁂

Megan avait l'impression d'étouffer. Curieux, songea-t-elle en regardant le paysage qui s'étendait au-delà de la fenêtre. Elle était là, environnée de grands espaces, dans une demeure qui occupait une superficie de plusieurs centaines de mètres carrés et elle s'y trouvait plus à l'étroit que dans son appartement relativement exigu de New York dont toutes les fenêtres donnaient sur des gratte-ciel.

Cet accès de claustrophobie était naturellement dû pour une grande part à la tentative sournoise que Jake avait opérée ce matin pour lui forcer la main. Au vrai, ce n'était pas tant le parc industriel en lui-même qui lui avait déplu que ce qu'il représentait à ses yeux. Un piège. Si elle acceptait de s'installer dans ces bâtiments, même à titre temporaire, cela équivaudrait à reconnaître qu'elle était de retour à Whispering Wind pour de bon. Et c'était là beaucoup plus que ce qu'elle était disposée à admettre.

— Je t'ai apporté une tasse de thé, lui annonça Mme Gomez en pénétrant dans le bureau et en la tirant opportunément de ses sombres pensées.

La gouvernante déposa un plateau sur le coin de la grande table de travail en chêne qui, quelques jours à peine auparavant, était celle de Tex. Elle était alors encombrée de hautes piles de livres et de magazines d'élevage ainsi que d'un tas de documents divers et d'une boîte de ces cigares coûteux qu'affectionnait Tex. Dans l'heure qui avait précédé, Megan avait rangé les documents et remis livres et magazines dans la bibliothèque derrière elle. Désormais, le secrétaire était occupé par ses propres papiers et par un poste à trois lignes que la compagnie du téléphone était venue installer pendant son absence.

— Deux tasses ? remarqua Megan en jetant un coup d'œil sur le plateau. Et une énorme tranche de ton gâteau à la crème aigre ? Toi, tu as envie de me parler.

La gouvernante hocha la tête.

— Si tu as le temps.

— Pour toi, toujours, affirma Megan, avant de surprendre l'expression soucieuse de Mme Gomez. Qu'est-ce qui ne va pas ? Il y a un problème ?

— Plus qu'un, je dirai. Je ne voulais pas te tracasser avec ça avant. Tu avais déjà assez de soucis.

— Allez, raconte-moi tout, l'encouragea Megan.

— Eh bien, pour commencer, il y a le ranch. Les hommes veulent savoir si tu as l'intention d'en reprendre l'exploitation ou si tu souhaites le vendre. Certaines décisions doivent être prises. Jusqu'à présent, Jake en a assumé quelques-unes, Tom Hagen aussi, mais c'est toi qui diriges, maintenant. Les hommes ont le droit de connaître tes projets. Si tu comptes vendre le ranch, il leur faudra trouver un autre travail, et l'hiver n'est pas la meilleure saison pour ça.

Megan la considéra avec désarroi, peinant à saisir le fait qu'elle était désormais une fermière, qu'elle le voulût ou non.

— Je ne connais rien à l'élevage.

— Mais si ! répliqua Mme Gomez d'un ton sévère. Ton grand-père y a veillé. Il t'a fait travailler avec lui dès le premier jour de ton arrivée ici. Tu as accompagné les troupeaux et tu as marqué toi-même certaines bêtes.

— Je détestais ça !

— N'empêche que tu as dû assimiler un peu de ce qu'il s'efforçait de t'apprendre. Tex a toujours été persuadé que tu avais ça dans le sang.

— Tex se trompait, affirma Megan.

Mme Gomez la dévisagea avec compassion.

— Je ne dis pas que tu devrais reprendre l'exploitation, mais simplement que, si tu en as l'intention, tu ferais mieux de t'y mettre. Ce ranch était la joie et la fierté de ton grand-père. Ce serait pitié que de le voir laissé à l'abandon. Les hommes que Tex a engagés ne rechignent pas à la peine, et ils sont loyaux. En plus, tu ne trouveras nulle part de meilleur contremaître que Tom. Mais ce n'est pas la même chose que de travailler sous la direction d'un patron qui a l'œil à tout.

De nouveau, Megan eut cette impression d'étouffement.

— Je vois, articula-t-elle d'un ton crispé. Rien d'autre ?

— Si. Moi. Si tu retournes à New York, tiens-tu à ce que je reste ici ? Je peux aller habiter avec ma sœur au Nouveau Mexique dès que je le souhaite. Dans ce cas, mon autre sœur viendrait immédiatement prendre ma place ici. Je suis arrivée à un âge où la perspective de souffler un peu n'est pas sans attrait, vois-tu. D'autant que ce que m'a légué Tex suffirait à assurer mes vieux jours.

— Non, je t'en prie, j'ai besoin de toi ici.

La femme que Megan avait considérée comme une mère accueillit ces paroles avec un léger sourire.

— Est-ce simplement la panique qui te pousse à me dire ça ou as-tu vraiment l'intention de reprendre l'exploitation, et moi avec ?

Megan se couvrit le visage des mains pour se retenir de hurler de frustration et de désarroi.

— J'aimerais tant savoir quoi faire, murmura-t-elle. Malheureusement, je sais seulement ce que souhaitait Tex.

— Tex était un homme avisé sur de nombreux points, *niña*, mais il ne connaissait pas tout. C'est en sondant ton cœur que tu sauras ce qui est le mieux pour toi.

— Et pour Tess, ajouta Megan. Ne l'oublie pas.

— Je ne le pourrais pas, même si je le voulais. Cette

petite ne sera heureuse que si tu l'es toi-même. Si obéir à ce que tu estimes être ton devoir te coûte trop, tu finiras par lui en vouloir. C'est une enfant très éveillée. Elle le sentira, même si tu t'ingénies à le lui cacher.

— Mais dès que j'évoque seulement la possibilité de revenir à New York, elle se braque. Elle adore le ranch. Elle s'y sent en sécurité. Comment pourrais-je lui retirer ça ?

— Ce n'est pas le sentiment qu'elle avait quand elle est arrivée ici, souligna la gouvernante. Elle était effrayée et furieuse, tout comme aujourd'hui. Souviens-toi de ce que tu éprouvais toi-même durant tes premières semaines au ranch. Tu envoyais tout le monde aux pelotes, moi comprise. Le temps t'a aidée, comme il a aidé Tess. Si elle se sent en sécurité ici, c'est parce que Tex a veillé à ce qu'il en soit ainsi. Ne pourrais-tu faire la même chose pour elle à New York, si c'est bien là-bas que tu veux vivre ?

— Me suggères-tu de partir ?

Mme Gomez eut un sourire triste.

— Non, *niña*, j'essaie simplement de te montrer que tu as encore le choix. Ne va pas prendre une décision pour de mauvaises raisons.

S'approchant de Megan, elle lui tapota la main.

— Restons-en là pour le moment, reprit-elle. Je vais dire aux hommes de continuer pour l'instant à travailler comme avant. Si cela leur pose des problèmes, est-ce que je peux confirmer à Tom que tu l'autorises à prendre toutes les mesures qu'il estimera bonnes ?

— Oui, et... merci. Je prendrai ma décision avant peu, je te le promets.

— Juste une chose, encore.

— Vas-y, je t'en prie.

— Quelle est la place du *señor* Jake dans tout ça ? Est-ce

qu'à son propos aussi tu as du mal à prendre une décision ?

— Il n'a aucune place ici, répliqua Megan.

— Mais il vient dîner ce soir, n'est-ce pas ?

Megan l'avait oublié.

— Oui, admit-elle en soupirant.

— C'est quelqu'un de bien.

— Tu n'as jamais cessé de le croire, n'est-ce pas ?

— Jamais.

— Même quand mon grand-père l'a accusé de lui avoir volé du bétail ?

— Même à ce moment-là.

Plus que jamais, Megan se sentit coupable d'avoir injustement trahi Jake.

— Je regrette de ne pas avoir eu la même confiance que toi, avoua-t-elle enfin.

— A l'époque, j'étais déjà en âge de pouvoir tirer mes propres conclusions, répliqua Mme Gomez. Tandis que toi, tu étais encore pour une grande partie sous l'influence de ton grand-père.

— Tu penses qu'il m'aurait délibérément menti à ce sujet ?

— Je préfère ne pas le croire.

— Mais, selon toi, c'est une possibilité, insista Megan.

— Une possibilité, *sí*. Ton grand-père t'aimait beaucoup. Et comme toujours, il estimait être plus avisé que n'importe qui. Il a dû voir là le moyen idéal de s'assurer que tu partirais à l'université comme prévu. S'il avait pu prévoir l'avenir, il aurait été moins enclin à se mêler ainsi de ta vie.

— Il savait qu'en m'éloignant de Jake, je m'éloignerais de Whispering Wind et de lui.

— Je pense qu'il a dû se trouver idiot de s'affoler à ce point en voyant un garçon te tourner autour, et te pousser à partir était peut-être également pour lui un moyen de se punir.

— Jake n'était plus un garçon, à l'époque, rétorqua Megan avec vivacité. C'était déjà un homme.

— *Sí*, convint la gouvernante. Et c'est sans doute ce qui a fait le plus peur à ton grand-père.

Elle prit la main de Megan et la serra.

— N'y songe plus, ajouta-t-elle. Tout cela, c'est du passé et on n'y peut rien changer. Ce qui compte, désormais, c'est le présent et l'avenir.

Qui l'un comme l'autre contenaient beaucoup d'incertitudes, se dit Megan, une fois seule, en s'efforçant de se remettre au travail. Malheureusement, que ce fût par distraction ou par lassitude d'avoir à affronter un si grand nombre de problèmes, elle ne put venir à bout de rien.

De plus, elle dut répondre à une douzaine d'appels de Todd. Celui-ci se montrait de plus en plus pressant, si bien qu'elle se résigna finalement à partir pour New York le dimanche suivant afin de pouvoir se trouver au bureau lundi, aux premières heures. Elle téléphona à Peggy pour reporter leur dîner.

— Je suis désolée de te faire un coup pareil, assura-t-elle à son amie. Le prochain week-end m'irait parfaitement, si tu n'y vois pas d'inconvénient.

— J'ai hâte d'y être ! affirma Peggy. Ne t'inquiète pas pour moi. Tu peux aller là-bas la conscience tranquille, d'accord ?

Ce ne fut qu'après avoir raccroché que Megan s'aperçut de la déception que contenait la voix de son amie. Pour celle-ci, leurs retrouvailles étaient plus importantes qu'elle ne l'avait imaginé. Et elle en conçut un nouveau sujet de remords.

Pour ne rien arranger, Jake passa toute la soirée à la harceler sur de multiples détails relatifs aux biens de Tex qui requéraient une décision de sa part. Le plus irritant pour elle fut la manière dont il évita son regard ce qui, devina-t-elle, devait être une conséquence directe du peu d'enthousiasme qu'elle avait manifesté à la vue du parc industriel.

Enfin, pour couronner le tout, Tess disparut juste après le dîner. Quand Mme Gomez lui annonça qu'elle avait cherché en vain la fillette, Megan n'y crut tout d'abord pas.

— Elle doit bien être quelque part, répliqua-t-elle avec exaspération. As-tu jeté un coup d'œil dans la grange ? Elle est constamment fourrée avec ces chatons.

— J'ai regardé là-bas, dans sa chambre, au grenier et même dans la chambre de Tex.

Comme Megan la dévisageait avec perplexité, la gouvernante haussa les épaules.

— S'asseoir dans le fauteuil de Tex près de la fenêtre semblait la rassurer. Je n'ai vu aucune raison de le lui interdire.

— Non, bien sûr que non, approuva Megan.

Elle se tourna vers Jake.

— Tu ne sais pas où elle a pu aller ?

— Peut-être t'a-t-elle entendue parler au téléphone de ton projet de repartir à New York dimanche prochain, suggéra-t-il.

— C'est possible, oui. C'est même plus que probable si elle se trouvait alors près du bureau de Tex. Todd et moi nous sommes disputés sur ce point.

— Cette perspective ou simplement les éclats de voix ont pu l'effrayer, reprit Mme Gomez. Elle a pu imaginer que tu l'obligerais à t'accompagner là-bas.

— Eh bien, j'y songeais, avoua Megan. Je me suis dit que New York finirait peut-être par lui plaire, au bout de quelques jours, et j'ai demandé à Todd de lui réserver aussi une place dans l'avion. Après coup, toutefois, j'ai pensé que je serais trop occupée pour la prendre avec moi.

— Sauf qu'elle n'en savait rien, souligna Jake, et que pour elle, la conclusion était évidente : tu allais l'éloigner du ranch contre sa volonté.

— Pourquoi est-ce que je serais la seule responsable de sa fugue ? s'exclama Megan, exaspérée par des reproches aussi hâtifs. Et sa mère, y as-tu songé ? Peut-être est-elle passée tantôt sans crier gare ou lui a-t-elle téléphoné. Tess a pu vouloir se cacher d'elle.

Mme Gomez se signa aussitôt.

— J'espère que tu te trompes, murmura-t-elle. La pauvre enfant a déjà assez de tracas comme ça.

Jake se leva et se dirigea vers la porte.

— Rien ne sert de s'affoler ainsi, dit-il. Ni de rester ici à discuter. Je vais inspecter les alentours et parler aux hommes. Vous deux, vous fouillerez de nouveau la maison de fond en comble.

— Mme Gomez peut s'en charger, répliqua Megan. Je t'accompagne.

Jake la considéra avec surprise.

— Bien, fit-il. Allons-y tout de suite. Il y a une tempête qui se prépare, et j'aimerais mieux qu'on la retrouve avant qu'une chute de température ne transforme la pluie en neige.

Megan se saisit du vieux manteau en peau de mouton de Tex pendu à une patère près de la porte de service. Il était bien trop large pour elle, mais la tiendrait au chaud. Elle se félicita de son initiative en sentant un blizzard glacé lui fouetter le visage dès qu'elle eut posé le pied dehors. Jake avait eu tort, constata-t-elle. Il neigeait déjà.

— Par où commençons-nous ? demanda-t-elle.

— Par la grange, d'abord. J'ai du mal à croire qu'elle ait pu s'éloigner des chatons.

— Mme Gomez y a déjà jeté un œil.

— Je doute qu'elle ait inspecté le grenier à foin et chacune des stalles.

Malheureusement, une fouille minutieuse de la grange ne révéla aucune trace de Tess. Alors même qu'elle souhaitait désespérément que la fillette fût simplement en train de se cacher d'eux, Megan sentit une angoisse diffuse lui nouer le ventre. Des années auparavant, par une nuit à peu près semblable, elle s'était elle-même enfuie pour aller retrouver sa mère, avoir la confirmation que Sarah O'Rourke l'aimait toujours.

Elle projetait alors de rejoindre la nationale et de suivre ensuite cette dernière en direction de la ville, jusqu'à la gare routière. Avant même qu'elle ait atteint la route, la neige s'était mise à tomber, de gros flocons qui avaient détrempé son manteau et s'étaient accumulés avec une rapidité terrible sur le macadam glissant de la nationale.

Ses mains et ses pieds étaient devenus si froids qu'elle ne les avait bientôt plus qu'à peine sentis. Les larmes qui coulaient sur ses joues avaient presque gelé. Avant peu, elle avait désespérément regretté le ranch et la tiédeur de son lit, mais une fierté stupide l'avait poussée à aller de l'avant.

Tex l'avait retrouvée une heure plus tard. Il s'était emporté contre elle et lui avait longuement reproché son inconscience. Malgré sa colère, elle avait senti à quel point ses mains tremblaient quand il l'avait serrée contre lui, elle avait compris combien il avait eu peur pour elle. Et elle éprouvait aujourd'hui une frayeur identique en contemplant la stalle vide où aurait dû se trouver le cheval de Tex.

— Jake ! s'écria-t-elle d'un ton paniqué.

Il fut aussitôt près d'elle.

— Qu'y a-t-il ?

— Midnight n'est plus là.

— Le cheval de Tex ? Elle n'aurait quand même pas...

— Elle voulait apprendre à monter, rappela Megan. Et je lui ai donné les bottes tantôt. Peut-être s'est-elle mis en tête qu'elle devait les mériter.

— Ou peut-être a-t-elle simplement décidé de fiche le camp, répliqua-t-il sur un ton lugubre. Je vais seller les chevaux. Toi, va rassembler autant d'hommes que tu peux et demande à Mme Gomez de prévenir les ranches avoisinants que nous allons organiser une battue.

Megan se dépêcha de quitter la grange. Elle alerta d'abord le contremaître. Tom lui promit que les hommes seraient en selle dans cinq minutes.

— Nous la retrouverons, mademoiselle, lui assura-t-il avec une confiance tranquille. Ne vous inquiétez pas. Tous les hommes l'aiment bien, cette petite. Elle était comme l'ombre de Tex. Le patron avait beau faire semblant de ne pas s'en apercevoir, on voyait bien que ça lui faisait plaisir. Elle a appris deux ou trois trucs depuis qu'elle est ici. Vous n'avez rien à craindre. Elle a un sacré caractère.

— Ça, c'est certain, marmonna Megan avant de se précipiter vers la maison.

— Je vais avertir les voisins, lui promit Mme Gomez.

Megan déglutit avec peine, le cœur étreint par le remords et la peur.

— Si jamais il lui arrive quoi que ce soit...

— Rien ne lui arrivera, décréta la gouvernante. Vous allez la retrouver et la ramener à la maison.

S'entendre ainsi répéter la même chose aurait dû rassurer Megan. Mais elle n'arrêtait pas de penser à l'expression que Tess arborait durant les funérailles. Elle avait l'air si perdue, si seule, si effrayée... Même quand elle se moquait d'eux ou leur montrait les dents, son regard trahissait toute sa fragilité.

— Réfléchis donc ! s'ordonna Megan en montant sur le cheval que Jake avait sellé pour elle.

Tess avait-elle choisi d'aller vers la ville, comme elle-même jadis ?

— Essayons d'abord la nationale, proposa-t-elle en même temps qu'elle prenait cette direction.

Jake ne discuta pas sa décision et se contenta de chevaucher sans un mot à côté d'elle. Il ne parla que lorsque Megan obliqua vers la ville.

— C'est le chemin que tu as pris toi-même jadis, n'est-ce pas ?

Elle hocha la tête.

— Mais je n'avais pas de cheval, alors, et je ne suis pas allée bien loin.

Aucune empreinte de sabots n'était visible dans la neige. Au bout de deux kilomètres, Megan dut conclure qu'elle s'était trompée.

— Quel autre but aurais-je choisi ? s'interrogea-t-elle à voix haute en s'efforçant de se mettre à la place de la fillette.

Sans doute les endroits retirés qui l'auraient elle-même attirée autrefois.

Elle pensa d'abord au ruisseau, puis se ravisa, estimant que par une nuit pareille, alors que le vent hurlait et que la neige ensevelissait le paysage, Tess n'aurait guère envie de se risquer à découvert.

Puis elle se rappela brusquement un lieu qui était à la fois sûr et sec.

— Je crois savoir où elle est ! lança-t-elle soudain à Jake.

Il riva ses yeux aux siens et partagea aussitôt sa pensée.

— La caverne, dit-il.

— Notre endroit, murmura Megan.

Ce n'était pas vraiment une caverne, plutôt une excavation naturelle qui se creusait au flanc d'une paroi rocheuse. Elle était tout juste assez spacieuse pour accueillir deux personnes assises côte à côte. Elle était en revanche assez grande pour protéger une fillette apeurée.

Jake ouvrit la marche, son cheval posant prudemment un sabot après l'autre sur le terrain caillouteux et traître. Le ciel était voilé de nuages lourds qui occultaient la lune et rendaient la nuit plus sombre que jamais. La monture de Megan glissa sur une plaque de neige, la secouant rudement sur sa selle avant qu'elle ne parvienne à recouvrer l'équilibre.

Son hoquet de stupeur attira l'attention de Jake.

— Ça va ?

— Très bien, répondit-elle, serrant de nouveau les dents sous les soubresauts que lui infligeait son cheval.

Naguère, monter était une seconde nature chez elle, mais elle avait eu peu d'occasions de s'y remettre au cours des années passées. Manifestement, songea-t-elle, elle manquait de pratique. Or qui avait jamais entendu parler d'une éleveuse qui fût une piètre cavalière ?

— C'est juste derrière cette pente, la prévint Jake.

Megan scruta l'obscurité ambiante et ne distingua de Jake qu'une vague silhouette devant elle.

— Comment peux-tu le savoir ?

— Il y a des souvenirs qu'un homme n'oublie jamais, répliqua-t-il avec un rire dans la voix. Par exemple celui de cet énorme serpent qui nous avait filé un jour entre les pieds, ici même, et qui t'avait jetée tout droit dans mes bras.

— Je ne me rappelle pas, rétorqua Megan avec raideur.

Son souvenir lié à cette caverne était celui du premier baiser de Jake, du contact de ses lèvres douces et tendres contre les siennes. De la timidité avec laquelle elle y avait répondu et de ses premiers émois de femme. Mais ce n'était pas là un souvenir qu'elle souhaitait évoquer en cet instant.

— Je me rappelle aussi le baiser, Meggie, reprit Jake dans un souffle. De toute sa magie.

— Quel baiser ?

— Celui dont tu te souviens toi-même parfaitement. Tu rougis, ma biche.

— Et comment diable peux-tu savoir *ça* ? marmonna-t-elle. Il fait noir comme le péché.

— Parce que tu rougis toujours quand tu travestis la vérité. Ce qui fait d'ailleurs de toi une piètre menteuse.

— Peut-être me suis-je améliorée avec l'âge.

— Tu veux que je t'éclaire avec ma torche pour le vérifier ?

Sentant ses joues s'enflammer un peu plus, Megan préféra détourner la conversation.

— L'entrée de la grotte n'est pas juste là-bas, sur la gauche ?

Après un instant d'hésitation, Jake se tourna sur sa selle.

— Tu as raison, dit-il. On y est.

Sa monture se mit alors à hennir. Un autre cheval lui répondit non loin de là.

— Ça devait être Midnight ! s'exclama Megan. Tess ! Tess, tu es là ?

Jake descendit de cheval et se dirigea vers la caverne.

— Tess, ma chérie, où es-tu ?

— Ici, articula une petite voix en provenance de la grotte, dans la même direction que le hennissement.

— Elle est là-bas, Jake !

Le cœur battant à se rompre, presque ivre de soulagement, Megan se laissa glisser à terre et courut dans la neige jusqu'à la caverne d'où lui parvenaient des sanglots étouffés.

Tess était assise par terre, Midnight à son côté. Megan s'accroupit devant elle. Elle se rendit compte alors seulement qu'elle tremblait, tout comme Tex une éternité plus tôt.

— Oh ! mon bébé, murmura-t-elle en serrant la fillette contre elle.

Une saisissante impression de déjà-vu, un tourbillon d'émotions puissantes frappèrent Megan de plein fouet. Etait-ce donc cela qu'être mère ? se demanda-t-elle.

Tess était trempée et frissonnait.

— Ça va ? demanda Megan, tout en essayant de la réchauffer.

Elle se recula un instant pour étudier le visage maculé de larmes de la fillette. Elle ne distingua ni bleus ni écorchures.

— C'est ma cheville, chuchota Tess. Il y avait tellement de neige. Je suis tombée en descendant de Midnight. Je crois que je me la suis tordue. J'ai essayé de me relever, mais j'y suis pas arrivée. J'ai pas réussi non plus à enlever ma botte tellement mon pied est enflé.

— On la coupera, intervint Jake en s'agenouillant à son tour pour examiner la blessure.

— Non ! protesta Tess. Elle est toute neuve.

— Je t'en achèterai une autre paire, lui assura Megan.

— Mais c'est celles-là que Tex m'avait promises, répliqua Tess, la voix lourde de sanglots.

Jake se tourna vers Megan.

— Tu as une autre solution à proposer ? Il faudra bien qu'on lui ôte cette botte, de toute façon.

— Tu pourrais la découdre sur le côté, de sorte qu'on puisse la faire réparer ensuite ?

— Je vais essayer. Ça te va ? demanda Jake à Tess.

Celle-ci renifla, mais une lueur d'espoir brillait dans ses yeux.

— Tu crois vraiment qu'on pourra la réparer après ?

— J'y veillerai, promit Megan.

Tess soupira.

— Bon, alors vas-y, lança-t-elle à Jake, coupe-moi ça. Mais si tu me bousilles cette botte, tu... tu le regretteras.

Jake eut une grimace comique.

— J'apprécie tes encouragements, murmura-t-il.

Le plus délicatement possible, il insinua la lame de son couteau sous la couture de l'empeigne. A mesure que les deux morceaux de cuir s'écartaient, Megan dégageait doucement le pied de Tess de la botte. Elle tiqua en voyant la boursouflure ainsi que l'hématome qui noircissait déjà.

— Tu crois qu'elle est cassée ? demanda-t-elle à Jake.

Il tâta la cheville si frêle, puis secoua la tête.

— Il faudra faire une radio avant d'en être sûr, mais je pencherais plutôt pour une mauvaise foulure. On posera de la glace dessus dès notre retour au ranch et on verra comment ça évolue. On pourra toujours emmener Tess au cabinet de Doc Lee après.

— J'irai pas chez le toubib ! protesta la fillette. Je déteste les piqûres.

— Les rayons X sont totalement indolores, indiqua Megan. Et tu n'auras pas besoin de piqûre.

— Tu parles ! Et si ma cheville est cassée ? Il arrivera pas à réduire la fracture sans me piquer avant, et tu le sais très bien.

— A chaque moment suffit sa peine, intervint Jake. Laisse-nous d'abord te monter en selle derrière moi, d'accord ?

— Et Midnight ? reprit Tess. On ne peut pas le laisser ici comme ça. Il a veillé sur moi.

— Midnight sera d'autant plus disposé à nous suivre qu'il saura que nous te ramenons à la maison, assura Jake.

Ils revinrent donc au ranch à une allure prudente.

— Je suis dans le caca, hein ? s'enquit Tess lorsqu'ils furent en vue des bâtiments.

— Jusqu'au cou, acquiesça Megan.

— Mais je suis blessée et je suis qu'une enfant.

— Justement ! lança Jake. Une enfant ne doit pas s'éclipser ainsi au risque d'affoler tout le monde. Sais-tu au moins combien il y a de gens qui te recherchent en ce moment un peu partout ?

— Beaucoup ?

— Tous les hommes du ranch, ma petite.

— Mince...

— Bon, déclara Megan, on reparlera de tout ça demain matin. On va d'abord faire examiner ta cheville, et ensuite je t'enfermerai dans ta chambre pendant un mois entier.

— Tu pourras pas savoir si j'y suis enfermée ou pas, vu que tu seras à New York ! rétorqua Tess.

Ainsi, elle était bien au courant de ce voyage, pensa Megan. Et c'était très probablement ce qui l'avait incitée à s'enfuir.

— Ma chérie, sache que même si je m'en allais à Tombouctou, je n'ignorerais rien de ce qui t'arrive ici. Essaie de t'en souvenir la prochaine fois qu'il te passera une autre idée saugrenue par la tête.

— Mais je croyais..., commença Tess sur un ton d'une humilité singulière.

— Je sais bien ce que tu croyais, ajouta Megan d'une voix plus douce. Mais tu te trompais. Je n'allais pas t'emmener avec moi à New York contre ton gré. Et je n'allais pas non plus partir pour toujours comme ta mère.

Que je sois ici ou dans un autre Etat, je fais désormais partie de ta vie. Et toi de la mienne. Compris ?

Un sourire se dessina lentement sur les lèvres de la fillette.

— Ouais, murmura-t-elle, je crois que j'ai compris.

11.

Le dimanche suivant, Tess était toujours alitée quand Megan vint lui dire au revoir avant son départ pour New York. La fillette avait l'air si perdu qu'elle en conçut de nouveau du remords, alors même qu'elle savait que Tess serait entre de bonnes mains, puisque Mme Gomez et Jake veilleraient tous deux sur elle. A sa grande surprise, l'enfant lui prit la main et s'y accrocha.

— Tu reviens vendredi, hein ? demanda-t-elle pour la trente-sixième fois.

Les promesses répétées de Megan ne semblaient jamais la rassurer bien longtemps.

— Je risque de rentrer tard, mais oui, je serai là.

— Et je peux t'appeler n'importe quand ?

— Jour et nuit. Mme Gomez a le numéro.

— Comment s'appelle ton assistant, déjà ?

— Todd.

— Il me laissera te parler, hein ?

— Absolument. Quoi que je fasse à ce moment-là.

Tess parut enfin rassérénée.

— Peut-être que je ne vais pas te téléphoner du tout, tu sais, déclara-t-elle alors en retrouvant sa hâblerie coutumière.

— Je sais, répondit Megan en réprimant un sourire.

— Bon, il vaudrait mieux que tu partes, maintenant. Il y a une émission à la télé que je veux pas louper.

Animée par une de ces pulsions maternelles qui ne laissaient pas de l'étonner, Megan faillit alors se pencher vers la fillette pour l'embrasser sur la joue, mais Tess avait à l'évidence prévu son geste et elle se renfrogna aussitôt.

— N'y pense même pas.

Megan se redressa et rajùsta l'édredon sur le lit pour se donner une contenance.

— A bientôt, donc.

— Ouais, c'est ça, lança Tess, les yeux déjà fixés sur l'écran de la télé.

Une fois sortie de la pièce, Megan soupira.

— Autant pour le tableau touchant de carte de vœu.

— Elle ne veut pas donner l'impression d'avoir besoin de toi, lui expliqua Mme Gomez.

— Je sais. Et je ne suis pas très douée pour ça non plus.

— Tu te débrouilles très bien, *niña*. Aucun parent ne peut se vanter d'être constamment parfait.

— Je ne cherche pas la perfection, rétorqua Megan. Je serai déjà heureuse si elle survit à mes soins.

— Elle y survivra, lui assura Mme Gomez en riant. Et même, elle s'épanouira grâce à toi. Tu verras.

Jake lui tint à peu près le même langage alors qu'il la conduisait à l'aéroport de Laramie.

— Tu te débrouilles comme un chef avec Tess, ma grande. Et ne t'inquiète pas pour les jours à venir. Va à New York, oublie-nous un instant et concentre-toi sur ton travail. Je garde le fort en ton absence.

A la surprise de Megan, durant le long trajet qui la mena à New York via Denver, elle fut capable de suivre le conseil de Jake et parvint à chasser de son esprit ce dernier, Tess ainsi que le ranch pour étudier la dernière liasse de fax que lui avait envoyés Todd. Il était tard quand elle pénétra enfin dans son appartement, et plus tard encore lorsque, après avoir consulté le dernier document, elle sombra dans un sommeil troublé.

Elle avait réglé l'alarme de son réveil sur 6 heures, déterminée à profiter pleinement de chaque seconde de son séjour à New York. Elle accueillit la sonnerie avec un grommellement, puis se rendit d'un pas mal assuré dans la salle de bains pour y prendre sa douche. Une heure plus tard, elle partait pour le bureau. Quand elle en franchit les portes, l'expression ébahie de Todd la récompensa de ses peines.

— Bon, fit-elle d'une voix pleine de dynamisme. Quel est le programme ?

Alors qu'il paraissait aussi épuisé qu'elle, il lui énuméra aussitôt une liste de rendez-vous qui aurait effrayé n'importe qui. Megan se contenta de hocher la tête.

— Allons-y.

— Désolé, ce n'est pas possible.

Elle le considéra avec stupéfaction.

— Pourquoi ça ?

— Parce que d'habitude tu n'es jamais en état d'assister à la moindre réunion avant 10 heures. En plus, comme tu as voyagé durant toute la journée d'hier, j'ai pensé que tu arriverais en retard. Moralité : je n'ai pas encore prévu d'heure pour aucun de ces rendez-vous et, ajouterai-je, nous sommes pour l'instant les seules âmes à hanter ces bureaux.

Megan laissa échapper un profond soupir de soulagement.

— Merci, mon Dieu ! murmura-t-elle avant de croiser les bras sur son bureau pour y poser sa tête. Réveille-moi à 9 h 59.

— Oh, non ! protesta Todd en lui secouant le bras jusqu'à ce qu'elle lève les yeux vers lui. Je peux faire venir la première personne ici dans une demi-heure. Je n'ai pas l'intention de gaspiller la moindre minute du temps que tu daignes nous accorder. A ce propos, pour demain et vendredi, Micah a prévu plusieurs enregistrements d'affilée. Cinq par jour, pour être précis. Ce qui nous donnera deux semaines d'émission et devrait calmer un peu les angoisses du directeur des programmes. Si tu tiens le rythme, je crois que nous pourrions l'adopter par la suite. T'est-il possible de te libérer ainsi une semaine sur deux ? Ou comptes-tu revenir travailler ici à plein temps ?

— Si seulement je le savais..., repartit Megan. Mais avant toute discussion, sers-moi donc de ton fameux café au petit goût de noisette vanillée — tu sais, celui que tu mouds toi-même ?

Todd lui en apporta bientôt une tasse puis s'assit en face d'elle, la mine soucieuse.

— Ça ne peut pas continuer, tu sais. Pas indéfiniment, en tout cas. Regarde-toi : c'est la première fois que tu fais la navette et tu es déjà claquée. Imagine seulement dans quel état tu seras si tu essaies de renouveler ça deux fois par mois. Ajoute le stress que ton absence donne à Micah, et nous avons des pépins en perspective...

— Je m'y habituerai, lui certifia Megan. Et Micah aussi.

— Et si nous autres, on ne s'y habitue pas ?

Elle le dévisagea avec attention.

— Que veux-tu dire, au juste ?

— Simplement qu'il n'est pas facile de maintenir la barque à flots quand la patronne est à un demi-continent de là. Tout le monde est accoutumé à attendre ton accord pour le moindre détail. Dès que tu n'es plus là, le doute s'installe. Alors, soit tu reprends la barre comme avant, soit tu vas devoir concéder à tes employés un peu plus d'autonomie. La machine, qui était bien rodée, commence déjà à grincer sérieusement.

— Je n'ai été absente qu'un peu plus d'une semaine, et seules Micah et Caitlyn ont eu l'air de s'en plaindre. Je croyais que tous les autres se contentaient de mes fax et de mes e-mails.

— C'est bien ce qu'ils voulaient te faire croire. Ta situation n'a rien de facile, et personne ne s'attendait à ce que tu reviennes aussitôt après l'enterrement de Tex. Mais maintenant, tes subordonnés se demandent si cet éloignement n'est pas définitif et ils commencent à angoisser à l'idée de ne plus pouvoir débarquer à l'improviste dans ton bureau pour obtenir sur-le-champ ton aval. Si jamais ils se persuadent que cette situation pourrait s'éterniser, ce sera la débandade.

— Je ne peux pas déraciner Tess ! protesta Megan d'une voix suppliante. Pas encore, en tout cas. Tu devrais la voir, Todd. Elle est effarouchée, perturbée. Elle a déjà fait une fugue et nous a tous flanqué la trouille. Elle s'attend à ce que je la plaque du jour au lendemain, comme sa mère.

Si elle avait attendu de la compassion de la part de son assistant, Megan aurait été déçue. En fait, il se montra direct, comme à son habitude.

— Tu agis selon ta conscience, je n'en discute pas, dit-il. Je tenais seulement à ce que tu saches à quel point le personnel commence à s'inquiéter.

Elle le fixa droit dans les yeux.

— Toi aussi ? s'enquit-elle.

Il détourna la tête, puis riva son regard au sien après avoir ôté ses lunettes.

— Moi plus encore que les autres, articula-t-il enfin à

mi-voix. C'est moi qui recueille toutes les réclamations quand tu n'es pas là — or, je n'ai aucune réponse à fournir. Et c'est une position qui ne m'est pas agréable.

Megan eut un sourire amer.

— Je sais. Il faut que tu puisses donner ton opinion sur tout à tout le monde, comme moi. En plus de ça, tu prises l'organisation et l'efficacité, les deux qualités que j'apprécie d'ailleurs le plus chez toi. Et les circonstances ne te permettent de te montrer ni organisé ni efficace, c'est ça ?

— Exactement.

— Je vais trouver une solution, Todd. Je te le promets. Je ne te laisserai pas longtemps tenir seul la boutique.

— Je suis désolé si cela te rend les choses encore plus difficiles, mais je pensais que tu devais le savoir.

— Tu as eu parfaitement raison, assura Megan. Je devais le savoir.

Et maintenant qu'elle le savait, elle s'apercevait que la panique insidieuse qui avait commencé de la ronger à Whispering Wind l'avait suivie jusqu'à New York. Dans cette cité où elle s'était sentie naguère la reine du monde, elle était soudain remplie d'incertitudes, et elle n'aimait pas ça. Elle n'aimait pas ça du tout.

Bien qu'il se moquât ouvertement d'avoir ou non une clientèle, Jake se prit à passer plus de temps à son cabinet pendant l'absence de Megan. Les petits aménagements qu'il avait prévus pour son nouveau foyer étaient désormais près d'être réalisés et il s'apercevait qu'avoir du temps libre devant soi le réjouissait moins qu'il l'avait cru. Il était toujours aussi impatient de prendre le contrôle du ranch de Tex, de se livrer à une activité absorbante, voire harassante. Il aurait pu acheter une autre exploitation, plus modeste, mais seule celle de Tex l'attirait vraiment. Il y avait probablement des douzaines de raisons perverses à cela et, en premier lieu, sa volonté de se venger de Tex, de l'erreur de jugement qu'il avait commise à son sujet ainsi que de ses mensonges à Meggie.

Pour l'instant, toutefois, se rendre à son cabinet structurait un tant soit peu ses journées, même s'il s'y contentait de contempler le spectacle de la rue par la fenêtre, les pieds sur son bureau. Megan à New York, il se sentait plus désœuvré que jamais et cela le rendait irritable. Peu avant son arrivée, aujourd'hui, il était allé voir Tess, et celle-ci l'avait presque chassé du ranch tant elle était de mauvaise humeur.

— Tu ne m'amuses plus maintenant qu'*elle* n'est plus là, lui avait lancé la fillette. Tu ferais mieux d'aller te distraire auprès de quelqu'un d'autre. J'ai des trucs à faire, moi.

La perspicacité de cette enfant de huit ans avait légèrement froissé Jake. Il ne lui en avait pas moins proposé de revenir avec une glace un peu plus tard dans la journée.

— De la vanille aux cerises, lui avait-elle demandé. Avec du chocolat chaud, d'accord?

— Tout aura fondu le temps que j'arrive ici.

— Pas si tu fais mettre le chocolat dans un carton séparé et que tu le verses sur la glace en arrivant ici. Dis-moi, avait ajouté Tess en le toisant d'un regard suspicieux, t'étais vraiment une grosse huile, à Chicago?

— Euh... oui. Pourquoi?

— Parce que, des fois, t'es un peu lent de la comprenette.

— J'essaierai de m'amender, avait répliqué Jake d'un ton sec.

Maintenant qu'il repensait à cette conversation, toutefois, il ne pouvait s'empêcher de sourire. Tess était vraiment une gamine exceptionnelle. Megan en avait-elle conscience ? Certes, elle s'inquiétait pour elle ; elle avait même paru gênée d'abandonner la fillette alors que celle-ci était encore alitée. Il se pouvait malgré tout que ce fût chez elle un simple scrupule. Pour l'amour de Tess, Jake espérait qu'il n'en était rien et que l'enfant était en train de conquérir le cœur de Megan comme elle avait conquis le sien.

Il était tout de même curieux, songea-t-il, que ses pensées le ramènent ainsi constamment à la jeune femme. D'une manière ou d'une autre, il fallait vraiment qu'il règle ce problème.

— Du café, marmonna-t-il en reposant ses pieds par terre. Peut-être qu'une bonne tasse de café me donnera le coup de fouet nécessaire.

Il traversa la rue jusqu'au snack, lequel était rempli par la clientèle du déjeuner. Il trouva finalement une place libre au bout du comptoir, près de la caisse.

— Qu'est-ce que je te sers, Jake ? s'enquit Henrietta en apportant des hamburgers au client installé sur sa gauche.

Son crayon coincé derrière l'oreille, elle avait de profondes rides d'inquiétude sur le front.

— Juste un peu de café, répondit Jake avant de l'étudier avec attention. Ça va pas ?

Elle secoua la tête.

— On en reparlera plus tard.

Prenant une tasse dans une main, la cafetière dans l'autre, elle lui servit son café.

— J'ai entendu dire que Megan était repartie à New York.

— Pour la semaine, oui.

— Elle va revenir, alors ?

— Normalement.

— Tant mieux. Je connais au moins une personne qui doit s'en réjouir.

Jake leva les yeux vers elle.

— Qui ça ?

— Toi, pardi ! Tu as toujours eu le béguin pour cette petite.

— C'était il y a longtemps, Henrietta.

— Certaines choses ne changent jamais, répliqua-t-elle avant de reporter son attention sur une des stalles. Bon, faut que je te laisse. Fais-moi signe si tu veux manger un morceau.

Jake se mit ensuite à contempler son café d'un air morne tout en se demandant pourquoi diable Megan avait une telle emprise sur lui. Le café eut le temps de refroidir sans qu'il ait trouvé la réponse. Comme il levait les yeux sur la salle, il se rendit compte que le snack s'était entièrement vidé à l'exception d'un groupe de quatre étrangers assis dans le fond. Des touristes, vu leur jean au pli impeccable et leur Stetson immaculé.

Finalement, Henrietta vint se glisser sur le tabouret voisin du sien et ôta ses chaussures en soupirant.

— Je deviens trop vieille pour rester aussi longtemps debout.

— Je croyais que tu avais engagé Barbara Sue Perkins pour te donner un coup de main.

— Exact, confirma-t-elle avec une expression soucieuse. Malheureusement, elle a déjà pris plus de jours de congé qu'elle n'en a effectué ici. Aujourd'hui encore, elle n'est pas venue.

— Alors vire-la et embauche quelqu'un de plus régulier.

— Impossible. Barbara Sue a besoin de ce boulot.

— Mais puisqu'elle est si souvent absente...

— Si elle l'est ce n'est pas parce qu'elle refuse de travailler ou qu'elle est irresponsable. C'est par pudeur.

Henrietta s'interrompit pour jeter des coups d'œil autour d'elle.

— C'est justement un des points que je voulais aborder avec toi, reprit-elle à voix basse. Elle a de nouveau des bleus. L'espèce de salaud qu'elle a épousé l'a battue dès qu'il a appris qu'elle avait trouvé du travail. Il a peur qu'elle soit sur le point de le plaquer — ce qu'elle devrait faire, à mon avis.

En entendant cela, Jake sentit la colère monter en lui.

— Lyle Perkins la bat ?

— Seulement quand elle en a besoin, d'après lui.

— Et pourquoi reste-t-elle avec lui, bon sang ?

— Par mépris d'elle-même, je suppose. Mais bon, j'ai peut-être l'esprit déformé par tous ces débats que je regarde à la télé...

— Elle devrait fiche le camp tant qu'elle le peut encore. Ils ont des enfants ?

— Un garçon et une fille. Ça ne doit pas être facile, pour eux, de voir leur maman dans un tel état. Tiens, ça me donne envie d'aller moi-même secouer les puces à ce tordu de Lyle.

— Tu crois que je devrais lui parler ? s'enquit Jake. Ou en toucher deux mots à Lyle ?

— Oh ! à ta place, je ne dirais rien à ce pourri. Ça le rendrait encore plus mauvais. Vous ne vous êtes jamais très bien entendus, tous les deux. D'ailleurs, je garde moi-même mes distances avec lui. Cela dit, il serait peut-être bon que tu parles un peu avec Barbara Sue. Histoire de lui expliquer les choix qu'elle a.

— Elle m'écoutera, au moins ?

Henrietta soupira.

— J'en doute, mais il faut bien qu'on essaie de la sortir de là, Jake.

Ce dernier savait malheureusement qu'il était vain de

discuter avec les victimes de maltraitance tant qu'elles n'étaient pas elles-mêmes en mesure d'écouter l'avis d'un tiers.

— Envoie-la-moi, déclara-t-il malgré tout. Je verrai ce que je peux faire.

Henrietta le dévisagea.

— Cela signifie-t-il que tu vas réellement commencer à prendre quelques clients ?

— Cela fait des mois que j'ai proposé mes services en ville, rappela Jake.

— Tout en faisant clairement comprendre que c'était plus ou moins une proposition en l'air. Jusqu'à ce que Tex vienne te voir, je pensais que la carrière d'avocat ne t'intéressait plus beaucoup. Pour tout t'avouer, j'ai même pensé que tu te donnais d'une certaine manière le temps de réfléchir un peu à ta vie et au reste.

— Tu n'es pas loin de la vérité, admit Jake, reconnaissant pour lui-même que ce qui l'avait animé durant tous ces mois était plus une espèce de désir de revanche qu'aucune autre motivation plus positive.

— Et maintenant ? lança Henrietta.

— Quoi, maintenant ?

— Eh bien, les gens du coin ont parfois besoin d'un bon avocat, tu sais. Ils en ont assez de devoir descendre jusqu'à Laramie chaque fois qu'il leur faut les conseils d'un juriste. Je te les aurais envoyés si j'avais été sûre que tu voulais travailler.

— Qui pourrait faire appel à moi, hormis Barbara Sue ?

Jake comprenait soudain que le cas de la serveuse n'avait été qu'un coup de sonde que Henrietta avait donné pour tenter d'y voir plus clair dans ses intentions.

— D'abord la fille Morgan, du salon de beauté. Elle a comme proprio Josh Wilson, et il la fait tourner en bourrique en refusant systématiquement d'effectuer la moindre réparation dans cette pauvre bicoque qu'elle lui loue, pour son fils et elle.

Cette histoire sonna de façon désagréablement familière à l'oreille de Jake.

— Dis-lui de passer me voir, répondit-il sur un ton crispé.

Traîner Josh devant un tribunal lui serait un vrai plaisir. Il était même prêt à le faire gratuitement.

— Qui d'autre ?

Henrietta eut une grimace comique.

— Je crois que ça suffira pour aujourd'hui. Après tout le temps que tu as passé à te tourner les pouces, je ne voudrais pas te surcharger de travail.

— Tu es trop bonne avec moi.

— Bah ! c'est vraiment une pitié de te voir gâcher toute l'instruction que tu as reçue à l'école alors qu'elle pourrait profiter à tant de gens par ici.

— Et j'imagine que tu connais également quelqu'un qui rechercherait un emploi de secrétaire ?

Elle sourit de nouveau.

— Non, mais j'y songerai. Il y a bien un nom ou deux qui vont finir par me revenir à l'esprit.

— Je n'en doute pas, répliqua Jake en déposant un billet d'un dollar sur le comptoir pour le café. Et rappelle-moi d'acheter une cafetière électrique afin que je ne remette plus jamais les pieds ici.

— Ton café sera peut-être aussi bon que le mien, mais ma compagnie te manquera, rétorqua Henrietta avec assurance.

Jake ne put qu'en convenir.

12.

La tension dans l'air était palpable. Megan avait déjà tourné quatre des cinq émissions dont l'enregistrement était prévu pour ce mardi, mais il était clair pour tout le monde que son énergie déclinait. Et il était également évident que la patience de chacun atteignait ses limites.

— Peut-être devrions-nous en rester là pour aujourd'hui, suggéra Todd en dévisageant Megan d'un air soucieux.

— Ne soyez donc pas ridicule ! protesta Micah en le fusillant du regard. C'est juste une émission d'une demi-heure, pas *Autant en emporte le vent*. Elle peut le faire.

— C'est bon, Todd, intervint Megan avant qu'une altercation ouverte n'éclate entre ses deux employés. Je préfère en terminer avec cette séance aujourd'hui plutôt que d'essayer de la caser dans mon emploi du temps de demain ou d'obliger l'équipe à revenir jeudi.

Micah lança un coup d'œil triomphant à Todd, puis s'éloigna à la recherche de Kenny Hawkins, le réalisateur.

— Celle-là, elle..., commença Todd.

— Elle fait seulement son boulot, l'interrompit Megan.

Il n'en restait pas moins que l'équipe entière avait subi

l'irascibilité de Micah durant toute la journée et que Megan avait elle-même dû passer beaucoup trop de temps à son goût à caresser la productrice dans le sens du poil.

— Reprends-toi, s'il te plaît, demanda-t-elle à Todd d'une voix plus douce. Bon, tous les papiers cadeau sont là ? Je veux montrer aux spectateurs comment rendre l'emballage aussi personnel que le présent.

— C'est par là-bas, indiqua Todd en désignant les échantillons que des assistants étaient en train de disposer sur une table. Il y a tout ce que tu as demandé.

Son portable se mit alors à sonner.

— Oui ? fit-il avant d'arborer une expression lugubre. Non, ce n'est pas vraiment le moment.

Il marqua une pause, puis laissa échapper un profond soupir.

— O.K., d'accord, elle est juste à côté de moi.

Se tournant vers Megan, il articula silencieusement :

— Tess.

Megan prit le téléphone et s'efforça d'adopter un ton enjoué.

— Salut, Tess, ça va ?

— Il ne voulait pas me laisser te parler, lui reprocha aussitôt la fillette.

— Il se trouve que nous sommes en pleine séance d'enregistrement, ma puce.

— Tu m'avais promis...

— Je sais, Tess. Et je t'écoute. Quoi de neuf au ranch ? Tout se passe bien ?

— Quand tu reviens ?

Megan le lui avait déjà dit des centaines de fois avant de partir et une douzaine de fois encore depuis lors.

— Vendredi soir, répondit-elle, à bout de patience. Mais ce sera sans doute tard dans la nuit.

— Je pourrai rester à t'attendre ?

— Non. Tu as besoin de sommeil. Je viendrai te voir samedi matin. Après, on sortira ensemble.

— Où ça ?

Malgré tous ses efforts, Megan ne put trouver aucune idée.

— Où tu veux, suggéra-t-elle en désespoir de cause.

— Au cinéma ?

La dernière chose que souhaitait Megan après avoir pris l'avion, puis la voiture pour rentrer au ranch, c'était bien d'avoir à conduire de nouveau pour se rendre en ville.

— Si tu y tiens, acquiesça-t-elle malgré tout.

— Bien. Je le dirai à Jake. Il pensait que tu refuserais parce que tu serais trop fatiguée.

Si seulement il avait réussi à la dissuader de l'appeler sans cesse ! songea Megan avec abattement.

— Ecoute, ma chérie, il faut que je te laisse. L'équipe n'attend plus que moi.

— Ouais, d'accord. Je n'ai rien d'autre à te raconter, de toute façon.

— Ménage ta cheville, lui conseilla Megan. Je te téléphone ce soir.

— C'est ça.

Megan rendit son portable à Todd, puis elle prit une profonde inspiration. Après quoi, elle promena son regard sur le plateau afin de vérifier que tout était en place pour la séquence de l'emballage des cadeaux — papiers en tissu, rubans raffinés, petites boîtes décoratives de toutes les formes et de toutes les tailles.

— Bon, lança-t-elle au réalisateur, tout me paraît en ordre. Vous êtes prêts, vous autres ?

Kenny, l'être le plus flegmatique qu'elle ait jamais connu, lui répondit d'un hochement de tête. Il avait passé la majeure partie de la journée à éviter Micah.

— C'est parti.

Comme Megan se dirigeait vers le plateau, Todd la retint par le poignet.

— Tu pourrais avoir besoin de ça, déclara-t-il d'un ton nonchalant en même temps qu'il rattachait son micro au col de son chemisier. Hé ! Ken, demande un test son pour voir s'il est bien placé.

— D'accord, répondit Kenny avant de lever un doigt en direction de Megan. Dans cinq secondes, c'est à toi. Cinq, quatre, trois, deux, un...

Il tendit le doigt vers elle.

— Bonjour, tout le monde. Aujourd'hui, nous allons parler fêtes, et en particulier de la manière de rendre vos cadeaux mémorables.

— Coupez ! l'interrompit soudain Ken. Désolé, Megan.

— Qu'y a-t-il ?

— N'es-tu pas censée te changer entre chaque séquence ? Tu portais déjà cet ensemble tout à l'heure...

— Bon sang !

D'un geste rageur, Megan arracha le micro avant de se précipiter dans sa loge pour enfiler une autre tenue — à savoir un pantalon de lin chocolat et un chemisier de soie crème agrémenté d'une petite broche en or.

Ces vêtements avaient été choisis et disposés à l'avance pour elle. Malheureusement, la nécessité de se changer lui était complètement sortie de l'esprit.

— C'est ma faute, déclara Todd depuis l'entrée de la loge. Je t'ai arrêtée alors que tu partais te changer, Micah nous a ensuite interrompus, Tess a téléphoné après, et...

— Laisse tomber. Je suis distraite, moi aussi, souligna Megan, tout en se brossant les cheveux. Tu me redonnes le micro ?

— Oui. Tiens.

Moins de cinq minutes plus tard, elle était de retour sur le plateau. Ken la détailla de la tête aux pieds avant de hocher la tête.

— Parfait. On tourne, les gars.

Il fallut deux horribles heures pour obtenir une demi-heure d'émission qui satisfasse chacun. Micah semblait résolue à recommencer chaque prise, comme si cet enregistrement était son unique essai pour décrocher un Emmy dans la catégorie des programmes de jour. A la fin, Megan préféra arrêter les frais.

— Ça ne sert à rien de continuer ainsi, dit-elle à Micah. Tout le monde est fatigué, et on risque de commettre des erreurs dont on ne s'apercevra même pas.

La productrice haussa les épaules.

— Comme vous voulez. C'est votre émission.

Sur ce, elle tourna les talons et quitta le studio.

Megan la suivit un instant des yeux, puis secoua la tête.

Il était près de minuit quand elle put enfin partir à son tour. Sur le chemin de la sortie, elle promit à Kenny d'être là le lendemain dès 10 heures afin de reprendre l'enregistrement — cinq nouvelles émissions d'affilée. Cette cadence était bien plus éreintante qu'elle l'avait imaginé. D'ordinaire, elle enregistrait deux émissions quotidiennement pendant trois jours une première semaine et pendant deux jours la suivante, afin d'obtenir les dix émissions d'une quinzaine. Tout le monde étant alors reposé et préparé, les séances se passaient sans anicroche à quatre-vingt-dix pour cent. Et même les dix pour cent restants n'atteignaient pas le niveau de tensions et d'impairs de la séance de ce jour.

Pire : étant donné sa fatigue, Megan savait que la séance du lendemain serait tout aussi difficile.

De fait, le mercredi soir venu, elle était incapable de dire si elle avait été cohérente ou non. Au vrai, elle avait dû refaire une tarte aux fruits, ayant d'abord déposé ceux-ci sur une abaisse de pâte encore crue qu'elle avait omis de cuire à l'avance. Or elle était trop perfectionniste pour simplement en rire et laisser passer.

Quand elle eut enfin achevé cet enregistrement, elle se promit qu'elle se contenterait à l'avenir de montrer aux gens comment ouvrir des conserves — même si cela devait entamer la réputation qu'elle avait de confectionner des festins avec trois fois rien et en un rien de temps.

Comme la veille, Micah quitta le studio avec un air froissé. Megan n'assista pas à sa sortie, trop fatiguée pour s'en soucier. Elle était toujours assise dans sa loge, les pieds sur sa coiffeuse, quand Todd entra dans la pièce sans frapper. Elle leva à peine les yeux vers lui.

— Je te croyais parti depuis des heures, murmura-t-elle tandis qu'il venait se placer derrière elle pour lui masser les épaules.

C'était encore là un talent qu'elle admirait chez lui : il avait des mains remarquablement adroites.

— Seigneur, c'est merveilleux, chuchota-t-elle avec un soupir d'aise.

Aussi bon que les caresses de Jake, pensa-t-elle. La sensualité en moins.

— A ton service, marmonna-t-il.

Il avait depuis longtemps ôté sa cravate et remonté les manches de sa chemise, détruisant l'élégance irréprochable dont il s'enorgueillissait d'habitude.

— Pourquoi es-tu encore là ? Je ne t'ai pas dit de partir ?

— Si, mais j'ai pensé que tu aurais besoin de ma protection.

— Ta protection ? Contre qui ?

— Les gens harassés qui rôdent, là dehors. Ils sont si fatigués qu'ils auraient été prêts à tout envoyer à la chaîne en l'état. J'ai dû m'instituer contrôleur qualité à la place de Micah — laquelle nous a fait faux bond avant la dernière séance d'enregistrement.

Megan leva les yeux vers lui.

— Tu es sûr ? Je croyais qu'elle était à la console, à ce moment-là.

— Eh, non ! Je l'ai vue sortir du studio juste avant le début, sans rien dire à personne. Elle nous couve quelque chose, tu sais, mais je n'arrive pas à deviner quoi.

— Une dépression nerveuse ? suggéra Megan.

— Non, quelque chose de plus sérieux. Depuis ton départ pour le Wyoming, elle est d'une humeur de chien.

— Elle a eu l'impression d'être mise hors du coup, lui rappela Megan. Nous en avons déjà parlé ensemble.

— Ouais, eh bien, tu es là, maintenant, et elle pourrait être un peu plus dans le coup si seulement elle restait pour effectuer son travail jusqu'au bout.

— Je ne tiens pas à lui remonter les bretelles pour l'instant, Todd. Nous sommes tous trop stressés. Continue de la tenir à l'œil pour l'instant et, si la situation ne s'améliore pas, je m'en occuperai.

— Je peux moi-même lui en toucher deux mots...

— Merci, mais toutes les directives qu'elle reçoit par ton intermédiaire l'ont déjà mise à cran. Non, c'est moi qui lui parlerai, ajouta Megan avant de bâiller. Qu'y a-t-il de prévu, pour demain ?

— Rien avant midi. J'ai annulé tous tes rendez-vous de la matinée. Tu déjeunes avec Peter à 13 heures, Caitlyn passera te voir vers 15 heures pour la couverture du prochain numéro du magazine et tu as une interview à la télé à 17 heures. Bref, une journée tranquille.

— Et pourquoi dois-je déjeuner avec Peter ?

— A toi de me le dire. Il a appelé, je l'ai mis dans ton emploi du temps. J'ai supposé que c'était un repas amical.

Megan soupira. Peter devait penser la même chose, se dit-elle. Voilà des années qu'il s'efforçait d'avoir un rôle plus important — plus intime — dans son existence. Elle devait au moins reconnaître sa persévérance. S'il n'était pas un comptable aussi compétent et sûr, il aurait été beaucoup plus facile à Megan de lui faire clairement comprendre qu'il n'avait aucune chance avec elle.

Todd la dévisagea d'un air interrogateur.

— J'annule ce déjeuner ?

— Non. Il faut bien que je mange et il y a pire compagnie que Peter.

— Voilà des paroles qui le rempliraient de joie, repartit Todd sur un ton badin. Pourquoi ne pas lui signifier de façon claire qu'il ne t'intéresse pas ?

— Et qui s'occuperait de mes finances ?

— N'importe lequel des comptables patentés qui encombrent les pages du bottin. Manhattan est grand, tu sais.

Malheureusement, Megan détestait le changement, même quand elle le savait nécessaire. Elle craignait également que tous les comptables de la place ne fussent pas aussi honnêtes que Peter et rechignait à transmettre ses livres à aucun d'entre eux. Tex, pour sa part, avait toujours tenu lui-même ses comptes et l'avait en permanence encouragée à l'imiter. Par manque de temps et de courage, Megan n'était pas allée jusque-là et elle avait éprouvé un soulagement considérable en découvrant Peter, sachant qu'avec lui ses livres seraient entre de bonnes mains.

Cependant les avances insistantes de ce dernier ne laissaient pas de l'irriter. Et elle doutait de pouvoir s'en ouvrir à lui sans que cela nuise à leurs relations d'affaires — même si c'était vaguement absurde, elle le soupçonnerait ensuite de lui en tenir rigueur et de se venger de cette rebuffade dans la tenue de ses comptes. Non, décida-t-elle, mieux valait en ce cas une rupture franche.

— J'y réfléchirai, déclara-t-elle enfin. Trouve-moi déjà quelques remplaçants potentiels.

— Tu auras leurs noms dès demain sur ton bureau. Allez, rentre chez toi, maintenant, et prends un peu de repos. Tu as les yeux cernés.

— Merci de me le faire remarquer...

— A ton service, répliqua Todd avec une grimace comique.

— Ce n'est pas grave, tu sais. Il n'y a pas d'enregistrement prévu pour demain.

— Juste une interview à la télé. Et un déjeuner en tête à tête.

— Peut-être mes cernes effraieront-ils Peter.

— C'est peu probable. L'amour rend aveugle — autrement, Peter se serait depuis longtemps aperçu que seule sa calculette t'intéresse chez lui.

Comme Megan s'apprêtait à protester, Todd leva une main en signe d'apaisement.

— Je suis déjà parti. A demain.

— Bonne nuit, Todd.

Une fois seule, Megan rassembla ses papiers et les fourra dans sa mallette. Puis elle rangea tout un assortiment de pots et de tubes dans sa trousse à maquillage et quitta à son tour le studio. Dehors, une limousine l'attendait pour la conduire à son appartement. Ce n'était qu'un trajet de quelques minutes, mais elle pouvait s'offrir cette folie. Et par les soirées pluvieuses, quand les taxis se faisaient rares dans Manhattan, elle s'en félicitait.

— Bonne nuit, mademoiselle O'Rourke, lui dit le chauffeur en venant lui ouvrir la portière quand ils furent arrivés devant chez elle. Je vous souhaite une bonne soirée.

— Bonne nuit, Bill. On se revoit vendredi ?
— Absolument. A quelle heure est votre vol ?
— 18 h 30.
— Dois-je venir vous chercher à votre bureau ?
— Oui. Je vous appellerai en cas de changement.

Quand elle retrouva enfin l'intimité de son appartement, une douzaine de messages l'attendaient sur son répondeur. Elle songea d'abord à les ignorer. Puis elle pensa à Tess et enfonça la touche de lecture.

La plupart des appels provenaient de ses amis qui souhaitaient lui présenter leurs condoléances pour la mort de Tex, l'inviter à dîner ou à déjeuner. Un des messages, cependant, était de Jake.

— J'ai parlé aujourd'hui avec le cerbère qui te sert d'assistant. Il semblait peu disposé à m'informer de l'heure de ton arrivée à Laramie. Alors, si tu veux bien que je vienne te chercher à l'aéroport, dis-lui que je suis O.K. ou rappelle-moi toi-même. J'ai entendu Tess te forcer plus ou moins la main pour que tu l'emmènes au ciné samedi. Fais quand même attention à ne pas tomber dans le piège de la maman qui cède sur tout pour compenser ses absences.

La *maman* ? Megan arrêta le répondeur pour considérer un instant ce terme. Elle avait encore du mal à accepter l'idée qu'elle était la tutrice légale de Tess... mais sa maman ? Certes, son nouveau rôle s'apparentait bien à cela, elle devait l'admettre, mais l'entendre de la bouche de Jake n'en était pas moins un choc pour elle. L'idée seule lui donnait le frisson.

Comment aurait-elle pu être la mère de qui que ce soit alors qu'elle n'avait jamais eu d'exemple pour lui servir de guide ? se demanda-t-elle. Elle essaya de se remémorer l'existence qu'elle avait menée auprès de Sarah O'Rourke, mais ses souvenirs d'alors — même les bons

— avaient été plus ou moins effacés de sa mémoire. Si elle se rappelait le parfum de cookies aux pépites de chocolat cuisant dans le four, cette réminiscence avait été renforcée avec le temps par Mme Gomez, si bien que la personne qu'elle lui évoquait avait des contours indécis qui étaient à la fois ceux de sa génitrice et ceux de la gouvernante qui était devenue sa mère adoptive.

Elle n'en savait pas moins, toutefois, ce qu'elle ne devait pas faire en tant que mère : s'enfuir et abandonner une enfant sensible et vulnérable. Ce n'était pour ainsi dire qu'un idéal négatif mais, aux yeux de Megan, il suffirait bien pour commencer. Tess et elle n'auraient ensuite qu'à s'accommoder l'une à l'autre.

Forte de cette pensée, elle décrocha le téléphone et composa le numéro de Todd. Celui-ci répondit aussitôt, d'une voix aussi alerte que si elle l'avait appelé au milieu de la journée.

— Peux-tu libérer mon emploi du temps de demain et vendredi ?

— Hein ? Pourquoi ?

— Je rentre à la maison, annonça Megan sur un ton qui ne souffrait aucune discussion. Débrouille-toi comme tu peux.

— C'est toi la patronne, commenta-t-il, non sans une note de reproche dans la voix.

— Oui, approuva-t-elle. C'est moi la patronne. Je te rappellerai demain de l'avion.

— J'ai hâte d'y être ! lança Todd.

Son ton laissait entendre qu'il ne manquerait pas de s'étendre plus longuement sur le sujet en la sachant ainsi coincée à plusieurs milliers de mètres du plancher des vaches...

— Tu es une merveille, Todd.

— Une merveille onéreuse, précisa-t-il.

Megan s'esclaffa.

— Je tâcherai de m'en souvenir quand on se reparlera demain.

— Nous discuterons primes, promotion et tout le toutim, la prévint-il.

— A ta guise.

Puis elle raccrocha et se demanda ce qu'il lui en coûterait au juste de transformer cet archétype du jeune loup new-yorkais qu'il avait toujours rêvé d'être en cow-boy.

— Elle rentre *avec de l'avance* ? répéta Tess à Jake avec un air à la fois confus et émerveillé. Pourquoi ? J'ai encore fait une bêtise ?

— A ma connaissance, elle a simplement décidé de libérer son emploi du temps pour être de retour ici plus tôt. Elle a appelé de l'avion il y a une heure.

— De l'avion ? Mais ça coûte super cher, non ?

— Je doute qu'elle s'en soucie, répliqua Jake d'un ton sec. Bon, est-ce que tu veux venir la chercher avec moi à Laramie ? On pourrait peut-être en profiter pour aller voir ensemble ce film dont tu es tellement dingue.

Tess écarquilla les yeux.

— C'est vrai ? Tu es sérieux ?

Puis elle se renfrogna.

— Megan va être folle de rage si je suis là, non ? Elle pensera que si je suis assez en forme pour venir à Laramie, j'aurais plutôt dû reprendre l'école. En plus, tu m'as dit qu'elle serait fatiguée.

— C'est elle-même qui a suggéré cette sortie, assura Jake.

La fillette, cependant, semblait peu encline à croire que Megan avait fait cette proposition d'aussi bon cœur.

— Ouais, et je parie que c'est uniquement pour ne pas avoir à retourner à Laramie samedi prochain.

— A mon avis, souligna Jake, il n'est pas impossible non plus qu'elle ait voulu te faire plaisir après les journées que tu as passées enfermée ici. Alors, tu viens, oui ou non ?

L'expression de Tess s'éclaircit enfin.

— Hé ! ça va ! s'exclama-t-elle en bondissant de son lit avant de se diriger d'un pas encore chancelant vers la salle de bains. Je serai prête dans cinq minutes.

— Doucement, lui conseilla Jake. Ne va pas te tordre l'autre cheville.

— C'est bien toi qui es pressé, non ? rétorqua-t-elle.

Jake gloussa en entendant ce ton de défi dont Tess ne se départait jamais longtemps. Il pouvait également percevoir l'excitation qui altérait sa voix. Stupéfait, il constata qu'en cela la fillette ressemblait à Megan.

— Lave-toi les dents, lui rappela-t-il.

— J'ai pas l'intention de sortir avec une haleine à tuer un bœuf, répliqua-t-elle depuis la salle de bains. Et toi, tu as pensé à prendre une de ces pilules à la menthe avant d'aller donner un gros bisou à Megan quand elle descendra de l'avion ?

— Ce que j'ai l'intention de faire quand Megan sera descendue de l'avion ne te regarde pas. Continue à m'asticoter comme ça, et tu vas rester à nous attendre dans la voiture.

La fillette passa la tête dans l'entrebâillement de la porte.

— Pas question ! Je n'ai jamais visité d'aéroport. Je veux voir les avions.

Jake en demeura un instant interdit.

— Tu n'as jamais vu d'avion ? demanda-t-il enfin.

— Dans le ciel. Pas de près.

S'approchant d'elle, Jake la fixa d'un regard scrutateur.

— C'est donc pour ça que tu refusais absolument

d'aller à New York ? Parce que tu ne voulais pas prendre l'avion ?

— T'es en train de me dire que j'ai peur, c'est ça ? répliqua Tess en soutenant son regard avec animosité.

— Ça ne serait pas une chose si terrible que ça à avouer, tu sais. Beaucoup de gens qui n'ont jamais volé n'envisagent pas cette perspective sans malaise. Ainsi que beaucoup d'autres qui pourtant prennent constamment l'avion.

— Comme toi ?

— Non, répondit Jake avec un grand sourire. Moi, j'aime ça. Mais je préfère encore être sur la terre ferme et garder le contrôle de mes mouvements.

Avant que Tess ait pu deviner ses intentions, il la souleva de terre et la porta jusqu'au rez-de-chaussée.

— Je peux marcher, bon sang !

— Je sais, mais on ira plus vite comme ça.

Une fois à bord de la voiture, et alors qu'ils roulaient en direction de Laramie, Jake jeta un coup d'œil à Tess.

— Tu ne m'as pas vraiment répondu, tout à l'heure. Est-ce que tu as refusé d'accompagner Megan à New York pour ne pas avoir à prendre l'avion ?

— Peut-être, oui, admit-elle, les yeux fixés sur le paysage qui défilait derrière la vitre de sa portière. Enfin, en partie. Ce que je ne voulais surtout pas, c'était partir d'ici.

Jake réprima un soupir, s'apercevant du même coup qu'il avait jusqu'alors retenu son souffle. Si la seule raison pour laquelle Tess rechignait à se rendre à New York avait été sa peur de l'avion, l'obstacle était aisément surmontable, et Megan aurait eu tôt fait d'enlever la fillette de Whispering Wind. C'était une pensée égoïste, il le savait, mais il n'en était pas moins heureux de découvrir que le refus de la fillette avait des motivations autrement plus profondes.

— Tu adores le ranch de Tex, n'est-ce pas ? interrogea-t-il.

— Ouais, pas mal, répondit-elle avec une feinte indifférence.

Puis elle se tourna enfin vers lui. Ses yeux remplis de larmes paraissaient immenses.

— Mais c'était mieux quand Tex était là, ajouta-t-elle.

— Bien sûr, mon bébé, bien sûr. Je n'en doute pas.

— Et Megan, elle pourrait être pas mal non plus, à condition qu'elle m'oblige pas à faire tous ces trucs gnangnan de son émission.

— Elle sera super avec toi, affirma Jake, sans pour autant avoir le moindre moyen de tenir cette promesse.

— Bah ! tu dirais ça même si elle m'enfermait toutes les nuits dans un placard.

— Mais non.

— Mais si. Pour toi, c'est la perfection même.

— Je trouve simplement que ce n'est pas quelqu'un comme tout le monde, corrigea-t-il. Nuance.

— Ta nuance, pour l'instant, je la vois pas.

— Il faut laisser le temps au temps.

— Tu sais ce que disait Tex ? demanda Tess avec un regard en coin.

— Non, quoi donc ?

— Qu'une fois la vente faite, un homme doit savoir la fermer.

Jake réprima une envie de s'esclaffer.

— Et tu penses que ce dicton s'applique en l'occurrence ?

— Ça, oui. Tu fais de la peine à voir...

— J'essaierai de refréner mon enthousiasme, à l'avenir.

La fillette hocha la tête.

— Jouer les impassibles est un bon truc. En tout cas, ça marche dans les films.

— Je ne l'oublierai pas, affirma Jake.

Oui, songea-t-il, il était vraiment pitoyable. Voilà qu'il se fiait aux conseils d'une gamine de huit ans. Quoique après tout, jouer les impassibles n'était peut-être pas une si mauvaise idée que ça...

13.

Megan avait des soucis, Jake en était certain. Il n'avait cessé de l'épier au cinéma, et il était prêt à parier sa propre tête qu'elle serait incapable de raconter l'histoire du film ou de citer le nom des acteurs. Elle avait d'ailleurs eu la même attitude sur le trajet menant de l'aéroport en ville. Elle avait fixé le paysage comme si elle visitait Laramie pour la première fois. Ensuite, pendant le dîner d'avant film, elle avait à peine desserré les lèvres et n'avait répondu que par de vagues murmures d'acquiescement aux propos de Tess.

A la voir ainsi, Jake se demanda si elle n'avait pas eu des problèmes à New York. Etait-elle maintenant convaincue qu'elle ne pouvait ainsi effectuer la navette et que Tess devrait s'installer avec elle là-bas ? Songeait-elle à abandonner la fillette ? Il ne croyait pas à cette dernière possibilité. Il était bien placé pour savoir que Megan s'était engagée légalement — sinon affectivement — à la garder. Alors, pourquoi diable faisait-elle cette tête ?

Quand ils se retrouvèrent enfin dans la voiture qui les ramenait à Whispering Wind, Jake s'avisa qu'il avait été aussi distrait que Megan au cinéma. Tess, qui les relançait avec excitation sur le film, ne recueillait de leur part que des regards vides.

— Mince ! s'exclama-t-elle. Vous avez roupillé jusqu'à la fin, ou quoi ? J'aurais aussi bien pu y aller toute seule...

— Désolée, ma chérie, articula Megan en tendant le bras vers l'arrière pour lui serrer la main. Je crois que je pensais à autre chose. Le plus important, c'est que ça t'ait plu à toi.

— C'était incroyable ! affirma Tess avant d'entreprendre de leur expliquer l'intrigue avec force détails.

— Eh bien, ça avait l'air fantastique, effectivement, remarqua Jake en essayant de montrer un peu plus d'enthousiasme.

— Comme si ça t'intéressait ! Tu ne faisais même pas attention, toi non plus — ni tout à l'heure ni maintenant.

— Mais si, je t'assure ! Je t'écoutais.

— O.K.. Alors, qui joue ce tout petit rôle, dans l'ascenseur, quand les méchants veulent entrer en douce dans le gratte-ciel pour le faire exploser ?

La question avait été lancée sur un ton plein de défi. Megan dévisagea Jake avec amusement.

— Oui, Jake, qui était-ce donc ?

— Lauren Bacall ? suggéra-t-il.

— C'était un homme ! répliqua Tess avec écœurement. Mais qu'est-ce qui se passe, nom d'une pipe ?

— J'avais dû m'assoupir un peu à ce moment-là...

— Mais je te l'ai dit il y a moins de cinq minutes !

— Oh ! Tu... tu ne veux pas me le rappeler encore une fois ?

— Laisse tomber. Je préfère encore dormir. J'ai du sommeil à rattraper sur vous deux.

Au bout de quelques kilomètres, Jake jeta un coup d'œil dans le rétroviseur. Voyant que Tess s'était allongée sur la banquette, il reporta son attention sur Megan.

— Ça va, toi ?

— Très bien, répondit-elle, sans toutefois lever les yeux vers lui.

— Ton voyage s'est bien passé ?

— Parfaitement.

— Tu as un jour d'avance sur la date prévue pour ton retour. Comment ça se fait ?

— J'ai enregistré les émissions et réglé les problèmes les plus urgents. Après avoir consulté mon agenda, j'ai décidé que je pourrais aussi bien m'occuper du reste depuis le ranch.

En fait, Jake n'était pas du tout persuadé que tout s'était déroulé aussi bien qu'elle le prétendait.

— Et ces enregistrements t'ont satisfaite ? insista-t-il, convaincu par le ton de Megan que c'étaient ces derniers qui lui avaient donné des soucis.

Elle haussa les épaules.

— Difficile à dire, vu le rythme auquel on les a effectués. Todd doit visionner ce soir les séquences afin que je puisse y jeter un coup d'œil demain. Nous avons tourné le maximum de rushes dans le minimum de temps. J'espère seulement que ça n'aura pas l'air trop improvisé.

Jake s'aperçut alors qu'il ignorait complètement à quoi pouvait ressembler l'emploi du temps de la jeune femme.

— Et combien en avez-vous enregistré ?

— Dix.

Il la contempla avec incrédulité.

— Dix émissions en trois jours ?

— En deux jours, même. J'ai travaillé lundi au bureau.

— Doux Jésus ! Pas étonnant que tu m'aies paru quasi comateuse au cinéma. Je suis même surpris que tu n'aies pas dormi d'un bout à l'autre du film.

Elle le gratifia d'un sourire crispé.

— Je me suis reposée dans l'avion.

— Megan, combien de temps au juste penses-tu pouvoir tenir ainsi ?

— Aussi longtemps qu'il le faudra, je suppose. Je finirai par m'y habituer.

Malgré ses propos, Jake remarqua qu'elle paraissait moins confiante que la dernière fois sur la question. Il repensa alors aux terrains qu'il venait d'acquérir et se demanda si le moment n'était pas venu de lui en reparler.

— Ne serait-il pas plus commode d'effectuer les enregistrements ici même ? suggéra-t-il.

— Ce serait moins fatigant, certes, admit-elle. Mais plus commode, j'en doute. Il faudrait d'abord trouver matériel et locaux, puis transférer l'équipe ici — or, je ne peux pas déraciner tous ces gens. Whispering Wind ne dispose pas vraiment d'hôtels quatre étoiles, et Laramie est trop loin.

— Alors pourquoi ne pas engager des spécialistes du coin, ou encore de Chicago ?

— Pas question ! répliqua-t-elle sur un ton sans appel. Il m'a fallu trop de temps pour réunir une équipe à la hauteur de mes exigences. Et puis, franchement, je ne peux décemment pas leur dire : « Désolée, les gars, mais c'est terminé. Je vais désormais enregistrer l'émission dans le Wyoming, vous passerez par la caisse en sortant. »

— Et si tu les laissais décider par eux-mêmes ? suggéra encore Jake.

Se tournant vers lui, Megan le considéra d'un air renfrogné.

— Pourquoi insistes-tu autant ?

— Parce qu'il me semble évident que faire la navette est une mauvaise solution.

— C'était la première fois, Jake. La situation nécessite quelques ajustements. Et je procéderai à ces ajustements, ajouta-t-elle d'un ton farouche.

Puis elle s'interrompit et soupira.

— Je songe notamment à amener Todd ici quelque temps.

— Ton assistant ? s'enquit Jake en repensant à l'homme dynamique et pour le moins protecteur qu'il avait eu la veille au téléphone.

Elle confirma d'un hochement de tête.

— Mais ce ne sera pas facile de le convaincre, reprit-elle. Todd n'est pas vraiment du genre à apprécier les grands espaces sauvages. Je ne préfère même pas imaginer sa réaction quand il s'apercevra que Whispering Wind n'a pas de bar à sushis.

— Et c'est tant mieux, si tu veux mon avis, souligna Jake.

— C'est quoi, un sushi ? s'enquit Tess d'une voix ensommeillée depuis la banquette arrière.

— Du poisson cru avec du riz, répondit Jake.

— Beurk !

— C'est également mon opinion, approuva Jake.

— Il ne faut rien rejeter avant de l'avoir essayé, reprocha Megan à Tess, tout en se retournant vers Jake. Quant à toi, j'aimerais que tu cesses de l'influencer. Laisse-la au moins y goûter et se faire une idée par elle-même.

— Hé ! C'est elle qui a dit beurk, pas moi ! protesta Jake avant de jeter un coup d'œil dans le rétroviseur. Hein, ma puce ?

— Hon-hon, fit la fillette, avant de se rendormir.

— Bon, soit, reprit Jake. Todd n'aura plus ses sushis. Quoi d'autre ?

— Eh bien, ajoute à ça l'absence d'un magasin de vêtements chic, et Todd sera probablement traumatisé pour le restant de son séjour. Il tient vraiment à ses costumes de créateurs.

— Je lui toucherai deux mots au sujet des ventes par

correspondance — au cas où il n'en aurait jamais entendu parler...

— Et moi, je réitère ma question : quel est ton intérêt dans tout ça ? Et ne va pas me dire que le stress que ça m'occasionne t'inquiète. Ça ne prend pas.

Jake repoussa l'accusation d'un haussement d'épaules.

— O.K., j'avoue. Je me soucie de toi comme d'une guigne. Je prends juste mon pied à te harceler.

Megan se renfrogna de plus belle.

— Ça ne prend pas non plus.

— Alors, vas-y, dis-moi donc ce que j'ai en tête.

— Même si je ne sais pas encore pourquoi, déclara-t-elle en le dévisageant d'un air songeur, tu veux que je loue ce parc industriel. Comme ce n'est pas par souci de la prospérité de Whispering Wind, ce doit être en vue d'un bénéfice personnel...

S'interrompant soudain, elle le fixa d'un regard inquisiteur.

— Tu as acheté ces terrains, c'est ça, hein ? Tu as acheté tout le lot et tu comptes en retirer un pactole.

Jake fut impressionné par sa perspicacité.

— C'est presque ça, reconnut-il. Mais *presque* seulement. J'ai bien racheté ces terrains, soit, mais pas pour la raison que tu crois. Je suis même prêt à te concéder gratuitement l'occupation des locaux pour te prouver l'honorabilité de mes intentions. Aménage-les en un studio de première classe et nous serons quittes.

La proposition parut décontenancer Megan.

— Et pourquoi ferais-tu ça ?

Elle surprit alors le coup d'œil que Jake lança dans le rétroviseur.

— Ah ! je vois... Pour Tess, bien sûr.

Il hocha la tête, puis appela doucement la fillette. Comme elle ne répondait pas et semblait toujours dormir, il s'expliqua plus avant :

— Tess veut rester ici, chez Tex. Et si je peux l'y aider, je le ferai.

— Tu me sidères.

— Pourquoi ?

— Jamais je n'aurais cru que tu pouvais être un sentimental.

Jake se tourna vers elle.

— Ne te méprends pas, ma biche. Je sais me montrer intraitable quand les circonstances l'exigent. Fais le moindre mal à cette petite et tu t'en apercevras aussitôt.

— Qu'est-ce qui t'attache à elle, au juste ?

— Simplement de l'affection, j'imagine. C'est une chouette môme.

— Trouve autre chose, s'il te plaît.

— Vas-y, toi qui me connais si bien.

Megan n'hésita qu'un bref instant.

— Tu t'identifies à elle, n'est-ce pas ? déclara-t-elle lentement. Elle te rappelle ta propre jeunesse, les temps difficiles où tu n'avais personne d'autre que toi sur qui compter.

— Mais encore ?

Elle le dévisagea avec moins d'assurance.

— Parce qu'il y a plus ?

— Evidemment.

— A toi de me le dire, alors.

— J'ai aussi à la mémoire un temps où la seule personne au monde sur laquelle je pouvais compter, c'était toi, révéla calmement Jake. Je n'ai pas envie que Tess se retrouve un jour, comme moi, abandonné sur le bord de la route.

Megan semblait aussi abasourdie que s'il l'avait giflée. L'espace d'un instant, il regretta presque de lui avoir une nouvelle fois rappelé sa trahison, mais, hélas ! celle-ci était bien à l'origine de tout ce qui s'était passé par la suite. Il aurait sans doute pu surmonter son amertume et sa colère ; cependant, aussi pénible cela fût-il pour lui de le reconnaître et pour Megan de l'entendre, il l'estimait encore incapable de bien agir. Et peut-être pour toujours. La confiance était un lien fragile, songea-t-il avec tristesse. Un rien suffisait parfois à la détruire.

Malheureusement, ça ne semblait pas l'avoir dissuadé de la vouloir.

Après cette discussion avec Jake, Megan aurait encore préféré assister à une pendaison publique plutôt que de se rendre comme prévu avec lui et Tess chez Peggy le samedi suivant. Elle se refusa néanmoins à reporter une fois de plus le dîner auquel les avait invités son amie. Elle savait que Peggy s'inquiétait beaucoup à propos de ce repas. Au cours de leur dernière conversation téléphonique, elle avait énuméré les plats qu'elle comptait préparer afin de s'assurer qu'ils convenaient à Megan.

— Vu toutes les recettes chic et compliquées que tu montres à la télé, lui avait-elle expliqué, je me demandais s'il t'arrivait encore de manger de simples grillades au barbecue.

— Voilà des lustres que je n'ai pas eu droit à un vrai bon barbecue ! lui avait certifié Megan. Ça me ferait très plaisir.

Peggy avait alors poussé un profond soupir de soulagement.

— Tant mieux, parce que c'est ce que vous aurez. Alors, rendez-vous à la maison à 18 heures, d'accord ? Johnny aime manger tôt, vu qu'il commence son travail à l'aube. Plus tard t'aurait sans doute mieux convenu, mais...

— 18 heures, ce sera parfait, avait coupé Megan. Je connais les horaires d'un ranch.

Non, se répéta Megan, elle ne pouvait pas faire une nouvelle fois faux bond à son amie. Cela aurait été un affront. De plus, Tess se réjouissait à l'avance de ce dîner. Elle avait passé la journée au téléphone avec la fille de Peggy pour décider quels CD elle apporterait. Peut-être Jake aurait-il la bonne idée d'annuler le repas à sa place, se dit-elle, mais comme il était déjà presque l'heure de partir et qu'il n'avait pas appelé, c'était peu probable. A l'évidence, il avait l'intention de s'en tenir lui aussi à ce qui avait été convenu — rien que pour l'agacer, sans doute.

La garde-robe de Megan ne comportait plus de vêtement en jean ou en coton depuis belle lurette. Elle dut fouiller longuement dans ses affaires avant de dénicher une tenue d'une décontraction adaptée à l'occasion. Elle ne souhaitait ni habits chic ni bijoux qui puissent laisser penser qu'elle voulait mettre en avant sa réussite.

Elle opta finalement pour le pantalon brun chocolat qu'elle avait porté au cours d'une des séances d'enregistrement ainsi que pour un tricot de simili-tweed aux nuances d'orange, de brun et de rouille. Quoique ce pull fût une création de couturier, quiconque savait tricoter aurait pu en confectionner un semblable. Megan le savait bien pour en avoir montré le patron durant l'une de ses émissions du mois précédent. Or, si elle-même pouvait y arriver avec ses doigts malhabiles, n'importe qui le pouvait.

Quand, à 17 h 30, Jake arriva au ranch, il la détailla avec un air approbateur et si canaille qu'elle en eut les joues brûlantes. Elle était persuadée que son visage avait dû prendre une teinte encore plus vive que les bandes orange de son tricot. Comment pouvait-il lui signifier aussi clairement qu'il ne lui avait rien pardonné et se mettre ensuite à la dévorer ainsi des yeux ?

— Tess est prête ? s'enquit-il.

Megan se contenta de hocher la tête, craignant que le simple fait de parler trahisse son trouble. Et elle n'avait aucune envie de donner cette satisfaction à Jake après les phrases douloureuses sur lesquelles ils s'étaient quittés.

— Dois-je monter la chercher ? demanda-t-il en la regardant avec un sourire entendu.

— Non, je m'en occupe.

Et Megan s'enfuit de la pièce. Alors qu'elle faisait halte en haut de l'escalier pour reprendre son souffle, au sens propre comme au sens figuré, Tess sortit de sa chambre.

— C'est Jake qui est en bas ?

— Oui.

La fillette la considéra avec perplexité.

— Ça va ? T'as l'air bizarre.

— Je vais très bien.

— Vous vous êtes pas encore disputés, tous les deux, quand même ?

— Et pourquoi diable nous serions-nous disputés ?

— J'en sais rien, mais vous êtes drôlement doués pour ça. Vous étiez en train de parler et de rigoler quand je me suis endormie dans la voiture, hier soir, et, quand je me réveille, voilà que l'ambiance a dégringolé en dessous de zéro.

Comprenant qu'il était inutile de nier plus avant, Megan haussa les épaules.

— Les mauvaises habitudes ont la vie dure.

— Je croyais que vous étiez copains, dans le temps.

— Même les amis ont parfois des différends.

— Et c'est ce qui s'est passé avec Jake ? Vous vous êtes disputés ? A cause de moi ?

Megan la dévisagea, intriguée.

— Et pourquoi tout cela t'intéresse-t-il autant ?

Tess haussa à son tour les épaules.

— Pour rien.

— A d'autres !

— Je me disais seulement que ça serait bien si Jake et toi... enfin, tu sais quoi.

Megan, effectivement, avait le désagréable sentiment de savoir.

— Non, ma chérie, rien n'est près d'arriver entre Jake et moi.

— Pourquoi pas ?

— Parce que c'est non, point à la ligne, d'accord ? Allez, dépêchons-nous, maintenant, ou on va être en retard.

Tess obtempéra, non sans réticence, et suivit Megan dans l'escalier. Quand elles eurent rejoint Jake, ce dernier les considéra avec une expression perplexe.

— Tout va bien ?

— Allons-y, décréta Tess avant de filer devant lui pour gagner la porte.

Jake se tourna vers Megan.

— Qu'est-ce qui lui prend ?

— Elle s'est mis des idées insensées en tête. Quand je lui ai dit qu'elle se trompait, elle a été déçue.

Une expression entendue apparut sur le visage de Jake.

— A propos de nous deux ?

— Qu'est-ce qui te fait dire ça ?

— Crois-moi, je sais ce que c'est que d'être un enfant négligé qui aspire à un dénouement heureux.

— Ouais, eh bien, je lui ai répondu qu'elle avait tort, que rien n'était près de se passer entre toi et moi... sinon des disputes régulières.

Jake esquissa une grimace amusée.

— Ah bon ? fit-il en lui caressant la joue du bout des doigts. Tu es sûre de ça ?

Megan lui tapa sur la main — cette main dont le contact venait bel et bien de réveiller en elle d'anciens désirs.

— Oui, affirma-t-elle, j'en suis sûre.

— Tant mieux.

A cette réplique, elle sursauta.

— Tant mieux ? Comment ça, tant mieux ?

— Eh bien, te prouver que tu te trompes n'en sera que plus amusant.

— Jake, ce n'est pas un jeu. Tu m'as déjà clairement fait comprendre ce que tu pensais de moi. Je ne vais pas te le reprocher, tu as tes raisons. Mais ne laissons pas des histoires de sexe embrouiller plus encore la situation.

— La vie est un jeu, ma biche. Si tu ne saisis pas les chances qui se présentent à toi, tu ne vis pas vraiment. Tu es d'ailleurs la mieux placée pour le savoir. Qui aurait cru qu'une fille originaire d'un petit patelin du Wyoming pourrait trouver sa place à New York, reprendre un magazine en faillite et en faire une spectaculaire réussite ? Qui se serait jamais imaginé qu'une femme qui laissait constamment son porridge cramer sur le feu pourrait devenir la prêtresse du bon goût ?

— Il ne t'est jamais venu à l'esprit que si je laissais mon porridge brûler dans la casserole, c'était parce que je détestais ça, et non parce que je ne savais pas cuisiner ?

— Je pense que tu essaies délibérément d'évacuer le sujet.

— Quel sujet ?

— Les aléas de la vie et la vie en tant qu'aléas. Nul ne sait de quoi sera fait demain. Oh ! tu peux bien jurer tes grands dieux qu'il n'y a rien entre nous. Tu peux même te persuader si ça te chante qu'il n'y a jamais eu et qu'il n'y aura jamais de véritable lien entre nous deux mais, ajouta Jake en rivant ses yeux aux siens, je peux, moi, te prouver séance tenante que tu te trompes.

Megan avala péniblement sa salive.

— Séance tenante ? répéta-t-elle. Et comment ?

— Un baiser, répondit-il à mi-voix. Un simple petit baiser.

— Et voilà, encore une histoire de sexe !

— Alors, t'es cap' de m'embrasser ou t'es qu'une poule mouillée ?

Désireuse de lui montrer son erreur, Megan releva le défi.

— O.K., marmonna-t-elle. Puisque tu y tiens, allons-y pour le baiser.

Il se rapprocha d'elle, occupant tout son champ de vision, lui imposant sa présence virile, sa chaleur. Il la prit par la nuque et posa ses yeux brûlants sur ses lèvres.

Et puis... *rien*.

Il demeura immobile, sans pencher la tête, il ne glissa pas ses mains adroites sous ses cheveux, pas plus qu'il ne lui caressa la joue. Il attendit, simplement, et Megan sentit bientôt sa résistance fondre comme neige au soleil tandis que tout son être se mettait à vibrer d'une tension insupportable. Encore quelques secondes à peine, se dit-elle, et elle l'embrasserait elle-même avec une fièvre désespérée qui donnerait raison à Jake.

Il esquissa un sourire entendu, comme s'il avait lu dans ses pensées, dans son cœur. Puis il se recula et la relâcha. La voyant presque chanceler, il sourit de plus belle.

— Tu vois, ma chérie, déclara-t-il avec une pointe d'arrogance typiquement masculine. Un baiser n'était même pas nécessaire. La seule attente a suffi. Maintenant, imagine un peu ce qui arriverait si je t'embrassais réellement, si je te donnais un vrai baiser d'amoureux.

Megan sentit ses genoux flancher rien qu'à l'entendre. Et cette réaction — tout ce petit jeu pervers, en fait — la mit en fureur. Elle détestait ce pouvoir que Jake avait sur elle, elle haïssait cette faiblesse qui la rendait incapable de lui résister.

Mais il y avait pire : elle ne pouvait s'empêcher de le désirer quand même — et cela lui flanquait une peur terrible.

14.

Peggy avait manifestement lu dans le détail chacun des livres de Megan ainsi que tous les numéros de son magazine. Bien qu'elle les eût invités pour un simple barbecue, elle avait dressé la table avec recherche, décorant son pourtour de retombées florales et son centre d'une composition de feuillages. Des fleurs supplémentaires, disposées dans chacune des pièces de la maison, effaçaient la limite entre extérieur et intérieur. Aucun grain de poussière n'aurait osé se déposer sur les meubles cirés de frais. Megan se demanda si les trois enfants du couple n'avaient pas été enfermés à l'étage durant toute la journée pour que le rez-de-chaussée demeure en l'état. Dans ses souvenirs d'enfance, jamais le pavillon ne lui était apparu ainsi.

— La maison est magnifique, déclara-t-elle, étreinte par la nostalgie à la vue de ces pièces familières.

— Elle n'a guère changé, affirma Peggy avec modestie. Johnny et moi avons seulement repeint un peu ici et là et refait les sols, c'est tout.

Encore revêtu de ses habits de travail, ses cheveux blonds aplatis par le port du chapeau, Johnny arriva juste à temps pour entendre ces derniers mots.

— Elle m'a fait trimer comme un fou dans la maison

durant toute la semaine, grommela-t-il tout en plaquant un baiser affectueux sur la joue de sa femme. Si tu reviens, Megan, préviens-moi suffisamment à l'avance pour que je puisse filer en douce.

Peggy le toisa avec un froncement de sourcils.

— Ce n'était pas du luxe ! répliqua-t-elle. Voilà longtemps qu'on y pensait.

Quoique ce différend entre les deux époux fût anodin, Megan en conçut une certaine gêne. Toutefois, avant qu'elle ait pu reprendre la parole, Jake intervint à son tour.

— Ces parquets ont dû vous donner un mal de chien, lança-t-il à Johnny. Ça te dérangerait de me dire comment vous vous y êtes pris pour les restaurer ? J'aimerais moi aussi récupérer les miens.

— Ouais, reprit Johnny, c'est vrai que t'as racheté la baraque du vieux Harper. Je pensais qu'un avocat de la ville voudrait une maison plus grande.

Jake ne se froissa pas de cette remarque.

— Elle me convient très bien, répondit-il. Et puis, travailler de mes mains me plaît.

Megan était fascinée par cet échange entre les deux hommes. Elle se rendait compte pour la première fois qu'elle n'avait aucune idée de l'endroit où Jake s'était installé depuis son retour en ville. Certes, elle avait visité son cabinet et savait par ailleurs qu'il désirait s'approprier le ranch de Tex, mais il fallait bien qu'il loge aujourd'hui ailleurs que dans cette bicoque délabrée que sa mère louait jadis à Josh Wilson. Elle se souvenait de la maison Harper. Située juste à côté de celle de sa mère, elle avait constitué pour lui un refuge sûr quand la situation était devenue trop pénible chez lui. Elle n'était donc pas vraiment surprise qu'il s'en soit porté acquéreur, mais ne pouvait s'empêcher de se demander quelles transformations il avait pu y effectuer.

Pour l'instant, cependant, elle lui était reconnaissante d'avoir détourné l'attention de Johnny. Celui-ci emmena Jake pour lui montrer ses encaustiques et sa ponceuse. Nul doute qu'ils en avaient pour un moment à discuter bricolage entre hommes. Peggy soupira, visiblement soulagée par leur départ.

— Je suis désolée, murmura-t-elle. Je pensais que Johnny rentrerait plus tôt pour pouvoir se changer avant le repas. Je le lui aurais bien demandé, mais il aurait piqué une colère noire. Il y a des jours où je ne peux rien lui dire...

— Allons, ne t'excuse pas ! protesta Megan. Promets-moi seulement d'en faire moins la prochaine fois que tu m'inviteras. C'est toi que je viens voir, pas ta maison.

— Tu n'es pas n'importe qui, tout de même. La maison, c'est ton métier. Je suis sûre qu'à New York, tu vis dans un endroit de rêve décoré à la perfection. Et puis, ça faisait si longtemps que tu n'étais pas venue ici. Je voulais seulement que ma maison soit au moins présentable, même si nous ne pouvons pas nous payer des meubles dernier cri.

— Eh bien, c'est plus que présentable, crois-moi. Surtout, ça me rappelle notre jeunesse. Bon, et si je t'aidais un peu pour le dîner ?

— Jamais de la vie ! répondit vivement Peggy, avant d'afficher un air contrit. Désolée. Tout est déjà prêt. Tu veux un verre ? Moi, je prendrais bien un peu de vin.

— Moi aussi, approuva Megan en suivant son amie dans la cuisine.

Avec ses rideaux jaune vif, ses appareils électroménagers et son comptoir d'un blanc immaculé, celle-ci lui parut immédiatement accueillante. Le réfrigérateur semblait neuf et du modèle le plus perfectionné. En fait, c'était exactement le même que celui dont disposait Megan sur le plateau de son émission.

Les traits toujours tendus, Peggy prit un verre à vin et y versa un coûteux chardonnay avant de le tendre à Megan. Puis elle récupéra son propre verre, qui était presque vide, et le remplit.

— A ton retour à Whispering Wind, dit-elle en trinquant avec Megan.

— A l'amitié, ajouta celle-ci en la regardant avec inquiétude avaler la moitié de son vin d'une seule gorgée.

Le front de Peggy se dérida alors un peu. Ne sachant si elle avait ou non le droit de poser une question aussi indiscrète, Megan ne put s'empêcher de toucher le bras de son amie et de lui demander :

— Tout va bien ?

Peggy la contempla avec des yeux trop brillants.

— Bien sûr. Pourquoi ça n'irait pas ? Je suis mariée à l'homme de mes rêves, j'ai trois enfants merveilleux et ma meilleure amie est enfin de retour.

Megan n'insista pas, puisqu'il était clair que Peggy ne le souhaitait pas, mais elle observa le couple avec attention durant le reste de la soirée. Celle-ci se passa sans incident, surtout grâce à Jake qui sut occuper l'attention de Johnny. La tension latente qui régnait entre les deux époux n'eut ainsi jamais l'occasion d'éclater, d'autant que les enfants étaient polis et bien élevés et que Tess elle-même semblait assagie. La conversation n'en fut pas moins émaillée de silences gênés que Jake dut remplir en adressant des compliments à Peggy pour le repas et des questions à Johnny sur le ranch.

A la fin du dîner, Megan était si tendue que ses épaules la lançaient et qu'elle avait hâte de s'éclipser.

Le ménage Barkley connaissait des difficultés, elle en était certaine, et elle en voulait à Jake de ne pas l'avoir avertie, alors qu'il était certainement au courant. A cause de la présence de Tess sur la banquette arrière de la voiture, elle ne put l'interroger à ce sujet sur le chemin du retour ; elle n'y manqua point dès que la filette fut montée se coucher.

— Bon. Que sais-tu que j'ignore ?

— A quel propos ?

— A propos de Peggy et Johnny. Ils se seraient tombés dessus à bras raccourcis, tout à l'heure, si tu n'étais pas intervenu.

— Ça n'était peut-être pas leur jour, répondit-il en haussant les épaules. Ce sont des choses qui arrivent.

Megan ne fut pas dupe.

— Peggy était crispée et buvait trop, répliqua-t-elle. Quant à Johnny, il n'arrêtait pas de la provoquer, même quand il prétendait seulement la taquiner. Je crois, moi, qu'il a fait exprès de rentrer en retard et de n'avoir pas ainsi le temps de se changer, parce qu'il savait que ça la mettrait en rogne. Leur mariage bat-il de l'aile ? Peggy m'a pourtant soutenu qu'elle nageait dans le bonheur la première fois qu'elle est passée me voir, et elle me l'a répété encore tout à l'heure.

— Megan, ce ne sont pas mes affaires... ni les tiennes, d'ailleurs.

— C'est ma meilleur amie.

— C'*était* ta meilleure amie. De l'eau a coulé sous les ponts, depuis.

Irritée par cette pique, Megan ne se sentait pas d'humeur à laisser tomber le sujet aussi facilement. Certes, Peggy et elle s'étaient perdues de vue, mais elle éprouvait toujours de l'affection pour son amie et détestait la voir ainsi souffrir. Peut-être même pourrait-elle l'aider, songea-t-elle.

— Bon, soit, admit-elle d'un ton posé, tu as raison, il y a beaucoup de choses que j'ignore. Alors, mets-moi au courant, veux-tu ?

— Et qu'est-ce qui te fait croire que je sache tout sur la vie conjugale de Peggy et Johnny ? Je ne suis peut-être qu'un brave type qui a repéré entre eux une légère tension et qui a essayé d'y remédier.

Megan ignora cette réponse contournée.

— C'est parce qu'elle boit ? Elle est alcoolique ?

— Elle a juste avalé quelques verres pendant un dîner entre amis, répliqua Jake sur un ton un peu vif. Je connais des gens capables de siffler une bouteille à eux seuls au cours d'une soirée et qui ne sont pas des alcooliques pour autant. Non, crois-moi, Megan, je connais tout des alcooliques. J'ai moi-même vécu avec une alcoolique. Tu fais fausse route.

— Et pourquoi cela te met-il dans un état pareil ?

— Parce que tu cherches à me soutirer des informations que je n'ai pas — et que, de toute façon, je ne te communiquerais pas quand bien même je les aurais. Si tu tiens absolument à savoir ce qui se passe dans le ménage de Peggy et Johnny, tu n'as qu'à leur poser directement la question.

Megan ne comprenait toujours pas les raisons pour lesquelles Jake s'était emporté.

— Je souhaiterais seulement les aider...

— Peggy était anxieuse de te plaire ce soir, de te persuader que son existence était parfaite, voilà tout. Alors si tu veux les aider, ne te mêle pas de sa vie à moins qu'elle ne te le demande elle-même.

— Ce qui suppose qu'elle aurait malgré tout besoin de conseils ? insista Megan.

Jake secoua la tête.

— Depuis que je te connais, dit-il, je sais qu'il n'y a qu'un seul moyen pour t'obliger à te taire.

Et il l'embrassa.

L'accomplissement inattendu de ce baiser différé

explosa en elle, lui ravissant souffle et pensée. Les lèvres de Jake avaient le don de la réduire au silence et de l'exciter en même temps. Quant à sa langue... des centaines de pages n'auraient pas suffi à décrire les voluptés qu'elle lui procurait. Elle sentait sa peau brûler au contact de Jake, ses genoux se dérober. Ses dernières velléités de se mêler de la vie d'autrui fondirent comme neige au soleil dès que les mains de Jake remontèrent vers ses hanches et lui caressèrent furtivement les seins avant de se poser sur ses épaules.

Quand ils se séparèrent enfin, Megan était trop étourdie pour se rappeler le sujet de leur conversation. Elle se souvenait à peine de son propre prénom.

— Eh bien, murmura-t-elle.

Jake souriait de toutes ses dents.

— Je crois que tu avais raison, reprit-elle.

— A propos de quoi ?

— Du lien.

— Du lien ? répéta-t-il avec une expression innocente.

— Entre toi et moi.

— Ah ! ce lien-là...

— Ce n'est qu'une pure réaction chimique, affirma Megan, tout en s'efforçant de reprendre le contrôle d'elle-même.

— Je ne sais pas ce que tu en penses, mais moi, j'ai toujours été fasciné par les sciences, repartit Jake. La chimie, l'électricité, l'anatomie, ce genre de choses.

— Va donc t'inscrire à un cours du soir, grommela Megan.

— Pourquoi me donnerais-je cette peine alors que tu résumes à toi seule tous ces phénomènes ?

— Ce n'était qu'une expérience, Jake. Rien de plus.

— Mais une expérience réussie, à mon humble avis.

— Elle n'a donc pas besoin d'être renouvelée.

Il la toisa d'un regard nonchalant.

— Allons, ma biche, un processus aussi volatile nécessite d'être longuement examiné. J'ai d'ailleurs le pressentiment qu'il nous faudra le répéter bien des fois pour nous assurer de la persistance du résultat.

Quelques jours plus tard, alors qu'assis derrière son bureau, les pieds posés sur le plateau, il repensait au contact des lèvres de Megan, Jake se rendit soudain compte qu'il n'était pas seul. Et, de fait, le petit Tommy Morgan se tenait dans l'encadrement de la porte, les mains fourrées dans ses poches comme si on lui avait dit de ne rien toucher.

— Salut, Tommy.

— Salut, répondit timidement le garçonnet aux cheveux ébouriffés et aux grands yeux bruns en s'avançant un peu à l'intérieur.

— Ça roule ?

— Pas mal.

— Qu'est-ce qui t'amène ?

— Ma maman veut savoir si vous avez le temps de la voir.

Du temps, Jake n'avait justement que ça à revendre.

— Bien sûr, acquiesça-t-il. Quand veut-elle venir ?

— Dès que ça vous ira.

— Alors, va lui dire que je peux aussi bien la recevoir maintenant.

L'expression solennelle de Tommy s'éclaircit aussitôt.

— O.K.. A plus.

— A plus, repartit Jake.

Il sourit en voyant le gamin repartir à toute allure sur ses petites jambes potelées.

Quelques minutes plus tard, Janie Morgan, qui avait

les mêmes grands yeux tristes que son fils, pénétra à son tour dans l'étude, encore revêtue d'un large tablier en plastique terni par des centaines de décolorations. Elle ne semblait guère assez vieille pour être déjà sortie de l'école, songea Jake, et encore moins pour avoir un fils de l'âge de Tommy. Elle lui rappelait sa mère.

— Tommy a dit que je pouvais venir tout de suite. C'est vrai ?

De la main, Jake l'invita à s'asseoir.

— Il n'y a rien de plus exact, lui confirma-t-il. Qu'est-ce que je peux pour toi, Janie ?

La jeune femme s'installa sur le bord de la chaise, tordant nerveusement les mains contre son ventre.

— J'ai parlé à Henrietta, l'autre jour. Elle m'a dit que tu pourrais peut-être m'aider, avec Josh Wilson.

— C'est ton propriétaire, hein ?

— C'est à lui qu'appartient la maison, oui. Quant à savoir s'il est un propriétaire digne de ce nom, c'est une autre histoire. Il n'a jamais fait aucune réparation chez nous. Il prétend que ça n'en vaut pas la peine.

Jake sentit une vieille rancœur se ranimer en lui. Cette histoire, il ne l'avait pas déjà entendue auparavant : il l'avait vécue. Il ouvrit un des tiroirs de son bureau pour en sortir son calepin.

— C'est à quelle adresse ? interrogea-t-il d'une voix sombre.

— Tu veux bien m'aider, alors ?

— Et comment ! répliqua-t-il, avec l'espoir que cela lui permettrait enfin de se purger de la rage impuissante qui l'avait marqué jadis.

— Je n'ai pas trop les moyens, tu sais, avoua Janie.

— Bah ! oublie ça. En fait, ce serait plutôt moi qui devrais te remercier.

Janie le dévisagea avec perplexité.

— Je ne comprends pas.

— Disons que j'ai un vieux compte à régler avec cette crapule de Wilson. Bon, raconte-moi tout, maintenant : les réparations à faire, le nombre de demandes que tu lui as adressées et la teneur de ses réponses. Tu en as gardé une trace écrite ?

Janie s'esclaffa.

— Toutes ses réponses peuvent se résumer en un seul mot : *non*. Je lui ai bien écrit, mais il a ignoré mes lettres. Tout ce que j'ai pu obtenir de lui, c'est cette même réponse verbale quand d'aventure j'arrivais à le coincer à l'épicerie ou au snack. Autrement, il cherche plutôt à m'éviter.

— Et pourquoi est-ce que tu n'as pas déménagé ?

— Pour aller où ? Il n'y a pas beaucoup d'autres locations que je pourrais me payer dans le secteur de Whispering Wind. C'est vrai que j'ai ma propre affaire, mais bon, honnêtement, il m'est impossible de faire plus de permanentes et de décolorations que mes clientes ne m'en demandent. Et les dames de Whispering Wind ne sont pas du genre à se rendre chaque semaine chez leur coiffeuse pour un shampooing ou une coupe. A leurs yeux, ce serait une extravagance. Moralité : entre la nourriture et les vêtements pour Tommy, qui pousse comme de la mauvaise herbe, il ne me reste plus grand-chose pour notre logis — surtout que je dois débourser de ma propre poche pour réparer le toit chaque mois.

— Tu as gardé les factures de ces travaux ?

— De la première à la dernière. J'ai même menacé M. Wilson de défalquer ces sommes du loyer, mais il m'a dit qu'il nous ficherait illico à la porte si je faisais ça. D'après lui, ce serait expressément interdit dans le contrat de location.

Jake, qui prenait des notes, hocha la tête, puis il leva les yeux et gratifia la jeune femme d'un sourire rassurant.

— Bon, Janie, je m'en occupe. Ne verse plus un sou à cet escroc avant que je te le dise. Je passerai chez toi ce soir pour jeter un œil aux réparations les plus urgentes.

— Tu crois que tu pourras l'obliger à se bouger un peu ?

— De toute manière, tu n'auras plus à vivre ainsi encore longtemps, promit-il, prêt à fournir lui-même si nécessaire un logement décent à sa nouvelle cliente.

Au vrai, accomplir cette bonne action, voire entreprendre une procédure pour obtenir l'expropriation de Josh Wilson, le réjouissait à l'avance.

A 10 h 15, le jeudi matin, Megan reçut un appel de l'école de Tess. Celle-ci, lui apprit-on, était en train de vomir dans le bureau de l'infirmière. Il était clair qu'on attendait quelque chose d'elle, songea Megan. Mais quoi ? C'était la première fois qu'elle se trouvait dans une situation pareille.

— Dois-je venir la chercher ? demanda-t-elle à l'infirmière.

— Ce serait le mieux, confirma cette dernière. Elle n'a pas de fièvre, juste une sorte de dérangement intestinal. Se coucher pour le reste de la journée lui ferait sans doute du bien. Je sais qu'elle a déjà manqué les classes à cause de sa foulure à la cheville, mais si elle a la grippe, il serait préférable pour elle et pour les autres enfants qu'elle rentre chez elle.

Megan avait prévu un quart d'heure plus tard une conférence téléphonique avec Todd et le directeur des programmes au sujet du rythme des enregistrements de l'émission. Elle songea un instant à demander à Mme Gomez de se rendre en ville à sa place pour y récupérer Tess, mais elle abandonna bientôt cette idée.

Elle se rappelait encore le jour où elle avait attrapé elle-même la grippe et où l'école avait appelé chez elle. Tex n'était pas venu, alors qu'elle le désirait tant. C'était Mme Gomez, justement, qui avait dû se déplacer et, bien que la gouvernante fût plus apte à prendre soin d'elle, Megan n'en avait pas moins été blessée par le refus de Tex. Doutant déjà de l'importance qu'elle avait aux yeux de ce dernier, elle s'était sentie encore moins certaine de pouvoir compter sur lui à l'avenir.

Megan se précipita donc dans la cuisine pour informer la gouvernante de l'état de Tess et l'avertir de son départ.

— Je prends mon portable, la prévint-elle. Je vais essayer de joindre Todd sur la route. Si je n'y arrive pas et qu'il téléphone ici, peux-tu lui expliquer ce qui se passe et lui demander de reporter à cet après-midi la conférence avec Dean Whicker ?

— Bien sûr. Tu ne préfères pas que j'aille chercher Tess moi-même ?

— Non. Mieux vaut que ce soit moi.

Elle s'interrompit et considéra Mme Gomez avec perplexité.

— C'est drôle, reprit-elle. Tess avait l'air bien, au petit déjeuner.

— Peut-être est-ce seulement un coup de déprime passager. Ces derniers jours ont été difficiles, pour elle. Les enfants ont souvent beaucoup plus de mal à se remettre d'un deuil qu'on ne le croit.

Megan hocha la tête.

— Tu dois avoir raison.

Sur le chemin, elle parvint enfin à joindre Todd sur son portable.

— Tu es en avance pour la conférence téléphonique, lui dit-il.

— Justement, je t'appelle à ce sujet. Il faut qu'on la reporte.

— Hein ?

— Tess est malade. Je suis en ce moment même en train de rouler vers la ville pour aller la récupérer à l'école. Vois si tu peux réunir de nouveau tout le monde dans quelques heures.

— Bien, à tes ordres.

— Todd, je sais que ça coince un peu en ce moment. Donne-moi juste le temps de retrouver mes repères, d'accord ? Ce n'est pas facile pour moi non plus.

Il soupira lourdement.

— Je sais, et je n'avais pas l'intention de te donner mauvaise conscience.

— Oh, si ! répliqua-t-elle. Cela dit, tu ne pourrais guère me donner plus de remords que je n'en ai actuellement. J'ai malgré tout une solution en tête. On en reparlera tantôt, après la conférence.

— C'est ça. Je te rappelle pour te donner l'horaire qui convient à tout le monde. J'ai hâte d'apprendre la nouvelle à Micah. Elle est déjà furax que tu m'aies laissé décider de l'heure de la conférence à ta place...

— Elle y survivra. D'ici là, tu pourras me joindre sur mon portable. Je serai de retour à la maison dans une heure environ.

Elle pénétra dans l'enceinte de l'école quelques minutes plus tard et fut aussitôt conduite jusqu'à l'infirmerie. Elle y découvrit Tess assise sur le bord d'un matelas, l'air plus contrarié que malade. Elle n'avait pas trop mauvaise mine et parut surprise de voir Megan.

— Tu es venue ?

— Tu croyais donc que j'allais t'abandonner ici ?

— Je pensais plutôt que ce serait Mme Gomez qui viendrait.

Megan s'assit à côté de la fillette et lui prit la main. Elle constata que celle-ci était fraîche, ainsi que son front.

— Pas de fièvre, énonça-t-elle.

Tess haussa les épaules et détourna la tête.

— J'ai dû avaler une saleté au petit déjeuner.

— Et tu te sens mieux, maintenant ?

— Ouais, je crois.

— Eh bien, profitons-en pour rentrer à la maison.

— Je pourrais peut-être rester ici ?

— Je crains que non, intervint l'infirmière. Je ne peux pas te laisser revenir en classe avant que nous soyons sûrs que tu n'as rien. Attendons de voir d'abord si tu passes une bonne nuit et si tu n'as pas de fièvre demain.

— Tu as tes affaires ? s'enquit Megan.

Tess secoua la tête.

— J'ai dû sortir de la classe en urgence.

— Je vais aller les chercher, proposa l'infirmière en souriant à Megan. Et je demanderai à l'institutrice s'il n'y a pas de devoirs pour demain.

Tess dévisagea Megan d'un air soucieux.

— Tu m'en veux ?

— Pourquoi je t'en voudrais ? s'exclama Megan. Ce n'est pas ta faute si tu es...

Un soupçon lui traversa soudain l'esprit.

— Ce n'est pas ta faute, n'est-ce pas ? répéta-t-elle.

Tess rougit et afficha une expression qui alarma Megan.

— Ce n'était pas ta faute, Tess ?

— Peut-être que je me suis fait vomir moi-même, admit la fillette d'une voix à peine audible.

Megan en demeura un moment interdite.

— Mais pourquoi ? demanda-t-elle enfin. Pourquoi diable as-tu fait une chose pareille ?

— Pour voir si tu viendrais, avoua Tess.

Megan la serra dans ses bras.

— Oh ! mon bébé, bien sûr que je serais venue. Je ne

suis peut-être pas encore une mère parfaite, mais je serai toujours là quand tu auras besoin de moi.

Tess renifla.

— C'est promis ?

— Juré.

— Je parie que tu vas me punir pour un mois, maintenant...

— Non, mais je vais t'emmener manger une glace et t'obliger à la déguster sans sauce au chocolat.

— Vraiment ? fit Tess en écarquillant les yeux.

Réprimant à moitié un sourire, Megan hocha la tête.

— Comme je te le dis.

— Jake peut venir aussi ?

Megan hésita un instant, puis haussa les épaules en feignant l'indifférence.

— Bien sûr. Pourquoi pas ?

Elle glissa un doigt sous le menton de la fillette et força celle-ci à la regarder dans les yeux.

— Mais que ça ne devienne pas une habitude, d'accord ? La ruse a marché une fois. Ça ne marchera pas la prochaine.

Tess sourit à son tour.

— Compris.

Dès que l'infirmière leur eut rapporté les livres de Tess, elles se rendirent en voiture dans le centre de Whispering Wind. Megan s'arrêta un moment devant l'étude de Jake et demanda à la fillette d'aller l'inviter chez le glacier. Alors qu'elle s'adossait contre l'aile de sa voiture, son portable sonna.

— Megan, j'ai réussi à reporter la conférence téléphonique à 14 heures, l'informa Todd. Ça te va ?

— C'est parfait. Je serai rentrée à la maison d'ici là.

— Comment se porte Tess ?

— Sa faculté de récupération est stupéfiante. Et je suis

sûre qu'elle se sentira encore mieux après la glace que je lui ai promise.

— Je ne te suis pas.

— C'était un test. Elle voulait savoir si je viendrais quand elle aurait besoin de moi.

— Et tu lui offres une glace pour la récompenser ?

— Sans sauce au chocolat, précisa Megan. Je pense que ça suffira, comme punition.

— Eh bien, ma maman à moi m'aurait plutôt entamé le cuir des fesses.

— Je préfère ma méthode.

— Parce que tu as une méthode ? s'enquit Todd sur un ton sceptique.

— Non. Pour être parfaitement honnête, je dois avouer que je tâtonne. Mais je préfère me dire que ce n'en est pas moins une méthode.

— Ne la gâte pas trop quand même, la prévint Todd.

— J'ignorais que tu avais reçu le prix du père de l'année.

— A moins que tu aies un autre candidat à ta disposition, je suis de tes relations la personne qui ressemble le plus à un mari. Ce qui fait de moi une sorte de père lointain, ajouta Todd en paraissant contrarié par cette perspective.

Megan sourit.

— A ce propos, j'avais justement l'intention de te parler de ça, tantôt.

— De mariage ? s'exclama-t-il d'une voix horrifiée.

— Non ! répliqua Megan en s'esclaffant. De la possibilité de te rendre un peu moins lointain.

Un instant silencieux, Todd parut bientôt saisir la signification de ces propos.

— Oh, non ! fit-il. Pas question que je te rejoigne dans le Wyoming, Megan. C'est une hypothèse que tu peux immédiatement rayer de ton esprit.

— On dispose du câble ici, tu sais. Ainsi que de toutes les autres commodités du confort moderne.

— Vous avez aussi du blizzard, des animaux sauvages et Dieu sait quoi encore.

— On en rediscutera plus tard, indiqua Megan sur un ton accommodant. Essaie de te faire à cette idée dans les deux heures qui viennent.

— C'est non, Megan, répéta Todd. Non et non.

— On en reparlera après la conférence.

— Je te raccrocherai au nez.

— Mais non.

— Oh, que si !

— Todd, tu n'es pas du genre à raccrocher au nez de ta patronne.

— Eh bien, je ferai une exception. Oublie ça, Megan. Jamais une augmentation de salaire, aussi conséquente soit-elle, ne m'incitera à m'installer de façon permanente dans le Wyoming. Je ne suis pas près de m'approcher d'un cheval et encore moins d'une vache. Ma viande, je la veux déjà découpée et emballée au rayon boucherie de mon supermarché.

— Tu n'auras pas vraiment connu la vie tant que tu ne l'auras pas goûtée cuite sur un barbecue en plein air.

— La déguster dans un restaurant me suffit amplement. En plus, il n'y a pas un seul océan à moins de deux cents kilomètres d'où tu es. J'ai vérifié sur la carte.

— Attends de voir l'endroit, au moins. Je suis certaine que tu vas l'adorer.

— Megan, crois-moi, je t'en prie. Je-ne-l'a-do-re-rai-pas. Point final.

— Mais si. T'ai-je jamais menti jusqu'à présent ?

— Des milliers de fois, marmonna-t-il. Mais là n'est pas la question. Je ne veux plus aborder ce sujet. Ni maintenant ni plus tard. Salut.

Un grand sourire aux lèvres, Megan débrancha son portable. Tout bien réfléchi, elle estimait s'en être assez bien sortie. Déjà, Todd n'avait pas démissionné. Et elle était certaine qu'il ne lui faudrait pas plus de trois jours pour le persuader qu'il était de son devoir de la rejoindre dans le Wyoming pour la sortir de son pétrin.

Quant à l'inciter à y rester, ce serait sans doute un peu plus délicat.

15.

— ... et puis, racontait Tess à Jake, perchée sur le coin de son bureau, ses jambes battant dans le vide, Megan est venue me chercher à l'école et elle s'est rendu compte que je n'étais pas vraiment malade. Mais ça l'a pas mise en colère. C'est pas chouette, ça ?

— Vu ta réaction, elle aurait mieux fait de te laisser à l'école plancher sur une bonne leçon de grammaire.

— Hein ?

— Peu importe. Pour résumer, Megan t'a amenée en ville pour manger une glace alors que tu avais simulé un malaise, c'est bien ça ?

— Ouais. Et elle a dit que tu pouvais venir avec nous. Ça te branche ?

Jake songea qu'il aurait pu contester le bien-fondé de cette sortie impromptue, mais il n'était pas près de renoncer à une occasion de voir Megan.

— Où est-elle, en ce moment ?

— Dehors à attendre, j'imagine. Ou en train de téléphoner, ajouta Tess avec un air dégoûté. Elle passe encore plus de temps au téléphone que tous les ados que je connais.

Jake eut du mal à se retenir de pouffer.

— Et combien d'ados connais-tu, au juste ?

Tess fronça les sourcils.

— Peut-être pas tant que ça dans la vraie vie, mais j'en ai vu à la télé, répliqua-t-elle d'un ton désinvolte. Elles arrêtent pas de bavarder — surtout sur les garçons et ce genre de trucs. Tu parles d'un gâchis ! Moi, jamais je ne sortirai avec un garçon, et tu peux être sûr que je ne me marierai pas non plus. On a le cœur brisé, et c'est tout.

— Bah ! tu changeras d'avis, assura Jake, tout en se demandant s'il allait demander à Megan de n'autoriser Tess qu'à regarder les dessins animés du samedi à la télévision. Et si on allait la manger, cette glace ?

Tess lui lança un regard malheureux.

— Tu crois que tu pourrais faire revenir Megan sur cette stupide histoire de sauce au chocolat ? J'aime vraiment beaucoup les sundaes. Et puis, franchement, à quoi ça rime comme punition ?

— A ta place, mon bouchon, je serais plutôt content de m'en tirer à si bon compte. Si ça ne tenait qu'à moi, tu serais enfermée dans un placard à attendre que Mme Gomez t'apporte de l'eau et du pain sec.

Tess eut l'air scandalisé.

— Tu oserais faire ça à une enfant ?

— Oh, oui !

— J'y crois pas.

— Essaie de me manipuler encore une fois, proposa Jake, et tu verras.

Tess lui décocha un sourire impudent.

— Je te manipule tout le temps et tu ne t'en rends même pas compte.

— Comment ça ?

— Parce que tu espères que je vais déballer mon sac après ta menace de me mettre à l'eau et au pain sec ? Tu me prends pour une demeurée, ou quoi ?

Sur ces mots, elle le précéda d'une démarche hautaine et parfaitement alerte, en aucun cas celle d'une fillette malade. Ils trouvèrent Megan debout à côté de sa voiture, son portable à la main, une expression indéchiffrable sur le visage.

— Des ennuis ? lui demanda Jake.

— Pas exactement. J'ai juste informé Todd que je souhaitais sa présence à mes côtés.

— Et ?

Elle haussa les épaules.

— Mettons qu'il lui faut encore quelque temps pour s'accoutumer à cette idée.

— Tu ne peux pas simplement lui ordonner de prendre le prochain vol ?

— Je préfère laisser sa mauvaise conscience le travailler. Mieux vaut qu'il prenne la bonne décision de lui-même.

Tandis que Tess courait déjà vers le salon de thé, à l'angle de la rue, Jake considéra un instant Megan.

— Il paraît que tu as eu une matinée difficile.

— Etre parent n'est pas une sinécure. J'aimerais encore mieux avoir à organiser au débotté un dîner de gala pour quatre cents personnes.

Jake désigna Tess, qui les attendait impatiemment sur le trottoir.

— Tu crois vraiment que tu lui envoies le bon message ? interrogea-t-il.

Megan soupira.

— Jake, si j'avais déjà des certitudes en ce domaine, je serais mère depuis longtemps. J'improvise.

— N'empêche que tu es en train de lui signifier que ça ne te dérange pas qu'elle te mène par le bout du nez !

— Non. J'ai seulement tenu à ce qu'elle sache que je serai toujours là quand elle aura besoin de moi. Et que ce subterfuge ne marchera pas la prochaine fois.

— La prochaine fois, elle s'y prendra autrement, voilà tout. Elle m'a déjà avoué qu'elle me manipulait à mon insu.

— Ce qui prouve que je suis plus lucide que toi à son sujet ! répliqua Megan en souriant. En tout cas, j'avais éventé son stratagème avant même qu'on ressorte de l'infirmerie de l'école.

Sur ce, elle s'éloigna d'une démarche altière en balançant des hanches. S'il n'avait pas craint de se donner en spectacle, Jake l'aurait retenue par le bras et aurait effacé d'un baiser son sourire satisfait. Cette seule idée suffit à l'exciter. Il savait toutefois que suivre cette impulsion ne lui apporterait rien d'autre qu'une nuit supplémentaire de frustration et de solitude.

Mieux valait lui accorder cette petite victoire, conclut-il avec regret. Mais le jour viendrait — et avant peu — où il connaîtrait lui-même son moment de triomphe, et ce serait dans un cadre autrement plus intime que la grand-rue du centre de Whispering Wind.

Dean Whicker ne mâchait pas ses mots.

— Je ne suis pas enthousiasmé par vos derniers enregistrements, avoua-t-il à Megan, Todd et Micah au cours de la conférence téléphonique de l'après-midi. Vous étiez pressés, et ça se voit. Je comprends bien que c'est dû à un concours exceptionnel de circonstances mais, si cela continue, il se pourrait que j'envisage la fin de notre collaboration. La Whicker Television a toujours veillé à présenter des programmes de qualité à son public. Il est exclu que je laisse ainsi passer d'autres émissions tournées par-dessus la jambe.

— Vous ne pouvez pas rompre unilatéralement notre marché ! protesta Megan sans conviction.

Elle savait qu'il en était capable si l'envie lui en prenait vraiment. Or, c'était bien la seule menace susceptible de la démoraliser complètement.

— Nous avons signé un contrat de trois ans irrévocable, rappela Todd.

— Le premier avocat venu serait à même de trouver mille et un moyens de rompre à moindres frais n'importe quel contrat, souligna Whicker. Vous devez bien le savoir, Megan. Ecoutez, je ne dis pas que je vais le faire, je vous informe simplement que je n'ai pas aimé vos derniers enregistrements. Vous êtes tous des professionnels. Vous connaissez les mesures qui s'imposent pour redresser la barre. Appliquez-les.

Et il raccrocha avant qu'aucun de ses interlocuteurs puisse lui répondre. Megan en était malade. Elle savait qu'elle devait des excuses à ses collaborateurs, mais elle doutait que les mots puissent franchir le nœud qui lui obstruait la gorge. Au bout d'un instant, elle parvint enfin à parler, non sans difficulté.

— Ecoutez, dit-elle, je suis désolée. Je sais que tout ça est ma faute, mais on va s'en sortir, je vous le promets.

— Comment? s'enquit Micah sans douceur. Si on accélère encore le rythme des tournages, je vais avoir des problèmes pour caser les invités. Et puis, il est déjà évident qu'on ne peut pas enregistrer plus d'émissions en une seule journée. C'est trop éprouvant pour vous et pour l'équipe.

— Là, elle n'a pas tort, intervint Kenny. On n'a plus le temps de répéter ni même de refaire des prises. Les caméras ne vous suivent plus comme elles le devraient, vu que les gars ignorent vos intentions d'un instant à l'autre — et franchement, je ne sais pas si vous les connaissez vous-même. Eux sont habitués aux longues heures de tournage, mais ce n'est visiblement pas votre cas. En plus, c'est vous qui êtes devant la caméra, et la responsabilité de l'émission repose plus ou moins sur vos épaules...

— Nous n'avons qu'à travailler plus la préproduction, suggéra Todd. Megan est capable de tourner les émissions les yeux fermés à condition que nous lui ayons tout préparé à l'avance. Les dernières fois, il a fallu disposer le matériel sur le plateau entre chaque prise et on a frôlé le chaos.

— Ça arrangerait un peu les choses, reconnut Micah. Est-ce que vous revenez à New York la semaine prochaine, Megan ? Pouvez-vous au moins prévoir une demi-journée d'enregistrements supplémentaire ? Ça nous soulagerait déjà. Hein, Kenny ?

— Absolument, approuva ce dernier. Mais les heures de studio et l'équipe ne sont pas données non plus.

Megan sentait la tension monter en elle. Sa tête la lançait.

— Todd s'en occupera dès qu'il aura mis au point mon emploi du temps, déclara-t-elle d'une voix crispée. D'accord ?

— Entendu, répondit Todd.

Après que Micah et Kenny eurent quitté la ligne, Megan s'adressa de nouveau à son assistant.

— Pendant que tu y es, lui dit-elle, arrange-moi un rendez-vous avec Peter.

— A déjeuner ? A dîner ?

Elle hésita un instant.

— A mon bureau, décida-t-elle enfin. Dis-lui d'apporter un bilan complet de la société — profits, pertes et caetera. J'en aurai besoin pour opérer des choix à long terme.

— C'est comme si c'était fait.

Todd avait l'air plus sûr de lui, remarqua Megan. Elle aurait souhaité partager sa confiance. Mais il était évident que l'entreprise ne pouvait fonctionner comme naguère. Des années de rude labeur risquaient de partir en fumée si elle ne reprenait pas les choses en main. Impossible d'ignorer plus longtemps qu'il lui fallait opérer des changements si elle souhaitait continuer à assurer le développement de son empire médiatique.

— Prends-moi aussi une place sur le vol de samedi pour New York, Todd. Je préfère disposer d'une journée complète de repos avant que nous nous remettions au travail lundi. Adresse-moi le synopsis de chacune des prochaines séquences d'enregistrement afin que je puisse les étudier chez moi dimanche. Nous tournerons deux émissions lundi, trois mardi, trois encore mercredi et deux jeudi. Réserve-nous le studio et l'équipe pour ces quatre jours d'affilée. C'est faisable ?

— Absolument, confirma Todd. Il suffira de payer en conséquence.

— Pour l'instant, c'est le cadet de mes soucis.

— Et le magazine ? Voilà déjà un certain temps qu'il navigue en pilotage automatique et ça ne peut plus vraiment durer. Les gens commencent à devenir nerveux. Et cette réunion avec ton éditeur ? N'es-tu pas censée lui remettre bientôt les photos ainsi que le manuscrit de ton prochain livre ?

— Essaie de caser tous les rendez-vous de la semaine vendredi. Je ne rentrerai au Wyoming que tard dans la nuit de vendredi à samedi.

— Megan...

— Hein ?

— A propos de la discussion que nous avons eue...

La réticence de Todd était évidente.

— Oui ?

— Si ça peut t'aider, je suis prêt à te raccompagner dans le Wyoming.

Megan était trop fatiguée pour exulter.

— Merci, répondit-elle simplement. Prends-toi une place dans l'avion à côté de moi.

— Dis-moi juste une chose.

— Quoi donc ?

— Tu ne vas pas délocaliser toutes tes activités dans le Wyoming, n'est-ce pas ?

Elle laissa échapper un long soupir.

— Pour tout t'avouer, je n'en sais rien, Todd. Je n'en sais franchement rien.

Son assistant soupira à son tour.

— On se revoit ce week-end. Je t'apporterai tout ce dont tu as besoin dimanche matin dès la première heure.

— Avec des bagels et un cappuccino ? s'enquit-elle.

— Evidemment.

— Merci.

Peut-être son existence ne partait-elle pas autant à vau-l'eau qu'elle le craignait, pensa Megan après avoir raccroché. Des bagels et un cappuccino le dimanche matin lui paraissaient si familiers, si ordinaires. Peut-être pourrait-elle pendant au moins un jour croire que rien n'avait changé et que sa vie était exactement semblable à ce qu'elle était avant la mort de Tex.

Malheureusement, il lui était impossible d'oublier qu'à cause de Tex, le moment approchait où il lui faudrait prendre des mesures drastiques.

Armé des clichés qu'il avait pris de la maison occupée par Janie Morgan, Jake poussa la porte du bureau de Josh Wilson le vendredi matin. Une expression réjouie illumina le visage de l'agent immobilier quand il l'aperçut, et il s'empressa de venir lui serrer la main avec vigueur.

— Ravi de te revoir, fiston. Un autre achat en vue ?

— Peut-être, répondit Jake en se demandant si Josh serait aussi cordial dans cinq minutes. Mais ce n'est pas ce qui m'amène aujourd'hui.

D'un geste, Josh l'invita à prendre un siège.

— Assieds-toi donc. Tu veux un café ?

— Non, merci.

— Alors, si tu n'as pas repéré un autre terrain à vendre, qu'est-ce qui me vaut l'honneur de ta visite ?

Jake lui tendit les photographies.

— Jette-moi un œil là-dessus. Je crois que tu connais cette maison.

Josh pâlit en avisant le premier cliché — qui montrait les trois bassines que Janie Morgan avait disposées dans son entrée pour recevoir les cascades d'eau dégringolant du plafond.

— Qui t'a donné ça ? lança-t-il d'un ton indigné.

— Je les ai prises moi-même hier soir, pendant l'orage, expliqua Jake. Mais regarde plutôt la suite.

Le front de Josh se couvrit de sueur tandis qu'il examinait les autres clichés.

— Cette maison aurait besoin de quelques petits travaux, admit-il. Cela dit, j'ai déjà accordé un délai à Janie sur le paiement des loyers, et ce n'est pas avec ce qu'elle me verse actuellement que je peux vraiment entreprendre des réparations.

Manifestement, songea Jake, Josh tentait de gagner sa sympathie. Mais le bonhomme était mal tombé, car il allait enfin lui dire tout ce qu'il avait gardé pour lui à l'époque où ce salaud se moquait déjà de sa mère.

— Tiens donc ? répliqua-t-il avec humeur.

— Tu sais ce que c'est, Jake. Certains locataires exigent des palais alors qu'ils n'en ont pas les moyens.

— Et un logement qui soit simplement décent ? Serait-ce trop te demander ?

— Le loyer est des plus bas, je te le répète. A ce prix, il est d'usage que l'occupant paie lui-même les travaux.

Jake sortit une feuille de sa poche.

— C'est curieux, mais je viens de relire le contrat de bail, et il ne comporte aucune clause de ce genre. En fait, il dit même le contraire — je cite : « Le propriétaire a pour charge de veiller à la salubrité du logement ainsi qu'à l'entretien de ses installations. »

Malgré cet élément accablant, Josh n'affichait toujours pas le moindre début de remords et cherchait d'évidence à biaiser.

— Si l'état de la maison était si déplorable, pourquoi Janie ne m'en a-t-elle pas averti elle-même ?

— Mais c'est bien ce qu'elle a fait, rétorqua Jake en brandissant les copies de la demi-douzaine de lettres que la jeune femme avait adressées à l'agent immobilier pour réclamer des réparations. Et plus d'une fois, apparemment.

Josh ignora les copies et se tourna vers son bureau.

— Je n'ai rien reçu, marmonna-t-il en sortant un dossier d'un tiroir.

Il l'ouvrit devant Jake et lui montra qu'il ne contenait qu'une quittance.

— Tu vois ? C'est tout ce que j'ai.

— Comme c'est commode. Les services postaux de Whispering Wind se seraient-ils donc détériorés à ce point ?

Josh le toisa d'un regard inquisiteur.

— En quoi tout cela t'intéresse-t-il, fiston ? Et pourquoi Janie n'est-elle pas venue me voir en personne ?

— Il se trouve qu'elle en a assez de te solliciter en vain, répondit Jake d'une voix égale avant de river ses yeux à ceux de l'agent immobilier. Alors, elle m'a engagé.

L'agent immobilier se raidit.

— Elle t'a engagé ? Et pour quoi faire ?

— Pour te traîner devant les tribunaux si nécessaire, répliqua Jake du tac au tac. Mais je suis sûr que nous n'aurons pas besoin d'en arriver là. N'est-ce pas, Josh ?

— Tu ne peux pas me poursuivre en justice !

— Crois-tu ? Ecoute-moi bien : soit tu effectues ces réparations dès demain, soit nous portons plainte contre toi et, fais-moi confiance, avant même que l'affaire soit terminée, Janie Morgan sera devenue la nouvelle propriétaire de ce logement et disposera en outre d'un confortable pécule pour le retaper à sa guise.

Josh Wilson paraissait abasourdi.

— Tu n'es pas sérieux ?

— Oh, que si ! répondit Jake en souriant, enchanté de sa matinée.

— Et où Janie trouvera-t-elle l'argent pour te payer ?

— Mettons que c'est un service que je suis ravi de lui rendre.

— Ah ouais ? Vous vous entendez si bien que ça, tous les deux ? Ce n'est vraiment qu'une...

Avant même que Josh ait pu finir sa phrase, Jake s'était levé et l'avait agrippé par le col.

— Fais très attention, espèce de salopard ! Je suis au courant du chantage que tu exerçais sur ma mère pour l'obliger à effectuer elle-même les travaux chez nous. Si jamais tu répands des saletés à propos de Janie Morgan et moi, je te poursuivrai pour diffamation si vite que tu en auras le vertige, et les dédommagements que tu devras nous verser seront si conséquents que les factures de ces réparations te paraîtront dérisoires en comparaison.

Il relâcha Josh et eut la satisfaction de voir l'agent immobilier s'affaler derrière son bureau avec une expression défaite.

— Suis-je suffisamment clair ? demanda Jake.

— Très clair, acquiesça Josh, une veine battant furieusement à sa tempe.

— Pouvons-nous espérer la venue d'un couvreur demain matin ?

— Je ne pourrais peut-être pas vous en envoyer un si tôt... En plus, on sera samedi.

— Je te fais confiance. Tu connais tous les artisans du coin. Je suis sûr que tu peux y arriver quand tu y tiens vraiment.

Aussitôt après avoir quitté l'agence immobilière, Jake gagna le salon de beauté de Janie.

— Alors ? s'enquit-elle. Tu lui as parlé ?

Il hocha la tête.

— Je suis pratiquement certain que tu auras un réparateur à ta porte demain matin. Si personne ne s'est présenté avant 9 heures, préviens-moi.

Du soulagement se peignit sur le visage de Janie.

— Comment pourrai-je jamais te remercier, Jake ?

— Encore une fois, tu n'as pas à me remercier. Je crois que je n'ai pas eu l'occasion de m'amuser autant depuis que j'ai décroché mon diplôme d'avocat.

Cela l'avait même réjoui au point qu'il avait envie de fêter ça. Aussi, plutôt que de se mettre à brasser des paperasses sans importance dans son cabinet pour se donner l'air occupé, sauta-t-il dans sa voiture pour se rendre tout droit au ranch dans l'espoir qu'il saurait distraire Meggie de tous ses fax et de ses e-mails et la persuader de faire une balade à cheval avec lui.

Mais quand il arriva au ranch, il découvrit que Megan était déjà partie à cheval sans lui.

— Elle était encore là il y a une demi-heure, l'informa Mme Gomez. Elle m'a dit qu'elle avait besoin de s'aérer un peu. Elle a pris à déjeuner avec elle. Si tu attends un peu, je te préparerai aussi un en-cas. C'est un jour idéal pour un pique-nique, *sí* ?

Tandis que Jake rongeait son frein, elle lui confectionna un gros sandwich au jambon auquel elle ajouta un petit paquet de chips, une canette de soda et une solide provision de brownies.

— Megan ne prend jamais de dessert, expliqua-t-elle en lui tendant le sac. Mais franchement, je la trouve trop maigre. Peut-être sauras-tu la convaincre d'avaler une petite douceur.

— Elle a refusé tes brownies ? Elle les adorait, dans le temps !

— Et tout chauds, en plus, marmonna la gouvernante, comme si elle avait du mal à y croire elle-même.

Jake plaqua un baiser sur sa joue burinée.

— Elle en goûtera au moins deux, je te le promets.

— Elle aurait bien besoin de quelqu'un pour veiller sur elle, remarqua Mme Gomez avec un regard en coin.

— C'est ce que tu lui as dit ? interrogea Jake en devinant comment Megan avait pu réagir en entendant cela.

— Plus d'une fois.

— Et ?

— Elle m'a répondu qu'elle se suffisait à elle-même et que je n'étais qu'une vieille écervelée. Mais je n'ai pas les yeux dans ma poche...

Jake non plus, qui avait déjà noté chez la jeune femme ce besoin impérieux de prouver qu'elle savait se débrouiller toute seule. Ce trait de caractère était déjà le sien jadis et, bien sûr, Tex l'avait encouragé. Malheureusement, Jake craignait fort qu'elle ne surestime un peu trop ses forces.

Il pressa la main de Mme Gomez.

— Ne t'inquiète pas. Elle s'en sortira.

— Elle part demain pour New York et y restera encore

une semaine. Tu étais au courant ? Son assistant a tout arrangé aujourd'hui. J'ai pris le message. Quand Tess apprendra ça, elle en aura le cœur brisé. La soirée des parents de son école est justement prévue pour la semaine prochaine, et il n'y aura personne pour l'y accompagner.

— Megan le sait-elle ?

— Je ne crois pas que Tess lui en ait parlé, sans doute par peur que Megan lui oppose un refus. Elle prétend que c'est une bêtise et qu'elle s'en fiche que Megan soit là ou pas, mais j'ai bien vu que ça lui tenait à cœur.

— Si Megan ne peut pas se libérer, je l'accompagnerai, promit Jake. En tout cas, elle ne se retrouvera pas seule là-bas.

— Et pourquoi irait-elle seule à la soirée des parents ? s'enquit une voix inconnue depuis le seuil.

Mme Gomez, qui avait jeté un coup d'œil par-dessus l'épaule de Jake, se mit soudain à pâlir. Jake pivota lentement sur lui-même et se trouva face à une femme qui avait les mêmes grands yeux que Tess, une épaisse crinière d'un blond paille et un jean si moulant qu'il semblait miraculeux qu'elle puisse encore respirer.

— La porte était ouverte, alors je suis entrée, déclara-t-elle avant de désigner une valise à ses pieds. Je me suis dit qu'on m'accueillerait à bras ouverts dans le foyer de mon enfant.

Jake s'avança d'un pas.

— Vous êtes donc la mère de Tess.

— Flo Olson en chair et en os, répliqua-t-elle. Et si quelqu'un doit accompagner ma fille à cette réunion des parents, ce sera moi. Comme ça, elle saura que sa maman est de retour pour de bon.

— Je doute que vous puissiez rester assez longtemps ici pour ça, souligna Jake. Et quand je dis ici, je n'entends pas seulement dans cette maison, mais aussi dans cette ville.

— Ah oui ? lança Flo Olson sans paraître le moins du monde intimidée.

— Madame Gomez, avez-vous ces papiers que je vous ai confiés tantôt ? demanda Jake.

La gouvernante hocha la tête avant d'ouvrir un tiroir du buffet où étaient rangés les papiers en question. Elle les tendit à Jake, qui les transmit à la mère de Tess.

Celle-ci les prit avec réticence.

— C'est quoi ? s'enquit-elle sans se soucier de les lire.

— Une copie de l'ordonnance d'éloignement qui vous interdit d'approcher Tess, répondit Jake. Dès que j'aurai averti le shérif de votre présence ici, il viendra vous en signifier officiellement le contenu.

Son interlocutrice le dévisagea avec incrédulité.

— Vous ne pouvez pas faire ça ! Je suis sa maman. Vous ne pouvez pas m'empêcher de passer du temps avec la chair de ma chair.

— Vous avez jadis renoncé à tous vos droits sur elle au bénéfice de Tex.

— J'ai signé ça... comment vous dites, déjà ? sous la contrainte. Je n'avais plus toute ma tête, avec Tex qui me harcelait et tout.

— Désolé, mais il y a des témoins qui pourront confirmer que vous avez d'abord amené Tess ici de votre plein gré, que vous saviez ensuite exactement ce que vous faisiez en signant ces papiers et qu'enfin c'était un geste volontaire de votre part.

— Et qui dira ça ? Elle ? demanda Flo Olson en désignant Mme Gomez. Forcément, puisque c'était une employée de Tex !

— Non, pas seulement Mme Gomez, corrigea Jake avec un sourire glacial. Mais Tess, aussi. Et le juge l'écoutera.

— Ce n'est qu'une gosse. Elle était très perturbée par tout ce qui se passait.

— Je m'étonne que vous le reconnaissiez, étant donné que vous l'avez abandonnée sans un regard en arrière. A ce que j'ai cru comprendre, vous ne lui avez même pas envoyé une carte postale par la suite. Mais naturellement, dès que vous avez appris la mort de Tex, vous avez rappliqué...

Sur ces mots, il lui ramassa sa valise, la prit par le coude et la ramena à la porte. Elle chancelait sur ses talons aiguilles, mais Jake ne ralentit pas l'allure pour autant.

— Maintenant, reprit-il, il est temps pour vous de repartir. Je veux que vous soyez déjà loin d'ici quand Tess rentrera de l'école.

Elle se rembrunit mais ne lui opposa aucune résistance.

— C'est bon, dit-elle, je m'en vais. Mais je reviendrai, vous pouvez compter là-dessus. Et je verrai mon enfant, je vous le garantis aussi. La place d'une fille est auprès de sa maman.

— Vous auriez dû y songer avant de la laisser tomber, rétorqua Jake.

Une fois dehors, celui-ci avisa la voiture qui l'attendait, le moteur tournant au ralenti. Un homme se tenait derrière le volant. Si Tess s'était trouvée au ranch, l'auraient-ils enlevée pour réclamer une rançon ? En tout cas, ce n'était évidemment pas un brusque regain d'amour maternel qui motivait la réapparition de Flo Olson. Cette femme était prête à tout pour satisfaire sa cupidité, Jake en était sûr. Il se promit de garder un œil sur Tess à l'avenir — mais discrètement, car il s'agissait de ne pas l'effrayer.

Aussitôt que la voiture fut repartie, il retourna dans la cuisine où l'attendait Mme Gomez.

— Pas besoin de me le dire, déclara celle-ci. J'irai chercher Tess tout à l'heure. Je n'ai pas envie non plus qu'elle prenne le bus toute seule.

— Et moi, je vais appeler l'école pour m'assurer que personne d'autre que toi, moi ou Megan ne soit autorisé à la récupérer après les classes. J'en toucherai deux mots à Bryce, également, et je lui communiquerai le numéro de la plaque minéralogique de ce véhicule. En attendant, il faut que j'aille retrouver Megan. Elle va devoir annuler son voyage à New York, je le crains.

Mme Gomez afficha un air soucieux.

— Mais son travail ?

— Pour l'instant, Tess est notre priorité numéro un, répliqua Jake d'un ton sans appel.

Il espérait seulement que Megan partagerait cette opinion.

16.

— Mais Tess va bien, n'est-ce pas ? s'enquit Megan dès que Jake l'eut informée de ce qui venait de se passer.

Angoissée à l'idée de savoir Flo Olson aussi près de la fillette, elle se leva d'un bond et se dirigea vers son cheval.

— Il faut qu'on y aille. Nous devrions déjà être à l'école.

— Mme Gomez est partie là-bas, indiqua Jake en lui prenant la main. Et j'ai téléphoné au principal, ainsi qu'à l'institutrice de Tess : elle ne sera autorisée à quitter l'établissement avec personne d'autre que nous. Nous pouvons déjeuner en paix.

Megan soupira, et la panique qui l'avait submergée reflua peu à peu.

— J'espérais que cette femme aurait changé d'avis. Cela fait quand même deux semaines qu'elle a appelé. Et puis, je croyais qu'elle avait compris le message après que tu lui avais parlé. Il est possible qu'elle ait enfin saisi en voyant l'ordonnance d'éloignement.

— Pour ce qui me concerne, j'espérais avant tout qu'elle ne se présenterait pas ici. Mais, apparemment, elle a seulement pris son temps pour venir de l'endroit où elle a passé les derniers mois. Et je doute qu'une ordonnance d'éloignement l'intimide. Elle avait le regard d'un chat qui a découvert un bol de crème.

— Bryce est au courant ?

— Je l'ai appelé avant de venir te rejoindre. Nous sommes couverts de ce côté-là.

— Tant mieux. Que fait-on, maintenant ?

— On garde un œil sur Tess, répondit Jake en dévisageant Megan.

— Bien sûr...

— En d'autres termes, expliqua-t-il d'une voix posée, mieux vaut que tu n'ailles pas à New York la semaine prochaine.

Megan fut atterrée par ces paroles — auxquelles elle s'attendait pourtant —, et elle se laissa tomber près du ruisseau, sur un gros rocher noyé de soleil. Elle savait que Jake avait raison, qu'il était hors de question qu'elle s'éloigne du ranch alors que Tess était en danger. Comme pour l'en convaincre un peu plus, les sermons de Tex sur le devoir et les obligations résonnèrent dans son esprit.

Restaient en suspens la question des enregistrements et la menace de Dean de rompre leur contrat de diffusion. Sans parler de sa carrière en général.

Elle poussa un lourd soupir. Il n'aurait dû y avoir aucun dilemme, songea-t-elle. Elle n'aurait même pas dû hésiter entre son travail et ses responsabilités parentales. Mais elle était parent depuis si peu de temps, et si peu préparée à ce rôle... Elle savait néanmoins qu'elle ne pouvait laisser tomber la fillette.

Le sentiment d'être dépassée par les événements — qui lui était tout aussi nouveau — l'envahit brusquement.

— Je sais que ça tombe mal, reprit Jake en s'asseyant à côté d'elle. Si tu veux, je peux m'installer au ranch et te remplacer la semaine prochaine auprès de Tess.

Elle se retourna aussitôt vers lui.

— Voilà qui te ravirait, n'est-ce pas ? Comme ça, tu aurais déjà un pied dans la place. Il ne te resterait plus ensuite qu'à réclamer la maison et Tess.

Il la dévisagea avec un air de réprobation muette, et Megan ferma les yeux.

— Excuse-moi. C'était injuste de ma part. Je sais bien que tu essayais simplement de m'aider.

Se sentant soudain fragile, et détestant cette impression, elle implora Jake du regard.

— Que suis-je censée faire ? demanda-t-elle. Je suis à court d'idées.

— Je t'ai déjà proposé une solution, mais elle ne te plaît pas.

— Tout déménager ici...

Les yeux perdus sur le ruisseau, Megan songea qu'elle avait toujours aimé cet endroit. Elle y trouvait jadis du réconfort. Aujourd'hui, elle se sentait plus désemparée que jamais, alors même que Jake était là pour lui offrir son soutien.

— Installer ton siège social à Whispering Wind serait une mesure provisoire, lui fit-il remarquer. Juste le temps que la situation se tasse un peu. Et puis, une fois que les locaux auront été aménagés, ils rapporteront gros, tu sais. Beaucoup de sociétés de production viennent ici tourner des films. Ce pourrait être une nouvelle branche de ton empire médiatique.

Ce projet avait l'air si sensé dans sa bouche, pensa Megan.

Finalement, résignée, elle releva les yeux vers lui.

— Dès que Tess sera rentrée, pourrais-tu m'emmener revoir cette zone d'activités ?

Il hocha la tête.

— Bien sûr.

— Ne t'avise pas de crier victoire ! le prévint-elle.

— Je n'y songe même pas.

— Menteur !

Il dessina une croix sur son torse, puis se saisit d'un paquet de brownies et l'agita sous le nez de Megan.

— Mange, lui ordonna-t-il. Il n'y a rien de mieux pour améliorer une mauvaise journée que le chocolat.

Elle avait déjà résisté à la tentation de goûter aux brownies un peu plus tôt et n'avait guère touché à son déjeuner mais, cette fois, elle prit un des gâteaux. Jake avait raison, se dit-elle. Le chocolat avait beaucoup de pouvoir. Sauf que, vu la tournure des événements, elle risquait de ne plus rentrer dans aucun de ses vêtements si elle devait manger suffisamment pour garder le moral jour après jour.

Lorsqu'ils revinrent au ranch, Megan découvrit que Tess et Mme Gomez les y avaient précédés de peu. La fillette était montée directement s'enfermer dans sa chambre.

— Elle pense que c'est le seul moyen de tenir sa mère à distance, expliqua Mme Gomez. Je n'ai pas pu la raisonner. Elle n'a même pas voulu venir dans la cuisine prendre son goûter. Jamais je ne l'ai vue comme ça. Ça m'inquiète.

Jake proposa d'aller lui parler, mais Megan secoua la tête.

— Je m'en occupe, dit-elle.

Pour la deuxième fois en l'espace de quelques courtes semaines, elle se retrouva donc en train de frapper à la porte de Tess et de supplier cette dernière de la laisser entrer, tout en se demandant ce qu'elle lui dirait une fois qu'elle serait admise à l'intérieur de la chambre.

Tess était-elle aussi déchirée qu'elle l'aurait été elle-même des années auparavant si Sarah O'Rourke était brusquement revenue dans sa vie ? Elle avait rêvé de ce dénouement, l'avait appelé de ses vœux des mois durant, mais la colère et ensuite la résignation avaient fini par supplanter en elle ce désir. Tous les bons moments qu'elle avait passés avec sa mère — à préparer des cookies, à ratisser les feuilles mortes avant de sauter dessus à pieds joints, à déguster un chocolat chaud au réveillon de Noël en écoutant des chants à la radio... —, tous ces souvenirs s'étaient effacés, remplacés par le néant.

Tess devait sûrement avoir son lot de bons souvenirs, elle aussi, des souvenirs encore frais alors que la séparation datait de quelques mois seulement.

— Ma chérie, je t'en prie, parle-moi.

— Va-t'en ! répondit Tess d'une voix éraillée par les larmes et les sanglots. Tu peux pas me protéger. Tu seras même pas là. Je sais que tu vas repartir à New York. Tu as encore des enregistrements à faire.

— Non, je serai là. Et il faut qu'on parle de tout ça, de ce que tu désires vraiment.

— Tu restes ? interrogea Tess sur un ton moins acrimonieux. Et ton émission ?

— Je téléphonerai à New York dès que nous aurons discuté ensemble. Je m'arrangerai autrement pour les enregistrements.

— Appelle maintenant !

— Pourquoi maintenant ?

— Je veux être sûre que c'est pour de vrai.

« Oh, Tess ! songea Megan. Que t'avons-nous tous fait ? » Même Tex, qui l'avait recueillie chez lui, puis intégrée à sa vie, avait fini par l'abandonner. Elle ne croyait plus les adultes et, honnêtement, Megan ne pouvait pas le lui reprocher.

— Alors, tu le passes ce coup de fil, oui ou non ? demanda Tess. Si c'est non, dis-le-moi, et je retourne devant la télé.

En entendant ce ton impérieux, Megan ne put s'empêcher de sourire.

— Je vais téléphoner. Veux-tu que je le fasse ici même, sur mon portable, pour que tu puisses entendre la conversation ?

La porte s'entrebâilla, et Tess dévisagea Megan de ses yeux rougis par les pleurs.

— Tu ferais ça ?

— Si ça peut te rassurer, oui. Et puis comme ça, tu sauras à l'avenir que je tiens toujours parole, ajouta Megan, déterminée à rattraper toutes les promesses perdues dont elles avaient l'une et l'autre souffert.

Tess parut soupeser cette affirmation.

— O.K., dit-elle enfin.

Megan caressa doucement la joue de la fillette.

— Je reviens tout de suite.

Quand elle remonta peu après avec son portable, la porte était toujours entrebâillée et Tess était assise derrière le seuil, les genoux ramenés contre sa poitrine. Megan adopta une position similaire en face d'elle, dans le couloir. Elle prit ensuite une profonde inspiration et composa le numéro de son bureau.

— Bureaux de Megan O'Rourke, annonça Todd.

— Salut, dit-elle.

— Megan ? C'est toi ?

— Oui.

— Tu as une drôle de voix. Quelque chose ne va pas ?

— Un rebondissement de dernière minute.

Todd gémit.

— Ne me dis rien... Tu ne peux pas venir ici samedi, c'est ça ? Bon, pas de problème. Je change ta réservation pour une place sur le vol de dimanche. En attendant, je te faxerai tout demain, pour que tu ne perdes pas de temps en arrivant ici.

— Todd, stop !

— Hein ? Quoi ?

— Ce n'est pas si simple.

— Megan, ça ne me plaît pas de te dire ça, mais nous courons à la cata.

— Justement, une catastrophe nous est tombée dessus.

— Je t'écoute.

Brièvement, elle lui rapporta alors les événements de la journée, tout en essayant de ne pas effrayer Tess plus qu'elle ne l'était déjà.

— Bref, conclut-elle, je ne peux pas quitter le ranch pour l'instant.

— Et qu'est-ce que je vais raconter à Dean, moi ? s'enquit Todd.

Il semblait plus désespéré que furieux, alors qu'il aurait été parfaitement en droit de lui en vouloir de toutes les contorsions qu'elle lui avait déjà imposées pour réaménager son emploi du temps.

— Rien, répondit-elle.

— Megan, il n'est pas idiot, il va se douter qu'on a des pépins. Mieux vaut que je lui suggère quelques rediffusions, même s'il va détester ça.

— Non, pas de rediffusions, répliqua Megan d'une voix ferme, sachant fort bien que cela signifierait à coup sûr la fin de leur contrat avec Dean Whicker.

— Quoi, alors ?

— Je veux que tu commandes caméras et tout ce dont on peut avoir besoin pour un tournage, et que tu me fasses livrer ça lundi à l'adresse que je vais te donner. Rassemble ensuite une équipe digne de ce nom.

Elle venait de repenser à la cuisine si photogénique de Peggy, et se demandait s'ils ne pourraient pas l'emprunter durant une semaine, le temps de se trouver un nouveau studio et de l'aménager.

— On tournera sur place.

— On ne peut pas organiser un tournage hors studio

en si peu de temps ! s'exclama Todd, horrifié. Cela demande des semaines de préparation. Et puis, Micah va devenir folle si tu lui lâches cette nouvelle sans crier gare.

— Nous avons encore quelques jours devant nous, insista Megan. Quant à Micah, elle n'aura qu'à se débrouiller. C'est une pro, et j'attends d'elle qu'elle se montre à la hauteur des circonstances. C'est important, Todd. Je compte sur toi.

— Eh bien, si j'arrive à m'en sortir, ça te coûtera cher, la prévint-il.

— Tu auras droit à des vacances dans l'endroit de ton choix, lui promit-elle. Tous frais payés.

— Deux semaines, dit-il.

— Entendu, acquiesça Megan en gloussant. Mais tu ne pourras sans doute pas les prendre avant l'année prochaine.

— Alors, trois semaines, exigea Todd. Car quand Micah en aura fini avec moi, il se pourrait que j'aie besoin de passer une semaine entière à l'hôpital.

— On verra. A ce week-end, donc.

— Ouais, si Dieu le veut. Je te rappelle avant la fin de la journée pour te tenir au courant.

— Merci.

— Megan, attends, reprit Todd alors qu'elle était sur le point de couper la communication. Est-ce à toi ou à moi de parler à Micah ?

Megan savait que cette responsabilité lui revenait, mais cette perspective lui procurait une certaine appréhension.

— C'est à moi, répondit-elle. Il n'est d'ailleurs pas exclu que je trouve un certain plaisir à lui demander de plier bagages pour venir me rejoindre dans l'Ouest profond...

Malheureusement, l'entretien avec Micah fut aussi désastreux qu'elle l'avait redouté. Ce qui ne l'empêcha pas, quand elle eut raccroché, d'éprouver du soulagement et l'impression d'avoir un tant soit peu repris les choses en main. Cette idée d'un tournage hors studio était un trait de génie. Même Micah, quoique prise de court, l'avait appréciée. Megan n'avait donc plus qu'à persuader Peggy de lui prêter sa cuisine. Celle-ci était presque la réplique de celle dont elle disposait en studio, et son amie serait sans doute enchantée à la perspective de voir sa maison à la télévision.

La porte de la chambre de Tess s'ouvrit soudain en grand, et Megan se retrouva avec la fillette dans les bras.

— Tout va bien se passer, mon cœur, murmura-t-elle en la berçant. Tu verras.

— Puisque tu restes là, tu viendras avec moi à la soirée des parents ? demanda Tess d'une petite voix.

— Quand ça ?

— La semaine prochaine.

— Et pourquoi ne m'en as-tu pas parlé auparavant ?

— Je pensais que tu voudrais pas, ou que tu serais déjà partie, répondit Tess avant de hausser les épaules. Tu sais, c'est pas grave si tu viens pas.

Plongeant les yeux dans ceux de la fillette, Megan vit qu'au contraire ce serait très grave.

— Je le marquerai dans mon agenda, promit-elle, tout en se demandant pourquoi elle avait soudain envie de pleurer.

La fibre maternelle se réveillait-elle donc en son cœur ? Ou bien pensait-elle seulement à toutes les réunions parentales de l'école que sa propre mère avait manquées ?

— Hé, les filles ! appela Jake depuis le bas de l'escalier. Tout va bien, là-haut ?

— Très bien, répondit Megan.

— Ça vous dirait une petite partie de Scrabble avant le dîner ?

Tess se redressa aussitôt.

— Tu connais trop de mots et puis tu triches. Je préférerais un Monopoly.

— Ça marche pour moi, approuva-t-il. Et pour toi, Megan ?

— Tu rigoles ? Il n'y a rien que j'aime autant que d'acheter des terrains et mettre de bons gros vieux hôtels dessus.

Elle suivit Tess dans l'escalier. En bas, Jake la retint un instant tandis que la fillette courait dans le séjour pour y préparer le jeu.

— Tout va vraiment bien ? s'enquit-il à voix basse.

— On fera aller.

— Toujours partante pour aller de nouveau visiter la zone d'activités aujourd'hui ?

— On verra ça demain. Je préfère qu'on s'occupe de Tess pour le moment.

Jake glissa un doigt sous son menton et lui redressa la tête.

— Tu as fait ce qu'il fallait, ma biche. Je suis fier de toi.

Puis il déposa un rapide baiser sur ses lèvres.

Ce n'était pas la même chose que d'être approuvé par Tex, songea Megan. D'une certaine manière, c'était encore mieux.

— Tu veux faire ton émission ici, dans ma cuisine ? demanda Peggy en dévisageant Megan avec stupeur.

— Je suis vraiment coincée, répondit Megan.

Et elle lui expliqua alors ce qui se passait avec Tess.

— Il n'est pas question que je parte à New York, poursuivit-elle. Pas la semaine prochaine, en tout cas. D'un autre côté, si je ne peux pas fournir ces enregistrements à la télévision, je peux dire adieu à mon contrat de diffusion. J'ai cherché un autre endroit pour installer le studio, ce matin, mais il est impossible de trouver un plateau équipé du jour au lendemain. Je me suis alors souvenue de ta cuisine, qui est presque la réplique exacte de celle que j'utilise à New York.

Elle s'interrompit pour dévisager son amie d'un air anxieux.

— Alors ? s'enquit-elle. Qu'en dis-tu ? Pouvons-nous tourner ici ?

— Trois jours d'affilée ?

— Je le crains. Qu'en pensera Johnny, à ton avis ? On remettrait tout en ordre chaque soir, mais je ne peux évidemment pas te promettre que nous en aurons toujours fini à temps pour que tu puisses préparer le dîner. Dans ce cas, nous sommes prêts à vous payer le restaurant...

Peggy paraissait hésiter.

— Je ne sais pas, murmura-t-elle. Si ça ne tenait qu'à moi, je dirais oui tout de suite, tu le sais bien. Mais Johnny, lui, a ses habitudes.

— Et si tu participais à l'émission ? suggéra Megan en essayant de rendre sa proposition irrésistible. Tu pourrais donner un coup de main dans une des séquences. Tu ne crois pas que Johnny en serait fier ?

A présent, Peggy avait l'air sérieusement tentée.

— Moi ? Mais je n'y connais rien, à la télévision...

— Tu sais cuisiner et faire des tas d'autres choses. Ce serait amusant, non ? On évoquerait nos vieux souvenirs. Tu révélerais tous mes petits secrets à l'antenne, ajouta Megan en sachant qu'aucune des éventuelles révélations de Peggy ne saurait trop la gêner.

Elle avait en effet été une enfant modèle, notamment parce qu'elle craignait d'être abandonnée par Tex à la moindre incartade. S'éprendre de Jake avait été son seul geste de rébellion.

— Un secret comme celui de ton béguin pour Jake Landers, par exemple ? demanda Peggy comme si elle avait lu dans ses pensées.

Megan sentit ses joues la brûler.

— Euh... non, peut-être pas celui-là.

— C'est un souvenir qui te rappelle trop le présent, n'est-ce pas ?

— Ne dis pas de bêtises. Jake et moi sommes seulement de vieux amis.

— Ce n'est pas l'impression que vous donniez quand vous êtes venus dîner l'autre soir.

— Ce n'est pas de Jake que je suis venue te parler, rappela alors Megan, mais de la possibilité de t'emprunter ta cuisine pour quelques jours. Alors, tu veux bien ou non ?

— Oh ! et après tout, pourquoi pas ?

— Désires-tu d'abord en discuter avec Johnny ?

— Il y survivra, répliqua Peggy sur un singulier ton de défi. Ou alors, il piquera une crise.

Elle haussa les épaules.

— De toute façon, on n'y peut rien. Ce ne sera pas la première fois qu'il se met en colère. Et puis, en plus, c'est une urgence, si j'ai bien compris.

Etudiant attentivement Peggy, Megan s'avisa avec un peu de retard que sa requête risquait d'accroître la tension régnant déjà dans le foyer des Barkley.

— Tu es sûre ? Si jamais cela vous pose problème, on ira envahir la cuisine de Mme Gomez, au ranch. J'ai d'abord pensé à la tienne parce qu'elle est plus moderne et que l'idée pouvait te séduire.

— Tu feras ça ici et voilà tout ! trancha Peggy, avant d'esquisser un sourire mutin. Peut-être qu'on pourrait préparer ensemble des berlingots ?

— Oh, non ! s'exclama Megan, qui ne se rappelait que

trop bien la dernière fois où elles s'y étaient risquées. Je ne suis pas près de retenter cette aventure. J'avais tellement de sirop dans les cheveux que tu as dû m'en couper presque la moitié !

— Je suis certaine qu'on y arriverait ce coup-ci, affirma Peggy avec un air candide. Quand j'en fais avec les enfants, ça marche comme sur des roulettes.

— Alors, c'est moi qui n'y entends rien, répliqua Megan en secouant la tête. Non, pas question que je gâche cette coiffure qui me coûte une fortune. Déjà que j'ose à peine me brosser les cheveux le matin...

Elles riaient encore en évoquant différents souvenirs communs quand Johnny arriva dans la cuisine, quelques minutes plus tard. Il considéra Megan d'un regard lourd de suspicion.

— M'attendais pas à te trouver ici, déclara-t-il en allant récupérer une boîte de soda dans le réfrigérateur avant de s'adosser au comptoir de la cuisine. Je pensais qu'il y en aurait bien pour dix ou vingt ans avant qu'on te revoie de nouveau à la maison.

— Johnny, arrête ! intervint Peggy. Megan est venue nous demander si elle pouvait tourner quelques-unes de ses émissions dans notre cuisine la semaine prochaine. Ça serait chouette, non ? ajouta-t-elle d'une voix excitée.

Johnny, pour sa part, paraissait rien moins qu'enthousiaste. Il fusilla sa femme du regard.

— Et tu as dit oui, j'imagine ? Comme chaque fois qu'elle te sort une de ces brillantes idées...

Peggy soutint son regard sans sourciller.

— Bien sûr que j'ai dit oui, rétorqua-t-elle. Elle n'a pas le choix et il faut bien qu'on l'aide, non ?

Johnny secoua la tête.

— Je ne sais pas. Ça va chambouler la maison.

— Ce n'est que pour quelques jours, insista Peggy. On

y survivra. Et puis, question chamboulement, on en a plutôt l'habitude avec les enfants. Difficile d'imaginer pire.

— Je peux pas dire que la perspective d'avoir des étrangers chez moi me plaise...

— Ouais, eh bien de toute façon j'ai déjà dit oui, répéta Peggy d'une voix pleine de défi.

De plus en plus gênée par cette dispute, Megan se leva.

— Ecoutez, dit-elle, je vous laisse en discuter tous les deux. Je te téléphonerai plus tard pour connaître votre décision, Peggy, d'accord ?

Elle n'avait pas rejoint sa voiture qu'elle entendait des éclats de voix chez son amie et regrettait sa suggestion. Elle aurait dû se montrer plus sensible aux non-dits qui avaient altéré l'ambiance du dîner, songea-t-elle, et éviter d'émettre la moindre proposition susceptible de leur fournir le prétexte d'une altercation.

Malheureusement, il était trop tard pour qu'elle rattrape son impair. Et puis, Peggy avait semblé véritablement enchantée par son idée. Il ne lui restait plus qu'à rappeler son amie le plus tard possible dans l'après-midi afin de lui laisser le temps de changer éventuellement d'avis.

Dans ce cas, pensa-t-elle, il lui serait peut-être encore possible de faire aménager un des locaux de la zone d'activités avant lundi. Après tout, elle avait la réputation dans ce pays d'accomplir des miracles. Cela n'en ferait qu'un de plus à ajouter à son palmarès.

17.

Debout au milieu de l'entrepôt caverneux, Megan écoutait sa propre voix résonner d'un côté à l'autre du bâtiment. Le sol était en béton et les murs en métal nu. A le voir ainsi, il était difficile de deviner son usage précédent, si tant est qu'il en ait eu un. Il y régnait une atmosphère de désolation froide et humide.

— Alors, qu'en dis-tu ? demanda Jake comme s'il lui faisait admirer le Taj Mahal.

— C'est grand, certes...

Megan soupira.

— Je ne sais pas, avoua-t-elle enfin. Je ne suis pas une technicienne. Je n'ai aucune idée du temps ni de l'argent que coûterait la transformation de cet endroit en un studio digne de ce nom. Ce dont je suis sûre, en revanche, c'est que ce n'est pas faisable d'ici à la semaine prochaine. D'abord, on grelotte, ici. Il faudrait chauffer. Et même avec toutes les lumières, ça continuerait à paraître lugubre.

— J'ignorais que tu avais besoin aussi vite d'un local équipé, remarqua Jake. Je pensais que tu devais demander à Peggy de te prêter sa cuisine. Elle n'est pas d'accord ?

— Elle, si ; c'est Johnny qui n'aime pas trop cette idée. Ils se disputaient à ce sujet quand je les ai quittés, précisa Megan d'un ton coupable. Je crains d'avoir été la cause d'un nouveau différend entre eux.

— A mon avis, tu n'étais plutôt qu'un prétexte...

Megan considéra Jake avec perplexité et irritation. Ce n'était pas la première fois qu'il lâchait ainsi une allusion sur la vie conjugale de Peggy. Et chaque fois qu'elle l'avait interrogé à ce propos, elle n'avait obtenu que des réponses évasives. Cette fois, cependant, elle était résolue à aller jusqu'au bout.

— Ce qui veut dire ? s'enquit-elle.

— Eh bien, que des gens qui cherchent la bagarre n'attendent qu'une occasion de se sauter dessus — quand ils ne la créent pas eux-mêmes.

— Moi, j'ai plutôt l'impression que tu me caches quelque chose. Alors, Jake, que sais-tu ?

— Je te répète que je n'ai pas envie de colporter des rumeurs...

— Quelles rumeurs ? insista Megan.

Il soutint son regard.

— Changeons de sujet, veux-tu ? Autrement, c'est nous qui risquons de nous disputer.

Constatant qu'il semblait toujours aussi résolu à ne rien lui dire, Megan décida à contrecœur de ne pas insister.

— Très bien, reprit-elle. Parlons de Josh Wilson, alors. J'ai appris ce que tu avais fait pour Janie.

Il parut surpris.

— Et comment l'as-tu appris ?

— Je suis allée boire un café chez Henrietta avant de venir ici. Tout le monde ne discutait que de ça. Janie n'arrêtait pas de clamer autour d'elle que sa maison grouillait d'artisans depuis le matin.

Jake afficha un large sourire.

— J'en ai moi-même compté une bonne demi-douzaine quand j'y suis passé, confirma-t-il avec l'air d'un gamin qui vient de jouer un bon tour au caïd de la cour de récréation.

— Tu es fier de toi, hein ? s'enquit-elle.

— Je me réjouis simplement de ce que Janie et Tommy disposent enfin d'un logement décent.

— Ça, c'est plutôt la cerise sur le gâteau, souligna Megan pour le taquiner. Ce qui t'a enchanté le plus, c'est de forcer la main à Josh.

— Oui, bon, c'est vrai. Et j'espère bien que cette première fois ne sera pas non plus la dernière, ajouta Jake sur un ton farouche. Mais peux-tu honnêtement me le reprocher, après tout ce qu'il a fait à ma mère alors qu'elle n'était pas en position de lui tenir tête ?

— Bien sûr que non ! Et tu as d'autres causes à défendre en vue ?

— Difficile à dire. Pour l'instant, je m'occupe d'une certaine célébrité médiatique qui recherche désespérément des locaux pour son studio et ses bureaux. Je lui consacre même tout mon temps.

Jake riva ses yeux à ceux de Megan. Celle-ci devina que lui trouver de nouveaux locaux était la dernière de ses préoccupations. Mais comme elle avait elle-même trop de soucis pour gérer d'anciens sentiments en suspens, elle préféra concentrer son attention sur le problème présent.

— Attendons de voir comment l'équipe réagira quand elle viendra ici, dit-elle. Si elle pense que c'est faisable, on se lancera dans l'aventure.

— Et d'ici là ?

— D'ici là, je n'ai qu'à croiser les doigts pour que Peggy l'emporte sur Johnny. Si elle n'y parvient pas, je crains que Mme Gomez doive prochainement accueillir toute une équipe de tournage au ranch.

Et pour sa part, Megan allait devoir trouver un moyen

de ne pas trop penser à l'homme qui s'était imposé dans son existence depuis le premier jour de son retour à Whispering Wind...

Une demi-douzaine de membres du personnel de Megan débarqua à Whispering Wind le samedi suivant, sous la houlette de Todd. Megan avait dû réserver pour eux toutes les chambres du seul motel de la ville. Elle avait installé Todd dans la chambre d'amis du ranch, une décision qui avait suscité la colère de Micah, puis une nouvelle crise de bouderie de sa part.

Le samedi soir, toutefois, ils se retrouvèrent tous dans le bureau de Tex pour étudier le programme des enregistrements. Même Micah avait laissé de côté sa rancœur pour se mettre comme les autres à la besogne.

Jake, pour sa part, avait eu la bonne idée d'emmener Tess au restaurant pour que la fillette ne risque pas de les gêner.

— Quand pourrons-nous voir la cuisine qui servira de plateau ? s'enquit Kenny. Il faut que j'y envoie l'équipe en repérage le plus tôt possible.

Megan hésita. Peggy lui avait bien confirmé que sa cuisine serait à leur disposition, mais pas avant lundi. Or cette nouvelle allait être mal accueillie.

— Désolée, les gars, répondit-elle. Pas avant lundi matin.

Kenny la dévisagea avec une expression incrédule.

— Vous plaisantez ? Comment pourrons-nous tourner dès lundi si on n'a pas effectué les repérages ni installé le plateau d'ici là ?

— C'est comme ça et il n'y a pas d'autre solution, déclara Megan. On ne commencera les enregistrements que mardi, voilà tout. Et on les poursuivra jusqu'à vendredi si nécessaire, ajouta-t-elle, priant le ciel pour que Peggy n'y voie pas d'inconvénient.

Elle se tourna vers Micah.

— Tous les synopsis sont-ils finalisés ? demanda-t-elle.

— Les voici, répondit Micah en lui tendant une liasse de papiers. Quant au matériel, il a déjà été classé par séquence et emballé. Il a été embarqué sur le même avion que le nôtre et j'ai vérifié tantôt que rien ne manquait. J'ai stocké le tout dans un des entrepôts de la ville que vous m'avez indiqués. On le fera transporter sur le plateau au fur et à mesure.

Il restait encore des milliers de détails à régler et, après quelques protestations et jérémiades, chacun s'attela à la tâche avec tout le professionnalisme que Megan attendait de son personnel. Quand minuit sonna, elle put ainsi constater avec satisfaction que ce tournage hors studio ne serait pas un désastre total. Même Micah semblait plus enthousiaste que naguère. Mieux : cette initiative impromptue avait l'air de l'inspirer.

— Je ne sais pas comment vous remercier de vous être si rapidement investis dans ce projet, déclara Megan.

— Hé ! nos emplois sont également en jeu, rétorqua Kenny.

— Désirez-vous quelque chose avant de rentrer en ville ?

— Oh, non, repartit le réalisateur. Pour ma part, je compte aller boire un verre au bar en face de l'hôtel et me glisser tout de suite après sous la couette. Demain, je dois me rendre avec l'équipe son et lumière à la zone d'activités pour voir ce qu'il en coûterait exactement de transformer ces locaux en studio.

— Fournissez-moi une première estimation dès que vous le pourrez, d'accord ?

— Vu que c'est une solution provisoire, vous désirez des aménagements basiques ou dernier cri ?

Megan examina la question avec soin. Même si elle préférait croire qu'il ne s'agissait que d'un pis-aller, elle savait que cette installation pourrait à l'avenir se voir transformée en un studio permanent. Elle n'oubliait pas non plus que ces locaux devaient ensuite pouvoir être proposés à d'autres sociétés de production.

— Dernier cri, dit-elle finalement.

Cette réponse lui valut de nouveaux gémissements, puis la promesse de disposer d'un rapport complet dès le lendemain.

Une fois les autres partis, Todd la dévisagea d'un air inquiet.

— Alors, c'est pour de bon ? interrogea-t-il. Tu restes ici pour de bon ?

— Je réagis simplement en fonction de l'instant.

— Megan, il n'y a même pas de grand magasin dans le secteur — et encore mois de Bloomingdale's ou de Barney's. Tu es vraiment sûre que cette ville vit au XXe siècle ?

Cette remarque désemparée fit sourire Megan.

— Les clients pour des boutiques de créateurs ne sont guère légion par ici, expliqua-t-elle. Un bon vieux jean y suffit généralement à toutes les occasions de l'existence, ajouta-t-elle pour taquiner Todd.

— C'est bien ce que je craignais...

— Ne sois pas défaitiste, Todd. Je t'en prie. Je ne m'en sortirai jamais sans toi.

— Les assistants de direction courent les rues.

— Pas des comme toi.

— Je suis un New-Yorkais, Megan.

— Les New-Yorkais ne sont-ils pas justement réputés pour relever tous les défis ?

Il la regarda avec méfiance.

— Oui. Et alors ?

— Alors, considère cette histoire comme un nouveau défi.

— Prendre le métro est un défi. Traverser Central Park sans se faire agresser est un défi. Dénicher une location abordable dans un quartier sûr de Manhattan est un défi. Mais ça, c'est...

Il s'interrompit, manifestement à court de mots.

— Un service à rendre à une amie, suggéra Megan d'une voix douce.

Il se renfrogna.

— Ça, c'est un coup bas.

— Quand la situation l'exige, tous les coups sont permis, Todd. Je suis une gagnante, et toi aussi.

— Bon, soit, mettons que je reste... pour l'instant. Mais je refuse de porter des bottes et un jean !

— Marché conclu.

— A ce propos, comment se débrouille-t-on pour avoir un taxi, dans le coin ?

Megan parvint à ne pas éclater de rire.

— On ne prend pas le taxi !

Il la contempla avec stupéfaction.

— Et comment suis-je censé me déplacer ?

— Avec ta propre voiture.

— Impossible.

Craignant de comprendre, Megan fronça les sourcils.

— Tu veux dire que tu ne sais pas conduire ?

— Et alors ? répliqua-t-il, sur la défensive. Ce n'est pas un crime. Et puis, qui a besoin d'une voiture à New York ?

— Bon, dans ce cas, je t'apprendrai, promit Megan, avant de se mettre à pouffer et d'ajouter : après que je t'aurai également appris à monter à cheval.

— Très amusant, grommela-t-il. Mais rira bien qui rira le dernier. J'ai oublié de t'avertir que, lorsque j'ai demandé à Peter d'annuler votre rendez-vous, il a décidé de venir ici.

— Oh, non !

— Oh, si !

— Et quand arrive-t-il ?

— Demain. Il estime sa présence indispensable pour sauver la situation. Je suis presque certain qu'il va visionner une bonne douzaine de westerns pour se mettre dans le ton. Il portera certainement un Stetson blanc à sa descente d'avion, afin que tu puisses reconnaître en lui le héros de l'aventure.

Même l'image de son comptable chauve, à la face poupine, coiffé d'un Stetson ne sut dérider Megan. La présence de Peter dans le Wyoming était pour elle aussi inconcevable que des grillades lors d'une soirée mondaine.

— Et tu n'as pas pu l'en dissuader ? demanda-t-elle.

— Pourquoi diable aurais-je fait ça ? répliqua Todd sur un ton innocent. Tu m'as toi-même signifié que ta vie privée ne me regardait pas.

— Peter n'est que mon comptable.

— C'est ce que tu crois, et j'y crois presque moi-même. Mais je doute que ce soit son opinion. Et ce n'est pas moi qui vais lui mettre les points sur les i.

— Merci beaucoup.

— Cela aurait pu être pire, tu sais.

— Je vois mal comment.

— Eh bien, j'aurais pu le laisser te faire la surprise.

— Oui, admit Megan. Cela aurait effectivement été pire.

⁂

Jake avait bien l'intention d'accompagner l'équipe de Megan jusqu'à la zone d'activités le lendemain matin, mais au moment où ils s'apprêtaient à quitter son cabinet, Henrietta traversa la rue en courant, son tablier claquant au vent. Elle s'arrêta net devant le seuil en avisant tous les inconnus qui se trouvaient avec lui.

— Désolé. Je ne savais pas que tu avais de la visite.

— C'est bon, Henrietta. Ces messieurs travaillent pour Megan, précisa-t-il avant de les lui présenter.

Puis, la considérant d'un air soucieux, il demanda :

— Il y a un problème ?

— Je peux te parler dehors ?

— Je m'apprêtais à emmener ces personnes à la zone d'activités.

— C'est important, insista Henrietta. Autrement, je ne serais pas venue te déranger.

Jake se tourna vers Ken Hawkins et lui tendit les clés.

— Vous ne pouvez pas louper les bâtiments. Ils sont à environ cinq kilomètres de la sortie de la ville. Ces clés ouvrent les portes de tous les locaux. Ils sont tous disponibles immédiatement, et vous n'aurez qu'à faire votre choix. Je vous rejoindrai là-bas dès que je le pourrai.

— Entendu, répondit Kenny.

Il salua Henrietta d'un hochement de tête, puis sortit avec les autres du cabinet de Jake.

— Des gens sympathiques, déclara Henrietta. Ils ont pris leur petit déjeuner chez moi. Très polis. Et généreux en pourboire, aussi. Je me doutais qu'ils étaient liés à Megan. Ils avaient bien l'air de New-Yorkais.

— J'imagine que tu n'es pas venue pour me parler de leurs pourboires. Que se passe-t-il ?

— C'est Barbara Sue. Elle s'est présentée au travail il y a environ une demi-heure. Lyle lui est de nouveau tombé dessus. Je l'ai mise dans la cuisine pour qu'elle n'ait pas à montrer ses bleus aux clients, mais cette situation ne peut plus durer. Elle m'a juré que ce vaurien de Lyle ne s'en était pas encore pris aux enfants, mais si tu veux mon avis, ce n'est qu'une question de temps avant que l'un de ces pauvres gosses regrette d'avoir cette brute pour père.

— Elle souhaite m'en parler ?

— Je ne lui ai pas donné le choix. Je suis venue directement te voir, c'est tout.

— Henrietta, il m'est impossible de l'aider si elle ne le désire pas.

— Tu peux au moins lui montrer qu'elle a d'autres solutions, car elle a l'air de croire qu'elle est coincée pour la vie avec Lyle. Bon, tu viens ou tu viens pas ? J'ai des clients qui m'attendent.

Quand elle était ainsi remontée, Henrietta n'avait aucun tact. Mais Jake devait reconnaître qu'elle ne manquait pas non plus d'efficacité.

— J'arrive, dit-il.

Il trouva Barbara Sue Perkins dans la cuisine du snack, en train de laver la vaisselle. Si elle ne leva pas la tête vers lui quand il pénétra dans la pièce, il put quand même distinguer l'hématome qui lui marbrait la joue. Il tira à lui un tabouret et s'assit derrière elle, devant la planche à découper. Celle-ci était parsemée des restes des légumes entrant dans la composition des salades du déjeuner.

— Salut, Barbara Sue.

— Salut, Jake, répondit-elle sans se retourner.

La moitié de son visage qui n'était pas couverte de bleus se mit à rougir d'embarras.

— Qu'est-ce qui t'amène ici ?

— Henrietta pense que tu aurais besoin d'un conseiller juridique.

— Henrietta se mêle de ce qui ne la regarde pas.

— Peut-être, mais j'estime qu'elle n'a pas tort non plus. A moins que tu te sois cognée deux fois de suite dans une porte au cours des dernières vingt-quatre heures, on dirait que tu as besoin d'un peu d'aide, non ?

Elle pivota sur elle-même. Jake fut atterré par l'état de son visage. Elle était littéralement couverte de blessures. Il s'efforça de garder son calme et de ne penser qu'à la mignonne petite blonde qui était jadis assise à côté de lui en classe d'histoire, et avec laquelle il partageait notes et commentaires acerbes sur le professeur.

— Ça va ? s'enquit-elle avec acrimonie. Ta curiosité est satisfaite ? Tu peux retourner à ton cabinet, maintenant.

— Pas avant que tu m'aies expliqué certains faits, répliqua-t-il d'une voix posée.

— Quels faits ? lança-t-elle sur le ton du sarcasme. Que si j'osais plaquer Lyle, je ne vivrais pas assez longtemps pour m'en réjouir ? Que si je me risque à seulement porter plainte contre lui auprès du shérif, il me réservera un traitement pire encore ? Non, crois-moi, Jake, personne ne connaît mieux que moi-même ce qui se passe dans ma vie. Et puis, pour reprendre un mot de maman, comme on fait son lit, on se couche, hein ?

— Ta maman se trompait. Personne n'attend de toi que tu restes avec un homme qui te maltraite.

— Et où irais-je ? Je n'ai ni argent ni diplôme en dehors de mon baccalauréat. Et surtout, j'ai deux enfants à nourrir.

— Tu leur dois plus que le gîte et le couvert, souligna Jake. Tu leur dois aussi sécurité et protection. Tu leur dois la vérité, à savoir qu'il n'est pas normal que leur père te batte. Et tu leur dois leur survie, ajouta-t-il en rivant son regard au sien.

Des larmes soudaines inondèrent les yeux de la jeune

femme, avant de se mettre à rouler en silence sur ses joues. Jake la laissa se pénétrer de ses propos avant de reprendre la parole.

— Il existe des endroits sûrs où tu pourrais te réfugier, poursuivit-il au bout d'un moment. Tu as aussi la possibilité, comme tu le suggérais toi-même à l'instant, de porter plainte contre Lyle pour coups et blessures et de l'envoyer en prison. Même sa maman ne serait pas capable de lui éviter ça. Tout ce qu'il faut, c'est une photo de toi à l'instant même. Enfin, il reste au moins la solution de requérir une ordonnance d'éloignement à son encontre. En tout cas, tu peux être certaine que tous les gens du coin t'aideraient pour les enfants et l'argent, le temps que tu retombes sur tes pieds.

— Je ne peux pas leur demander ça, murmura-t-elle en se couvrant le visage de ses mains.

— Pourquoi donc ?

— J'ai trop honte. Honte que mon mari me batte.

— Ce n'est absolument pas ta faute, rétorqua Jake avec chaleur. Ce serait plutôt à Lyle d'avoir honte.

— Peut-être que...

— Peut-être que quoi ?

— Peut-être que je le mérite. C'est ce que prétend sa mère.

Jake abattit son poing sur la planche à découper.

— Non, sacré bon sang ! Tu ne mérites certainement pas ça, Barbara Sue. Aucune femme — aucune, tu m'entends ? — ne mérite d'être maltraitée par l'homme qui a juré devant Dieu de l'aimer, de l'honorer et de la protéger. Et si Mme Perkins soutient le contraire, c'est parce qu'elle est aveugle dès qu'il s'agit de son fils. Elle lui aurait rendu un fier service en lui inculquant quelques principes dans son enfance. Mais non, elle l'a toujours laissé agir à sa guise et lui a constamment donné sa bénédiction.

Jake s'interrompit un instant pour se pencher par-dessus le billot et prendre la main de Barbara Sue.

— Dis-moi juste une chose, reprit-il. A-t-il déjà frappé les enfants ou menacé de le faire ?

Elle secoua la tête.

— Eh bien, ça ne saurait tarder, affirma Jake. Crois-moi, ça ne saurait tarder.

Levant la tête, elle croisa son regard.

— Je le tuerai avant, répliqua-t-elle.

Jake frémit. De toutes les paroles qu'elle avait prononcées jusqu'à présent, aucune ne l'avait été avec plus de conviction. Elle devait quitter son foyer sur-le-champ, pensa-t-il. Autrement, leur famille courait à la tragédie.

— S'il te plaît, Barbara Sue, laisse-moi au moins demander l'ordonnance d'éloignement. Lyle ne doit plus rester chez vous.

— C'est sa maison natale. Sa mère nous l'a donnée quand on s'est mariés. D'après lui, c'est moi qui n'ai rien à y faire.

— Le juge ne l'entendra pas de cette oreille.

— Jake, je t'ai écouté et je sais que tu veux m'aider, mais il faut que je règle ce problème par moi-même. Tu ne connais pas Lyle aussi bien que moi. Il a changé, depuis l'école. Il est devenu aigri, amer sur beaucoup de choses. Il est incapable de garder un travail, sauf à la boutique de sa mère. Et même elle commence à perdre patience avec lui. Il boit trop.

— J'ai déjà connu des hommes comme lui, assura Jake. Il ne changera jamais. Alors, c'est à toi de réagir. Et vite.

— Tu as sans doute raison, mais ça ne se passera pas comme ça, répliqua-t-elle.

Comme elle lui tournait le dos pour faire face à l'évier rempli de vaisselle, Jake soupira en comprenant que discuter plus avant serait inutile.

— Viens me voir si tu changes d'avis.

— Jamais ! rétorqua-t-elle avec emphase.

Jake revint dans la salle et se hissa sur un des tabourets du comptoir. Henrietta lui servit un café avant de repartir aussitôt vers les boxes, qui étaient tous occupés. Il dut attendre la fin du coup de feu avant qu'elle ne trouve le temps de s'asseoir un instant à côté de lui.

— Alors ? interrogea-t-elle.

— Elle a refusé mon aide.

— C'est bien ce que je craignais. Elle est terrifiée, Jake. Elle est persuadée qu'il la tuera si elle commet la moindre incartade.

— Peut-être n'a-t-elle pas tort, murmura Jake d'un ton lugubre.

— Et on va le laisser faire ? s'indigna Henrietta.

— C'est elle qui veut qu'il en soit ainsi, et nous n'y pouvons rien.

— Je n'en crois pas mes oreilles ! Mais enfin, Jake, si elle refuse de le quitter, qu'elle pense au moins à ses enfants !

— C'est ce que je lui ai dit.

— Et si, moi, j'entamais une démarche auprès du tribunal pour les sortir de là ?

Jake la dévisagea avec ahurissement.

— Tu ferais ça ?

— Si ça peut les protéger de ce monstre qui se prétend leur père, oui ! affirma Henrietta d'un ton farouche. Ils n'ont qu'à venir chez moi. Barbara Sue finira bien par les suivre.

— Je dois quand même te prévenir, Henrietta, qu'en agissant ainsi tu risques gros toi-même. Lyle va se sentir provoqué et partir en guerre contre toi. En plus, Barbara Sue en aura le cœur brisé.

Henrietta soupira.

— Je le sais bien. Et peut-être que je me mêle de ce

qui ne me regarde pas, mais savoir ces pauvres chéris en danger, ça aussi, ça me brise le cœur.

— Donne à Barbara Sue deux jours pour réfléchir, conseilla Jake. D'ici là, elle aura peut-être enfin compris où est son intérêt et celui de ses gamins.

— Dans des cas pareils, mieux vaut ne pas attendre trop longtemps...

— Je sais.

— Bon, d'accord, deux jours, convint Henrietta, non sans réticence. Après quoi, on ira tous les deux réclamer pour moi la garde des enfants au tribunal, d'accord ?

— Entendu.

Elle lui tapota la main.

— Tu es un chic type, Jake Landers. Je savais que je pouvais compter sur toi.

Jake espérait seulement que cette initiative ne leur vaudrait pas à tous deux encore plus d'ennuis qu'il ne le craignait.

18.

— Tu as vu Tess, ce matin ? demanda Mme Gomez le dimanche suivant quand, peu après 10 heures, Megan apparut enfin dans la cuisine.

Encore épuisée par sa réunion tardive de la veille, elle se mit à bâiller.

— Je croyais qu'elle dormait toujours.

— A cette heure ? Grands dieux, non ! C'est une lève-tôt, comme ton grand-père.

Un vague malaise envahit Megan.

— Tu as regardé dans la grange ?

— Elle n'est pas avec les chatons, indiqua Mme Gomez. C'est le premier endroit que j'ai vérifié. Et avant que tu me le demandes, le cheval de Tex n'a pas bougé de sa stalle. Sa dernière expérience en la matière lui a servi de leçon, j'imagine.

Megan considéra la gouvernante d'un air soucieux.

— Tu crois que...

— Sa mère est venue ? suggéra Mme Gomez en la comprenant à demi-mots. Tess ne partirait pas avec elle — du moins, pas sans faire d'histoires. Vu sa réaction de l'autre jour quand on lui a appris le retour de sa maman, c'est peu probable.

— Alors, elle doit être sortie se promener, proposa

Megan, autant pour se rassurer elle-même que pour convaincre Mme Gomez qu'elle n'avait effectivement aucune raison de s'inquiéter. Dès que j'aurai avalé quelque chose, j'irai voir où elle est.

Elle se saisit ensuite d'un muffin aux airelles encore chaud et mordit dedans en même temps qu'elle se servait une tasse de café.

— Des nouvelles de Todd ?

— Je crois qu'il est dans le bureau de Tex. Il a mangé trois de mes muffins avant de prétendre qu'il avait du travail, ajouta Mme Gomez d'un ton réprobateur. Je lui ai alors rappelé que c'était aujourd'hui jour de repos.

— Et qu'a-t-il répondu ?

— Que sa patronne ne connaissait pas le sens de ce terme.

Megan plaqua un baiser sur la joue de la gouvernante.

— C'est un cas d'urgence, lui expliqua-t-elle. Changer de lieu de tournage a complètement chamboulé notre programme d'enregistrement. Je te jure que le calme sera revenu la semaine prochaine.

— Ça, je le croirai quand je le verrai, rétorqua Mme Gomez. Dans ton métier, le calme est une denrée rare. Enfin, en attendant, assieds-toi et mange. Je m'occupe de retrouver Tess. Tu as déjà assez de soucis comme ça.

Megan s'installa donc à la table de la cuisine pour déguster une seconde tasse de café et jouir du bref répit qui lui était octroyé avant la tempête d'activités que lui promettait le week-end. Elle n'avait pas bougé quand la gouvernante revint dans la cuisine.

— Elle n'est nulle part, rapporta Mme Gomez, les sourcils froncés. Même pas dans ses cachettes habituelles. Je n'aime pas ça. Tess n'est pas du genre à disparaître sans crier gare.

— Elle l'a pourtant déjà fait une fois, lui rappela Megan.

— C'est différent, aujourd'hui. Je le sens.

En toute honnêteté, Megan devait reconnaître qu'elle était également inquiète. Certes, il se pouvait que l'anxiété de Mme Gomez déteigne sur elle, mais ce nœud d'angoisse, dans le creux de son estomac, existait bel et bien... Si seulement Jake était là, songea-t-elle, il saurait quoi faire, où regarder. Car même si la chose était pénible à admettre, elle devait reconnaître qu'il semblait mieux comprendre Tess qu'elle-même.

— Si elle ne réapparaît pas dans la prochaine demi-heure, j'appellerai Jake, annonça Megan à contrecœur.

— C'est ce qu'il y a de mieux à faire, oui, approuva Mme Gomez. Tess et lui sont du même bois. Pour avoir confié à Jake l'exécution de son testament, ton grand-père devait être de cet avis.

Megan plissa les yeux avec méfiance.

— Ce qui signifie ?

— Que Tex estimait qu'il était aussi bien qu'ils demeurent l'un près de l'autre.

— Mais c'est à moi qu'il a attribué la garde de Tess ! répliqua Megan, tout en se demandant pourquoi elle se sentait blessée par les propos de Mme Gomez.

— Tu es de la famille. Il comptait sur toi pour agir au mieux avec elle.

La gouvernante semblait désemparée.

— Ah ! je m'exprime mal...

— Je pense au contraire que tu t'exprimes très clairement. Selon toi, Tex ne m'accordait pas assez de confiance, et il avait mis Jake en position de remédier à une éventuelle défaillance de ma part — c'est bien ça ?

— Je n'ai jamais dit une chose pareille ! protesta Mme Gomez. J'ai aidé ton grand-père à t'élever. Je connaît mieux que quiconque tes qualités.

— Et mes faiblesses aussi. Bien sûr, tu ne vas pas m'avouer de but en blanc que je suis capable de tout gâcher avec la petite, tu es trop gentille pour ça. Mais tu n'en penses pas moins.

Et elle ne pouvait pas vraiment lui donner tort, songea Megan en quittant la cuisine. Jusqu'à présent, chaque pas en avant dans ses rapports avec Tess avait été suivi d'une demi-douzaine de pas en arrière.

Avant de partir à son tour à la recherche de la fillette, elle se rendit dans le bureau de Tex pour voir Todd. Au moment de franchir le seuil de la pièce, elle s'arrêta net : penché sur un immense plan de la cuisine de Peggy, son assistant se trouvait en compagnie de Tess.

— Et ça, ça veut dire quoi ? demanda celle-ci en désignant un bout de papier accroché au plan.

— Cette note indique que la séquence du séchage des airelles prendra dix minutes, expliqua Todd avec patience, qu'on s'y servira de la batterie de cuisine, et qu'elle sera suivie de la recette de ces muffins que Mme Gomez a préparés ce matin même.

— Et c'est Megan qui va les faire ? interrogea Tess, incrédule. A la télévision ?

— Hé oui !

La fillette demeurait visiblement sceptique.

— Tu as déjà mangé un de ses muffins, à Megan, toi ?

Todd fit la grimace.

— L'important n'est pas qu'elle soit un cordon-bleu, mais qu'elle sache plaire au public, expliquer la recette et faire croire qu'elle est facile à réaliser.

— En d'autres termes, résuma Tess, t'en as déjà mangé et c'était dégueu.

Levant la tête, Todd aperçut alors Megan.

— Je ne dirais pas ça, répondit-il avec diplomatie.

— Oh ! mais si, dis-le donc ! intervint Megan. Tout le

monde sait bien que j'ai tendance à me laisser distraire et à faire brûler tout ce que je prépare.

Todd sourit.

— Raison pour laquelle nous faisons cuire à l'avance le produit final, afin d'obtenir une image parfaite à l'antenne. Tu mélanges les ingrédients, tu touilles, et c'est quelqu'un d'autre qui met le tout au four.

— En résumé, reprit Tess, c'est de l'escroquerie.

Puis, se tournant vers Megan, elle fronça les sourcils et demanda :

— Tex était au courant de ça ?

— Ce n'est pas vraiment de l'escroquerie, se défendit Megan. Nous n'avons pas assez de temps d'antenne pour suivre la cuisson d'un bout à l'autre. D'ailleurs, toutes les émissions de cuisine font comme nous et cuisent à l'avance le produit fini, afin qu'il puisse être servi sur le plateau au terme de chaque séquence.

— Et les jolis trucs avec les fleurs ? interrogea Tess avec une expression indignée. Tu as aussi un fleuriste, derrière le décor, pour les faire à ta place ? Et les tricots ? C'est pareil ?

Soudain, Megan se sentit dans la peau d'une lycéenne surprise à tricher pendant un contrôle de math.

— Non, c'est moi qui exécute la plupart de ces ouvrages, répondit-elle. Mais je dispose évidemment de conseillers. Ainsi que de toute une équipe qui prépare et organise pour moi chacune de mes activités. Autrement, il serait impossible de sortir un numéro du magazine chaque mois ou de présenter quotidiennement une émission de télévision.

— En attendant, tout le monde te prend pour une véritable fée du logis, protesta Tess. Quelle comédie ! Si ça se trouve, en plus, tu détestes faire tout ça.

— Pas du tout, affirma Megan. Il y a bien certaines

tâches qui sont plutôt fastidieuses, mais la plupart sont des défis excitants à relever.

Malgré ces explications, Tess donnait l'impression d'avoir été trahie.

— Je parie que tu sais même pas faire pousser des tomates, pas comme Tex.

En vérité, Megan avait la quasi-certitude qu'elle saurait cultiver des tomates si le besoin s'en ressentait. Après tout, se dit-elle, quelle difficulté pouvait-il y avoir à planter une graine en terre, l'arroser et la regarder ensuite croître ? Cela étant, elle n'avait pas la place suffisante pour cultiver des tomates dans son appartement new-yorkais, et les séquences de jardinage de son émission étaient toutes exécutées dans une résidence de Long Island... par un horticulteur et un paysagiste professionnels.

— Si, je saurais faire pousser des tomates ! prétendit-elle néanmoins.

— Je parie que non, répéta Tess.

— De toute façon, ce n'est pas la saison, ajouta Megan, soulagée à l'idée d'avoir ainsi trouvé un argument décisif.

— T'as jamais entendu parler des serres ? demanda alors Tess. Tex en a justement installé une à l'arrière de la grange pour semer ses légumes à l'avance.

Jake les rejoignit au même moment.

— Qu'y a-t-il derrière la grange ? demanda-t-il.

— Une serre, répondit Megan, vaguement consternée.

— Et pourquoi est-ce si important de... ?

— Parce que Tess et Megan sont en train de se disputer sur la culture des tomates, intervint Todd d'un ton amusé. Je crois que nous avons un duel horticole en perspective.

Tess paraissait un peu trop excitée par cette perspective

au goût de Megan. Si elle n'y prenait garde, pensa-t-elle, il y aurait bientôt un article exhaustif dans les journaux à scandale sur la manière dont elle avait été humiliée en jardinage par une fillette. Et sa réputation ne s'en remettrait pas.

— Oublie ça, lança-t-elle à Tess. Je n'ai pas l'intention de te défier sur ce terrain.

— Ça ferait pourtant une séquence super, souligna Todd. Nous pourrions communiquer chaque semaine les résultats du concours : hauteur des plants, nombre des floraisons, etc. En outre, la présence de Tess donnerait un côté encore plus chaleureux à l'émission. Le public adorerait.

— Le public n'adorera pas parce qu'il ne le verra pas, rétorqua Megan. A quoi bon chercher à prouver que je vaux mieux qu'une enfant de huit ans ?

Jake la dévisagea d'un air entendu.

— Tu as peut-être quand même quelque chose à prouver, répliqua-t-il. Sinon à Tess, du moins à toi-même.

— Je n'ai rien à prouver du tout. Bon, on se met au travail, maintenant ?

— C'est toi la patronne, déclara aussitôt Todd.

Jake, lui, se pencha vers Megan.

— Repenses-y, murmura-t-il en lui déposant un baiser sur les lèvres.

Puis il se redressa et tendit la main à Tess.

— Allez, viens. On va aller faire du cheval.

Megan le fusilla du regard.

— Tu l'emmènes faire du cheval ?

— Elle a encore besoin d'une leçon et tu n'as pas envie de nous avoir dans tes pattes, n'est-ce pas ?

— Exact, convint-elle.

Comme ils sortaient de la pièce pour aller profiter d'une journée idyllique — peut-être l'une des dernières avant l'arrivée de l'hiver —, Megan soupira, étonnée de la déception qui l'envahissait soudain. Pour la première fois depuis des années, elle se prenait à regretter d'avoir toujours accordé la priorité au travail.

— Il y a un bonhomme qui doit débarquer cet après-midi au ranch, annonça Tess à Jake tandis qu'ils chevauchaient en direction du ruisseau.

— Quel type ? demanda Jake, irrité par le brusque sentiment de jalousie que cette nouvelle venait de susciter en lui.

— D'après Todd, c'est un « as de la calculette » qui en pince pour Megan, énonça Tess. C'est quoi, un « as de la calculette » ?

— Un comptable, je suppose.

Jake prit note que Tess ne semblait pas avoir besoin d'explication pour l'autre expression employée par Todd. Soit elle considérait que cette information était sans importance, en conclut-il, soit elle en savait un peu trop pour son âge...

— Mais je crois pas que tu doives t'inquiéter, poursuivit la fillette avec un sourire espiègle.

— De quoi ?

— De ce que Megan en pince pour lui aussi, idiot ! C'est pas le cas.

— Et comment le sais-tu ?

— Parce que Todd me l'a dit, tiens !

Jake secoua la tête, vaguement effaré.

— Parce que tu l'as demandé à Todd ?

— Bien sûr ! répliqua-t-elle d'une voix égale. Comment tu fais pour savoir les choses si tu poses pas de questions ?

— Certaines questions sont indiscrètes, souligna Jake.

— C'est Todd qui a commencé à en parler, pas moi. Alors, j'ai pensé que je pouvais aussi bien me renseigner. En plus, Megan elle était pas là pour entendre, et...

— N'empêche que tu t'es mêlée de sa vie privée.

— Ah bon ? Tu veux pas savoir ce que Todd m'a dit d'autre, alors ?

— A propos de cet as de la calculette ?

— Hon-hon.

Finalement, le souci de montrer l'exemple à la fillette le céda chez Jake à la curiosité.

— Qu'a-t-il dit ? demanda-t-il.

— Que ce bonhomme, il serait une sorte de héros.

Jake se raidit. S'il devait y avoir un héros dans la vie de Megan, se promit-il, ce ne serait certainement pas un crâne d'œuf de New York !

— Todd t'a vraiment dit ça ?

— Mais non, rétorqua Tess avec impatience. Pas à moi : à Megan.

— Et il se trouve que tu passais à proximité au même moment ?

Tess le considéra avec pitié.

— Quand t'es un enfant, c'est mieux d'avoir toujours une oreille qui traîne. Les adultes ont la sale manie de toujours décider de tout à ta place. Alors, autant se tenir au courant.

Jake admira sa logique, sinon sa stratégie.

— Ecouter aux portes est malpoli, c'est tout.

— Pouah ! Tu parles comme Megan. Vous êtes tous les deux de la police des bonnes manières ou quoi ?

Jake toussa afin de dissimuler un gloussement.

— Et que sais-tu des bonnes manières, au juste ?

— D'après Mlle Herter, mon instit', pas grand-chose. Elle répète constamment que j'en ai aucune.

— Pas plus que de correction dans ton langage, ajouta Jake.

Mais chaque chose en son temps, se dit-il. S'il valait mieux laisser les leçons de grammaire aux professeurs, Tess semblait avoir effectivement besoin de quelques leçons de savoir-vivre.

Il la toisa d'un regard sévère.

— O.K., reprit-il, soyons clairs : plus d'espionnage ni d'intrusion dans l'intimité d'autrui, d'accord ?

— J'ai jamais...

— Oh, que si ! répliqua-t-il sur un ton ferme. Tex m'a averti de ce méchant petit travers, figure-toi, et je souhaiterais vivement que tu t'en débarrasses. Les conversations privées sont censées le rester.

— Eh bien, moi, je dis que j'ai le droit de savoir quand même.

— Si tu as des questions à poser, pose-les, c'est tout.

— Et comment je saurais quelles questions je dois poser si je sais pas ce qui se passe ?

— Tu devrais d'abord cesser de croire que tout le monde est en train de comploter à ton sujet.

— Facile à dire pour toi, répliqua Tess avec humeur. Chaque fois qu'il arrive quelque chose, en ce moment, c'est pour ma pomme.

Là, Jake devait admettre qu'elle n'avait pas tort.

— O.K., reprit-il. Je vais te faire une promesse : s'il arrive encore quoi que ce soit qui te concerne, je t'en informerai la première.

Elle le dévisagea d'un air sceptique.

— Croix de bois, croix de fer ?

Jake dessina une croix sur son torse.

— Juré !

— Bon, d'accord, murmura Tess en hochant la tête, très solennelle. Alors, commence par me dire où se cache ma mère.

— Je ne l'ai pas revue depuis sa visite au ranch l'autre jour, répondit Jake en toute honnêteté.

— Mais elle va revenir, hein ?

— C'est ce qu'elle a annoncé, en tout cas.

— Et Megan va me laisser repartir avec elle, comme ça ?

— Certainement pas ! Et tu le sais d'ailleurs très bien, Tess. C'est même pour ça qu'elle est restée ici ce week-end.

— Peut-être que je devrais prendre cette décision moi-même, ajouta la fillette sur un ton soucieux. Ça rendrait les choses plus faciles.

— Plus faciles pour qui ?

— Pour Megan. Pour toi.

— Tu veux retrouver ta maman ? interrogea Jake avec prudence.

— Oh, non ! Parce que si elle est venue, ce n'est pas pour moi mais pour l'argent que m'a laissé Tex. Exact ?

— Tu n'as donc pas à t'inquiéter pour ça. Megan et moi, nous veillerons à ce que tu demeures au ranch, conformément aux vœux de Tex.

— N'empêche qu'il a obligé Megan à s'installer ici alors qu'elle ne le voulait pas. Et c'est ma faute.

— Non, ce n'est pas ta faute. Tu n'y peux rien et nous non plus. Megan s'adaptera à la situation.

Jake se pencha alors vers la fillette.

— Je vais te confier un secret.

— Quel secret ?

— Je crois qu'au fond, elle est bien plus contente d'être de retour au ranch qu'elle ne le prétend.

— Mince ! fit Tess. Elle le cache bien, alors, parce que si tu m'avais posé la question, je t'aurais dit qu'elle aimait pas ça du tout.

— Tu te rappelles quand tu es arrivée ici ? demanda Jake.

Tess hocha la tête.

— Au bout de quelques jours, tu as fini par t'y plaire, non ?

— Ouais, peut-être.

— Mais pendant longtemps, tu n'en as rien montré à Tex ni à personne, n'est-ce pas ?

— Non.

— Et pourquoi ?

Elle haussa les épaules.

— J'sais pas.

— Peut-être parce que tu voulais punir tout le monde de t'être retrouvée ici, non ? suggéra Jake.

La fillette afficha une expression perplexe.

— Alors comme ça, Megan elle voudrait elle aussi remettre les pendules à l'heure ?

— Je doute qu'elle en ait conscience, mais je pense effectivement que c'est le cas, acquiesça Jake.

Du moins l'espérait-il. Surtout, il voulait qu'un beau matin Megan s'aperçoive qu'elle était vraiment heureuse d'être revenu dans le Wyoming.

Et heureuse qu'il soit lui-même de retour dans sa vie... même si elle était trop butée pour l'admettre ouvertement.

19.

De fait, Peter s'était acheté un Stetson — et un blanc, grand modèle, comme Todd l'avait prédit. Megan avait du mal à détacher les yeux de son comptable. Debout sur le perron du ranch, il était habillé comme une sorte de héros de western, depuis son chapeau jusqu'à ses bottes en peau de serpent. Mesurant à peine un mètre soixante-quinze, un peu empâté à la taille, il avait l'air franchement mal à l'aise et totalement hors de son élément naturel qu'était le quartier chic de l'Upper East Side. Comme quoi, songea Megan, un costume était à même de dissimuler bien des péchés qu'un jean révélait au grand jour.

— Salut, mon gars ! lui lança-t-elle avec un accent traînant, estimant qu'elle éviterait ainsi à Peter de se sentir complètement ridicule.

Cela ne parut guère le réconforter, car ses traits s'affaissèrent aussitôt.

— J'en fais un peu trop, hein ?

Elle hocha la tête.

— Un chouïa.

— Alors, je peux retirer ces satanées bottes ? Elles me font un mal de chien.

— Vous avez apporté vos mocassins Gucci ? demanda Megan.

— Sur le dessus de la valise.

— Juste à côté du costume Armani, j'imagine...

Elle le conduisit jusqu'à une des chambres d'amis.

— Quand vous vous serez changé, rejoignez-nous, Todd et moi, dans le bureau du rez-de-chaussée. Nous sommes en train de travailler sur le programme de pré-production. Nous nous arrêterons afin que nous puissions régler ensemble quelques questions budgétaires.

Une fugace lueur de déception passa de nouveau dans le regard de Peter. Megan devina qu'il avait espéré un accueil plus personnel, plus chaleureux — en un mot, plus intime.

Curieux, songea-t-elle. Au bout de toutes ces années, Peter Davis était encore pour elle une énigme. Il lui avait été recommandé par des amis l'année de son arrivée à New York. Sa clientèle comprenait les particuliers les plus fortunés de Manhattan ainsi que la plupart des entreprises alors en vue. Il évoluait dans les sphères de la haute société, recevait à des dîners prestigieux et organisait des bals de charité.

Et pourtant, il y avait en lui une sorte de vulnérabilité, d'effarement devant sa propre réussite. Megan avait d'abord été touchée et flattée par la sollicitude qu'il lui avait témoignée d'emblée ; puis, il lui était devenu évident que ce respect cachait des sentiments qu'elle ne pouvait lui rendre ; aussi s'était-elle efforcée de tempérer le côté intime de leurs rapports. Peter n'en avait pas moins continué de la poursuivre de ses assiduités, avec la fidélité d'un petit chien, l'invitant à des soirées, à des premières au théâtre et à maints repas d'affaires.

Ce dont il avait besoin, estimait-elle, c'était d'une personne aimante et généreuse avec laquelle il pourrait construire un vrai foyer, non une femme qui ne faisait que simuler ces qualités domestiques à la télévision et dans les pages d'un magazine.

L'image de Peggy s'imposa alors à son esprit. Elle se hâta de la repousser. Peggy était mariée à Johnny Barkley, pour le meilleur comme pour le pire. Elle n'était absolument pas un parti pour Peter — ce qui prouvait, songea Megan, qu'elle était aussi piètre entremetteuse que mauvais cuisinière. Comment elle avait fini par réussir dans cette carrière qu'elle s'était choisie était d'ailleurs une énigme de plus. Peut-être désirait-elle prouver que n'importe quelle femme pouvait surmonter le handicap de ses origines et devenir une parfaite maîtresse de maison... en apparence, du moins. En tout cas, Dieu savait que sa propre mère avait rarement mis les pieds dans une cuisine, sinon pour tenter de remédier à l'état de déréliction dans lequel elle laissait ordinairement sa fille. En ces occasions, elle cuisait des cookies par fournées entières.

— Ainsi, notre sauveur est enfin arrivé ! s'exclama Todd quand Megan vint le rejoindre après avoir quitté Peter.

— Ne t'avise pas de te moquer de lui, répliqua-t-elle. Il souhaitait seulement se mettre dans le ton, alors que je ne pourrais guère en dire autant de toi.

Todd leva les mains en signe d'apaisement.

— O.K., je retire ce que j'ai dit : Peter est un saint et je ne suis qu'un bon à rien.

Megan soupira.

— Désolée, reprit-elle. Je me sentais juste un peu coupable.

— Coupable ? répéta Jake en pénétrant à son tour dans la pièce — bronzé, énergique et masculin au possible.

— Du calme : je ne suis pas en train de confesser mes péchés, rétorqua Megan.

Il lui était impossible d'ignorer le contraste saisissant que présentaient les deux hommes. Par rapport à Jake, qui n'était que muscles et vigueur, Peter paraissait bien terne. Megan se demanda si, inconsciemment, elle n'avait pas cessé de les comparer durant toutes ces années.

— Dommage, murmura Jake. Ecouter la litanie de tes péchés aurait pu se révéler fascinant.

— Où est Tess ? demanda-t-elle en changeant délibérément de sujet.

— Dans la cuisine en train de se goinfrer de cookies aux pépites de chocolat.

— Je m'étonne que tu ne partages pas ses agapes.

Il eut une grimace comique.

— J'ai déjà pris ma part, répondit-il avant de brandir un plat recouvert d'une feuille de papier aluminium. Et Mme Gomez m'a chargé de vous remettre la vôtre.

Todd tendit aussitôt la main vers le plat et poussa un profond soupir.

— Encore tout chauds, dit-il. Seigneur, c'est le paradis...

— Vous travaillez pourtant avec une célébrité de l'art culinaire, remarqua Jake. Elle ne vous nourrit donc jamais ?

— Pour sûr, répondit Todd en mordant dans un des gâteaux. Elle a un excellent traiteur chinois à deux pas de chez elle.

— Je voulais dire : de sa propre cuisine.

Megan les considéra tous deux en fronçant les sourcils.

— Je ne cuisine jamais à la maison.

Jake laissa échapper un gloussement entendu.

— Et moi qui pensais qu'animer *Megan's World* avait fait de toi un vrai cordon-bleu. Quand on te voit à la télé, ça a l'air si facile...

— Ne commence pas à t'y mettre toi aussi, le prévint-elle. J'ai déjà eu droit à ce sermon avec Tess.

Elle aperçut alors Peter dans l'encadrement de la porte. Il avait adopté une tenue qui lui ressemblait plus : pantalon de costume, chemise de soie et mocassins vernis.

— Entrez donc, lui dit-elle. Vous connaissez Todd, bien sûr. Et voici Jake Landers. Jake, je te présente Peter Davis.

Sous le regard amusé de Todd, les deux hommes se jaugèrent mutuellement du regard tels des boxeurs avant le premier round. Même si ses vêtements étaient poussiéreux et ses cheveux ébouriffés par le vent, Jake avait nettement l'avantage. Alors que Peter respirait l'argent et le raffinement, lui rayonnait d'une aura de pure sensualité virile. Megan le regrettait sincèrement. A ses yeux, Peter était infiniment moins dérangeant que Jake. Moins inquiétant.

— Peter et moi devons discuter affaires, ajouta-t-elle dans l'espoir que Jake s'éclipserait.

Il n'en fut rien. Ce dernier s'installa au contraire dans le fauteuil de cuir préféré de Tex.

— Ne t'inquiète pas pour moi, mon cœur. Je serai aussi discret qu'une petite souris. Tu finiras même par oublier que je suis là.

Malheureusement, ignorer la présence de Jake était aussi impossible pour Megan que de croire qu'elle était encore en train de jouir de son existence new-yorkaise, si facile.

— A ta guise, grommela-t-elle.

— Megan, ce dont nous avons à parler ne concerne

que l'entreprise, intervint Peter sur un ton crispé. Estimez-vous vraiment que la présence d'un tiers soit opportune ?

— Oh ! mais pour Megan, je suis plus qu'un tiers, répliqua Jake avant qu'elle ait pu répondre. On se connaît même depuis si longtemps que je suis pratiquement sa moitié. Hein, ma biche ?

Todd manqua s'en étouffer avec son cookie. Megan le fusilla du regard avant de reporter son attention sur Jake.

— Reste donc, puisque tu y tiens tant. Mais je te prierai de ne plus dire un mot.

— Je serai muet comme une carpe, promit-il solennellement.

Mais son silence ne le rendit que plus présent à l'esprit de Megan alors qu'elle discutait de la situation financière de sa société avec Peter. Sans compter qu'il ne se privait pas de toussoter discrètement ou de pousser un petit soupir réprobateur à chacune des solutions avancées par le comptable.

Il fronça carrément les sourcils quand ce dernier accueillit avec une moue dubitative le projet de transformer en studio les locaux de la zone d'activités de Whispering Wind.

— Quelles sont les modalités du bail ? s'enquit Peter. A combien s'élève le coût des transformations ? Le genre d'équipement dont vous avez besoin n'est pas donné. Et vos bureaux, où les installerez-vous ? Et où trouverez-vous une équipe de tournage dans le coin ? Non, ce projet est une pure folie, alors que vous disposez déjà de toutes les commodités souhaitables à New York.

— Je ne peux être à New York en ce moment, insista Megan. Ce serait une solution provisoire.

— Et un gouffre financier, rétorqua Peter. Je ne puis que vous le déconseiller fortement.

— J'entends bien, mais pouvons-nous réaliser ce projet, oui ou non ?

— Vous avez encore des fonds en banque, si c'est ce que vous voulez savoir. Je pensais que vous vouliez avoir mon avis sur la question...

— Eh bien, tu as mal pensé, vieux ! intervint Jake, avant d'esquisser un sourire contrit. Désolé. Le coup est parti tout seul.

— Ben voyons, marmonna Megan. Bon, tout ça ne nous mène nulle part, ajouta-t-elle à voix haute. Et si nous poursuivions cette réunion ce soir, quand Kenny m'aura fourni un premier devis ?

Peter lança un regard courroucé en direction de Jake.

— Il sera là, lui aussi ?

— Fort probablement, dit Megan avec un soupir résigné après avoir noté l'expression intraitable de Jake.

Elle prit Peter par la main.

— Allons, venez, je vous emmène visiter le domaine.

— Fais gaffe à tes chaussures, Pete ! lança Jake. Il y a pas mal de vaches dans le secteur.

Dès qu'ils furent dehors, Peter dévisagea Megan avec un air vexé.

— Mais qui est cet individu, au juste ?

— Un vieil ami, répondit-elle d'une voix lasse. Et l'exécuteur testamentaire de mon grand-père.

Peter afficha une expression incrédule.

— *Lui*, un juriste ?

— Eh, oui. Il a exercé un temps à Chicago avant de se décider à revenir vivre ici et ce, très certainement, dans l'unique but de me rendre l'existence impossible.

Jake passa alors la tête par la porte.

— Je t'ai entendue, ma chérie ! chantonna-t-il avant de disparaître à l'intérieur.

— Il est vraiment sans-gêne, décréta Peter.

— A qui le dites-vous ! soupira Megan.

Le problème, songea-t-elle, c'était qu'elle commençait à se reposer sur cet homme, aussi sans-gêne fût-il. Pire : en sa présence, ses paumes devenaient moites et ses genoux flageolaient comme jadis. Et ça, c'était un très mauvais signe.

Ayant constaté, non sans satisfaction, que Peter ne courtisait pas Megan, Jake retourna dans le bureau de Tex et reprit place dans le fauteuil avec la ferme intention de cuisiner un peu Todd.

— Alors, qu'est-ce qu'il est au juste pour elle ? demanda-t-il de but en blanc, tout en ayant conscience qu'il faisait ainsi exactement ce qu'il avait reproché naguère à Tess — se mêler de la vie privée de Megan.

— Peter ? fit Todd d'un ton innocent. Mais c'est son comptable. Elle ne vous l'a pas dit ?

— Rien de plus ? Ce gars lui tourne autour, ça crève les yeux !

— Et pourquoi ne lui posez-vous pas directement la question ?

— Parce que vous êtes là et que c'est à vous que je la pose.

— Vous avez choisi la mauvaise personne. Car si Megan me paie aussi bien, c'est notamment pour garder le silence sur sa vie privée.

Jake faillit lui rappeler qu'il n'avait pas montré autant de discrétion avec Tess, mais il se ravisa, admirant malgré lui la loyauté de Todd à l'égard de la jeune femme.

— Mesure-t-elle au moins la chance qu'elle a de vous avoir ? demanda-t-il.

Todd grimaça un sourire.

— Je ne manque jamais de le lui rappeler.

— Comment trouvez-vous le Wyoming ? Au fait, on pourrait peut-être se tutoyer ?

— Pas de problème. Pour ce qui est du Wyoming, je déteste.

— Que feras-tu si elle décide de rester ici ?

— Pour l'instant, je prie le ciel de m'épargner cette épreuve.

— Eh bien, moi, je souhaite exactement le contraire, répliqua Jake avec un regard menaçant.

Todd haussa les épaules.

— On verra sans doute bientôt qui de nous deux est le mieux entendu dans ses prières...

— Je ne compte pas seulement sur la providence. J'ai l'intention de pousser un peu les choses.

— En couchant avec elle ?

La franchise de Todd déconcerta Jake. Il soupesa sa réponse avec soin, décidant finalement que la réserve n'était plus de mise.

— Non, répondit-il en toute franchise. Si je couche avec elle, ce sera uniquement pour le plaisir.

— Alors, tu te serviras de Tess, conclut Todd sans cacher son mépris. Vraiment, tu es un beau salaud !

— Non. Je suis un homme qui se soucie du sort d'une enfant de huit ans qui vient de perdre la seule personne qui l'aimait réellement. Je suis aussi quelqu'un qui connaît assez Meggie pour savoir qu'elle ne se pardonnerait jamais d'avoir failli à la confiance de son grand-père.

— D'accord, mais pourquoi l'obliger à rester ici ? Pourquoi ne veillerait-elle pas sur Tess à New York ?

— Parce que c'est ici que Tess est chez elle. Et Megan aussi — même si elle n'en a pas encore vraiment pris conscience.

En même temps, Jake se demandait si ce n'était pas

au bout du compte ce qui l'avait ramenée à Whispering Wind, en dépit de tous les mauvais souvenirs qui restaient attachés pour elle à la ville.

— Ce n'est qu'une maison, des terrains et quelques têtes de bétail, rétorqua Todd avec un léger dédain.

— C'est aussi son héritage.

— Et qu'est-ce qui te fait croire qu'elle s'en soucie ? Elle est déjà partie d'ici, une fois.

— Et je parie qu'elle n'a pas cessé de le regretter depuis, répliqua Jake, aussi sûr de ce fait qu'il l'était du regain de passion qu'il éprouvait pour elle.

Oui, pensa-t-il, plus que beaucoup d'autres femmes, Megan avait besoin d'un foyer. Et lui aussi.

— Pour ta gouverne, Jake, je te signale que c'est moi qui m'occupe de son emploi du temps, souligna Todd, et je peux te dire qu'elle mène à New York une existence bien remplie et qu'elle y a plein d'amis.

— Mais pas de ceux qui comptent vraiment.

Todd dévisagea Jake d'un air interrogateur.

— Une famille, répondit celui-ci d'une voix posée, tout en songeant à quel point il avait toujours aspiré à en avoir une lui-même.

Toutes ces années d'une vie précaire passée en compagnie d'une mère perpétuellement plongée dans les brumes de l'alcool lui avaient donné l'envie d'un foyer digne de ce nom, comme celui que Tex avait d'abord offert à Meggie puis à Tess. Il voulait des enfants, des fêtes en famille et des millions de cadeaux accumulés sous un immense arbre de Noël scintillant de lumières. Peut-être n'était-ce qu'un doux rêve. Peut-être cela n'existait-il pas dans la vraie vie, mais il tenait d'abord à s'en assurer par lui-même.

Et ce rêve, avec qui souhaitait-il le vivre ? Avec Meggie, la femme qui avait renoncé à tout pour une existence solitaire et une carrière qui l'absorbait tout entière !

Au fond, se dit-il, il n'était pas impossible que Todd ait raison. Il fallait qu'il soit bien naïf pour espérer réaliser un jour ce rêve avec Meggie. Car, après tout, ce qu'ils avaient partagé jadis ne garantissait en rien qu'il signifiait encore quelque chose pour elle.

Une certaine tension accompagna le dîner. Megan ne se sentit cependant pas la force d'arbitrer le combat de coqs qui opposait Jake et Peter. Tess, de son côté, avait naturellement pris le parti de Jake tandis que Todd comptait les coups avec une réserve narquoise. Avant même la fin du repas, Megan avait l'estomac douloureusement noué.

La réapparition impromptue de Flo Olson fut la goutte d'eau qui fit déborder le vase. Quand la mère de Tess déboula dans la salle à manger tel un ange vengeur venu réclamer son bien, Megan se leva aussitôt de sa chaise et intercepta l'intruse avant qu'elle ait pu seulement approcher la fillette.

— Sortez ! lui ordonna-t-elle d'un ton impérieux, tout en faisant signe à Jake, qui s'était également levé, de se rasseoir. Dehors, ou vous aurez à vous expliquer devant le shérif.

— Je me fiche du shérif ! rétorqua Flo. Tess est mon bébé.

— Mais qui est cette femme ? s'enquit Peter, qui suivait l'altercation avec ahurissement.

Flo lui accorda à peine un regard avant de concentrer de nouveau son attention sur sa fille. Elle tendit les bras.

— Viens, mon bébé. Viens embrasser ta maman.

Les yeux écarquillés et l'air terrorisé, Tess se laissa

glisser de sa chaise. Mais au lieu de courir vers sa mère, elle se serra contre Jake, qui lui entoura les épaules d'un bras protecteur.

— Va-t'en, maman ! dit la fillette d'une petite voix étonnamment ferme. Je veux pas de toi ici et je veux pas partir avec toi. Tu m'aimes pas. Tu veux seulement l'argent de Tex.

Les traits de Flo s'affaissèrent et, pour la première fois, Megan se sentit prise d'une vague pitié pour elle. Peut-être n'était-elle pas venue uniquement pour l'héritage, se dit-elle. Peut-être regrettait-elle sincèrement d'avoir abandonné Tess.

A moins, se reprit Megan, que ce brusque élan de compassion n'ait pour origine son propre besoin de croire que Sarah, sa mère, ne l'avait pas quittée sans remords. Elle n'en avait en tout cas rien montré. Jamais elle n'était revenue ici comme Flo pour solliciter le pardon de son enfant. Au fond, comprit Megan, elle éprouvait une certaine jalousie à l'égard de Tess. Car aujourd'hui comme jadis, elle estimait qu'avoir une mère négligente était mieux que de ne pas avoir de mère du tout — même si elle était la première à trouver cette pensée des plus lamentables.

— Tess, ma chérie, tu m'as manqué, poursuivit Flo en lui tendant une main suppliante.

Tess préféra prendre celle de Jake.

— Je te crois pas, dit-elle. Tu m'as même pas envoyé de carte postale.

— J'étais occupée, mon bébé. Mais je suis là, maintenant. Je suis venue te chercher. Nous allons être de nouveau ensemble.

— Je pense que Tess a été claire, intervint Jake d'une voix glaciale. Maintenant, voulez-vous bien quitter cette demeure ou devons-nous appeler le shérif ?

Flo se tourna vers Megan.

— Vous êtes une femme. Vous comprenez certainement ce qu'une mère peut ressentir.

— Désolée ! répondit Megan en se raidissant contre l'émotion que lui inspirait ce repentir patent, quoique tardif. Je crains que non. La mienne était exactement comme vous.

— J'ai commis une erreur, murmura Flo. Jamais je n'aurais dû la laisser ici.

— Vous l'avez quand même bel et bien abandonnée, intervint Jake. C'est une O'Rourke, désormais. Légalement, vous n'y pouvez plus rien. Tex y a veillé.

— C'est ma fille ! protesta Flo.

— Et celle de Tex, lui rappela Megan. Comme Jake vient de vous le dire, c'est une O'Rourke, maintenant.

Alors que Flo paraissait sur le point de protester encore une fois, Jake confia la fillette à Megan et, prenant sa mère par le coude, la força à quitter la pièce. Megan l'entendit se plaindre jusqu'à ce que Jake eût refermé la porte derrière eux.

Les joues noyées de grosses larmes, Tess regardait toujours en direction de l'entrée. Megan s'agenouilla devant elle.

— Retournons donc travailler, Peter, suggéra alors Todd avec tact, tout en reposant sa serviette près de son assiette encore presque pleine.

— Mais...

Peter n'eut pas le temps d'en dire plus : Todd l'entraînait déjà hors de la salle à manger avec son habileté coutumière pour éloigner de Megan les importuns qui venaient parfois la déranger à son bureau.

— Qu'est-ce qui va se passer, maintenant ? demanda Tess à Megan d'une voix tremblante.

— Cela dépend de toi. Si elle persiste à essayer de te voir, elle peut être envoyée en prison.

Elle dévisagea Tess avec attention.

— Ou bien, ajouta-t-elle, si tu le veux, nous pouvons lui accorder un droit de visite. C'est ta maman, après tout, et il est parfaitement naturel que tu éprouves encore des sentiments pour elle.

Tess se mordit la lèvre inférieure.

— J'ai vraiment eu l'air de lui manquer, hein ?

— Oui, je le crois aussi, répondit Megan, tout en espérant qu'elle ne se trompait pas sur le compte de Flo Olson.

Si jamais cette femme faisait encore souffrir Tess, se promit-elle, elle lui tordrait le cou de ses propres mains.

Tess, cependant, parut rassérénée.

— Peut-être bien que c'est pas après l'argent qu'elle en a.

— Peut-être pas, non.

— Ça te dérangerait si on l'invitait un jour à manger ici ?

— Si tu y tiens.

— Et Jake ? Il va pas grimper aux rideaux ?

Megan ne put s'empêcher de sourire.

— Sans doute, mais c'est à toi seule de prendre cette décision, Tess. Et Jake la respectera autant que moi.

Elle glissa un doigt sous le menton de la fillette.

— N'oublie jamais ce qu'il a dit tout à l'heure : tu es une O'Rourke, maintenant. En d'autres termes, tu pourras toujours compter sur moi. Je ne te promets pas d'être toujours parfaite avec toi, mais nous sommes toutes les deux une seule et même famille, d'accord ?

L'air grave, Tess hocha la tête.

— Je crois que je vais y réfléchir encore un peu.

— Prends ton temps. Ça peut attendre demain et même après-demain.

— Et si elle quitte la ville avant ? interrogea Tess sur un ton alarmé.

Megan songea qu'une telle réaction de Flo Olson leur rendrait plutôt service à tous — mais elle garda cette pensée pour elle.

— Dans ce cas, nous la retrouverons, assura-t-elle.

Cela ne présenterait guère de difficultés : même si elle souhaitait le contraire, elle doutait que Flo s'éloigne beaucoup de la fortune nouvellement acquise par sa fille.

— Ça va mieux, maintenant ? demanda-t-elle à la fillette en lui essuyant ses larmes.

Tess hocha la tête, puis esquissa un léger sourire.

— Je crois que ça irait encore mieux avec une glace.

Megan jeta un coup d'œil à son assiette.

— Tu n'as pas fini tes légumes ! constata-t-elle d'une voix sévère, avant d'ajouter avec une grimace amusée : moi non plus, remarque. Oh ! et puis, au diable la diététique ! Va pour deux sundaes au chocolat chaud.

— Trois, corrigea Tess. Jake va en vouloir un, lui aussi.

— Oui, j'imagine, acquiesça Megan en précédant la fillette sur le chemin de la cuisine.

Comme Mme Gomez était déjà repartie chez elle, elles durent se débrouiller toutes seules. Fort heureusement, préparer des glaces était un talent que Megan avait acquis très tôt. Quand elle eut versé le chocolat chaud sur les boules, elle laissa Tess les décorer de crème fouettée. Jake revint juste au moment où elles en avaient terminé.

Dès qu'il aperçut les desserts ruisselant de chocolat, il tira une chaise et s'empara de la plus grosse des coupes.

— Je suppose que celle-ci est la mienne ! lança-t-il.

— Qu'est-ce qui te dit que ça n'est pas celle de Peter ? objecta Megan.

— Penses-tu ! Je parie qu'il donne plutôt dans les poires pochées à la sauce au caramel.

Exact, pensa Megan. Mais jamais elle ne l'aurait reconnu tout haut.

— Ça va ? s'enquit-elle.

Il hocha la tête.

— Et ici ?

— Megan et moi, on a conclu un pacte ! annonça Tess.

— Ah bon ? Et quel genre de pacte ?

— Elle reste avec moi quoi qu'il arrive, répondit la fillette avec un air solennel. Et elle m'a dit que toi aussi.

Jake lui ébouriffa les cheveux.

— Tu peux compter sur moi, mon bouchon, lui promit-il avant de river ses yeux à ceux de Megan. Même si tu le voulais, je ne partirais plus d'ici.

Et Megan comprit que le message lui était également destiné.

20.

Le mardi matin, le chaos le plus total régnait dans la cuisine de Peggy. Megan vit sa vieille amie, debout dans un coin, observer le spectacle avec un mélange de fascination et d'horreur. Son mobilier et ses appareils électroménagers avaient été redisposés dans la pièce de façon à pouvoir installer les projecteurs et les caméras. A quiconque n'était pas de la partie, l'ensemble avait l'allure d'un désordre sans nom. Pour Megan, il s'agissait d'un ballet d'activités bien réglé, devenu pour elle comme une seconde nature.

Craignant que Peggy soit effarouchée par toute cette agitation et revienne sur sa décision, elle la rejoignit et lui prit la main pour la rassurer.

— Ça va ? demanda-t-elle.

— C'est tellement excitant ! lui répondit Peggy à sa grande surprise, les yeux brillants.

Puis son regard s'éteignit et son visage se renfrogna.

— Tu es sûre qu'ils vont pouvoir tout remettre en place quand ce sera fini ? interrogea-t-elle.

— Absolument.

— Sinon, Johnny va piquer une crise. Il pense toujours que j'ai dû perdre l'esprit pour permettre à des étrangers de mettre la maison dans un tel état. Je lui ai répondu qu'on serait de drôles d'amis si on refusait de t'aider alors que tu es dans la panade. Il m'a demandé alors combien de fois au juste j'avais eu de tes nouvelles pendant toutes ces années, et puis il est reparti en claquant la porte. Je...

S'interrompant, Peggy esquissa une grimace.

— Excuse-moi, Megan. Je n'aurais pas dû te parler de ça.

— Ce n'est pas grave. Et je suis la première à reconnaître que j'ai manqué à notre amitié, admit Megan. Mais je veux me rattraper, vraiment.

— Tu n'en as pas besoin, assura Peggy sur un ton morne. Personne n'est mieux placé que moi pour savoir qu'on est parfois trop pris par la vie pour penser à autre chose.

Il y avait un tel désespoir dans sa voix que Megan en eut le cœur serré.

— Hé ! fit-elle en posant une main sur l'épaule de son amie pour l'inciter à la regarder en face. Quelque chose ne va pas ? Je peux t'aider, peut-être ?

— Non, à moins que tu puisses empêcher Johnny de coucher avec toutes les femmes qui lui font envie, rétorqua Peggy dans un accès d'amertume inattendu.

Elle se couvrit le visage des mains.

— Oh ! mon Dieu, ce n'est pas ce que je voulais dire... Je tenais tant à ce que tu croies que ma vie était parfaite. Et pas seulement toi, tout le monde. Mais personne n'est dupe, par ici. La moitié des femmes de la ville ont déjà couché avec lui — et l'autre moitié le sait bien. Certains dimanches, je n'ose même plus me montrer à l'église.

Megan fut atterrée par cet aveu ainsi que par l'humiliation que son amie endurait.

— Et pourquoi ne l'as-tu pas flanqué à la porte ? demanda-t-elle.

— Franchement, je ne sais pas trop. Dieu sait pourtant si je le déteste, ajouta Peggy d'une voix âpre, avant de pousser un soupir. Enfin, la plupart du temps...

— Tu l'aimes encore, n'est-ce pas ? devina Megan.

— Tu dois me prendre pour une idiote, hein ?

— Le cœur a ses raisons que la raison ignore...

— Même si je le déteste, je n'ai que lui, reprit Peggy. Et puis, les enfants l'adorent. Qu'est-ce que je ferais s'il partait ? Je ne peux pas m'occuper du ranch toute seule. Et je ne peux pas non plus engager quelqu'un. Déjà qu'on a du mal à joindre les deux bouts. L'argent gagné grâce à ce tournage sera pour nous un don du ciel. Je n'ai pas dit à Johnny que tu me dédommageais. Je mets chaque sou sur un compte-épargne dont il ignore l'existence. Autrement, il le dépenserait pour ses femmes — comme toutes nos économies jusqu'à présent.

Megan soupira. Voilà qui expliquait la tension qu'elle avait perçue entre les deux époux, ainsi que les allusions de Jake au caractère ancien et persistant du problème que connaissait le couple.

— Je suis désolée. J'aimerais pouvoir t'aider.

— Ne sois pas désolée. Et puis, tu n'y peux rien. J'avais seize ans quand je suis tombée amoureuse de Johnny, et rien n'aurait pu m'empêcher de me marier avec lui tout de suite après le bac. Il était déjà volage, à l'époque, mais je me disais que le mariage le calmerait. Tu parles... Il s'y est au contraire mis de plus belle, comme s'il avait décidé de me faire payer la fin de sa vie de garçon.

Megan aurait bien voulu persuader son amie de mettre un terme à cette situation, mais elle respectait les raisons que Peggy pouvait avoir de s'en abstenir. Une fois de plus, elle pensa à Peter et au ménage heureux qu'il aurait sans aucun doute formé avec Peggy si les circonstances avaient été différentes. Peter était vraiment le genre d'homme solide et loyal que Peggy n'avait su trouver en Johnny. N'était-il pas, en ce moment même, en train de chercher au ranch les moyens de lui permettre de diriger sa société depuis Whispering Wind, alors même qu'il désapprouvait ce projet ? Oui, se dit-elle, Peggy méritait quelqu'un d'aussi dévoué.

Toutefois, Megan préférait rester à l'écart de la vie conjugale de son amie. Le terrain était miné.

— Si tu veux m'en parler, se contenta-t-elle de lui promettre, je serai toujours là pour t'écouter.

Peggy la considéra d'un air sceptique.

— Même après que tu auras retrouvé ta vie excitante à New York ?

— Même à ce moment-là, assura Megan, qui doutait néanmoins de pouvoir quitter Whispering Wind avant longtemps. Bon, oublions Johnny pour l'instant. Et si on préparait un bon petit plat pour le week-end, histoire de montrer au pays quel fameux cordon-bleu tu es ?

Les mains de Peggy se mirent à trembler si fort à l'annonce de sa prochaine prestation sur le plateau qu'elle dut les serrer contre son ventre.

— Tu es sûre ? s'enquit-elle avec nervosité. Peut-être qu'il vaudrait mieux que tu tournes cette séquence toute seule. Je risque de la gâcher.

— Pas question ! Ce sont tes recettes, et tu es bien meilleure cuisinière que je n'ai jamais rêvé de l'être moi-même.

Estimant qu'elle ferait mieux d'entamer dès maintenant l'enregistrement afin de ne pas laisser la panique envahir son amie et l'amener à se rétracter, elle promena son regard autour d'elle à la recherche du réalisateur.

— Hé, Kenny, on est prêts ?

— Dans cinq minutes, répondit-il. Venez déjà prendre place pour qu'on fasse un test son et lumières.

Dix minutes plus tard, les caméras tournaient.

Tout signe de trac disparut chez Peggy dès que Megan commença à l'interroger sur les ingrédients qu'elle comptait utiliser dans la recette complexe de pâtisserie dont sa famille se délectait depuis des générations. Avec un naturel confondant, Peggy y mêla des anecdotes sur les siens ainsi que sur les traditions de la Suède, où sa grand-mère était née avant de venir s'installer aux Etats-Unis avec son mari, au tournant du siècle. Et ce fut d'une main sûre que, tout en devisant ainsi, elle pila les noisettes et sécha les fruits avant de les mélanger au sucre et à la cannelle et de rouler le tout dans un fin beignet de pâte feuilletée. Megan la voyait, avec une joie mêlée de respect, lui voler littéralement la vedette.

— C'est dans la boîte ! lança Kenny à Peggy quand celle-ci eut présenté le résultat final à la caméra.

Elle reposa alors lentement le plat sur le comptoir et se tourna vers Megan, une expression émerveillée sur le visage. Ses joues étaient rougies par la chaleur du four et des projecteurs.

— C'est tout ? Ce n'est pas plus difficile que ça ?

Megan pensa à tout le travail de préproduction et aux mille autres détails qui avaient dû être réglés en prévision du tournage. Mais elle se contenta d'esquisser une moue comique.

— Plus ou moins, répondit-elle.

— Eh bien, c'était extra ! s'exclama Peggy. Pense donc : les gens vont bientôt me voir en train de cuisiner à la télé.

— Plus d'un million de personnes, confirma Megan.

En entendant ce chiffre, Peggy parut sur le point de défaillir.

— Tant que ça ? bredouilla-t-elle d'une voix à peine audible.

— Qu'est-ce que tu croyais ? Qu'on tournait juste pour la famille et les amis ?

— Je ne sais pas. Mais j'étais loin de penser que cela représentait autant de monde. Encore heureux que tu ne me l'aies pas dit avant... je serais tombée dans les pommes !

— Tu te serais débrouillée comme un chef ! affirma Megan.

— Ah ! ça, elle était terrible ! renchérit Kenny en s'approchant d'elles. Quel naturel ! Quel talent !

Micah les rejoignit à son tour.

— Bon boulot, Peggy, dit-elle, quoique avec moins d'enthousiasme que Kenny. Megan, je retourne en ville. J'ai certains détails à y régler. Maintenant que nous savons que c'est une affaire qui roule, j'aimerais pouvoir repartir à New York dès demain matin.

Megan la dévisagea avec surprise.

— Vous repartez à New York ? Maintenant ?

— Oui, et pour au moins quelques jours. Kenny et Todd sauront s'occuper de tout en mon absence, ajouta Micah avec cette pointe de rancœur qui ne lui était que trop familière. Ça vous pose un problème ?

— Non, je suis seulement surprise.

— Je vous rappellerai une fois là-bas, pour savoir si tout se passe bien ici.

Megan hocha la tête. Elle pressentait que cette décision inopinée de quitter le navire cachait quelque chose, sans pour autant dire qu'elle la regrettait, l'attitude de Micah aggravant généralement la tension de toute l'équipe au lieu de la soulager.

— A demain au téléphone, donc, répondit-elle.

Elle regarda Micah s'éloigner, avant de se tourner vers Kenny.

— Qu'est-ce qui lui prend ?

— Elle déteste sa chambre et cet endroit, expliqua le réalisateur. Elle déteste encore plus le fait que Todd soit dans tes petits papiers. Bref, c'est une aigrie. Et à ta place, si tu veux mon avis, je la laisserais partir pour de bon. Elle n'apporte rien à l'émission.

Cette sortie étonna Megan.

— Je croyais que vous vous entendiez bien, tous les deux.

— J'ai certes appris à la respecter, admit Kenny, mais depuis quelque temps, elle n'est plus la même. Va savoir pourquoi. Enfin, bon débarras.

Puis il se tourna vers Peggy, signifiant ainsi que le sujet était clos.

— Qu'est-ce que vous nous réservez pour demain ?

— Du ragoût de gibier, je pense, répondit Peggy avant d'interroger Megan du regard. Ça te va ?

— Oui, ce sera parfait, répondit-elle en acceptant malgré elle de changer de sujet.

— Eh bien, quand je vais annoncer ça aux gars ! reprit Kenny avec jubilation. Déjà qu'ils sont en train de dévorer vos roulés à s'en brûler la langue...

— Ils auraient quand même pu attendre qu'ils refroidissent un peu, remarqua Megan d'un ton sec.

— Ils avaient trop peur qu'on leur chipe leur part !

Après que le réalisateur eut rejoint l'équipe autour du comptoir, Megan se tourna vers son amie.

— Tu as déjà la cote auprès des personnes qui comptent vraiment dans le métier, lui annonça-t-elle. Ces types sont des pros et ils n'accordent pas leurs compliments à la légère.

— Ce n'était pourtant qu'une vieille recette de famille, répondit Peggy avec modestie.

— Il n'y avait pas que les gâteaux, mais aussi ton attitude devant la caméra. Tu as été géniale.

Songeuse, Megan s'interrompit soudain.

— D'ailleurs, ça me donne un idée.

— Quelle idée ?

— Laisse-moi y réfléchir encore un peu, et on en reparlera demain, promit Megan avant de donner l'accolade à son amie. Allez, va donc te reposer. L'équipe va ranger.

— Pour tout remettre en place demain matin ? Quel perte de temps, quand même...

— Bah ! ne t'inquiète pas. On a l'habitude. Ce genre de corvée est coutumier dans les tournages hors studio. Et puis, je ne veux pas que Johnny puisse te reprocher de nous avoir permis d'utiliser ta cuisine...

— Merci, murmura Peggy avec un soulagement visible. Je crois que je vais prendre un bon bain. Johnny ne doit rentrer avec les enfants que dans une heure. Après mon bain, j'aurai encore le temps de lire un peu au calme.

Alors que Megan s'apprêtait à quitter la maison, Todd la retint par le bras.

— Tu penses ce que je pense ? s'enquit-il.

— Qu'elle pourrait tourner les séquences culinaires de l'émission avec les yeux bandés et une main attachée dans le dos ?

— Plus ou moins.

Megan dévisagea son assistant avec attention.

— Tu t'en es rendu compte, toi aussi ?

— T'en aurais-je parlé, sinon ?

— Cela pourrait tout changer pour elle...

Et notamment lui permettre de recommencer sa vie sans ce coureur de Johnny, songea Megan. Les revenus qu'elle obtiendrait en échange de sa participation à *Megan's World* constitueraient un supplément conséquent à ceux qu'elle pourrait retirer de l'exploitation du ranch. Mais bien sûr, se dit encore Megan, cela supposait avant tout qu'elle demeure elle-même à Whispering Wind pour continuer à y produire l'émission.

— Et puis, vous faites une sacrée équipe, toutes les deux, poursuivit Todd. Vous vous appréciez mutuellement et ça fait plaisir à voir.

— Tu crois que mes fans me pardonneraient de ne pas tout préparer moi-même ? Cela nuirait-il à mon image de ne pas être la seule aux commandes de *Megan's World* ?

Tandis qu'elle posait ces questions à son assistant, Megan prit soudain conscience qu'elle se fiait bien plus au jugement de Todd en la matière qu'à celui de Micah. Et si elle lui confiait la direction de la production ? Peut-être une telle promotion l'aiderait-elle à se sentir heureux dans le Wyoming ? Il avait toujours voulu entrer de plain-pied dans le monde de la télévision. N'était-ce pas le moment idéal pour lui offrir cette chance ?

— Si tu amenais une parfaite inconnue sur le plateau, ils pourraient effectivement ne pas aimer ça, répondit Todd sur un ton pensif. Mais l'amitié qui te lie à Peggy et les souvenirs que vous partagez passeront merveilleusement bien à l'antenne, j'en suis certain. Ton public va adorer. Surtout si tu te mets à parler avec elle de la famille, des enfants et des amis. Ce serait d'ailleurs un moyen bien plus naturel de te connaître que n'importe quel entretien bidon mené par un journaliste payé pour l'occasion. Et puis ça donnera une dimension chaleureuse au programme. Bref, si tu veux mon avis, n'hésite pas.

— A condition qu'elle soit elle-même partante, souligna Megan, tout en se demandant si Peggy oserait ainsi défier Johnny et commencer à voler de ses propres ailes.

Cela pourrait très bien signifier la fin de leur mariage, se dit-elle. Une fois Peggy financièrement indépendante, Johnny n'aurait plus aucune prise sur elle. Peggy était-elle déjà prête à franchir ce premier pas vers la reconquête de sa liberté ?

Comme ils approchaient de la voiture de Megan, celle-ci avisa Jake qui l'attendait non loin de là, dans la pénombre. Elle se sentit aussitôt attirée vers lui. En d'autres circonstances, elle se serait sans doute jetée dans ses bras. Mais elle demeura figée, dans une attitude gauche, tandis qu'il s'approchait d'elle.

— Tout s'est bien passé ? demanda-t-il.

— A la perfection ! lança Todd d'une voix allègre. Mais il est vrai que ce n'est pas à moi que tu posais la question... Bon, si vous voulez bien m'excuser, tous les deux, je vais profiter de la voiture de Kenny pour rentrer au ranch.

— Il ne retourne pas à son hôtel ? interrogea Megan sans quitter Jake des yeux.

— Bah ! il acceptera bien de faire ce petit détour pour moi. Mais peut-être voulez-vous que je vous tienne compagnie ? demanda Todd.

L'expression fermée de Jake lui servit de réponse.

— Non, je ne crois pas, reprit-il. Bonne nuit, donc.

— Un homme avisé, ton assistant, remarqua Jake en regardant Todd s'éloigner.

— Que fais-tu ici ?

Il haussa les épaules.

— Je voulais te voir, c'est tout. Et savoir comment ça se passait.

— Tout s'est très bien passé, répondit Megan d'une voix essoufflée alors qu'il se rapprochait encore.

— T'ai-je bien entendu évoquer à l'instant l'éventualité d'une participation régulière de Peggy à ton émission ? J'ai croisé Kenny dehors, tout à l'heure, et il m'a dit qu'elle s'était très bien débrouillée.

Megan hocha la tête, incapable de proférer la moindre parole tandis que Jake taquinait du pouce sa lèvre inférieure.

— Ce serait généreux de ta part, ajouta-t-il.

— Elle a du talent pour ça. Du génie, même.

— Tu n'es pas jalouse de son succès ?

— Absolument pas.

Jake hocha la tête.

— Je suis fier de toi.

— Pourquoi ? demanda Megan en plissant les yeux avec méfiance. Tu me croyais donc à ce point égoïste ou mal dans ma peau ?

— Parfois, je ne sais plus quoi faire de toi, répliqua-t-il avec franchise, tout en se mettant à lui caresser les cheveux. Ce que je sais, en revanche, c'est que j'ai envie de toi.

Tant bien que mal, Megan avala sa salive, puis elle recula d'un pas.

— Jake ! protesta-t-elle. Ne... ne me dis pas des choses pareilles.

— Mais c'est la vérité. Que je le dise ou non n'y changera rien.

— Si.

— Je tenais simplement à t'informer de mes intentions, ma chérie. C'est tout.

— Si tu m'informais de tes intentions au sujet de l'achat d'un tracteur, ce ne serait pas grave. Mais c'est après moi que tu en as, et ce n'est pas la même chose.

Il se mit à sourire.

— Je devrais peut-être commencer par le tracteur, dans ce cas. Tu n'en as pas un dont tu souhaiterais te débarrasser, par hasard ?

— Et à quoi te servirait-il ?

— A labourer un champ, j'imagine, répondit Jake d'un ton détaché, les yeux rivés à ceux de Megan.

— A cette époque de l'année ?

— Au printemps, murmura-t-il. Peu importe.

Du bout des doigts, il lui caressa les lèvres.

— Désolé, dit-il, mais c'est plus fort que moi.

Et il l'embrassa avant qu'elle ait pu réagir ou protester. Ce fut un baiser aussi léger qu'une brise, mais le corps de Megan y réagit aussitôt, et avec une ardeur incandescente. Si elle songea bien un instant que ni le moment ni le lieu ne se prêtaient à ce genre d'effusion, qu'elle s'aventurait ainsi sur un terrain dangereux, cette pensée, aussi sensée fût-elle, ne l'empêcha pas de succomber à l'étreinte de Jake.

Le temps d'un battement de cœur, elle se retrouva contre lui, pressée contre son torse vigoureux, son ventre dur et l'évidence de son désir. Elle fut prise de vertige lorsqu'il posa les mains sur ses épaules et se recula d'un pas.

— Mauvaise idée, murmura-t-il en paraissant aussi désorienté qu'elle-même.

— C'est toi qui as commencé, lui rappela-t-elle.

— Et c'est moi qui finirai aussi, mais pas ici ni maintenant. Au cas où tu l'aurais oublié, je te signale que nous avons des témoins.

Lentement, les sons du monde extérieur commencèrent de percer le brouillard qui avait envahi l'esprit de Megan. Des camions démarraient non loin de là tandis que les membres de l'équipe s'apprêtaient à revenir en ville. Ils leur lancèrent quelques sifflets en passant à côté d'eux.

— Je les vire tous dès demain matin ! marmonna Megan.

— Voilà qui te mettrait dans un sacré pétrin, non ? En plus, je suppose qu'il existe une clause de leur convention collective t'interdisant de licencier un employé simplement parce qu'il a surpris sa patronne en train d'embrasser un homme...

— Tu parles comme un avocat.

— Mais je suis avocat !

— C'est d'autant plus regrettable. Moi qui pensais que tu avais toujours rêvé d'être éleveur. Tu le prétendais, en tout cas. D'ailleurs, n'est-ce pas dans ce but que tu désires t'approprier le ranch de Tex ?

— Pas seulement le ranch, mais toi aussi, répliqua Jake d'une voix égale avant d'afficher un sourire moqueur. Une vocation dont on m'a jadis détourné.

— Jamais je n'aurais cru qu'on puisse te détourner de quoi que ce soit.

— Mettons que l'appât du gain et du pouvoir a été le plus fort. Ainsi que l'attrait d'une belle femme.

Megan le toisa d'un regard inquisiteur.

— Quelle belle femme ?

— Mon épouse.

— Pardon ? fit-elle en sursautant.

— Apparemment, personne n'a jugé utile de t'apprendre que j'ai été marié pendant quelque temps.

— Non, apparemment, répéta Megan, tout en essayant de reprendre contenance. Et que s'est-il passé ?

— Elle a trouvé un meilleur parti. Un de mes associés m'a battu au poteau.

— Aïe ! Voilà qui a dû être douloureux.

— Juste quelques égratignures. Aucune séquelle notable. Je pourrais même l'en remercier. Ça m'a donné l'envie de quitter Chicago pour revenir m'installer ici.

— Et chercher un ranch ?

— Ainsi qu'une femme encore plus belle.

— Allons ! protesta Megan. Tu ne vas pas me faire croire que tu es revenu à Whispering Wind pour moi. Je n'étais même pas là, à l'époque.

— Toi, non, mais les souvenirs que j'avais de toi, répondit Jake avec simplicité. Beaucoup de choses d'ici m'ont manqué. Toi en premier lieu.

Elle lui jeta un coup d'œil furtif.

— Et Tex? Après ce qu'il t'a fait, il te manquait aussi?

— J'avais déjà pardonné à ton grand-père, affirma Jake, avant de hausser les épaules. Enfin, je le croyais avant de le revoir. A ce moment-là, j'ai eu envie de l'étriper pour ce qu'il m'avait fait — et t'avait fait aussi. Mais quand j'ai vu à quel point il était malade, je me suis aperçu qu'il avait été sans doute la seule figure importante dans ma vie et que j'allais bientôt le perdre. Après, le reste n'a plus tellement compté pour moi.

— Et tu lui as pardonné pour de bon, cette fois?

Il hocha la tête.

— J'ai fini par comprendre qu'il désirait seulement te protéger, t'accorder une chance de savoir jusqu'où tu pouvais voler de tes propres ailes. Et le temps lui a donné raison, n'est-ce pas?

— A sa grande déception, d'après moi. Il a toujours souhaité que je revienne ici et que je reprenne le ranch. Et il a finalement obtenu ce qu'il voulait. Comme d'habitude.

— Tu as donc décidé de rester?

— Pour l'instant, oui, admit Megan. Jusqu'à ce que Tess se sente plus à l'aise... et qu'elle me fasse confiance.

— Et ta carrière? Elle n'en souffrira pas?

Malgré elle, Megan se mit à sourire.

— Ça me coûte de le reconnaître, mais Tex avait probablement raison. Je peux presque tout diriger d'ici. On verra bien, plus tard, s'il y a des problèmes que je ne peux vraiment pas régler au beau milieu de nulle part.

Il lui tapota la poitrine.

— Et ici, ça te dit de rester?

Croisant son regard, Megan y lut de l'espoir.

— Je préférerais toujours être à New York, Jake, lui

avoua-t-elle en toute franchise. Impossible de prétendre le contraire, même à toi.

Il soupira.

— Je vois.

— Vraiment ? Comprends-tu réellement ce que ça signifie pour moi d'être allée là-bas, d'y avoir survécu, de m'y être fait toute seule une place, un nom ?

— A l'évidence, tu estimais que tu avais quelque chose à prouver, répliqua-t-il d'une voix crispée. Ce que je ne saisis pas encore, c'est à *qui* au juste tu souhaitais le prouver.

— A moi-même, d'abord. Et puis à Tex, bien sûr.

Malgré cette réponse, Jake affichait toujours une moue dubitative.

— N'oublie pas que j'étais l'enfant dont sa propre mère ne voulait plus, reprit Megan, l'enfant qui avait été confiée à un grand-père qu'elle connaissait à peine avant que la seule personne qu'elle aimait jusqu'alors l'abandonne. Peut-être ma mère n'était-elle pas la plus parfaite des mamans ; peut-être était-elle égoïste ; peut-être a-t-elle commis bien des erreurs — mais je ne connaissais qu'elle et je l'aimais — tout comme Tess aime encore Flo, tout comme toi tu aimais ta mère.

— Dans ton malheur, quand même, tu as eu de la chance, rétorqua-t-il. Tu as été recueillie par un homme qui non seulement t'aimait, mais faisait en plus tout son possible pour que tu le saches. N'était-ce pas suffisant ?

— Pour me consoler d'avoir été abandonnée par ma mère ? répliqua-t-elle. Je doute que rien puisse compenser cela. Et j'ai bien dû passer toute ma vie, depuis, à quêter l'approbation d'autrui tout en me demandant désespérément pourquoi elle, elle ne m'aimait plus.

Jake la dévisagea d'un air entendu.

— Et maintenant que tu as l'approbation et l'affection

des millions de gens qui lisent ton magazine et regardent ton émission à la télévision, tu es enfin satisfaite ?

Megan soupira à son tour.

— Non, admit-elle dans un souffle. Pas encore.

Il lui caressa la joue d'un geste plein de compassion.

— Dans ce cas, ne serait-il pas temps que tu regardes un peu en toi-même ? Car c'est là que tu trouveras la seule approbation qui compte vraiment, Meggie.

C'était juste, bien sûr, se dit-elle. Cependant, pour quelque obscure raison qu'elle n'était jamais parvenue à déterminer, chaque fois qu'elle procédait à l'examen de son existence, elle en retirait le besoin d'aller encore de l'avant, de non seulement s'améliorer, mais d'être la meilleure. Comme Jake venait de le suggérer, toutefois, elle avait peu de chances d'être un jour satisfaite, même si elle réussissait au-delà de toutes ses ambitions.

21.

Durant tout le trajet du retour, Megan aperçut les phares de Jake dans son rétroviseur. Il lui avait annoncé qu'il s'arrêterait au ranch pour dire bonjour à Tess, puis il était remonté dans sa voiture et avait attendu qu'elle s'éloigne la première pour la suivre. Elle était trop fatiguée pour tenter de l'en dissuader.

Et puis, au fond, elle n'était pas mécontente de l'avoir à ses côtés pour lui servir de tampon face à Peter. Jake avait un puissant effet inhibiteur sur les pulsions du comptable. Megan espérait qu'en le voyant, Peter comprendrait le message et retournerait chez lui dès qu'ils auraient fini de travailler. Il se trouverait par la même occasion hors de portée des projets d'entremetteuse de Megan, au cas où elle serait assez folle pour tenter de les concrétiser.

Cinq minutes après leur arrivée, Mme Gomez leur servait le dîner à la table de la salle à manger, où elle avait mis le couvert pour Megan, Tess, Todd, Peter et Jake. Elle avait apparemment compris qu'elle devrait compter sur la présence de Jake aussi longtemps que Peter se trouverait dans le secteur. Pour sa part, Megan ne savait trop ce que lui inspirait cette attitude si possessive de la part de Jake.

— Comment s'est passé l'enregistrement ? interrogea Peter.

— C'était formidable ! lui répondit Todd. En fait, ça n'aurait pas pu mieux se passer.

— Elle s'en est bien sortie, Peggy ? demanda Tess. A l'école, Mélissa m'a dit que sa mère était super nerveuse.

— Tu pourras lui dire que sa maman a été magnifique, indiqua Megan, avant de se tourner vers Peter. J'ai même l'intention de lui proposer de participer régulièrement à l'émission. Combien pouvons-nous lui donner ?

— Il faudra qu'elle se contente du minimum syndical, décréta Peter. Avec ce que vous dépensez actuellement pour le nouveau studio, les frais de transport et l'hébergement de l'équipe, vous pourrez vous estimer heureuse si vous arrivez seulement à équilibrer vos comptes cette année. Un salaire de plus, et vous serez dans le rouge.

Megan fit la grimace.

— Sur l'ensemble des activités ou juste pour l'émission ?

— Pour l'émission, mais...

— Bon, c'est gérable, alors. Todd, rédige-moi un contrat pour elle, veux-tu ? Si tu voulais bien l'aider, Jake...

Celui-ci leva son verre de thé.

— Servir et protéger, telle est notre devise. Pas vrai, Peter ?

Celui-ci se rembrunit aussitôt.

— Je vous demande pardon ?

— Vous et moi, on n'est juste que des lampistes dans cette affaire, non ?

— Parlez pour vous ! Moi, je suis le conseiller financier de Megan. Et je m'élève une fois de plus contre ce projet, ajouta-t-il à l'adresse de cette dernière.

Megan hocha la tête.

— C'est noté. Todd ?

— Je m'en occupe incessamment. Hé ! Jake, tu me laisses le premier jet ?

— Volontiers. C'est toi le pro des médias. Je passerai seulement derrière toi pour donner son tour juridique à la chose.

— Pourriez-vous m'en fournir un exemplaire dès demain matin ? s'enquit Megan.

Jake lui lança un regard amusé.

— A condition que je reste ici pour la nuit.

Peter parut carrément horrifié par cette suggestion. Quant à Megan, elle eut l'impression que son cœur manquait plusieurs battements. Il lui fallut quelques secondes avant de pouvoir rappeler Jake à l'ordre.

— Désolée, articula-t-elle enfin. Tous les lits sont déjà occupés.

— Je suis prêt à partager, répliqua-t-il du tac au tac, sans la quitter des yeux.

— Oh ! je m'en doute, marmonna-t-elle en baissant la tête pour tenter de dissimuler son visage en feu.

— Il pourrait venir dans ma chambre, proposa Tess. Et moi je prendrais celle de Mme Gomez.

— Non ! répondit précipitamment Megan. Mme Gomez dort ici ce soir, afin de pouvoir nous préparer notre petit déjeuner demain dès l'aube.

— Et si je dormais avec toi ? insista la fillette. Ce serait chouette que Jake reste ici. S'il te plaît...

Megan s'avisa que Jake attendait sa décision avec un amusement évident.

— Oh ! pour l'amour du ciel, reste donc, puisque Tess y tient tant, déclara-t-elle enfin. Bon, je monte me coucher. Tu viens, Tess ? Il est déjà tard.

— Je veux d'abord montrer les chatons à Jake. Ils ont

beaucoup grandi. Il m'aidera à choisir celui que je peux garder à la maison.

— D'accord. File donc à la grange avec lui et reviens vite. Il doit se mettre au travail avec Todd.

— Je crois que je vais vous accompagner jusqu'à votre porte, proposa alors Peter en se levant.

Megan faillit laisser échapper un gémissement, mais s'en abstint en voyant l'expression de Jake : il avait la mine déconfite d'un joueur de cartes qui vient d'être coupé par son adversaire dans une partie décisive.

Une fois en haut de l'escalier, Peter lui prit la main.

— Megan, je me dois de vous prévenir que vous commettez selon moi une terrible erreur en laissant cette enfant n'en faire ainsi qu'à sa tête. A cet âge, on a surtout besoin de stabilité et de discipline.

Cette ingérence irrita Megan.

— Elle a été abandonnée par sa mère, lui fit-elle remarquer d'un ton coupant. Et son père — mon grand-père — vient juste de mourir. On peut bien lui passer quelques caprices.

Peter sembla se le tenir pour dit.

— Je n'aime pas Jake, reprit-il. C'est peut-être un avocat, mais je le trouve fruste, si vous voulez mon avis. Il a l'air louche, voire dangereux.

Megan devait l'admettre elle-même. Mais c'était justement cette aura de danger qui rendait Jake si profondément séduisant, et qui l'avait empêchée jusqu'à présent de garder quelque distance avec lui. Comme toutes les femmes, de tous les pays du monde, elle avait un faible pour les rebelles.

— Cela fait partie de son charme, expliqua-t-elle à Peter, certaine qu'il serait consterné par cet aveu.

Et au vu de son expression, il le fut.

— Vous ne pouvez sérieusement penser ce que vous me dites là ! protesta-t-il. Il vous attire donc ?

— Eh, oui ! Depuis toujours, qui plus est. Et sans doute à jamais, ajouta Megan avec résignation.

Croisant son regard, Peter la dévisagea un instant, puis soupira.

— C'est bien ce que je craignais...

Elle lui tapota le bras avec compassion, éprouvant en même temps du soulagement de le voir enfin revenir à la raison.

— Je suis désolée, Peter.

— Bah ! voilà longtemps que je sais au fond de moi que nous ne sommes pas faits l'un pour l'autre. Je refusais de l'admettre, c'est tout. Mais vous étiez la seule femme de ma connaissance qui rassemblait toutes les qualités de ma liste.

Megan en demeura un instant bouche bée.

— Vous... vous avez dressé une liste des compétences requises pour être votre compagne ? parvint-elle à demander.

Son étonnement ne parut guère perturber Peter.

— Naturellement, répondit-il. Un homme de ma position se doit d'opérer ce genre de choix avec discernement.

— Oh ! Peter, dit-elle en secouant la tête. J'espère vraiment — mais lors vraiment — être là quand vous trouverez le parfait amour.

Il parut désarçonné par cette dernière remarque.

— Pourquoi ?

— Parce que vous risquez de découvrir que l'amour est la plupart du temps imprévisible et qu'il ne ressemble en rien à l'image que vous pouvez en avoir.

Une nouvelle fois, Megan repensa à Peggy. Quel mal y aurait-il à au moins les présenter l'un à l'autre ? pensa-t-elle. Même si rien ne sortait de cette rencontre, l'attention d'un homme aussi raffiné que Peter redonnerait certainement confiance à Peggy.

— Viendrez-vous au tournage demain ? s'enquit-elle, décidée à tenter le coup.

Il la dévisagea avec perplexité.

— C'est que... je n'ai pas encore terminé mon travail, ici. Franchement, le plus tôt je repartirai, le mieux ce sera.

— Allons ! insista-t-elle, j'aimerais au moins que vous constatiez par vous-même pourquoi nous tenons tant à engager Peggy.

— Je n'ai aucune compétence pour juger ce genre de choses.

— Certes, mais je suis sûre que vous n'en verrez pas moins ce que nous avons tous vu.

Au vrai, elle avait le pressentiment que ce qu'il verrait, c'était une femme dont il ne se serait jamais attendu à tomber amoureux.

Seigneur ! songea-t-elle. Ce devait être dans ses gènes. Car si cela continuait ainsi, elle allait finir par se mêler de la vie privée de tout un chacun — comme Tex.

Jake avait passé une nuit fort agitée dans le lit de Tess, ainsi que Megan l'avait apparemment désiré. L'idée que sa chambre donnait sur le même couloir que la sienne l'avait rendu fou. Mais comme Tess s'y trouvait aussi, il était réduit à l'impuissance.

Un de ces jours, toutefois, il remettrait les pendules à l'heure, et il ferait l'amour à Megan comme il en avait toujours rêvé. Après quoi, espérait-il, tous les morceaux de son existence se remettraient d'eux-mêmes en place. Il aurait la gestion du ranch pour le stimuler, quelques affaires sans importance à traiter et la famille qu'il avait toujours souhaitée.

Satisfait de ce plan, il se glissa hors de la maison avant

l'aube pour retourner en ville. C'était là une manœuvre soigneusement préméditée et censée déstabiliser Megan. Sans doute s'attendait-elle à le retrouver à la table du petit déjeuner, incarnation de l'obstination et de la fidélité. Et elle en viendrait peut-être à admettre — en son for intérieur, tout du moins — qu'il lui manquait.

Aussi brillante lui parût cette stratégie, il se sentait d'humeur maussade quand il se hissa péniblement sur l'un des tabourets du comptoir de Henrietta et accepta la tasse de café que celle-ci lui proposait.

— Tu as franchement une mine de déterré, nota Henrietta en se penchant pour mieux le dévisager. Les yeux injectés de sang, les joues pas rasées... Sortiriez-vous de cuite, très cher ?

— T'es de la police, peut-être ?

— Oh ! Et aimable, avec ça...

— Va donc harceler un autre client, veux-tu ?

— Pour l'instant, t'es le seul. Je viens d'ouvrir.

— Alors, va harceler ton cuistot. A ce propos, où est Barbara Sue ?

— Pas ici, en tout cas.

Il releva aussitôt la tête.

— Encore ?

— Rassure-toi, elle vient d'appeler. Elle arrive. Elle a seulement pris le temps de donner leur petit déjeuner à ses deux gamins avant de les envoyer à l'école.

— Tu es sûre ?

— Faut bien que je la croie sur parole, non ? rétorqua Henrietta. Si je remets en cause tout ce qu'elle raconte, elle ne dira plus rien et me donnera sa démission. Et dans ce cas, qui gardera un œil sur elle ?

Jake remarqua qu'elle s'inquiétait plus du sort de Barbara Sue que de ses propres problèmes de personnel. Cette femme avait décidément un cœur en or, se dit-il.

— Bon, admit-il, tu as sans doute raison. Préviens-moi quand même si elle se pointe avec d'autres bleus, d'accord ?

— A quoi bon ? Elle t'a déjà fait clairement comprendre qu'elle ne porterait pas plainte. J'aimerais bien lui mettre un peu de plomb dans la tête, mais elle se braquera aussitôt.

— Je peux en toucher deux mots à Bryce, histoire qu'il la surveille lui aussi.

— Tu oublies une chose, mon canard : Bryce est le cousin de Lyle. Et il te faudra bien plus qu'un coup de poing sur la table pour le persuader de coller cette brute au violon. Sa tante Emma lui écorchera les fesses si jamais il s'avise d'enfermer son garçon sans avoir deux fois plus de preuves contre lui que contre n'importe quel autre prévenu.

— Alors, je vais m'occuper de Lyle moi-même, décida Jake. Ça ne me dérangerait pas le moins du monde de lui frotter un peu les oreilles pour lui montrer ce que ça fait d'être à l'autre bout du bâton.

— Dis-moi quand et je viendrai te donner un coup de main ! approuva Henrietta avec ferveur.

Jake lui décocha un large sourire.

— Ça te démange toi aussi, hein ?

— Et comment ! Je n'ai jamais vraiment aimé les tyrans domestiques.

Au même moment, Barbara Sue fit son entrée dans le snack, le col de son manteau relevé, et surprit les coups d'œil soupçonneux qu'ils lui lançaient.

— O.K., dit-elle. Qu'est-ce qui ne va pas ?

— Mais rien, lui assura Henrietta. Tu travailles où aujourd'hui, en salle ou en cuisine ?

Le visage blême de la jeune femme s'empourpra. A l'évidence, elle avait très bien compris le vrai sens de la question de Henrietta : avait-elle encore des bleus qu'elle préférait cacher ?

— Je vais t'aider ici, répondit-elle vivement tout en se débarrassant de son manteau d'un coup d'épaule. J'ai envie de me bouger un peu.

Henrietta la toisa d'un regard acéré.

— A ta guise, répliqua-t-elle. Tant que tu bosses, que ce soit ici ou là m'importe peu.

— Merci, murmura Barbara Sue avant de se retirer derrière le comptoir pour enfiler un tablier.

— Elle a l'air presque gai, aujourd'hui, déclara Henrietta à l'adresse de Jake. Et ça, c'est rarement bon signe.

— Comment ça ? demanda Jake.

— C'est justement quand elle arrive à se convaincre que tout finira par s'arranger que Lyle éprouve le besoin de lui filer une raclée.

— C'est prévisible à ce point ?

— Les hommes comme Lyle sont toujours prévisibles, expliqua Henrietta avec dégoût. Rien ne les excite plus que de surprendre leur victime.

Reportant son attention sur la porte de la cuisine pour guetter le retour de Barbara Sue, Jake secoua la tête.

— Bon sang, marmonna-t-il. Il doit bien y avoir une solution...

Henrietta soupira.

— Il y en a une, oui, mais tant qu'elle n'est pas prête à le quitter, on ne peut rien faire sauf garder un œil sur ses enfants. Qu'il s'approche seulement d'eux et il aura affaire à moi.

Jake avait effectivement l'impression qu'elle était fort capable d'inspirer la crainte de Dieu à Lyle Perkins. Il espérait seulement qu'elle n'aurait jamais à en venir là.

⁂

— Du ragoût de gibier ? répéta Peter en pâlissant. Autrement dit...

— Du daim, acquiesça Megan.

— Vous allez faire cuire Bambi ? demanda le comptable d'une voix horrifiée.

— Pour l'amour du ciel ! Il n'y a aucune différence entre manger du gibier et manger du bœuf ou du poulet. En plus, je suis bien placée pour savoir que vous n'êtes pas végétarien. Vous m'avez invitée à suffisamment de repas d'affaires dispendieux...

— N'empêche, je trouve ça obscène.

— Oui, eh bien, la viande de gibier est très appréciée dans la région, et personne ne sait mieux la préparer que Peggy.

— Puisque vous le dites...

Peggy pénétra au même moment dans la cuisine. Elle s'était de nouveau habillée d'un jean, d'une chemise western et d'un bandana qu'elle avait négligemment noué autour de son cou. Ses cheveux était une indomptable crinière de boucles et les quelques kilos qu'elle avait attrapés au cours des années donnaient à sa silhouette des rondeurs aguichantes. Elle était en somme l'incarnation de la cow-girl sexy sur laquelle fantasmaient de très nombreux hommes. Peter, en tout cas, la contemplait bouche bée. Et Megan en conclut avec ravissement qu'elle était à l'évidence très loin de la maîtresse de maison qu'il s'était imaginé.

— Peter, j'aimerais vous présenter Peggy Barkley, dit-elle en les rapprochant l'un de l'autre. Peggy, voici Peter Davis. Peter habite New York. C'est un magicien des chiffres. Sans lui, je serais perdue.

— Peut-être devrais-je le laisser jeter un coup d'œil dans mes carnets de chèques, répliqua Peggy en ne plaisantant qu'à moitié. Il me manque constamment 61 *cents* dans mes comptes et je suis incapable de savoir où ils peuvent passer.

— Peter préfère d'ordinaire s'attaquer aux erreurs de plusieurs milliers de dollars, précisa Megan. Mais je suis sûre qu'il pourra résoudre ton problème en un tournemain — n'est-ce pas, Peter ?

— Euh... bien sûr, bien sûr, bredouilla ce dernier.

A cet instant, les trois enfants de Peggy déboulèrent dans la pièce pour embrasser leur mère avant de partir à l'école.

— A plus, maman ! lança Alissa. Casse-toi une jambe. Il paraît que c'est ce qu'on dit toujours aux vedettes avant de monter sur scène. C'est vraiment génial que tu fasses ça. Ma maman, star de la télé !

Peggy s'empourpra.

— Je ne suis pas une star, voyons.

— Tu en deviendras une bientôt, assura Megan.

— Hé, maman, pourquoi que tu m'as encore mis des sandwichs à la gelée et au beurre de cacaouètes ? demanda le cadet en ramenant sa mère à la réalité.

— Parce que c'est tout ce que j'ai eu le temps de te préparer, lui répondit Peggy. Si tu veux autre chose, tu sais où se trouve le réfrigérateur.

Il lui donna un gros baiser.

— En fait, j'adore le beurre de cacaouètes.

— Ben tiens, fit-elle. Allez, file, maintenant, ou tu vas rater le car.

Quand les trois enfants se furent échappés de la maison, Peggy se retourna vers Peter.

— Désolée. J'aurais dû vous les présenter, mais le car de ramassage doit arriver dans deux minutes et le chauffeur n'aime pas attendre.

— Ce sera pour une autre fois, articula Peter, l'air un peu abasourdi.

Non sans satisfaction, Megan constata que ces deux-là semblaient bien partis pour s'entendre, et elle s'éloigna à la recherche de Todd. Il se trouvait sous la véranda, alors que l'air matinal était pourtant encore frais.

— On se cache ? lança-t-elle en s'installant dans le fauteuil à bascule qui se trouvait près du sien.

— Je revois ce contrat une dernière fois, expliqua-t-il sans lever les yeux.

— Jake et toi avez donc réussi à le finir à temps ? Bravo !

— Ça nous a quand même entraînés jusqu'à 2 heures du matin.

— Il est reparti, ensuite ?

Redressant enfin la tête, Todd haussa les épaules.

— Je ne crois pas, non. La dernière fois que je l'ai vu, il se dirigeait vers la chambre de Tess.

— Il était absent au petit déjeuner, ce matin, et sa voiture n'était plus là non plus.

Todd considéra Megan avec amusement.

— Dis donc, tu lui colles drôlement aux semelles, hein ?

— Mais non !

— Allons, avoue-le : tu l'as dans la peau.

Elle se renfrogna.

— Tu te trompes lourdement.

— C'est pourtant l'impression que j'ai eue l'autre soir quand on est passés en voiture à côté de vous. Vous auriez fait une couverture idéale pour un roman sentimental. Il gelait presque, à ce moment-là, mais j'ai eu une poussée de fièvre rien qu'en vous regardant.

— T'ai-je déjà signalé ton manque de tact ?

— A ton égard ? Plus d'une fois. Mais tu préfères me le pardonner, vu que sans moi, tu serais dans la panade...

Megan soupira.

— Certes, admit-elle, avant de jeter un coup d'œil aux papiers que Todd tenait à la main. Alors, le contrat est prêt ?

— Tu peux toujours le relire toi-même, mais à mon avis il n'y a pas grand-chose à y changer. Tu vas en parler à Peggy dès ce matin ?

Elle se pencha vers la fenêtre pour regarder à l'intérieur. Peggy et Peter étaient toujours en pleine conversation. Et Peter riait.

— Non, répondit-elle. Plus tard.

Todd suivit la direction de son regard, avant d'esquisser un sourire entendu.

— Je ne te connaissais pas ce genre de prédispositions. C'est plutôt risqué, non ?

— Je n'ai fait que présenter deux de mes relations l'une à l'autre.

— Alors qu'elles sont l'une et l'autre vulnérables, répliqua-t-il.

Megan dut reconnaître en elle-même que, vue sous cet angle, son initiative pouvait effectivement paraître aventureuse.

— Ce sont des adultes, rétorqua-t-elle.

— Des adultes vulnérables, insista Todd.

— Bon, soit, je me suis mêlée de ce qui ne me regardait pas et, en plus, je n'étais même pas sûre du résultat. Mais regarde-les. Ils ne sont pas mignons ?

— Peggy n'est pas exactement le genre de Peter, il me semble.

— Non, elle est mieux que ça. Et puis je suis certaine qu'elle va lui ouvrir de nouveaux horizons.

— Ah ! le charme des grands espaces ! lança Todd en feignant l'extase. Mais tu n'as pas peur qu'il lui brise le cœur ?

— Holà ! Doucement ! fit Megan en levant la main.

Peggy est encore mariée. J'ai seulement pensé qu'un peu d'attention de la part d'un mâle intelligent et raffiné lui ferait du bien, point final. Jamais je n'ai voulu qu'ils tombent fous amoureux.

— Sauf qu'à les voir, on pourrait imaginer que c'est précisément en train d'arriver. Je flaire la cata, Megan.

— Tu as toujours eu une nature pessimiste...

— Prudente, plutôt, corrigea Todd. Et avec toi, ce n'est pas du luxe.

Reportant son attention sur l'allée, il s'interrompit soudain.

— A propos de cata, voilà la tienne qui rapplique.

De fait, la voiture de Jake remontait l'allée en soulevant des nuages de poussière. Il s'arrêta juste derrière la remorque hébergeant le matériel et le personnel de la sonorisation, coupa le moteur, puis vint les rejoindre d'un pas nonchalant, une lueur déterminée dans les yeux. Megan sentit son estomac se contracter à son approche.

Il s'arrêta en bas du perron, la gratifia de son regard de braise et sourit cordialement à Todd.

— Le contrat te botte, mon pote ?

— Impec', répliqua Todd avant d'afficher à son tour un grand sourire. Bien dormi, l'ami ?

— Ce satané lit était trop court, maugréa Jake.

— Ah ! c'est donc pour ça que tu es parti si tôt, intervint Megan. J'aurais dû te prévenir, mais tu paraissais tellement décidé à passer la nuit au ranch coûte que coûte...

— J'avais un autre lit en vue.

Todd se redressa aussitôt.

— Bon, faut que j'y aille. Si vous avez besoin de moi, vous me trouverez à l'intérieur.

— On aura besoin de lui ? s'enquit Jake en rivant ses yeux à ceux de Megan.

Celle-ci déglutit avec peine.

— Euh... non, je ne crois pas.

Dès que Todd les eut laissés, Jake prit sa place dans le fauteuil.

— Viens un peu par ici, mon bouchon.

— Je ne préférerais pas.

— Tu as peur ?

— Que tu bousilles mon maquillage, oui. On commence l'enregistrement dans dix minutes.

— Alors, on va se dépêcher, comme ça ta maquilleuse aura le temps de retoucher ton rouge à lèvres.

Malgré l'envie qui la taraudait, Megan demeura immobile.

— Si tu me veux, cow-boy, il faudra d'abord m'attraper.

— Est-ce un défi ? demanda Jake avec un sourire canaille.

Elle le dévisagea, se composant une expression faussement candide.

— Peut-être. T'es capable de te lever ?

— Avec toi, Meggie, je suis capable de tout, murmura-t-il d'une voix rauque.

Puis il se déplaça si promptement que Megan eut à peine le temps de réagir. Avant qu'elle comprenne ce qui lui arrivait, elle fut soulevée et se retrouva assise sur les genoux de Jake.

— Voilà qui est mieux, dit-il avec satisfaction.

— Jake ? chuchota-t-elle.

— Hmm ?

— Si tu veux m'embrasser, ne tarde pas trop.

— Pourquoi donc, mon petit cœur ? L'attente te rend nerveuse ?

— Moi non, mais Kenny très certainement. Encore cinq secondes, et il va venir me chercher. Je l'entends déjà m'appeler.

— Cinq secondes, c'est vraiment peu, se plaignit Jake en même temps qu'il approchait les lèvres des siennes.

Effectivement, reconnut Megan quand il la relâcha, cinq secondes ne représentaient presque rien. Mais cinquante à soixante années de plus feraient sans doute l'affaire.

22.

Quand Megan et Jake arrivèrent au ranch pour le dîner, un couvert supplémentaire avait été disposé sur la table. Et Mme Gomez affichait un air réprobateur.

— Qu'est-ce qu'il y a ? demanda Megan à la gouvernante qui se tenait coite, les bras croisés sur la poitrine. On dirait que tu viens de mordre dans un citron.

— Cette femme vient dîner, voilà ce qu'il y a !

— Quelle femme ?

— La mère de Tess.

Comme Megan était sur le point de s'emporter, Jake s'avança vers elle et lui toucha le bras pour l'inciter au silence.

— Comment cela se fait-il ? interrogea-t-il d'une voix posée.

— Ça, c'est Tess qui vous le dira, répliqua Mme Gomez. Tout ce que je sais, c'est que j'étais dans la cuisine en train de préparer le repas quand elles y sont rentrées toutes les deux.

Megan plissa les yeux.

— Elles étaient ensemble quand Tess est revenue de l'école ?

— A mon avis, c'est la *señora* Olson qui l'a ramenée à la maison.

— Ouais, eh bien, je vais tout de suite mettre un terme à ça ! s'exclama Megan tout en se libérant de la main de Jake. Où sont-elles ?

— Dans le séjour, je suppose. C'est là, en tout cas, que Tess m'a demandé de leur apporter le goûter. Cette femme aurait préféré du caviar, si tu veux mon avis. Elle n'a pris que quelques cookies et un peu de lait. A votre place, je vérifierais si toute l'argenterie est encore là avant son départ...

« Oh, Seigneur », songea Megan.

— Bon, je m'en occupe.

— Je te suis, renchérit Jake.

Elle pivota vers lui.

— Je n'ai pas besoin que tu te portes à mon secours chaque fois que j'ai des problèmes. Je saurai bien me débrouiller toute seule avec Flo Olson. Essaie plutôt de savoir pourquoi l'école l'a autorisée à récupérer Tess à la sortie des classes.

— Très bien. J'appelle d'abord l'école et je viens voir ensuite comment tu t'en sors. Ça m'apprendra peut-être quelques trucs.

— Ne sois pas sarcastique, répliqua Megan. Ça te va très mal.

Comme Mme Gomez le lui avait annoncé, elle trouva Tess et sa mère dans le séjour. Tess était assise sur le sofa et ne semblait guère s'intéresser à ses cookies ni à son lait. Elle parlait à perdre haleine à Flo Olson qui, de son côté, lui accordait aussi peu d'attention qu'une manutentionnaire à la fin d'une longue journée de travail. Une impression aiguë de déjà-vu envahit Megan. Combien de fois s'était-elle elle-même ainsi adressée à sa mère avant de se rendre compte que Sarah était perdue dans son monde ? Trop pour qu'elle puisse s'en souvenir.

En vérité, Flo semblait nettement moins captivée par sa

fille que par une rare et délicate pièce de porcelaine qui ornait le manteau de la cheminée. Elle était en train de la soulever pour examiner la signature inscrite sur le fond, quand Megan s'éclaircit la gorge. La coupe lui échappa des mains et se brisa sur le tapis.

— Oh ! mince, regardez ce que vous m'avez fait faire ! s'exclama Flo en dévisageant Megan avec acrimonie. Ça vous apprendra à espionner les gens.

Tant d'audace impressionna Megan.

— Puisque cette coupe semblait tant vous intéresser, sachez qu'elle valait près de trois mille dollars. Son expertise doit être encore dans le coffre de Tex. Si vous n'avez pas assez d'espèces sur vous, vous pouvez toujours nous rembourser un premier acompte.

— Qui est sarcastique, là ? chuchota Jake derrière elle.

Megan se retourna pour le fusiller du regard.

— Vous rembourser ? répéta Flo en hurlant presque. Mais c'est votre faute ! Vous n'aviez qu'à pas me surprendre comme ça !

— Jusqu'à plus ample informé, cette maison est toujours la mienne, et c'était vous qui inspectiez cette pièce de porcelaine, pas moi.

— Je la rembourserai, proposa Tess d'une voix timide. C'est moi qui l'ai invitée, ajouta-t-elle en lançant à Megan et Jake un regard de défi. Vous m'avez promis qu'elle pourrait dîner ici quand je le voudrais.

Avant de répondre, Megan compta silencieusement jusqu'à dix.

— C'est vrai, admit-elle. Mais la prochaine fois, demande-nous si cela ne nous dérange pas. Tu sais combien nous avons une semaine chargée.

— Enfin, elle est là, maintenant, rétorqua Tess avec aplomb. Elle peut rester ?

Megan doutait qu'il fût avisé de demander à Flo de

partir : Tess lui reprocherait certainement de manquer à sa promesse.

— Va pour cette fois. Maintenant, s'il te plaît, rapporte le plat de cookies dans la cuisine et reviens avec l'aspirateur pour nettoyer ce gâchis. D'accord ?

— Et pourquoi je ferais ça ? Tu vas en profiter pour lui crier dessus.

— Allez, viens donc, la puce, intervint Jake. Je vais t'aider à porter l'aspirateur.

Sur le point de protester, Tess se ravisa et emboîta le pas à Jake après avoir émis un lourd soupir.

Une fois seule avec Flo, Megan la dévisagea attentivement.

— Comment se fait-il que Tess vous ait invitée à dîner ce soir ?

— Eh bien, on a parlé et...

— Où ça ? coupa Megan.

— A l'école.

— Dois-je vous rappeler que vous êtes sous le coup d'une ordonnance d'éloignement ? La prochaine fois que vous approcherez de Tess, à l'école ou ailleurs, j'appellerai le shérif si vite que vous en aurez la tête qui tournera.

— Vous n'avez pas le droit !

— J'ai tous les droits, affirma Megan, tout en s'efforçant de recouvrer son sang-froid. Bon, et si on s'asseyait une minute ? Je n'ai pas envie de me disputer avec vous.

— Cette histoire d'ordonnance aurait pu être du baratin, riposta Flo.

— O.K., soyons claires. Je n'ai aucune confiance en vous. Si cela ne tenait qu'à moi, jamais vous n'approcheriez de Tess à moins d'un kilomètre. Mais ça ne dépend pas que de moi. Elle est toujours attachée à vous. Si elle désire vous voir, je ne suis pas contre — à condition que vous respectiez certaines règles. Soit vous les acceptez, soit vous ne la reverrez plus. A vous de choisir.

Flo sembla désarçonnée par ce discours direct.

— Vous êtes plus dure que vous en avez l'air, vous savez ?

— Je prendrai cela pour un compliment. Alors, vous acceptez le marché, oui ou non ?

— Et comment je suis censée venir ici la voir ? Il n'y a pas un seul emploi de libre à Whispering Wind, et j'ai plaqué mon boulot à Laramie après avoir déposé Tess ici. Il va sans doute me falloir chercher du travail ailleurs. A moins que vous me donniez de quoi me retourner, ajouta Flo avec un air matois.

Megan préféra ignorer sa menace voilée d'abandonner une nouvelle fois sa fille.

— Je n'ai pas de liquide sur moi, lui répondit-elle. Quelles sont vos compétences, au juste ?

— J'étais serveuse, avant.

Megan ne voyait aucun moyen d'embaucher une serveuse dans son entreprise. Et elle n'était pas disposée à lui trouver un emploi au ranch. Certes, Mme Gomez pourrait avoir besoin de son aide en cuisine, mais il était peu probable que la gouvernante accepterait la mère de Tess sans crier au scandale.

— Vous savez taper à la machine ? interrogea-t-elle après s'être rappelé que Jake n'avait toujours pas de secrétaire.

Un plan sournois avait commencé de germer dans son esprit, une manœuvre propre à rééquilibrer ses rapports avec un certain M. Sans-Gêne.

Flo demeura un instant interdite.

— J'ai suivi quelques cours de dactylo au lycée, répondit-elle enfin, mais je dois être un peu rouillée.

Megan doutait qu'il y ait beaucoup de travaux de frappe à effectuer au cabinet de Jake — du moins, tant que celui-ci s'obstinerait à éviter les clients.

— Et avec le téléphone, vous vous débrouillez comment ?

Flo fronça les sourcils.

— J'aime bien tailler une bavette de temps en temps, si c'est ce que vous voulez savoir.

— En fait, ma question est plutôt : saurez-vous prendre correctement des messages, par exemple, ou encore rester polie avec les importuns ?

— J'imagine. Ça ne pourra pas être pire que de supporter certains clients dans le restaurant où je travaillais avant.

— Parfait. Vous êtes engagée !

Flo la contempla avec ahurissement.

— Vous voulez que je travaille pour vous ?

— Pas exactement.

— Je ne saisis pas...

— Ça viendra, répliqua Megan tandis que Jake revenait dans le séjour en poussant devant lui l'aspirateur. Hé, Jake !

Ce dernier les regarda tour à tour avec un air circonspect.

— Oui ?

— Je te présente ta nouvelle réceptionniste.

— Pas question ! s'exclama Flo alors que Jake, de son côté, marmonait un juron bien senti.

Megan afficha un sourire enchanté.

— Bien, dit-elle, voilà qui est réglé.

— Maman va travailler pour Jake ? interrogea Tess en les rejoignant à son tour.

— Apparemment, marmonna Jake.

Si son déplaisir était évident, il n'avait visiblement pas envie de protester plus avant contre l'arrangement que Megan avait conclu derrière son dos.

— Ouais, mais pas de blague, hein ? reprit Flo en le

toisant du regard. Ce n'est pas parce que vous êtes avocat et tout, que je me gênerais pour vous poursuivre pour harcèlement sexuel.

— Croyez-moi, je m'abstiendrai de ce genre de « blagues », rétorqua Jake.

Il adressa un sourire crispé à Megan.

— Je peux te parler cinq minutes, ma chérie ?

— Bien sûr, minauda-t-elle, tout en adressant un clin d'œil à Tess.

Dès qu'ils se retrouvèrent dans le vestibule, Jake la plaqua contre le mur. En d'autres circonstances, cette proximité physique aurait fortement émoustillé Megan. En cet instant, toutefois, elle cherchait plutôt le moyen de se glisser sous son bras pour lui échapper.

— Mais qu'est-ce qui t'est passé par la tête ? lui demanda-t-il d'une voix détachée, comme s'il n'était que modérément curieux de connaître sa réponse.

— Il m'est apparu que Flo avait besoin d'un travail, et que nous avions nous-mêmes besoin d'un moyen de la tenir à l'œil.

— Et donc, tu m'as choisi pour lui servir de chaperon. Tu aurais pu te charger de ça toi-même, non ?

— Tu as entendu Peter. Je frôle la banqueroute. En plus, j'ai déjà Todd.

— Comme ça tombe bien... Et que suis-je censé faire d'elle, au juste ?

— Elle sait répondre au téléphone.

— Le mien ne sonne pas très souvent.

— Elle sait aussi taper à la machine. Et comme je ne crois pas qu'elle soit très rapide, il lui faudra au moins une journée pour une simple lettre.

Il se renfrogna.

— Ça t'amuse, hein ?

Réprimant un sourire, Megan rapprocha le pouce et l'index de sa main gauche.

— Juste un petit peu, admit-elle.

— C'est toi qui la paieras.

— Je n'ai plus d'argent. Désolée.

— Il existe d'autres moyens de rétribution, murmura Jake en se penchant vers elle.

Le baiser qu'il lui donna, un baiser exigeant, fit perdre sa contenance à Megan. La tête lui tournait encore quand Mme Gomez vint annoncer le dîner d'une voix à réveiller les morts avant de repartir d'une démarche courroucée et de claquer violemment la porte de la cuisine derrière elle.

— Elle n'a pas l'air de beaucoup apprécier les rebondissements de ce soir, remarqua Megan.

— Qui pourrait le lui reprocher ? Au fait, où sont Peter et Todd ?

— Peter dîne chez Peggy. Elle l'a invité à partager son ragoût de gibier.

— Tu plaisantes ? Il va vraiment en manger ?

— Je doute qu'il prête beaucoup d'attention au contenu de son assiette. Apparemment, il a eu le coup de foudre pour Miss Peggy, annonça Megan avec un sourire satisfait.

— Et Johnny et les enfants ? Sont-ils également conviés à ces festivités ?

— Je crois qu'ils sont allés au cinéma à Laramie. Johnny refuse de pénétrer dans la maison tant que nous y sommes, sinon pour dormir. C'est sa manière à lui de se rebeller.

— Donc, si je comprends bien, tu as laissé Peter dîner tranquillement avec ta meilleure amie ? Ça ne t'inquiète pas ?

— Pas du tout. Je pense que Peter va au contraire se révéler une aubaine pour elle. Quand je l'ai quitté, il était en train de vérifier ses comptes. Il lui donnait également des conseils sur la meilleure façon d'investir l'argent que nous lui verserons pour ses participations à l'émission. Il a un véritable don pour prédire les cours de la bourse.

Jake gémit.

— Et Todd ? Que lui as-tu réservé ? Un engagement dans un rodéo afin qu'il devienne un vrai cow-boy ?

— Non. Il est resté dîner en ville avec l'équipe. Kenny le ramènera plus tard.

S'interrompant, Megan grimaça un sourire.

— En fait, précisa-t-elle, il est prévu que ce soit Todd qui ramène Kenny. Nous aurons de la chance si le portail est toujours debout demain matin.

— Cette perspective a l'air de te réjouir...

— Ce qui me réjouit, c'est de savoir qu'il existe au moins un domaine où Todd n'excelle pas. Ses compétences sont par ailleurs effrayantes.

Jake secoua la tête, manifestement amusé à son tour.

— Parfois, la manière dont ton cerveau fonctionne m'effraie aussi.

— Tant mieux. Parce que je me demande encore quoi faire de toi.

— Me coller une secrétaire incompétente ne te suffit donc pas ?

— Non, répondit Megan en toute franchise. Toujours pas. Après tout, c'est bien à cause de Tex et toi que ma carrière bat de l'aile, que je dois m'improviser éleveuse de bétail et jouer en plus les parents avec une fillette de huit ans qui n'est guère enthousiaste de m'avoir pour mère. Alors, je doute que nous soyons quittes avant un long, très long moment.

Avoir Flo pour secrétaire n'était pas exactement un désastre. Mais, nota Jake en essayant une nouvelle fois de lui expliquer comment se servir du fax, il n'était encore que 9 h 15.

— Et comment je sais qu'un fax arrive ? demanda Flo en toisant l'appareil avec méfiance.

— La machine le reçoit automatiquement sur une ligne séparée.

— Et moi, si je veux en envoyer un, je mets le papier ici, dit-elle en répétant les instructions de Jake avec un scepticisme évident.

— Le recto en dessous, confirma-t-il.

— Et ensuite, je compose le numéro.

— Exact.

— Et ça va passer comme ça dans l'autre machine ?

— En quelque sorte.

— Comment ?

— Je n'en ai pas la moindre idée, avoua Jake.

— Tant mieux, déclara Flo en hochant la tête. Je me disais que je devais être idiote pour ne pas piger le fonctionnement de ce truc.

— Eh bien, je ne le connais pas plus que vous. Il suffit d'avoir la foi, c'est tout.

Elle le dévisagea avec une expression contrite.

— La foi, c'est pas vraiment mon truc.

— A moi non plus. Disons simplement que ça marche et qu'on n'a pas à se poser d'autres questions.

La jeune femme passa ensuite au répondeur. Mais avant qu'elle ait pu poser mille et une questions à son sujet, Henrietta arriva en courant.

— Oh ! Seigneur, Jake, viens tout de suite !

— Qu'y a-t-il ? interrogea-t-il en la suivant à l'extérieur. Gardez le fort en mon absence, lança-t-il à Flo pardessus son épaule. Je vous appellerai plus tard.

— C'est Barbara Sue ! annonça Henrietta tandis qu'ils traversaient la rue. Bryce est sur le point de l'inculper.

Jake sentit un nœud se former au niveau du torse. Il s'attendait à quelque chose de ce genre.

— Pour quel motif?

— Tentative de meurtre. Elle a tiré sur Lyle ce matin.

Les nouvelles étaient donc aussi mauvaises qu'il l'avait redouté.

— Il va s'en remettre?

— J'sais pas, repartit Henrietta. Personnellement, j'espère que ce fils de garce y passera, mais ça ne serait pas bon non plus pour Barbara Sue.

— Non, effectivement. Et où se trouve-t-elle en ce moment?

— En prison.

— Et les enfants?

— Je les garde au snack. Bryce a eu la décence de passer les déposer. Janie est là-bas avec eux. Il faut que j'y retourne, d'ailleurs. Tu as besoin de moi?

— Non, occupe-toi des petits. Sais-tu comment ça s'est passé?

— Lyle était sur le point de battre l'aînée à coup de ceinture. Barbara Sue a vu rouge, j'imagine. Sissy n'arrête pas de pleurer et de crier que c'est sa faute. J'ai été incapable de la calmer.

— Je sais que tu fais ton maximum, dit Jake en pressant la main de Henrietta. Je te rappelle dès que je sais où en est Barbara Sue.

A la prison, il trouva cette dernière assise en face de Bryce, les mains crispées sur le ventre, la joue marbrée par un début d'hématome, les traits fermés.

Jake salua le shérif d'un hochement de tête.

— Que se passe-t-il? demanda-t-il comme s'il ignorait tout de l'histoire.

— Elle a tiré sur son mari de sang-froid, répondit Bryce. Veut plus dire un mot depuis.

Jake serra brièvement la main de la jeune femme.

— Tu as bien fait, lui assura-t-il, avant de se retourner

vers le shérif. L'as-tu au moins informée qu'elle avait droit à la présence d'un avocat ?

— Mais oui, monsieur l'avocat de la grande ville. Je lui ai lu ses droits. C'est d'ailleurs le seul semblant de conversation que nous ayons eu tous les deux.

— Ça te dérangerait de me laisser seul avec elle un moment ?

Bryce haussa les épaules.

— Pas du tout. Je vais faire un tour à l'hôpital, voir comment Lyle s'en sort sur le billard. Evidemment, vous ne bougez pas avant mon retour.

— On n'y songe même pas, repartit Jake.

Aussitôt que Bryce eut quitté les lieux, il s'assit sur le coin de son bureau.

— Ça va ?

Alors que Barbara Sue hochait la tête, de grosses larmes lui montèrent aux yeux avant de rouler le long de ses joues. Jake lui tendit un mouchoir.

— Oh ! mon Dieu, qu'est-ce que j'ai fait ? murmura-t-elle. Que va-t-il arriver à mes petits si je vais en prison ?

— Tu n'y es pas encore, lui assura Jake. Bon, reprends tout depuis le début et dis-moi exactement ce qui s'est passé.

Elle prit une profonde inspiration.

— Lyle a eu une dispute avec sa mère, hier. Elle en avait assez de le voir tirer au flanc, à la boutique. Ensuite, il est resté à boire dehors pendant presque toute la nuit. Quand il est rentré, il était en rogne. Il m'a réveillée. J'ai essayé de lui échapper, j'ai dit amen à tout ce qu'il racontait, mais il m'a quand même flanqué une trempe. Je suis tombée contre la table de chevet, et j'ai renversé la lampe par terre. J'imagine que Sissy nous avait entendus, car elle est arrivée en courant et a crié à son papa d'arrêter. Elle pleurait et brandissait ses petits poings. Et elle lui a filé un direct dans l'estomac, carrément.

— Et bien sûr, ça l'a rendu dingue, murmura Jake.

Barbara Sue hocha la tête.

— Il a commencé à défaire sa ceinture et j'ai deviné ce qu'il avait en tête. Comme il ne quittait pas Sissy des yeux, j'en ai profité pour aller chercher son fusil. Quand il a compris ce que je faisais, il était trop tard. Je n'ai même pas visé — sauf pour éviter de toucher Sissy, bien sûr. J'ai seulement appuyé sur la détente. Peut-être que je voulais juste l'effrayer. Ou peut-être que je voulais qu'il meure. Je ne sais plus à quoi j'ai pensé, sur le coup, sinon que j'étais malade, complètement malade à l'idée qu'il allait frapper mon bébé.

Elle contempla Jake d'un regard affligé. Ses yeux étaient secs.

— Je ne pouvais pas le laisser faire ça, tu comprends ?

— Oui, je comprends, affirma Jake en lui pressant de nouveau la main. On va s'en sortir, Barbara Sue. Même si je ne peux pas obtenir la levée des charges, il n'y a pas un jury à la ronde qui te condamnera pour avoir protégé ta fille.

Elle baissa les yeux.

— Je voulais le tuer, dit-elle dans un souffle, d'une voix si faible que Jake l'entendit à peine.

Puis, elle redressa la tête.

— Tu ne trouves pas ça horrible ? Je l'aimais tellement ! Il m'a donné deux enfants. Et maintenant, je prie le ciel de m'en débarrasser. Quelle femme suis-je donc pour avoir de pareilles pensées ?

— Une femme qui en a trop bavé, répliqua Jake, tout en regrettant que les choses en soient arrivées là.

— Les enfants vont bien ? s'enquit Barbara Sue.

— Oui, ne t'inquiète pas. Ils sont avec Henrietta et Janie.

— Je suppose que ma sœur accepterait de venir les

chercher et de les prendre avec elle si je le lui demandais. Comme elle n'aimait pas beaucoup Lyle, on s'est un peu perdues de vue. Je déteste la déranger.

— Tu agis comme bon te semble. En tout cas, sache que Henrietta sera heureuse de les garder aussi longtemps que nécessaire. Avec un peu de chance, d'ailleurs, tu les retrouveras très bientôt.

Elle hocha une nouvelle fois la tête.

— Si elle est d'accord, c'est encore le mieux. Henrietta a toujours été un ange pour moi et les enfants. Je ne sais pas ce que j'aurais fait sans elle au cours de ces derniers mois. Les enfants l'aiment autant que si elle était leur grand-mère. Il faut dire aussi qu'entre elle et la mère de Lyle, c'est le jour et la nuit.

La porte du bureau s'ouvrit. Levant la tête, Jake découvrit à sa grande surprise Megan, qui se tenait devant le seuil.

— Tout va bien ? demanda-t-elle. J'ai appris ce qui s'était passé. J'aimerais vous aider.

— Entre. Tu peux déjà tenir compagnie à Barbara Sue, proposa Jake.

Il se tourna vers cette dernière.

— Ça te dérange si Megan reste un peu avec toi pendant que je vais à l'hôpital m'enquérir de l'état du plaignant ?

Barbara Sue haussa les épaules.

— Non, si tu veux.

Jake s'arrêta un instant près de Megan.

— Si Bryce revient avant moi, empêche-la de lui parler, lui dit-il. Elle est capable de lui expliquer à quel point elle est contente d'avoir tiré sur Lyle. C'est peut-être vrai, mais ça n'arrangerait pas son cas.

Megan hocha la tête.

— Je suis surpris de te voir ici, avoua Jake en lui posant une main sur la joue. Pourquoi es-tu venue ?

Elle le dévisagea avec une expression incertaine.

— Je ne sais pas. Je me suis simplement dit que je devais le faire.

Jake esquissa un sourire.

— Ne te retourne pas, ma douce : je crois que tu viens de t'engager dans la vie réelle, plutôt que de rester sur le bord de la route à prêcher l'art de vivre.

— En d'autres termes, j'exerce un métier frivole, selon toi ? répliqua Megan sur la défensive.

— Mais non. Simplement, je trouve qu'il est pas inutile, de temps à autre, de jeter un bon coup d'œil au monde qui existe en dehors des pages des magazines.

Megan reporta son attention sur Barbara Sue, qui les contemplait tous deux avec un air égaré. Quand elle regarda de nouveau Jake, elle parut ébranlée.

— Nous reparlerons de tout ça plus tard, marmonna-t-elle avant de tirer une chaise pour s'asseoir à côté de Barbara Sue.

Elle lui prit ensuite la main et lui murmura quelques paroles que Jake ne put entendre.

A voir ainsi les deux femmes — l'une habillée de vêtements chic, l'autre revêtue d'une blouse défraîchie —, il sentit une brusque émotion l'étreindre. Il avait toujours aimé Megan. Il l'avait toujours désirée. Mais, pour la première fois peut-être, il aurait pu également affirmer qu'il la respectait. Ce qu'il lui avait dit au sujet du monde réel s'appliquait également à lui. Car si elle était en train de s'amender, d'évoluer de façon décisive, sans doute était-ce son cas à lui aussi.

23.

A l'hôpital, les nouvelles étaient bonnes — du moins semblait-il peu probable que Barbara Sue serait inculpée pour meurtre. Lyle était toutefois gardé en observation dans l'unité de soins intensifs, et Bryce avait rapporté à Jake que les médecins craignaient qu'il ne garde des séquelles de sa blessure.

— Jusqu'où penses-tu aller contre ma cliente ? lui demanda Jake.

— Je suis tenu par le devoir..., commença Bryce.

— Et le devoir de protéger Barbara Sue ? coupa Jake avec humeur. Tu savais que Lyle la battait. C'est forcé. Personne en ville ne l'ignorait.

Bryce rougit.

— Elle n'a jamais porté plainte, répliqua-t-il, sur la défensive.

— Mais tu pouvais en toucher deux mots à ton cousin, non ? Si tu lui avais au moins un peu tiré les oreilles, on n'en serait sans doute pas là aujourd'hui.

Bryce soupira.

— Ecoute, je sais bien que Lyle n'est pas parfait.

— Quel euphémisme !

— Ça n'autorise pas pour autant Barbara Sue à lui tirer dessus de sang-froid.

— Même s'il était sur le point de battre sa fille, tout comme il la battait elle-même ?

Cette fois, Bryce blêmit.

— Il allait frapper Sissy ?

— Il avait déjà ôté sa ceinture et s'apprêtait à lui tomber dessus à bras raccourcis quand Barbara Sue est allée chercher le fusil.

— Bon sang...

— Tout bien réfléchi, vois-tu, je crois que tu es assez bien placé pour persuader le plaignant de renoncer à certaines charges pesant sur ma cliente et de se contenter de sa mise sous contrôle judiciaire. Avoir leur mère en prison n'apportera rien de bon à ces enfants.

L'air grave, Bryce hocha la tête.

— Je vais voir ce que je peux faire.

Jake commença à s'éloigner, puis il se retourna vers le shérif.

— Encore une chose : arrange-toi pour que ton cousin se tienne éloigné d'eux quand il sortira d'ici.

— Malheureusement, ça ne sera pas facile. Sa mère s'est focalisée sur lui, à la mort de son mari. Et depuis, Lyle n'en a toujours fait qu'à sa tête. Je doute qu'on puisse désormais y changer quoi que ce soit. Il est très possessif avec Barbara Sue et les enfants.

— Débrouille-toi, insista Jake. Ou la prochaine fois, cette histoire pourrait vraiment virer à la tragédie.

Bryce soupira de nouveau.

— Je ferai ce que je pourrai.

De retour au snack, Jake constata aussitôt que Henrietta était à bout de nerfs. Comme si elle n'avait cessé de se tirer les cheveux, ceux-ci étaient dressés sur son crâne. Elle veillait surtout à éviter que les enfants de Barbara Sue n'aillent traîner dans la salle où les rumeurs allaient bon train sur leur mère. Alors qu'ils avaient déjà assisté à la scène, mieux valait qu'ils n'entendent pas les commentaires des uns et des autres.

— Je ne peux quand même pas les enfermer dans la cuisine, se plaignit-elle à Jake. Et je ne peux pas non plus les laisser traîner dans le snack : là-bas, tout le monde répand des horreurs sur le compte de leurs parents.

— Je vais les prendre avec moi, proposa-t-il. Ils passeront le reste de la journée au ranch. Ça devrait les distraire.

Henrietta eut l'air interloqué.

— Et comment Megan va-t-elle accepter le fait d'avoir encore d'autres enfants dans les pattes ? A mon avis, elle ne s'est même pas encore habituée à la présence de Tess.

— Ce ne sera pas un problème. Pour l'instant, elle se trouve au côté de Barbara Sue. Ensuite, je suppose qu'elle se rendra chez Peggy pour une nouvelle séance d'enregistrements. Elle ne saura rien avant de rentrer au ranch ce soir. Quant à Mme Gomez, elle prendra ces enfants sous son aile et s'occupera d'eux — comme elle le faisait jadis avec moi.

— Mais tu me les ramènes ce soir, n'est-ce pas ? insista Henrietta.

— Absolument. De toute façon, c'est ce que désire Barbara Sue. Et avec un peu de chance, ils pourront rentrer dès demain à la maison avec leur maman. Je crois que Bryce va faire le maximum pour inciter le plaignant à se rétracter. On devrait recevoir une proposition de conciliation demain matin. Voire ce soir, s'ils arrivent à la présenter au juge à temps.

— Tant mieux. Comment va Lyle ?

— Il est toujours vivant.

— Dommage.

— A ta place, je m'en réjouirais plutôt, souligna Jake. Autrement, nous aurions eu beaucoup de mal à obtenir que Barbara Sue retrouve ses enfants.

— Il lui tombera dessus dès sa sortie de l'hôpital, affirma Henrietta, faisant ainsi écho aux propres craintes de Jake.

— Pas si Bryce y met le holà, précisa-t-il d'un ton rassurant. Je crois qu'il a finalement compris à quel point son cousin pouvait être brutal.

Henrietta ne paraissait pas convaincue.

— Si tu veux mon avis, tu as beau avoir confiance dans la loi, elle a les mains liées dans cette histoire. Je veux bien que Bryce ait le sens du devoir, mais si Lyle veut se venger de Barbara Sue, personne sur terre ne sera capable de l'en empêcher.

— Alors, nous n'avons qu'à nous en remettre à Dieu, rétorqua Jake. Le fait d'avoir ainsi frôlé la mort pourrait inciter Lyle à reconsidérer son existence et à repartir sur des bases plus saines.

— J'aimerais le croire, mais j'en doute, avoua Henrietta sans se départir de son air sceptique. Non, je te le dis, il l'aura au tournant. Et il faudra plus qu'une ordonnance d'éloignement pour l'intimider.

Le cas Flo Olson le prouvait assez, convint Jake en lui-même. Mais que pouvaient-ils faire de plus ?

— Ils n'auront qu'à venir vivre avec moi, décréta Henrietta. J'attends ce salaud de pied ferme.

— C'est très gentil de ta part — sauf que tu risques de te mettre toi-même ainsi en danger.

— Que Lyle Perkins pose un seul pied chez moi, et c'est un homme mort !

— Allons, Henrietta...

— Je suis sérieuse, Jake. Tu peux me croire. Et aucun juge ni aucun jury ne pourraient me condamner pour ça.

— Ils ne le désireraient peut-être pas, mais la loi est la loi.

— Ne t'inquiète pas pour moi, Jake. Je sais ce que je

fais. Allez, emmène-moi donc ces petits, ajouta Henrietta en désignant la porte de la cuisine. Qu'ils dépensent leur énergie au ranch. On se retrouvera plus tard chez moi. Amène aussi Megan et Tess, je vous préparerai du poulet frit et de la purée. Rien de tel pour remonter le moral des troupes !

Jake se dirigea donc dans la cuisine pour aller y chercher les enfants, embrassant au passage Henrietta sur la joue.

— Tu es une femme extraordinaire. Tu le sais, au moins ?

— Oh ! va-t'en donc ! protesta-t-elle.

Mais ses joues avaient pris une couleur rose vif et ses yeux étincelaient de plaisir.

Quand, à 19 heures, Megan rentra au ranch, elle retrouva sa maison sens dessus dessous. Il y avait là presque autant de personnes que sur les tournages de l'émission — sauf qu'ici, une bonne moitié avait moins de dix ans. Le niveau sonore était assourdissant. Au milieu de ce chaos, Henrietta et Flo étaient plongées dans une conversation animée. Comment elles y parvenaient malgré le vacarme, cela dépassait Megan.

Jake l'aperçut, figée devant le seuil, et il se rapprocha d'elle.

— Bienvenue à la maison.

— Tu es sûre que c'est bien la mienne ? demanda-t-elle alors qu'un des enfants de Barbara Sue passait en courant devant elle, poursuivi par deux autres gamins. Mais que diable se passe-t-il, ici ?

— Il a fallu que je libère un peu Henrietta des enfants de Barbara Sue cet après-midi. Alors, je les ai amenés ici. Et puis, Tess est revenue de l'école, et elle a voulu les garder à dîner. Henrietta n'y a vu aucun inconvénient et m'a promis de venir les chercher dans la soirée. Là-dessus, Flo a téléphoné pour demander si elle pouvait passer.

Il haussa les épaules et avoua :

— Je crois bien que j'ai un peu perdu le contrôle de la situation. Ça ne te dérange pas trop ?

Megan avait une terrible migraine, et son premier mouvement fut de dire que si, ça la dérangeait beaucoup. Mais après la rude journée qu'elle venait d'avoir, la vue de ces sourires d'enfants et l'écho de leurs rires débridés la firent hésiter.

— Non, répondit-elle enfin, ça ne me dérange pas du tout.

— Bonne réponse ! approuva Jake avec un clin d'œil. Mme Gomez t'a mis de côté ton dîner dans la cuisine. Tu veux un peu de compagnie pendant le repas ? Ou tu préfères que je ramène l'ordre et la tranquillité dans la maison ?

— J'aime mieux ta compagnie, dit Megan en ôtant ses chaussures avant de se rendre dans la cuisine.

Dès qu'elle l'aperçut, Mme Gomez se mit à glousser.

— Assieds-toi, assieds-toi donc ! Ton dîner est prêt. J'ai encore fait du poulet aux knodels. C'est de la nourriture solide qui tient au corps. J'ai pensé que tout le monde en aurait besoin, ce soir.

— Même Tess ? interrogea Megan en songeant au dégoût que la fillette professait pour ce plat.

— Elle en a repris deux fois. Si tu avais été là, évidemment, elle l'aurait boudé par principe. Je me rappelle du reste une autre petite fille qui avait exactement la même réaction devant le bœuf bourguignon que Tex aimait tant.

Megan sourit à ce souvenir.

— Je n'y aurais jamais touché en sa présence, reconnut-elle.

— Voilà pourquoi je tenais à ce que tu restes assise tant que tu n'avais pas fini, expliqua Mme Gomez. Une fois Tex parti, tu mangeais tout jusqu'à la dernière bouchée.

— Tu étais un enfant difficile, hein ? demanda Jake.

— Je le suis toujours, lui rappela-t-elle.

— J'avais remarqué.

Mme Gomez servit Megan, puis offrit à Jake de reprendre un peu de tarte aux pommes. Une fois certaine qu'ils ne manquaient de rien, elle annonça son intention de partir.

— A moins que tu aies encore besoin de moi ce soir, ajouta-t-elle à l'adresse de Megan.

— Non, rentre donc te reposer. La journée a été longue pour toi aussi. Tu pourras même venir plus tard, demain matin. Je me chargerai du petit déjeuner.

Jake ricana, et Megan le fusilla du regard.

— Ce sera mangeable, tu verras, assura-t-elle.

— Tu as l'intention de nous proposer des kiwis... accompagnés peut-être d'un soufflé au fromage et aux épinards ?

— Très drôle ! Je suis aussi capable que n'importe qui de préparer des œufs brouillés avec du bacon et des toasts.

— Puisque tu le dis... Mais je vais quand même aller prévenir les hommes de courir se procurer en ville quelques paquets de céréales et des bouteilles de lait. Juste au cas où.

— Je ferais sans doute mieux de rester, intervint Mme Gomez en fronçant les sourcils.

— Non ! insista Megan. Va-t'en donc. Et ne l'écoute pas. Personne ne mourra de faim si, pour une fois, tu viens ici un peu plus tard. Voilà des semaines que tu en fais plus que ton dû. Il est temps que je prenne la relève.

Après le départ de la gouvernante, Megan mangea en silence durant un moment.

— Que va-t-il arriver à Barbara Sue ? demanda-t-elle soudain en levant les yeux vers Jake. Je n'ai pas arrêté de penser à elle durant toute la journée.

— Je suis presque certain que nous recevrons une proposition de conciliation dès demain matin. J'ai parlé à Bryce il y a de cela une heure. Je rencontrerai d'abord le plaignant, et nous irons ensuite devant le juge.

— Et Lyle ?

— J'aimerais croire qu'il sera assez malin pour filer d'ici dès sa sortie de l'hôpital — même si tout me dit que c'est un vœu pieux.

Megan hocha la tête.

— Très certainement, oui. Si ma mémoire est bonne, Lyle n'était pas vraiment un ange, dans son enfance. Ce serait peut-être à Barbara Sue de se montrer assez maligne pour quitter la ville avec ses enfants. Je le lui ai suggéré, ce matin.

— Et que t'a-t-elle répondu ?

— Que c'était chez elle, ici, et qu'elle ne se voyait pas vivre ailleurs.

— C'est sans doute vrai, tu sais.

— Mais rester ici est vraiment trop dangereux pour elle. Je lui ai proposé de s'installer dans mon appartement à New York, le temps qu'elle retombe sur ses pieds. J'aurais pu la présenter à des gens, l'aider à trouver un travail...

Dès le milieu de sa tirade, Jake avait commencé de secouer la tête.

— Elle serait malheureuse, là-bas.

— Malheureuse, mais en sécurité, rétorqua Megan d'un ton farouche. N'est-ce pas aussi important ?

Jake se leva et vint se placer derrière elle pour lui masser les épaules.

— J'aime te voir à ce point préoccupée par son sort.

— Et pourquoi ne le serais-je pas ? Je connais Barbara Sue depuis toujours. Nous n'étions pas très amies à l'école, pas comme Peggy et moi pouvions l'être, mais je ne la laisserai certainement pas traverser cette épreuve toute seule.

— Beaucoup de gens qui étaient au courant de ce qui se passait avec Lyle lui ont tourné le dos, souligna Jake.

— Sans doute parce qu'ils s'estimaient impuissants. Moi aussi, remarque. Mais je peux au moins lui offrir un refuge sûr.

— Sauf qu'en acceptant cette proposition, elle romprait avec son existence présente et s'exilerait à des milliers de kilomètres d'ici.

— Tu penses donc que j'ai tort ?

— Non. Je pense simplement que tu ne peux pas amener Barbara Sue à prendre une décision qui la dérange — pas plus que je ne pouvais naguère la persuader d'entamer une procédure judiciaire à l'encontre de Lyle avant que tout ceci n'arrive.

Megan perçut le regret sincère qui altérait la voix de Jake.

— Tu l'as senti venir, n'est-ce pas ? Ça a dû être frustrant.

— Pour le moins, oui, reconnut-il tandis que son massage se transformait en caresse. Aussi frustrant que d'avoir envie de toi en cet instant alors que je sais que mes chances de coucher avec toi ce soir sont proches du néant.

La crudité de son aveu coupa le souffle à Megan.

— Peut-être cela arrivera-t-il plus tôt que tu ne crois, parvint-elle à articuler, avant de se tourner vers lui.

— Tu as l'air d'oublier la présence de tous nos invités.

— Et tu oublies pour ta part que cette demeure dispose d'un escalier de service.

Megan lut alors la surprise sur son visage, puis un désir grandissant.

— Il est juste là, précisa-t-elle en désignant la porte de la réserve. Une ancienne issue dérobée, j'imagine.

— Eh bien, si je m'attendais...

Puis il poussa un soupir.

— J'ai malheureusement peur que nous soyons obligés de l'essayer une autre fois. Les enfants de Barbara Sue sont de vrais petits démons. Si jamais ils pensent que nous avons disparu, ils sont capables de partir à notre recherche.

— La menace d'être découverts pourrait ajouter du piment à l'affaire, tu ne crois pas ?

Les yeux plissés, Jake esquissa un large sourire.

— Tu veux me tenter, hein ?

— Et pourquoi ferais-je cela ?

— Parce que tu t'imagines en sécurité et que cela te plaît de me rendre chèvre.

— Eh bien...

Avant qu'elle ait pu terminer sa phrase, Jake la souleva de sa chaise et se dirigea vers l'escalier dérobé. Megan poussa un cri de surprise avant d'éclater de rire, puis de protester tandis qu'il montait dare-dare l'escalier et la portait sans tarder jusqu'à sa chambre.

— Jake, attends ! On ne peut pas faire ça, tu le sais bien.

— Hé ! ma biche, c'était ton idée, pas la mienne ! Durant la journée, tu n'as pas cessé de me supplier de t'emmener ici pour connaître le bonheur dans mes bras.

Poussant la porte, il transporta Megan à l'intérieur de la pièce, ne s'arrêtant que pour fermer le battant derrière lui d'un coup de pied.

Megan avait la très nette impression que la direction des opérations venait de lui échapper.

— Mais je voulais seulement...

Sa voix mourut.

— Tu voulais quoi ? interrogea Megan en plongeant les yeux dans les siens. Me provoquer ? Me mettre à l'épreuve ?

— Un peu, oui.

Il la laissa tomber sur le lit sans façon, avant de s'agenouiller au-dessus d'elle, le regard voilé par le désir.

— Mauvaise idée, murmura-t-il d'une voix rauque avant de l'embrasser.

Megan arqua les reins sous son baiser, puis elle se mit à

gémir tandis que les mains de Jake remontaient de sa taille à sa poitrine, où elles demeurèrent un instant. Sa peau la brûlait, la pointe de ses seins était tendue par le désir. Soudain, elle ne trouvait plus rien d'amusant à la promptitude avec laquelle son corps réagissait au contact de Jake. En l'espace de quelques secondes, elle avait oublié toute velléité de le taquiner, oublié aussi le vacarme qui montait du rez-de-chaussée. C'était à peine si elle se rappelait son propre prénom.

Et puis, elle vit Jake qui se tenait près du lit, le visage éclairé par un sourire content de soi.

— A l'avenir, la prévint-il d'un ton badin, ne commence pas un jeu que tu sais devoir perdre d'avance. Allons, redescendons avant qu'on s'inquiète de notre disparition.

Le vertige sensuel dans lequel baignait Megan se dissipa aussitôt, cédant la place à un brusque sursaut de colère. Alors même que ses jambes flageolaient encore, elle se leva d'un bond avant que Jake ait pu esquisser le moindre pas. Elle lui barra le chemin et lui donna une bourrade qui le prit de court. Il chancela vers l'arrière. D'une autre poussée, elle le fit atterrir sur le lit. Elle se jucha alors sur lui et l'immobilisa. Elle se doutait bien qu'il aurait pu l'éjecter et se débarrasser d'elle avec la plus grande facilité, mais il s'en abstint. Son air ahuri fut bientôt remplacé par une expression de résignation amusée.

— Et maintenant ? s'enquit-il. Tu veux renverser les rôles et me soumettre à tes caprices ?

Elle le dévisagea.

— Te soumettre à mes caprices ? Mais où as-tu été pêcher une idée pareille ?

— Eh bien, ce n'est quand même pas pour rien que tu m'as ramené sur le lit, non ?

— Oh, si ! Pour te donner une leçon, d'abord.

— A savoir ?

— Que je peux toujours finir les jeux que je commence.

— Vraiment ?

— Oui, répondit Megan d'un ton plein d'emphase, avant de repenser à tous leurs invités. Seulement ce ne sera pas ici ni maintenant.

Jake sourit de toutes ses dents.

— En d'autres termes, ce n'est que partie remise ?

Se redressant, elle lissa ses vêtements avant de se diriger vers la porte.

— A condition que tu aies de la chance ! répliqua-t-elle. Car il se pourrait fort bien que tu aies tout gâché en ne profitant pas de cette seule et unique occasion qui t'était offerte de coucher avec moi.

Il se redressa aussitôt et la retint par le bras, l'obligeant à se retourner. Puis il la gratifia d'un baiser qui anéantit totalement Megan.

— On verra, dit-il avec douceur, avant de la précéder dans l'escalier.

Megan porta une main à ses lèvres sensibles et légèrement enflées, et elle se mit à frémir. Décidément, songea-t-elle, elle n'arrivait plus à se contrôler.

Mais y était-elle jamais arrivée, avec Jake ?

24.

— Où vous étiez passés ? demanda Tess quand Jake revint dans le séjour.

— Megan se détendait un peu, répondit-il.

Se tournant vers Megan, qui restait à distance de lui, il vit qu'elle s'empourprait violemment.

— Elle a eu une longue journée, ajouta-t-il.

Tess contempla la jeune femme.

— T'es malade ? T'as le visage tout rouge.

— J'ai juste un peu chaud, répliqua Megan en fusillant Jake du regard.

— Mais il gèle, dehors ! s'exclama Tess. Comment se fait-il...

— Peu importe, intervint Flo en lançant au couple un coup d'œil entendu, avant d'entraîner la fillette à l'écart. Tu poses trop de questions.

— Mais comment tu veux que j'apprenne quoi que ce soit si j'en pose pas ? rétorqua Tess en utilisant un argument qui lui était familier.

— Peu importe, répéta Flo. Il y a des choses que tu n'as pas besoin de savoir.

Considérant la mère de Tess d'un air soucieux, Megan demanda à Jake :

— Tu ne crois quand même pas qu'elle va chercher à se

servir de ce qui vient de se passer pour essayer de récupérer Tess ?

— Il ne s'est rien passé, lui rappela-t-il. Tu es simplement entrée dans une pièce avec le visage un peu échauffé. Tu parles d'une affaire ! Pour ce que Flo en sait, nous aurions aussi bien pu nous disputer sur le cours du prix des bestiaux.

— Tu as sans doute raison.

— C'est toi qui as accepté que Flo s'incruste ici et fasse de nouveau partie de la vie de Tess. Vas-tu constamment te surveiller en sa présence ? Vas-tu paniquer à chacune de ses remarques sur ta conduite ?

— Non, bien sûr que non. Seulement...

— Seulement tu te sens coupable, coupa Jake, avant de sourire. Et peut-être aussi un peu en manque de rapports sexuels.

— Oh ! va donc au diable ! lui lança-t-elle.

Au même moment, Henrietta les rejoignit.

— Je dérange ? s'enquit-elle, les yeux brillant de curiosité.

— Non, pas du tout.

— Je crois que je ferais mieux de ramener les gamins en ville. Ils ont école, demain. Ils ont besoin de retrouver un semblant de vie normale.

Se tournant vers Jake avec une expression soucieuse, elle demanda :

— Tu penses qu'on aura besoin du témoignage de Sissy sur ce qui s'est passé, Jake ?

— J'espère bien que non. Je ferai tout pour lui éviter ça.

— Si tu as besoin de moi devant le juge, n'hésite pas, ajouta Henrietta. Je pourrais lui rapporter les innombrables fois où j'ai vu Barbara Sue se présenter au travail le visage couvert de bleus. J'aimerais bien entendre Lyle s'expliquer là-dessus.

— Merci. Si tout se déroule comme je le souhaite, expliqua Jake, le juge approuvera la procédure de conciliation sans appeler aucun témoin — mais je préférerais t'avoir quand même sous la main, juste au cas où.

— Bien, reprit Henrietta sur un ton résolu. A demain matin, alors. Appelle-moi pour me communiquer l'heure de l'audience. Bonne nuit, Megan. Ton grand-père aurait été fier de la manière dont tu as su t'adapter à la situation. Et surtout à Tess.

— Je l'espère, murmura la jeune femme d'une voix empreinte de mélancolie.

Megan et Jake restèrent un instant sous la véranda à regarder Henrietta, Flo et les enfants de Barbara Sue repartir pour la ville. Les feux arrière de la voiture de Henrietta luisaient toujours dans le lointain quand Jake aperçut des phares quitter la nationale.

— Qui cela peut-il être ? se demanda-t-il.

— Sans doute Todd qui revient, lui répondit Megan. Ou Peter.

— Il est toujours ici ? s'exclama Jake avec irritation. Je croyais qu'il devait retourner à New York aujourd'hui même.

— C'était bien son intention — jusqu'à ce qu'il rencontre Peggy et passe avec elle sa dernière soirée ici.

Quelques secondes plus tard, la voiture de Peggy s'arrêta devant la maison. Ils virent non seulement Peter en descendre, mais également Peggy et les enfants de cette dernière. Elle se tint un moment près de sa portière, l'air hésitant.

— Megan, je peux te parler une minute ? finit-elle par demander, avec une nervosité évidente.

— Oh ! Seigneur, murmura Jake à mi-voix.

Quelque chose lui disait que Peggy n'était pas simplement venue voir Megan afin de vérifier avec elle ses notes sur les recettes prévues pour le tournage du lendemain.

— Chut ! lui lança Megan avant de rejoindre son amie.

— Qu'y a-t-il ? demanda Jake à Peter, qui n'avait pas quitté Peggy des yeux depuis qu'ils étaient sortis de voiture.

— Elle a quitté son mari. Je crois qu'elle souhaite passer la nuit ici.

— Cette maison prend les allures d'un hôtel, maugréa Jake.

Cependant, aussi inopportune que fût la présence de tant de personnes au ranch, il devait admettre que la sollicitude dont Megan faisait preuve à l'égard de tous ses amis de Whispering Wind le rassurait. Peut-être commençait-elle à se rendre compte que sa vraie place était ici, et que cette place au sein de la communauté de Whispering Wind était tout aussi importante et gratifiante que la position qu'elle occupait à New York. Lui-même en avait pris conscience des mois plus tôt.

Il se tourna vers Peter.

— Et en quoi au juste êtes-vous responsable de la décision de Peggy ? Vous ne lui avez pas fait des promesses que vous n'avez pas l'intention de tenir, j'espère ?

— Mes rapports avec Peggy ne vous concernent nullement, répliqua Peter avec cette raideur qui avait le don d'agacer Jake. Pas plus que ne me regardent ceux que vous entretenez avec Megan.

— Je vous demandais ça au cas où vous projetteriez de la laisser tomber après avoir brisé son mariage, riposta Jake. C'est une amie, et par ici, les amis se serrent les coudes.

— C'est aussi une adulte qui a supporté une situation intenable pendant beaucoup trop longtemps. Je me suis contenté de lui faire comprendre qu'elle avait le choix.

— Et vous n'avez aucun intérêt personnel là-dedans ?

Même sous la pâle lueur de la lune, Jake put voir que Peter rougissait.

— C'est une femme adorable, admit enfin le comptable.

— Mais... ?

— Elle vit dans le Wyoming, pour l'amour du ciel ! Ce serait... impossible.

— L'en avez-vous informée ? Ou lui avez-vous laissé croire que vous aviez l'intention de l'éloigner de tous ses problèmes ?

— Je ne vois vraiment pas...

Jake se planta devant lui.

— J'attends une réponse !

— O.K., fit Peter en soupirant. Il se peut qu'elle se soit mis dans la tête que je désirais nouer une relation avec elle.

— Mais ce n'est pas le cas.

— Je n'ai pas dit ça, protesta Peter, qui paraissait de plus en plus désemparé. Je ne sais pas ce qui va se passer. Tout cela est très... confus.

Jake se sentait presque désolé pour lui. Il avait franchement l'air d'avoir été percuté par un bus. Et il n'avait sans doute jamais été aussi près de perdre toute contenance. Comme Peggy et Megan approchaient, il rechercha les yeux de Peggy et s'accrocha à son regard comme s'il était sur le point de se noyer et qu'elle était sa planche de salut. Fascinant, pensa Jake. Après tout, peut-être Megan avait-elle eu une sacrée intuition en les présentant l'un à l'autre.

Peggy passa devant lui sans lever la tête, poussant ses enfants devant elle. Peter lui emboîta le pas, et Jake attendit qu'ils se soient un peu éloignés pour s'adresser à Megan.

— Alors ?

— Elle a quitté Johnny.

— Je le sais déjà. Et maintenant ?

— Maintenant, nous ferions mieux d'aménager le studio en vitesse, car elle refuse de remettre le pied dans sa cuisine. Ai-je provoqué une catastrophe ? s'interrogea Megan, l'air soucieux. J'ai vu que tu parlais à Peter. Qu'en pense-t-il ?

— Il est un peu tard pour avoir des regrets, souligna Jake. Et pour le moment, ton ami Peter se pose beaucoup de questions. Son instinct lui souffle de repartir ventre à terre à New York et d'y retrouver son petit train-train quotidien.

— Mais ?

Jake la considéra avec amusement.

— Tu as senti un *mais* là-dedans ?

— Il vaut mieux qu'il y en ait un ! répliqua-t-elle d'un ton lugubre.

— O.K., il y en a un. Qu'il le reconnaisse ou non, ton cher comptable est tombé amoureux. Et d'une femme du Wyoming, qui plus est. J'adore ça ! ajouta Jake en souriant. Il suffit que tu reviennes pour que toute la ville soit sens dessus dessous.

— Tu ne m'attribues quand même pas la responsabilité de tout ce qui s'est passé, j'espère ? protesta Megan. C'est Tex qui est à blâmer en premier lieu. C'est à cause de ses manigances — auxquelles tu as d'ailleurs complaisamment prêté la main — que je suis revenue ici.

— Quelle honte ! Tu te sers d'un pauvre défunt qui ne peut même plus se défendre... Allons, vois les choses en face, Megan : où que tu ailles, il se passe des choses.

— Tu veux plutôt dire des catastrophes !

— Est-ce ainsi que tu considères la rupture de Peggy avec son mari ? Je pensais que tu voulais justement qu'elle rompe avec lui.

— Je voulais qu'elle veuille rompre avec lui, rectifia Megan.

— Ce n'est pas la même chose ?

— Si, mais ma version a l'avantage de m'éloigner du champ de tir...

— Eh bien, que ce soit ou non sous ton influence, elle a rompu, maintenant.

— Et la voilà ici, rappela Megan. Qu'est-ce que je suis censée faire avec elle ?

— Continuer à être son amie, suggéra Jake. Surtout que le chemin dans lequel elle s'est engagée avec Peter risque d'être un peu cahoteux avant qu'il ne prenne conscience de ses propres sentiments. Remarque, on ne peut guère lui reprocher d'avoir perdu un peu la boussole — vu qu'en débarquant ici, c'est de toi qu'il était amoureux.

— Il n'a jamais été amoureux de moi, protesta Megan. Il a vérifié que j'avais toutes les qualités inscrites sur sa liste et en a conclu que je ferais l'affaire, point final.

Jake la dévisagea avec incrédulité.

— Tu plaisantes ?

— Oh, non ! Peter est un homme très méthodique.

— Et Peggy une femme très impulsive, ajouta Jake d'un ton pensif.

Il croisa le regard de Megan, qui semblait assez embarrassée.

— Tu es un être diabolique, sais-tu ?

— Assurément, acquiesça-t-elle d'une voix sans timbre.

— Heureusement pour toi, je fais partie de ces hommes qui apprécient vraiment ce talent. C'est d'ailleurs pour cette raison que j'ai pardonné à Tex de nous avoir séparés. Il a si bien monté son coup. Il lui a suffi de planquer quelques têtes de bétail dans la montagne pour s'assurer que tu partirais tranquillement à New York. Sans moi.

— Je ne te comprends pas, murmura Megan tandis qu'il l'attirait contre lui.

— Alors, sois heureuse que nous ayons bientôt une vie entière devant nous. Tu auras le temps d'élucider ma personnalité.

Levant aussitôt les yeux, elle le dévisagea.

— Quoi ?

Il l'obligea à reposer la tête contre son torse.

— Ne t'inquiète pas de ça pour l'instant.

— Mais...

— Ce n'était qu'une petite remarque en passant. Rien qui puisse t'affoler.

Mais un de ces jours, se promit-il, il la lui répéterait. Et dans les formes — avec diamant, fleurs et personne à cent kilomètres à la ronde pour les déranger.

— Bientôt, chuchota-t-il tout bas.

— Quoi ?

— Rien, ma chérie. Installons-nous plutôt sur cette balancelle, comme autrefois, et comptons les étoiles.

Comme elle ne lui objectait pas qu'il était trop tard ou qu'il faisait trop froid, il l'entraîna à l'autre bout de la véranda et s'assit en la serrant étroitement contre lui. De temps en temps, il relançait la balancelle d'une légère poussée. Megan soupira, et son haleine tiède lui effleura la joue.

— Combien ? interrogea-t-il enfin.

— Combien quoi ?

— D'étoiles.

— Bien trop pour les compter, lui répondit Megan tout comme autrefois — et comme demain, s'il obtenait ce qu'il voulait.

— En as-tu choisi une pour faire un vœu ?

Il vit qu'elle esquissait un sourire.

— La plus brillante, dit-elle. Mais je ne révélerai pas mon vœu.

— Pas besoin, ma chérie. Je crois que je le connais déjà.

— Tu ne sais pas tout, Jake.

— Peut-être pas, non, admit-il. Mais dès qu'il s'agit de ce qui se trame dans les profondeurs de ton cœur, il me semble parfois que j'en sais plus que toi.

Du moins l'espérait-il, car il comptait sur Megan pour faire le bon choix quand le moment viendrait.

Megan fut réveillée par des coups frappés à la porte et par une tirade en espagnol débitée d'une voix suraiguë par Mme Gomez, laquelle avait apparemment décidé de venir malgré tout protéger les estomacs de la maisonnée contre les tentatives culinaires de Megan. Comme seule une crise de proportions monumentales était susceptible de ramener la gouvernante à sa langue natale, Megan s'attendait au pire quand elle descendit en courant l'escalier.

Elle trouva Johnny Barkley en train de déambuler d'un pas d'ivrogne dans le vestibule.

— Allez, ouste, dehors ! s'écria Mme Gomez, comme si elle avait affaire à un chat errant qui se serait aventuré par mégarde dans la demeure.

— Je m'en occupe, intervint Megan.

— Tu es sûre, *niña* ? Cet homme ne veut pas entendre raison.

— Il a surtout trop bu, corrigea Megan.

Johnny avait déjà la plus grande peine à tenir debout, et elle voyait difficilement comment il pourrait lui faire du mal. Elle n'avait rien à craindre de lui, estima-t-elle, alors qu'une pichenette aurait suffi à l'envoyer au tapis.

— Raison de plus pour que j'appelle de l'aide ! déclara Mme Gomez, qui en était visiblement arrivée à la conclusion inverse.

— Inutile, tout va bien se passer, lui assura Megan. Va plutôt nous préparer un bon litre de café noir, s'il te plaît.

Puis elle prit Johnny par le bras et l'orienta vers le séjour. Il ne lui opposa aucune résistance, même quand elle lui donna une légère poussée qui le fit s'étendre de tout son long sur le sofa. Il leva vers elle un regard brouillé, dans lequel se devinait encore un vague reflet du garçon doux et timide qu'il avait été jadis.

— C'est ta faute, tu sais, lui dit-il sur le ton du reproche.

— Qu'est-ce qui est ma faute ?

— T'es venue ici avec ton baratin, ton émission de télé, tes amis de la haute et ça a complètement chamboulé ma pauvre Peggy.

— Ta pauvre Peggy n'est pas chamboulée, rétorqua Megan. Elle te voit au contraire tel que tu es pour la première fois depuis longtemps. Et manifestement, elle n'aime pas ce qu'elle voit.

Johnny la toisa d'un regard mal assuré.

— T'as pas le droit ! On était heureux avant que t'arrives.

— Je ne l'ai pas incitée à partir, si c'est ce que tu penses. Tu y as très bien réussi tout seul.

— Je veux qu'elle revienne à la maison. C'est là qu'est sa place.

— Sa place est avec ceux qui lui témoigneront de l'amour et du respect.

Johnny parvint à paraître scandalisé que Megan insinue ainsi qu'il n'avait pas offert l'un comme l'autre à sa femme.

— Je l'aime ! répliqua-t-il. Je l'ai même épousée, non ?

On a une belle maison, de chouettes mômes. Je lui ai donné tout ce qu'elle demandait. C'est pas la preuve que je l'aime, ça ?

— Tu aurais mieux fait de lui demander d'abord si c'était ce qui comptait vraiment pour elle.

Tout en prononçant ces mots, Megan se rendit compte, avec un peu de retard, que cette conversation devrait plutôt avoir lieu entre Johnny et Peggy.

— Je vais voir si elle veut te parler, dit-elle.

Johnny se couvrit le visage de ses mains et marmonna quelque chose que Megan ne parvint pas à comprendre.

— Comment ?

— Je dis qu'elle voudra pas me parler. Quand elle m'en veut, elle me parle pas. C'est comme ça que je sais que les choses se gâtent pour moi. Parce que, d'habitude, rien ni personne ne peut la faire taire.

Certes, admit Megan.

— Eh bien, cette fois, elle te parlera, promit-elle. J'y veillerai.

Elle n'eut pas à aller loin pour trouver Peggy. Celle-ci était assise sur la première marche de l'escalier, vêtue de sa chemise de nuit et d'un peignoir, les genoux ramenés contre la poitrine. Elle gratifia Megan d'un pâle sourire.

— Tu vas me demander d'aller le voir, hein ?

Megan hocha la tête.

— Cette affaire ne regarde que vous deux.

— Mais il arrive toujours à m'embobiner..., chuchota Peggy, tout en jetant un coup d'œil inquiet en direction du séjour. Je ne veux plus que ça se passe comme ça.

— Alors, dis-le-lui ! Et si c'est ce que tu désires vraiment, dis-lui que tu ne vas pas revenir à la maison — et que tu ne reviendras jamais.

Peggy eut de nouveau un sourire las.

— Cela semble si facile, dans ta bouche.

— Parce qu'il n'est pas mon mari et que je n'ai jamais été amoureuse de lui. Vous avez tous les deux une longue histoire derrière vous. Et je comprends qu'il te soit difficile de t'en arracher, d'autant que l'avenir est encore bien incertain.

Peggy se redressa avec une réticence manifeste, avant de se diriger vers le séjour. Comme elle passait à côté de Megan, celle-ci lui pressa la main.

— N'oublie surtout pas ce que tu ressentais chaque fois que tu découvrais qu'il t'avait trompée.

Cette remarque suffit à allumer une lueur de colère dans les yeux de Peggy. Elle se redressa et, les épaules bien droites, pénétra dans le séjour sans un regard en arrière. Megan demeura sans bouger assez longtemps pour l'entendre déclarer sur un ton calme et ferme que tout était fini.

— C'est la faute à Megan ! hurla Johnny.

— La ferme, Johnny ! Megan n'a rien à voir avec ça ! riposta Peggy, avant de baisser la voix.

Décidant que son amie se débrouillait fort bien, Megan s'éloigna pour aller retrouver Mme Gomez et le café qui l'attendait. Elle craignait en effet d'avoir besoin d'une bonne dose de caféine pour compenser le peu de sommeil auquel elle avait eu droit entre le départ tardif de Jake et l'arrivée matinale de Johnny.

— Peggy est avec son mari ? demanda Mme Gomez.

— Oui.

— Elle va se remettre avec lui ?

— Je ne sais pas, avoua Megan en prenant la tasse de café que lui tendait la gouvernante.

Elle en avait à peine avalé une gorgée que Peter faisait irruption dans la cuisine, l'air secoué.

— Qu'avez-vous entendu au juste ? lui demanda-t-elle.

— Assez pour comprendre qu'il essaie de la récupérer,

même si je ne vois vraiment pas comment il peut espérer y arriver en lui débitant des promesses d'ivrogne.

Megan le dévisagea attentivement.

— Cela vous dérangerait si elle décidait de retourner chez elle ?

— Bien sûr que ça me dérangerait ! Cet homme l'a traitée de la plus abominable des façons.

— Ce n'était pas ce que je vous demandais, Peter.

Il prit son temps pour ajouter de la crème et du sucre dans son café — preuve qu'il était encore plus ébranlé qu'il voulait le laisser paraître, lui qui d'ordinaire le prenait noir.

— Et si vous me répondiez, maintenant que vous avez gagné un peu de temps ? insista Megan.

Mais il se contenta de siroter son café, fit la grimace et alla vider la tasse dans l'évier. Quand il se fut de nouveau servi, il croisa enfin le regard de Megan.

— Je crois que ça me dérangerait beaucoup, admit-il. Mais je ne suis pas encore sûr de bien comprendre ce qui se passe ici. Je ne suis pas une personne impulsive, vous savez. Il me faut analyser les choses.

— Vous les analysez trop, rétorqua Megan. C'est une qualité quand il s'agit d'étudier des livres de comptes ou les tendances du marché, mais une dépense d'énergie inutile, voire nuisible, quand ce sont des sentiments qui sont en jeu. Il est des faits auxquels il faut savoir se soumettre sans réfléchir.

— L'idée de devenir père ne m'a jamais effleuré l'esprit, se plaignit-il. Or, Peggy a trois enfants ! Ils me donnent l'impression d'avoir été téléportés au beau milieu d'une troupe d'extraterrestres. Qu'est-ce que je vais faire d'eux ?

— Les emmener au cinéma. Jouer au ballon avec eux. Croyez-vous qu'il m'a été facile, à moi, de servir de parent à Tess du jour au lendemain ? Je n'y étais pas plus préparée que vous. Si je m'en suis sortie, vous le pouvez aussi.

Il la considéra d'un air intrigué.

— Vraiment ? Vous vous en sortez ?

— Certains jours mieux que d'autres, reconnut Megan. Parfois, je sais exactement ce qui se passe dans sa tête et cela me brise le cœur, car j'ai jadis été exactement comme elle. Et puis, il y a des moments où je ne la comprends plus du tout.

Elle tapota la joue de Peter.

— Une seule chose compte, ajouta-t-elle, c'est ma détermination à m'en sortir.

— Vous n'avez pas le choix.

— Ce n'est pas juste ça. J'ai parfois devant les yeux l'image étincelante du bonheur que je saurais apporter à Tess si je savais réellement me débrouiller avec elle. Et parce que ce bonheur, tout simplement, elle le mérite. De même que les enfants de Peggy.

Peter se renfrogna de nouveau.

— Mais ils ont déjà un papa, et un papa-modèle, à les en croire. Il joue au football et au base-ball avec eux. Il leur apprend tout sur l'élevage. Bon sang, je serais incapable de faire une passe même si ma vie en dépendait ! Quant à élever du bétail, plus il y a de distance entre moi et le genre de viande que je mange pour mon dîner, mieux je me porte

— Johnny ne les a jamais emmenés au sommet de l'Empire State Building ou de la Statue de la Liberté, répliqua Megan. Il ne les a jamais emmenés voir une pièce de théâtre ou un opéra sur Broadway. Vous allez leur ouvrir un monde qui leur était jusqu'alors complètement inconnu.

— Cela suppose d'abord que Peggy plie bagages pour me suivre à New York.

— Eh bien, elle a désormais un place attitrée dans mon émission. Si vous ne réussissez pas par vous-même à l'attirer là-bas, sa nouvelle carrière l'y obligera.

Peter la dévisagea d'un air contrarié.

— Ce scénario présente malheureusement une légère lacune.

— Laquelle ?

— A ce que j'ai cru comprendre, vous n'êtes pas près de revenir à New York avant longtemps. Je me trompe ?

— Je ne peux pas, répondit machinalement Megan. Pas maintenant, en tout cas.

— Quand, alors ?

— Je ne sais pas, avoua-t-elle en soupirant. Je ne sais vraiment pas.

25.

Jake passa la matinée au tribunal. Le juge, qui avait la réputation d'avoir la main lourde dans ses condamnations, ne semblait guère enclin à se montrer charitable à l'égard de Barbara Sue. Il n'aimait pas les tentatives de meurtre, quelles qu'en soient les prétendues justifications.

— C'est un cas de légitime défense, Votre Honneur, expliqua Jake, dont la patience ne tenait plus qu'à un fil. Mme Perkins avait toute raison de croire que le bien-être de sa fille était en danger. La loi est très claire sur ce point.

— Une fessée ne risquait guère de porter préjudice à la vie de l'enfant, monsieur Landers, répliqua le juge Harry Corrigan en le toisant d'un œil courroucé.

— Ce n'est pas d'une fessée qu'il est question, corrigea Jake en choisissant ses mots avec soin.

A cet instant, Henrietta se leva d'un bond. Elle était jusqu'alors demeurée coite au premier rang mais, manifestement, elle aussi perdait patience.

— Ecoute un peu, Harry ! lança-t-elle d'un ton acerbe, sans se soucier des coups de marteau du magistrat. Si tu descendais un moment de ce siège et quittais tes grands airs pour te pencher sur le monde réel ? Tu comprendrais ce que Jake veut te dire. La soi-disant victime, dans cette affaire, est une brute vicieuse. Voilà des années qu'il bat sa femme, et tout le monde en ville le sait. Il allait s'en prendre à sa fille. N'importe qui ayant un peu de bon sens...

— Henrietta ! rugit le juge Corrigan. Arrête ça tout de suite ! Je ne tolérerai pas que l'audience soit interrompue de cette façon, même par une femme que je respecte autant que toi.

— Oh ! calme-toi donc, vieil idiot ! s'exclama Henrietta avec aplomb.

Jake avait pour sa part l'impression que le vieil idiot était sur le point d'exploser. Une amende pour outrage à magistrat se profilait à l'horizon. Il essaya de faire taire Henrietta, mais celle-ci secoua la tête.

— Ne t'inquiète pas pour moi, Jake. Laisse-le donc m'envoyer en prison. Je le mérite à peu près autant que cette pauvre petite qu'il a devant lui. Réfléchis bien avant de prendre ta décision, Harry, reprit-elle à l'adresse du juge. Depuis quand la loi permet-elle à un homme de battre sa femme ? Et comment réagirais-tu si Barbara Sue était ta propre fille ? Si Sissy était ta propre petite-fille ? Je vais te le dire : tu prendrais toi-même ce fusil pour achever le travail.

Le marteau s'abattit si lourdement que ce fut un miracle qu'il ne fendît point la planchette de chêne. Jake attendait un éclat de la part du juge. Le plaignant lui-même paraissait ahuri par la sortie de Henrietta. Quant au juge Corrigan, son visage avait pris une menaçante teinte rouge brique. Il lui fallut une bonne minute pour recouvrer l'usage de la parole.

— O.K., Henrietta, tu as dit ce que tu avais à dire. A mon tour, maintenant. Et s'il reste encore un brin de jugeote dans ta vieille caboche, je te conseille de rester assise et de garder le silence jusqu'à ce que j'en aie fini.

Alors que Henrietta obtempérait avec un reniflement dédaigneux, le juge considéra Jake en fronçant les sourcils.

— Vous pouvez aussi bien vous asseoir, maître. Cela risque de prendre un moment et je veux que vous soyez tous confortablement installés pour m'écouter.

Jake s'assit.

— Je ne saurais approuver la méthode utilisée par Mme Perkins pour arrêter le geste de son mari, poursuivit le juge, dont le visage retrouvait peu à peu une couleur normale. Elle aurait dû appeler le shérif.

— Et crever le temps qu'il arrive, marmonna Henrietta.

— Silence ! beugla le juge Corrigan en s'empourprant de nouveau.

Henrietta soutint son regard sans que son expression trahisse le moindre signe de contrition.

— Bon, maintenant, je reconnais qu'il y a des circonstances atténuantes. Quoique de manière peu orthodoxe, Henrietta a plaidé brillamment la cause de la prévenue. Vous pouvez l'en remercier, monsieur Landers. J'agrée donc la proposition de conciliation soumise par le plaignant.

Il se tourna vers Barbara Sue.

— Vous serez mise sous contrôle judiciaire pendant un an, madame Perkins. Et ne vous avisez pas de me faire regretter cette décision.

— Et l'ordonnance d'éloignement à l'encontre de M. Perkins ? s'enquit Jake.

— Accordée ! répondit le juge en abattant une nouvelle fois son marteau.

Tandis qu'il se levait, Barbara Sue se couvrit le visage de ses mains et fondit en sanglots. Jake serra Henrietta dans ses bras.

— Tu as été superbe ! lui dit-il. Mais je dois t'avouer que j'ai vu le moment où j'allais devoir payer une caution pour te libérer de prison.

— Ce vieil imbécile ne me fait pas peur ! répliqua Henrietta. Il était déjà tyrannique du temps où on était à la maternelle ensemble. Ça n'a pas changé ! Il a essayé un jour de me forcer la main pour que je l'épouse — eh bien, crois-moi, il est reparti la queue entre les jambes !

Elle s'interrompit soudain après avoir jeté un coup d'œil par-dessus l'épaule de Jake.

— Je pense qu'il y a quelqu'un qui voudrait te féliciter.

Jake se retourna et aperçut Megan. Debout au milieu de la travée centrale, elle semblait hésiter à s'approcher.

— J'ignorais que tu étais là.

— Tu as été fantastique ! lui dit-elle.

— J'ai à peine sorti dix mots. C'est Henrietta qui a tout fait.

— L'important, c'est que Barbara Sue soit libre de rentrer à la maison avec ses enfants. Vraiment, tu peux te sentir fier de toi.

Il haussa les épaules.

— Je suis content de l'avoir aidée, voilà tout. Maintenant, nous n'avons plus qu'à nous assurer que Lyle restera loin d'elle. Et ça, malheureusement, j'ai l'impression que ce ne sera pas facile, même avec l'appui de Bryce.

— Quand doit-il sortir de l'hôpital ?

— Sans doute la semaine prochaine. Il demeurera probablement chez sa mère durant sa convalescence.

— Oui, c'est bien là qu'il sera, les interrompit Mme Perkins. Et vous regretterez tous d'avoir tenté de ruiner la réputation de mon fils sur la seule foi de cette femme, ajouta-t-elle en se tournant vers Barbara Sue. Tu ne mérites même pas de nettoyer les chaussures de mon garçon.

Alors que Henrietta s'apprêtait à lui répondre, Jake lui toucha le bras pour l'en empêcher. Ils se contentèrent donc de regarder en silence la mère de Lyle tandis qu'elle tournait les talons et sortait du tribunal d'une démarche indignée.

— C'est à cause d'elle qu'il est devenu comme ça, déclara Henrietta. Elle est aussi tyrannique que Lyle a jamais rêvé de l'être. Le mauvais exemple qu'elle lui donne a suffi à le pourrir jusqu'à la moelle. Pas étonnant qu'il ne respecte plus personne et qu'il estime que les femmes sont sur terre pour se plier à ses caprices.

— Tu t'es fait une ennemie, aujourd'hui, lança Barbara Sue à Henrietta. Elle va désormais te faire payer cher les provisions dont tu auras besoin pour le snack. Je suis désolée de t'avoir entraînée dans cette histoire. Alors que tu m'as toujours aidée, moi, je ne t'ai attiré que des ennuis.

— Je me soucie comme d'une guigne d'Emma Perkins ! J'irai me fournir dans la grande surface qui a ouvert sur la nationale, voilà tout. C'est elle qui risque de devoir mettre la clé sous la porte quand toute la ville apprendra qu'elle a approuvé les mauvais traitements que t'infligeait son fils.

— Non, je t'en prie ! Restons-en là. Je ne veux pas que les enfants entendent de pareilles rumeurs sur leur papa ou leur grand-mère.

— Il serait quand même peut-être temps que tu arrêtes de les protéger, répliqua Henrietta d'une voix sévère. Ils sont assez grands pour comprendre ce qui se passe chez eux. Et si on ne leur dit pas toute la vérité, ils sont capables de te reprocher un jour l'absence de leur père.

— Henrietta a raison, approuva Megan, à la surprise de Jake. Mieux vaut ne pas cacher la vérité. Les enfants la devinent, de toute façon. Je suis bien placée pour le savoir. Il faut que les tiens sachent que l'attitude de Lyle à ton égard était inacceptable, que tous les hommes qui se comportent comme lui ne sont pas des exemples à suivre, mais de mauvais maris.

Barbara Sue hocha la tête.

— Je sais que vous avez raison. Il n'empêche que pour l'instant, je veux juste revoir mes bébés et les embrasser.

— Ils seront au snack dès la sortie de l'école, lui promit Henrietta. Janie ira les chercher. Et vous viendrez ensuite tous chez moi. Quand la situation se sera un peu calmée, vous pourrez toujours décider d'aller vous installer ailleurs, mais d'ici là, vous êtes mes invités. Ma maison est bien trop vide et silencieuse depuis que mes propres enfants sont partis vivre leur vie. Je serai heureuse de vous avoir à mes côtés.

Alors que le tribunal se vidait, Jake s'y attarda un instant. Megan l'attendit.

— Tu as fait une bonne action, aujourd'hui, lui dit-elle.

Il accueillit l'éloge d'un haussement d'épaules.

— Ça m'a rappelé la raison pour laquelle j'ai d'abord voulu devenir avocat — raison que j'ai fini par oublier à Chicago à force de défendre les méchants à coups d'arguties et de manœuvres procédurières.

— Et que préfères-tu, maintenant ? Ce métier ou celui d'éleveur ?

— Tu cherches toujours à me dissuader de te chiper le ranch de Tex ? interrogea-t-il avec le sourire.

— Non, ma question était sincère. Alors, Jake, qu'est-ce que tu aimes le plus ?

— Les deux, répondit-il.

Il plongea alors son regard dans celui de la jeune femme et décida que l'heure était venue de poser quelques jalons pour le futur.

— Je veux tout, Megan, ajouta-t-il. Y compris toi.

⁂

Megan était encore ébranlée par la déclaration de Jake quand elle se remit au travail dans l'après-midi. Ils étaient en train de finir le dernier enregistrement et pourraient donc bientôt quitter la maison des Barkley. Toutefois, alors que le tourbillon d'activités se déchaînait autour d'elle, Megan ne pensait qu'aux paroles de Jake : « Je veux tout, Megan. Y compris toi. »

Il l'avait dit et bien dit. Elle ne pouvait désormais plus ignorer ce qu'elle pressentait depuis des semaines. Il lui avait exprimé ses intentions avec la plus parfaite clarté et, cette fois, elle en faisait partie. Prouver sa valeur aux habitants de Whispering Wind ne lui suffirait pas. Pas plus que de s'approprier le ranch de Tex. Il la voulait, elle. La question était maintenant de savoir s'il la considérait comme un trophée supplémentaire ou s'il éprouvait de l'amour pour elle. Le mot n'avait pas franchi ses lèvres.

Et si cela avait été le cas ? se demanda-t-elle. Que ressentait-elle pour lui ? Ces dernières semaines avaient été révélatrices en ce sens. Les sentiments qu'elle éprouvait pour lui étaient aussi vifs qu'autrefois. Ils avaient même gagné en force depuis qu'elle savait quel homme il était devenu. Son comportement, ses qualités de cœur, sa sollicitude lui avaient gagné son respect — et même, son amour.

Il n'en demeurait pas moins qu'il lui faudrait bien un jour retourner à New York. Elle ne doutait pas un instant que son avenir, comme sa carrière, l'attendait là-bas. Les mesures dilatoires qu'elle avait prises jusqu'à présent n'étaient qu'un pis-aller.

Megan laissa échapper un lourd soupir.

— Hé, où étais-tu passée ? lui demanda Peggy, avant de la dévisager avec inquiétude. Ça va ?

— Je réfléchissais.

— A quoi ?

— A l'avenir.

— A Jake, par conséquent, indiqua Peggy en souriant.

— Je n'ai pas dit...

— Tu n'en as pas besoin. Tu penses tout le temps à lui, comme je pensais moi-même constamment à Johnny.

— Tu as changé depuis, rappela Megan.

— Peut-être pas tant que ça, avoua Peggy dans un souffle.

Megan la contempla avec stupéfaction.

— Que veux-tu dire ? Je croyais qu'entre toi et lui c'était fini pour de bon. Je pensais que tu en avais assez des humiliations qu'il t'infligeait. Et Peter, il ne t'intéresse plus ?

— Peter est super, convint Peggy. Je lui dois de m'être sentie de nouveau femme, et c'est énorme. Il est arrivé ici comme un chevalier dans son armure scintillante. Le problème, c'est qu'il lui faut la ville, alors que je serai toujours une fille de la campagne, moi. Jamais ça ne marchera entre nous.

— Quand nous reprendrons les tournages à New York, tu deviendras toi-même une citadine.

— Non. Mon cœur est ici. Si tu repars à New York, j'abandonnerai l'émission.

Abasourdie, Megan demeura quelques secondes sans parler.

— Aurais-je loupé un épisode ?

Peggy hocha la tête tandis que ses joues s'empourpraient.

— Johnny est revenu ce matin.

— Ah ! Avec des roses, je suppose ? Tu as toujours aimé les bouquets.

— En fait, c'étaient des pâquerettes. Mais ce n'est pas ça qui m'a convaincue.

— Quoi, alors ?

— Il s'est excusé. Il m'a dit que les enfants et moi, on lui manquait. Et que si je rentrais à la maison, plus rien ne serait pareil.

— Et tu l'as cru ? Voyons, Peggy, combien de fois t'a-t-il déjà servi le même refrain par le passé ?

— Jamais. Parce que jusqu'à présent, je ne l'avais jamais quitté, ni même menacé de le faire. C'est Peter qui m'en a donné le courage, et je crois que ça a servi de leçon à Johnny. Il a pris conscience qu'il pouvait me perdre. Plus important encore : il s'est rendu compte qu'il en souffrirait.

Malgré le ton convaincu de son amie, Megan demeurait pour sa part plus sceptique.

— Penses-tu sincèrement qu'il tiendra parole une fois que tu seras revenue ?

— C'est une question qui me travaillait moi aussi, avoua Peggy. Alors, je lui ai dit que je resterai encore un peu chez toi — si tu le veux bien —, et que s'il tient vraiment à ce que je retourne vers lui, il devra me faire la cour comme jadis, en commençant par m'offrir un dîner aux chandelles à Laramie.

Megan ne put s'empêcher de sourire.

— Et combien de temps lui feras-tu ainsi tirer la langue ?

— Eh bien, c'est justement ça qui sera le meilleur. Car cela risque de durer longtemps — à moins, bien sûr, que tu m'aies chassée de chez toi auparavant.

— Certainement pas ! Tu peux rester à la maison autant que tu le désires. J'ai découvert que j'adorais avoir des invités.

— Dans ce cas, je dirai qu'il faudra à Johnny des

mois — et beaucoup de petits bouquets — pour me récupérer.

Impulsivement, Megan serra son amie dans ses bras.

— Je suis si heureuse pour toi ! J'espère que ça marchera, cette fois.

— Ça marchera, assura Peggy. Je crois que nous sommes l'un et l'autre en train de mûrir et d'apprendre à communiquer. Vu qu'on a atteint tous les deux la trentaine cette année, il serait plutôt temps, non ?

Megan pensa alors à son comptable et se demanda s'il était en ce moment même en train de lécher ses blessures au ranch.

— Peter est-il au courant de ta décision ?

— Oui. C'est à lui que j'en ai parlé en premier. Il a eu l'air soulagé, pour tout t'avouer. A mon avis, il a déjà appelé l'aéroport pour retourner dès ce soir à New York.

— Ça a dû lui briser le cœur...

— Honnêtement, j'en doute. C'est un chic type. Je crois que j'ai été une nouveauté pour lui et que je suis tombée pile au bon moment, alors qu'il venait de perdre tout espoir avec toi. Je suis presque sûre qu'au fond de lui, il était terrifié à l'idée de devoir s'acheter toute une nouvelle garde-robe en jean.

— Puisque nous en avons fini pour aujourd'hui, je ferais mieux d'aller le trouver, reprit Megan. Je n'aimerais vraiment pas perdre un excellent conseiller financier à cause de cette histoire.

— Ne t'inquiète pas. Il a l'air persuadé que, sans lui, tu cours au dépôt de bilan.

Megan éclata de rire.

— Il est vrai que Peter a un ego plutôt robuste. Il survivra.

Une fois de retour au ranch, elle le trouva assis dans le séjour, ses valises à côté de lui et son portable à la main.

Il ne semblait nullement désespéré. Megan s'assit en face de lui et attendit qu'il ait terminé de téléphoner.

— Les affaires continuent, à ce que je vois, lui lança-t-elle quand il eut raccroché. Ça va ?

— Bien sûr. Pourquoi est-ce que ça n'irait pas ?

— Parce qu'en dépit de ce que vous avez pu raconter à Peggy, je suis sûre que vous vous êtes attaché à elle. C'est aussi l'opinion de Jake, d'ailleurs.

— Permettez-moi de douter de la sincérité de Jake à ce sujet, grommela-t-il. Il a de bonnes raisons de souhaiter me voir occupé ailleurs, sentimentalement parlant.

— Peter, sérieusement, est-ce que ça va ?

— Mettons qu'entre les vaches et le fait qu'on m'ait plaqué deux fois en moins d'une semaine, ça n'était pas vraiment pour moi des vacances de rêve, répliqua-t-il, avant de se mettre à glousser. Enfin, j'aurai au moins une histoire à raconter à mes petits-enfants.

— Si vous envisagez d'avoir des petits-enfants, vous ne devez pas être si abattu que ça.

— Abattu, non. Chez les Davis, les hommes ont toujours su faire contre mauvaise fortune bon cœur. Tout cela ne fut qu'un petit revers sans importance.

Megan ne savait trop si elle devait se sentir blessée par ce mépris qui la visait également.

— Pourquoi ai-je l'impression que quelqu'un vous attend à New York ?

— Parce qu'en dépit de vos allures de dure à cuire, vous êtes une sentimentale qui aime les dénouements heureux ?

— Peut-être. Il n'empêche que vous avez quand même une lueur curieuse dans les yeux. Qui nous avez-vous donc caché durant tout ce temps ?

— Et qu'est-ce qui vous fait croire que je vous ai caché quelqu'un ? demanda-t-il avec raideur.

— Vous rougissez, Peter Davis ! Et je persiste à dire que vous nous cachez quelque chose.

— Peut-être que oui, peut-être que non, répondit-il avec un clin d'œil, avant de ramasser ses bagages et de se diriger vers la porte. Ou peut-être ai-je simplement découvert l'intérêt qu'il y avait à m'entourer d'un peu de mystère.

Avant de franchir le seuil, il marqua une pause.

— Je vous tiens au courant pour le budget, ajouta-t-il. Si vous laissez Kenny n'en faire qu'à sa tête avec ce studio, vous vous retrouverez sur la paille. Et puis, veuillez prier Todd de freiner un peu sur les dépenses. L'équipe peut se contenter de places en classe touriste quand elle prend l'avion.

— Et vous ? demanda Megan en le dévisageant avec amusement.

— Je voyage toujours en première classe, évidemment. Mais ne vous inquiétez pas pour ça : ce trajet-ci, je le paie de ma poche, précisa Peter avec un nouveau clin d'œil. Affaires privées.

Soit il avait une stupéfiante capacité de récupération, songea Megan, soit ce n'était là que pure bravade.

— A bientôt.

— A New York, précisa-t-il avec fermeté.

— Exact. A New York.

Pourquoi donc, se dit Megan alors qu'il s'éloignait dans sa voiture, la perspective de ce retour l'enthousiasmait-elle moins que naguère ? Tout en contemplant distraitement la poussière qui retombait sur l'allée, elle songea que c'était sans doute à cause Jake. Etait-ce possible ? Jake était-il en effet la raison pour laquelle, au bout de toutes ces années, elle commençait enfin à avoir l'impression d'être chez elle à Whispering Wind ?

Quelques minutes plus tard, quand il pénétra sous la

véranda et qu'elle sentit les battements de son cœur s'affoler, elle sut qu'elle avait vu juste. Pour le meilleur comme pour le pire, ses sentiments pour Jake n'avaient pas changé. Ni le temps, ni la distance, ni les manœuvres de Tex n'avaient pu étouffer l'amour qu'elle n'avait cessé d'éprouver pour lui.

— Tout va bien ? demanda-t-il en la dévisageant d'un air intrigué.

— Ça dépend.

— De quoi ?

Mais elle n'était pas encore prête à discuter avec lui de ses sentiments, et encore moins d'un avenir qui demeurait fort incertain.

— Et si on dînait à la fortune du pot ? proposa-t-elle. Mme Gomez est rentrée chez elle. Johnny a emmené Peggy au restaurant à Laramie, et tous les enfants passent la nuit chez une amie.

— Peter ?

— Il est reparti pour New York.

— Très prometteur. Todd ?

— Il est dans le nouveau studio avec Kenny et l'équipe technique. Ils ne reviendront que tard dans la nuit.

— Fascinant, commenta Jake, avant d'arborer un sourire radieux. En d'autres termes, c'est juste toi et moi.

— Et tous les restes que je pourrai accommoder pour notre dîner.

— Je ne suis pas inquiet. Après tout, tu as la réputation de faire des miracles avec les restes, non ?

Megan s'esclaffa.

— Tu vas bientôt découvrir que j'ai dupé mon monde. Estime-toi déjà heureux si je ne t'empoisonne pas.

— Tant pis, je cours le risque.

Il lui fit signe de se rapprocher.

— Mais d'abord, viens un peu ici.

— Pourquoi ?

— Quitte à mourir, je mérite au moins un dernier baiser.

Megan alla se blottir entre ses bras, et Jake l'embrassa avec une fougue qui plongea le désordre dans ses pensées.

— Jake ? murmura-t-elle quand elle parvint à recouvrer son souffle.

— Hmm ? fit-il en lui déposant des petits baisers dans le cou.

— Comme ce dîner ne risque guère de rester dans les annales, on pourrait peut-être s'en passer ?

Se reculant, il riva ses yeux aux siens.

— Et le remplacer par quoi ?

— Si tu n'arrives pas à le savoir, alors tu mérites ma cuisine.

Il redevint grave.

— Meggie, es-tu bien sûre de toi ?

Elle hocha la tête.

— Parce qu'une fois que je t'aurai, la prévint-il, je ne voudrai plus te lâcher. Plus jamais.

— Je sais, chuchota-t-elle.

Prise dans le vertige du moment, elle repoussa toute prudence et ajouta :

— Je ne le veux pas non plus.

Jake la souleva dans ses bras et la porta dans l'escalier, comme naguère. Cette fois, cependant, Megan n'éprouvait plus aucun désir de le taquiner, mais le pur frisson de ce qui se préparait. Son corps en vibrait d'avance.

Quand ils atteignirent sa chambre, la nuit était déjà en train de tomber, emplissant la pièce de pénombre. Jake demeura un instant immobile et silencieux dans la dernière lueur du jour puis, avec une lenteur délibérée, il commença de déshabiller Megan.

Il se figea quand il la découvrit nue devant lui.

— Sais-tu au moins depuis combien de temps j'attends ce moment ? demanda-t-il. Combien de fois j'ai eu peur qu'il n'arrive jamais et cru que nous avions tous les deux loupé notre chance pour toujours ?

— Autant de fois que moi-même, sans doute, avoua-t-elle.

Elle entreprit alors de lui déboutonner sa chemise, marquant une pause pour effleurer de ses ongles son torse, par l'échancrure. Toucher ainsi Jake l'embrasait. Rien dans son passé — aucun homme qui avait couché avec elle — ne l'avait préparée au plaisir si féminin et sensuel qu'elle éprouvait à le caresser ainsi, à voir la passion s'allumer dans ses yeux au rythme même des battements de son propre cœur.

Quand Jake pencha la tête et lui embrassa la pointe des seins, l'onde de choc la fit trembler. Son contact, aussi léger fût-il, suscitait en elle une excitation sans pareille. Ils se laissèrent tomber sur le lit, bras et jambes mêlés, brûlant de désir.

Il plongea ses yeux dans les siens.

— Je te jure que la prochaine fois ce sera plus lent et plus doux, articula-t-il. Mais là, j'ai trop envie de toi pour attendre.

— Moi aussi, murmura-t-elle en retour, tout en arquant les reins contre son ventre.

Quand il fut profondément en elle, elle poussa enfin un long soupir de joie, submergée par la sensation de complétude à laquelle elle aspirait depuis si longtemps.

— Fais-moi l'amour, Jake. Aucun homme ne m'a jamais fait l'amour...

Il la contempla avec surprise.

— Aucun homme ?

Elle sourit.

— J'ai couché, mais je n'ai jamais fait l'amour, répondit-elle. Je viens juste de m'en rendre compte.

— Alors laisse-moi te montrer.

Et il souleva en elle un lent flot de sensations qui la bercèrent telle une houle, avant de la ballotter avec toute la fureur d'une mer déchaînée. Quand les dernières et glorieuses vagues du plaisir l'eurent submergée, baignée de la tête aux pieds, elle faillit en pleurer d'émerveillement.

Mais ce n'était pas fini. Jake la ramena sur le rivage pour la renvoyer aussitôt au large en posant la langue sur la partie la plus intime et la plus sensible de son être. Puis, alors qu'elle en frémissait encore, il la pénétra de nouveau, et cette fois, quand ils connurent l'extase, ils effectuèrent ensemble l'indicible et merveilleuse plongée dans le maelström de la volupté.

Plus tard, dans la moiteur musquée du contentement mutuel, ils se blottirent l'un contre l'autre et s'endormirent.

Megan se réveilla la première, amusée par le doux élancement entre ses jambes et le poids du bras de Jake en dessous de sa poitrine. Ses seins étaient encore aussi sensibles que lorsque Jake en avait mordillé la pointe. Elle effleura l'un des globes et sentit son bout durcir tandis qu'une nouvelle poussée de désir naissait au creux de son ventre.

Quand elle reporta son attention sur Jake, elle vit que celui-ci fixait sa main.

— Laisse-moi faire, murmura-t-il d'une voix rauque.

Le seul contact de ses doigts sur ses seins suffit à donner le vertige à Megan.

— Doux Jésus, murmura-t-elle. Si nous continuons ainsi, je crois que je vais en mourir.

La main de Jake se glissa entre ses cuisses.

— Voyons ça, répliqua-t-il sur un ton langoureux.

Elle frémissait encore de ses caresses quand elle se redressa sur les genoux, l'enjamba et le prit en elle.

— Si je meurs, tu mourras avec moi, dit-elle en l'entraînant dans un délire passionné.

Ce ne fut que longtemps après, en réémergeant du sommeil, qu'ils repensèrent au dîner.

— Je suis affamé ! annonça Jake.

— Alors mieux vaut que ce soit toi qui cuisines. Mes recettes te sembleraient de simples hors-d'œuvre — si tant est qu'elles te plaisent.

— Je crois que je vais nous préparer des œufs brouillés et du bacon. Et peut-être même des toasts.

— Parce que tu sais cuisiner, en plus ? s'exclama Megan avec ravissement.

— Ça tombe bien, non ? Vu ce que tu m'as avoué tout à l'heure...

— Et quelles sont tes intentions maintenant que je t'ai révélé mon plus noir secret ? Vas-tu me ruiner ?

Tout en enfilant son jean, il lui décocha un sourire canaille.

— Tant que tu te montreras à la hauteur au lit, je garderai ça pour moi.

— Marché conclu ! répliqua-t-elle en lui tendant la main.

Il la prit et l'aida à se lever. Ses yeux, alors, se rivèrent à ceux de Megan.

— C'est pour de bon, Megan, déclara-t-il. Tu le sais, n'est-ce pas ?

— C'est déjà ce que tu as dit tantôt.

— Je ne veux plus jamais te perdre.

— Tex n'est plus là pour nous séparer, lui rappela-t-elle.

— Tex n'aurait pu nous séparer jadis si tu n'avais pas

été aussi disposée à croire le pire de moi, souligna Jake, avant de la dévisager avec une sombre détermination. Cette fois, l'enjeu est encore plus élevé. Je suis prêt à me battre jusqu'au bout pour te garder.

Megan aurait sans doute pu lui répondre qu'il n'aurait pas à livrer une lutte aussi acharnée, mais elle lui aurait sans doute menti. Car, désormais, sa carrière se dressait entre eux, et c'était un adversaire tout aussi redoutable que Tex l'avait jamais été.

26.

Todd affichait une expression absolument sinistre lorsque, le lendemain matin, il tendit le téléphone à Megan qui venait de pénétrer dans le bureau de Tex.

— Dean Whicker, lui annonça-t-il.

Il pointa le pouce vers le sol, et Megan sentit son estomac se contracter.

— Dean, comment allez-vous ? demanda-t-elle d'une voix affable.

— Ça pourrait aller mieux.

Megan reconnut aussitôt ce ton. Pas étonnant que Todd ait l'air aussi défait, songea-t-elle. Une telle entrée en matière augurait du pire.

— O.K., qu'est-ce qu'il y a ? reprit-elle. Vous avez visionné les enregistrements et ils vous déplaisent, c'est ça ?

— Non, non, ils sont très bien. Je suis même sûr que votre copine, là... comment s'appelle-t-elle déjà ? Peggy ? Elle va faire un tabac.

— En ce cas, je ne vois pas le problème.

— Bon, parlons franchement. Vous êtes terrible et vous avez un potentiel incroyable.

Dans sa bouche, toutefois, cela ne semblait guère suffisant.

— Je croyais que vous recherchiez justement les nouveaux talents à fort potentiel, souligna Megan d'un ton calme.

— Ce qui implique aussi de se débarrasser des poids morts à temps.

Megan resserra son étreinte sur le combiné.

— Pardon ? Depuis quand *Megan's World* constitue-t-il un poids mort pour votre entreprise ?

— Ce n'est pas le cas, admit Dean Whicker. Pas encore, du moins. Dans ma branche, voyez-vous, il faut réagir au quart de tour. Or, je trouve que votre émission arrive dans une impasse — sans doute parce que vous ne vous y investissez plus comme avant.

— J'y ai été contrainte par les circonstances, vous le savez bien ! protesta Megan en ayant soudain l'impression de livrer la bataille de sa vie. J'ai vécu des semaines difficiles et nous sommes près de voir le bout du tunnel. Le nouveau studio que je suis en train d'aménager ici sera opérationnel dans une semaine à peine.

— Ce sera trop tard. Et quand une émission commence à perdre son public, il est quasi impossible de la sauver.

— L'audience a-t-elle fléchi ?

Pour avoir consulté les chiffres moins d'une demi-heure plus tôt, Megan savait très bien que l'audience était plus élevée que jamais.

— Non, reconnut Whicker.

— Alors, vous me cachez quelque chose et j'aimerais bien savoir quoi. Si vous avez envie de me laisser tomber, autant me le dire tout de suite.

— Je ne vous vois tout simplement pas continuer ainsi, répliqua-t-il. Je suis désolé. Je vous aime bien, Megan. Ça n'a rien de personnel.

— Voilà qui me réconforte, rétorqua-t-elle sur un ton sarcastique. Vous entendrez bientôt parler de mon avocat.

Elle raccrocha avant de proférer des paroles définitives. Todd la dévisageait avec compassion.

— Ne me le dis pas, lui lança-t-elle.

— Quoi donc ?

— Que tu m'avais prévenue. Ou que tu es désolé. Ou Dieu sait quoi encore.

— Et si je te disais plutôt ce qui se passe vraiment ?

Megan en demeura un moment interdite.

— Parce que tu le sais ? demanda-t-elle enfin.

— Oh, oui ! Un de mes amis de New York m'a téléphoné pour me prévenir, il y a environ une heure.

— Et ?

— Il semble que certains de tes employés, à New York, se soient lassés d'être tenus hors du coup pendant que tu étais ici. Ils se sont mis à comploter dans ton dos et sont allés voir Dean pour lui expliquer qu'ils étaient l'âme de *Megan's World*. Et ils le lui ont prouvé en lui apportant une semaine d'enregistrements qui, paraît-il, l'a emballé.

Megan le considéra avec stupeur.

— Ils ont fait ça sur leur temps de travail ?

— Non, la nuit. Cela dit, ils ont utilisé le studio, que tu avais retenu pour la semaine.

— Qui est derrière tout ça ? demanda Megan en sentant la colère monter en elle. Je les traînerai en justice avec Dean Whicker. Je leur ficherai tellement de casseroles au derrière qu'on ne voudra plus jamais d'eux nulle part. Et qui diable animait cette nouvelle émission ?

Todd hésita.

— Qui, bon sang de bonsoir ?

— Micah.

Micah... Micah, en qui elle avait presque autant confiance qu'en Todd. Micah, qui les avait aidés à se tirer du pétrin quelques jours plus tôt. Micah, dont Todd était tombé amoureux dès la première minute où elle était venue travailler pour eux... Elle les avait trahis tous les deux. Et, à l'expression défaite de son assistant, Megan voyait bien qu'il accusait le coup aussi péniblement qu'elle-même.

— Je suis désolée.

— Ne dis rien d'autre, rétorqua-t-il sur un ton lugubre. Ce que j'ai pu penser d'elle n'a plus aucune importance. Elle s'est comportée comme la dernière des raclures. Vivement qu'on retourne à New York pour lui arracher les tripes !

— Ravie de constater que tu n'as pas été affecté par la nouvelle, commenta Megan avec un sourire grimaçant.

— Qui a dit, déjà : « Ne prends pas la mouche, prends ta revanche » ? Un des Kennedy, je crois.

— La vengeance ne manque effectivement pas d'un certain attrait, convint Megan. Tu as une idée ?

— Il existe d'autres chaînes de télé, rappela Todd. Ou alors, tu pourrais faire pression sur Dean. J'ai relu notre contrat. C'est du béton. Je vais demander à Jake d'y jeter un coup d'œil, et j'appellerai ensuite le spécialiste des médias qui l'a rédigé. Nous n'avons manqué à aucune de ses clauses, aussi difficiles qu'aient été pour nous ces dernières semaines. Dean n'a aucun droit de supprimer l'émission.

— Parfait, fit Megan en hochant la tête. Mets Jake là-dessus. Dans son boulot, il a l'âme d'un tueur.

Todd hésita.

— Il a aussi de bonnes raisons de vouloir que tu restes ici. Jusqu'à quel point pouvons-nous compter sur lui pour sauver ta carrière à New York ?

En vérité, Megan n'en savait trop rien. Cela risquait de mettre à l'épreuve Jake — et leur amour — encore plus tôt qu'elle ne l'avait prévu.

— Téléphone-lui tout de suite, conseilla-t-elle à Todd. Comme ça, nous saurons à quoi nous en tenir.

Quand Jake eut fini d'écouter Megan lui énumérer les événements de la matinée avec une indignation croissante, il se tourna vers Todd.

— Tu es vraiment sûr que c'est ce prétendu « complot » qui est à l'origine de la décision de Dean Whicker d'annuler l'émission de Megan ?

— A cent pour cent.

— Alors, il ne reste plus qu'à coincer cette andouille.

— Jake, intervint Megan d'une voix posée, cela pourrait signifier que je doive retourner à New York, au moins pour un temps, afin de prouver que j'ai repris le contrôle de la situation.

— On reparlera de ça plus tard, répliqua-t-il en lui pressant la main. Si cela arrive, on parviendra bien à s'arranger. D'ici là, le premier qui te cherche noise me trouvera sur son chemin. Rappelle-toi ce que je t'ai dit l'autre jour : Chicago m'a appris à faire feu de tout bois.

— Et en avant pour le western ! renchérit Todd avec un grand sourire. Je me demande si je ne vais pas finalement m'acheter un bon vieux Stetson blanc...

— Ouaip ! fit Jake. Il est temps que les bons s'occupent des méchants. Et pour commencer, montre-moi un peu ce contrat.

— Tiens, dit Todd en le lui tendant.

— Les derniers chiffres d'audience ?

Ils furent devant Jake avant même qu'il ait fini sa phrase. Il jeta un coup d'œil à Todd.

— Elle te paie assez, au moins ?

— Tout juste, répondit Todd. Mais travailler avec elle est enrichissant en soi.

Megan ne put réprimer un gloussement.

— Je m'en souviendrai la prochaine fois que tu me demanderas une augmentation.

Quand il eut parcouru les papiers, Jake les considéra tour à tour.

— Il va nous falloir prouver que Micah a bel et bien utilisé ton temps de studio pour tourner cette démo.

— Compris, repartit Todd. Je vais me faire faxer les feuilles de présence du studio ainsi que la facture concernant les équipes que Micah a employées. Je doute cependant qu'elle l'ait signée elle-même. Elle a plutôt dû profiter de l'absence de Peter pour la mettre au compte de la maison.

— Oh ! j'espère bien, avoua Megan avec ferveur. La traîner devant les tribunaux pour abus de confiance et détournement de fonds sera la cerise sur le gâteau. J'aurais dû deviner qu'elle avait une idée derrière la tête quand elle a déserté le plateau dès la fin du premier jour de tournage.

— Dépêchons-nous d'abord de rapatrier une copie de ces documents avant que les autres n'aient la puce à l'oreille, leur conseilla Jake.

Durant l'heure suivante, il regarda avec un certain respect Todd organiser leur contre-attaque au téléphone avec toute la compétence d'un stratège militaire ou d'un directeur de campagne électorale. Les fax ne cessaient de s'accumuler sur son bureau, de plus en plus accablants. Il parvint même à retrouver la trace d'appels longue distance effectués depuis le portable de Micah à destination du bureau de Dean Whicker. Certes, ces appels pouvaient avoir été donnés avec l'aval de Megan mais, vu les circonstances, il était peu probable qu'aucun juge l'entende ainsi.

Après avoir étudié tous ces documents, Jake se rassit avec un soupir de satisfaction.

— C'est un très bon début. Pourrons-nous trouver à New York un témoin à charge, ou pensez-vous que tout le monde a déjà retourné sa veste là-bas ?

Megan regarda Todd.

— Et si tu repartais à New York ? Comme ça, tu pourrais voir qui est passé dans l'autre camp et qui est encore avec nous.

Todd hocha la tête.

— Je réserve tout de suite ma place sur le prochain vol.

— Affrète un avion si nécessaire, suggéra Megan. Le temps joue contre nous. Dès que la nouvelle de la suppression de l'émission sera connue des journaux financiers et des médias grand public, on ne pourra plus rien faire. Nous devons forcer la main à Dean avant cela.

Jake vit alors combien elle regrettait de devoir laisser Todd se battre en première ligne à sa place.

— Et si tu l'accompagnais, Meggie ? lui proposa-t-il. Je resterai ici avec Tess. Peggy et les enfants seront là, aussi.

Elle eut un instant d'hésitation qui le blessa.

— Tu crois encore que je vais me servir de ça contre toi ? demanda-t-il.

Todd, qui était plongé dans les horaires d'avion, leva la tête. Puis il ramassa son calepin, son portable et quitta la pièce sans un mot.

— Excuse-moi, répondit Megan. Ce n'est pas ça. Pas ça du tout.

— Qu'est-ce que c'est, alors ?

— Je ne me sens pas encore le droit de repartir. Tess commence tout juste à être rassurée sur son sort. Quant au mariage de Peggy, il est toujours menacé. Et puis, il y a aussi Barbara Sue.

— Cela se passe très bien, avec Henrietta, lui assura Jake.

— Mais Lyle peut quitter l'hôpital d'un jour à l'autre. Qui sait ce qu'il tentera alors ?

Jake se retint à grand-peine de sourire.

— Et que comptes-tu faire pour le neutraliser ?

— Bon, soit, je n'y peux sans doute rien, reconnut Megan en se renfrognant. Mais je dois quand même rester ici.

S'approchant d'elle, il lui prit les mains.

— Ecoute, personne ne désire plus que moi que tu ne t'éloignes pas de Whispering Wind, mais ta carrière traverse en ce moment une phase critique. Si tu ne t'investis pas à fond pour la sauver, tu ne te le pardonneras jamais.

— Tu as sans doute raison.

— J'ai toujours raison, ma chérie. Allez, va demander à Todd de te réserver une place dans l'avion.

Alors qu'elle s'apprêtait à franchir le seuil de la pièce, toutefois, Megan hésita de nouveau, une expression songeuse sur le visage. Au bout d'un moment, elle revint s'asseoir à côté de Jake, près du bureau.

— Et si tu nous accompagnais ? suggéra-t-elle. Quand l'heure de l'action aura sonné, nous ne devrons pas perdre une seule minute et nous pourrions être plus rapides si tu étais là.

Jake considéra la proposition. Il en voyait bien les avantages. Et puis, quelques jours à New York en compagnie de Megan pourraient consolider leur relation. Il finit néanmoins par l'écarter : ils n'auraient pas vraiment le temps d'être ensemble et l'heure n'était pas aux sentiments, mais aux affaires.

— Non, répondit-il enfin. Je vous serai plus utile en restant ici pour ficeler le dossier. Todd n'aura qu'à me faxer tout ce dont j'aurai besoin. En plus, ajouta-t-il en attirant Megan contre lui, tu me distrairais. Or, nous aurons besoin l'un comme l'autre de toute notre concentration.

Il lui donna un long baiser.

— Si on refait ça à chaque minute, on ne se mettra jamais au travail, remarqua-t-il, à bout de souffle.

Megan esquissa une grimace comique.

— Je comprends.

— A propos, j'aimerais que tu joignes ton avocat à New York et que tu le mettes aussi sur le coup. Il connaît mieux que moi tous les tenants et les aboutissants de ce contrat. En outre, c'est lui qui devra plaider, puisque je n'appartiens pas au barreau de New York. A ton avis, comment va-t-il prendre mon ingérence dans cette affaire ?

— Ça ne le dérangera pas, lui assura Megan. Evan Porter est un juriste réputé, qui connaît très bien le milieu des médias, mais c'est aussi un gentleman. Quand il apprendra comment Dean s'est comporté avec moi, il sera ravi d'avoir un chicanier retors à ses côtés.

Jake ne sut trop comment il devait prendre cette dernière remarque.

— Merci, je crois.

— Tu sais bien ce que je veux dire.

— Ah bon ?

— Allons, ne fais pas cette tête ! s'exclama Megan en lui caressant la joue. J'ai confiance en toi, d'accord ? C'est le plus important.

Oui, songea Jake quand elle eut quitté la pièce, la confiance comptait beaucoup. Mais l'amour comptait encore plus.

Megan attendit 10 heures pour se présenter à son bureau new-yorkais. Avant d'effectuer sa rentrée surprise, elle voulait que Todd ait eu le temps de mener sa propre enquête.

— Mademoiselle O'Rourke...

— Bonjour, mademoiselle O'Rourke.

— Salut, ma jolie ! Longtemps qu'on s'est pas vus, lui lança le vendeur de journaux quand elle traversa le hall. Un petit coup d'œil sur la concurrence ?

— Non, pas aujourd'hui, lui répondit-elle. Je me suis déjà fournie à l'aéroport.

— Vous avez fait bon voyage ? Je parie que vous avez récolté des tas d'idées pendant votre séjour dans l'Ouest.

— Quelques-unes, admit-elle. A plus tard.

Il lui tendit une barre chocolatée.

— Tenez, cadeau de la maison. Comme je vous connais, vous ne prendrez pas le temps de déjeuner pour le premier jour de votre retour.

— Merci. Vous avez sans doute raison. J'ai beaucoup de choses à revoir.

Si seulement il savait combien ! pensa-t-elle en poursuivant son chemin.

Dans l'ascenseur, elle s'aperçut que cette journée commençait exactement comme des centaines d'autres auparavant. On la saluait aussi chaleureusement qu'avant, mais, pour quelque obscure raison, elle ne se sentait plus autant chez elle dans l'immeuble qui abritait ses bureaux. Elle ne ressentait pas non plus la même excitation.

Peut-être parce qu'elle appréhendait la scène qui surviendrait dès sa sortie de l'ascenseur. Elle pria le ciel d'avoir la force de se retenir de sauter à la jolie petite gorge de Micah. Jake et Evan Porter lui avaient maintes fois répété qu'elle avait pour l'instant tout intérêt à simuler l'ignorance.

Elle prit une profonde inspiration et rassembla son courage en prévision de sa prochaine prestation. Quand elle sortit de l'ascenseur, elle affichait un sourire éclatant. Tout en se dirigeant vers son bureau d'une démarche alerte, elle salua chaque personne qu'elle vint à croiser.

Se trompait-elle ou les bonjours étaient-ils un peu contraints, les expressions vaguement coupables ? Sans doute un peu les deux, estima-t-elle en croisant enfin le regard soucieux de Todd. Ce dernier lui sourit, mais c'était à l'évidence parce que Micah se trouvait alors juste à côté de son bureau, l'air aussi paisible et innocent que l'agneau qui vient de naître.

— Megan ! s'exclama-t-elle d'un ton joyeux. Personne ne savait que vous deviez revenir aujourd'hui.

— J'avais quelques détails à régler ici, répondit Megan. Tout se passe bien ?

— Impeccablement ! affirma la traîtresse avec enthousiasme. Bon, si vous avez besoin de moi, je serai dans mon bureau.

— J'aurai certainement à vous parler plus tard. Vous me communiquerez les dernières nouvelles.

Micah les quitta d'un pas décontracté. Dès qu'elle fut partie, Todd alla fermer la porte ouvrant sur le couloir ainsi que celle donnant sur le bureau de Megan.

— Tu paries qu'elle est au téléphone avec Dean Whicker en ce moment même ? lança-t-il.

— Très vraisemblablement, approuva Megan tandis qu'elle posait son sac et son manteau sur une chaise.

Quand elle avisa la poupée Howdy Doody sur son bureau, elle ne put s'empêcher de sourire malgré la gravité de la situation. C'était un rappel mélancolique de la part d'enfance qu'il y avait en elle, de cette enfant qu'elle avait redécouverte malgré elle dans le Wyoming. D'une certaine façon, cette expérience l'avait rendue plus forte qu'avant.

— Alors, qu'as-tu appris ? demanda-t-elle à Todd, tout en s'attendant au pire.

— Pas grand-chose, avoua-t-il avec une déception perceptible. Quelques personnes travaillant pour le magazine ont tenu à me voir ce matin pour m'informer de l'avancement de la conception du prochain numéro. Soit elles ignorent tout, soit elles sont en train de couvrir leurs arrières. Impossible à dire.

— Et les complices de Micah ?

Il hésita un instant.

— Pour être honnête, j'aurais tendance à soupçonner beaucoup de monde, ici. Ils ont tous une tête de coupable — sauf Micah, bien sûr. Quelle comédienne ! Elle aurait dû tourner dans un soap. Elle aurait fait une méchante idéale.

Megan soupira.

— Todd, il y a une question que je ne t'ai pas encore posée. Tu n'as pas besoin de me donner un nom, mais... quelqu'un d'ici t'a-t-il au moins prévenu de ce qui se tramait ?

— Non. J'ai eu le tuyau par un ami, rappela-t-il.

— Et tu es absolument certain que ce n'est pas un gros bobard ?

Todd la considéra avec perplexité.

— Tu as vu comme moi la copie de la feuille de présence du studio, non ? Sans parler de toutes les autres preuves qu'on a accumulées au ranch. Pourquoi ces doutes, maintenant ?

— Je crois que j'aurais préféré que nous nous soyons mépris tous les deux, avoua Megan. Je sais bien que le milieu des médias est sans pitié, mais je pensais que je travaillais avec des amis.

— Megan...

— Oui, je rêve. Oublie ce que je viens de dire.

— Bon, comment procède-t-on ? demanda Todd avec une impatience évidente. On confond tout de suite Micah ? J'ai hâte de voir sa figure quand tu lui apprendras qu'on a découvert le pot aux roses.

— Non. J'y ai réfléchi dans l'avion, et j'ai décidé de convoquer chacun à un entretien. Un entretien privé, précisa Megan. Ne préviens personne. Après tout, il serait parfaitement normal que je veuille être informée de ce qui s'est passé ici en mon absence. Je tiens à ce que tout le monde considère cela comme une formalité.

— Tu commences par le haut ou le bas de l'échelle ?

— Le bas. Garde-moi Micah pour la fin. Mais je veux que tout le monde soit passé par mon bureau avant le déjeuner — afin que personne n'ait le temps d'aller demander conseil à l'extérieur.

— Tu vas jouer cartes sur table avec eux ?

— Plus ou moins. Mettons que je ne me priverai pas de poser des questions sur l'utilisation du studio — savoir par exemple si la location a été annulée, si la comptabilité a reçu des factures en notre absence, et caetera... Quelqu'un finira peut-être par craquer.

— Souhaites-tu voir uniquement le personnel de la production ou également celui du magazine ?

— Les deux. Ces entretiens doivent paraître tout à fait normaux. Je ne tiens pas à donner l'impression de mener une enquête.

— Entendu. La première personne arrivera dans dix minutes.

Megan veilla à ce que les entretiens soient aussi brefs que chaleureux. Durant deux bonnes heures, elle prit de longues et fastidieuses notes sur des sujets qui ne concernaient pas le problème en suspens. Et quand enfin elle se trouva en face du chef comptable, elle s'enquit d'abord des finances du magazine.

— Tout marche bien ? Les différentes rentrées équilibrent les dépenses ?

— Mieux que jamais ! répondit Frank.

— Et du côté de la production ? Je sais que nous sommes pour l'instant dans le rouge à cause du nouveau studio, mais Peter est au courant et supervise l'affaire. Pas d'autres dépenses inhabituelles ?

Frank la dévisagea avec un certain embarras.

— J'ignore si vous appelleriez ça une dépense inhabituelle, mais il y a quelque chose qui me chiffonne.

Megan sentit son souffle s'accélérer.

— Ah bon ? Quoi donc ?

— Eh bien, j'ai été un peu surpris en recevant pendant votre absence des notes de frais relatives à l'utilisation du studio. N'était-il pas prévu que sa location soit annulée ?

— Un malentendu, sans doute.

— Probablement. C'est ce que Micah pense aussi. Elle a pris les factures et m'a dit qu'elle y jetterait un œil.

— Quand a-t-elle fait ça ?

— Ce matin.

« Bingo ! » songea Megan avec satisfaction. Elle était

prête à parier n'importe quoi que ces factures étaient sur le point d'être transmises à Dean Whicker, qui les honorerait très certainement dans l'heure. Cette dépense supplémentaire ne devait rien représenter pour lui en comparaison du profit qu'il attendait de la nouvelle émission — d'autant que celle-ci lui coûterait beaucoup moins cher qu'une production signée Megan.

— Merci, Frank, reprit-elle. Je suis sûre que ce malentendu est en train d'être réglé en ce moment même. D'autres problèmes ?

— Pas le moindre.

— Parfait. Prévenez-moi s'il y a du nouveau.

— On vous verra plus souvent dans le coin, désormais ?

Megan ne sut que répondre.

— C'est toujours en suspens, dit-elle finalement. Pourquoi me posez-vous cette question ?

Il haussa les épaules.

— Il me semble que tout se passe mieux quand vous êtes là. Cette entreprise est votre enfant, après tout.

Ces paroles laissèrent à Megan une curieuse sensation dans le creux du ventre. Certes, pensa-t-elle, *Megan's World* était son « bébé » — mais Tess était également sous sa responsabilité. Et elle était bien placée pour savoir combien sécurité et affection étaient vitales pour la fillette. Or, entre elle et l'entreprise, il n'y avait aucune commune mesure. Il lui faudrait pourtant bien choisir, ou du moins sacrifier un peu l'une à l'autre...

Elle était toujours perdue dans ses pensées quand Todd vint lui annoncer que Micah attendait d'être reçue à son tour.

— Envoie-la-moi, dit-elle. Qu'on en finisse.

Loin d'afficher le profil bas d'une traîtresse sur le point d'être confondue, Micah pénétra dans la pièce avec la démarche d'une femme confiante en son avenir.

— Et si vous me racontiez un peu ce qui se passe ici, lui suggéra Megan d'une voix détendue, comme si elle désirait seulement connaître les derniers potins de l'entreprise.

— On a été très occupés, répondit Micah. Tout le monde a mis les bouchées doubles en votre absence.

— Je suis heureuse d'avoir pu compter sur vous, affirma Megan en se retenant à grand-peine d'adopter un ton ironique. A part Todd, vous êtes la seule personne dont la capacité de réaction ne me laisse aucun doute.

Micah eut la grâce de rougir.

— Je fais de mon mieux, susurra-t-elle.

— A ce propos, quelles sont ces factures que Frank vous a transmises ce matin ?

— Oh ! il s'agit d'une simple méprise, affirma Micah, soudain tendue. Je ne sais même pas pourquoi il vous en a parlé. Je lui avais dit que je réglerais ça.

— Quelqu'un a oublié d'annuler la location du studio ?

Micah hocha la tête.

— Oui, très certainement.

— Cela ne vous ressemble pourtant pas de laisser passer une telle négligence, souligna Megan en la toisant d'un œil sévère.

— Je sais, mais j'étais à ce moment-là dans le Wyoming, vous vous rappelez ? Et je crois que tout le monde, ici, était trop occupé pour faire attention à ce genre de détail. Je suis désolée. Je vais voir si on ne peut pas obtenir un report de dates pour le studio.

Megan se mit à tapoter son bureau avec son stylo sur un rythme qui, normalement, l'aurait rendue folle. Elle espérait que cela aurait le même effet sur Micah.

— C'est curieux, quand même...

Micah redressa aussitôt la tête.

— Quoi donc ?

— Qu'en plus de ces factures pour la location d'un studio qui n'a même pas été utilisé, il y en ait aussi pour une une équipe de tournage. Or, je doute que celle-ci se soit rendue sur place pour se tourner les pouces.

— Encore un oubli, suggéra Micah. Mais ne vous inquiétez pas, je vais arranger ça.

Megan hocha la tête.

— O.K.. Prévenez-moi s'il y a d'autres problèmes.

— Entendu, promit Micah, visiblement soulagée de voir la discussion tirer à sa fin. Vous désiriez me parler d'autre chose ?

— Non. A moins qu'il n'y ait un sujet dont vous souhaitiez vous-même m'entretenir.

— Non, je n'en vois aucun, répondit Micah en se hâtant de gagner la porte. En tout cas, je suis contente que vous soyez de retour.

Megan la suivit du regard.

— Oh ! ça, je l'imagine, murmura-t-elle tandis que la porte se refermait.

27.

Megan éprouva de nouveau l'impression singulière de ne plus être tout à fait chez elle quand elle se retrouva le soir dans son appartement. Elle était pourtant environnée de tous les objets qu'elle avait choisis avec soin — belles œuvres d'art, porcelaines exquises, sculpture unique, meubles de prix. Rien de ses origines campagnardes ne transparaissait dans ce décor. Cela avait d'ailleurs été un critère extrêmement important quand elle avait aménagé son intérieur. Et aujourd'hui, plus rien de tout cela ne semblait lui importer. Comme si elle avait pris l'habitude de vivre au contact de la nature.

Elle se dirigea vers la grande baie vitrée qui dominait Central Park. D'ordinaire, tout en contemplant le spectaculaire point de vue, elle trouvait paix et contentement dans la certitude d'avoir mérité le droit d'admirer une telle splendeur jour après jour. Ce soir, cependant, elle aurait pratiquement tout donné pour la vision d'une étendue neigeuse et désertique et d'un ciel empli d'étoiles.

Avait-elle donc autant changé en l'espace de si peu de semaines ? Ses aspirations s'étaient-elles modifiées de façon aussi radicale ? Apparemment oui. Car, en vérité, elle regrettait Tess et Jake, et même Whispering Wind, ainsi que tous ceux qu'elle y avait retrouvés.

Inconsciemment, elle attendait Noël avec impatience — le parfum du sapin, les lumières scintillantes, les montagnes de cadeaux, les amis. Elle avait hâte de voir Tess écarquiller les yeux d'émerveillement en découvrant que tout ce qu'elle avait demandé au Père Noël l'attendait sous l'arbre décoré.

Peut-être était-ce idiot, mais elle espérait qu'exaucer les désirs les plus chers de la fillette compenserait tout ce que Sarah et Tex ne lui avaient jamais offert... Alors même qu'elle formulait cette pensée, toutefois, elle s'avisa que ce n'était pas cela qui comptait vraiment. Tess et elle avaient eu toutes deux droit à l'amour de Tex, et c'était plus important que tout le reste.

Il y avait aussi Jake, désormais, qui avait su si vite se ménager une place dans leur existence. En fait, comprit Megan, ce à quoi elle aspirait le plus, c'était de se retrouver seule avec lui dans une pénombre qu'éclaireraient seulement les lumières du sapin, avec des chants de Noël en fond sonore et les baisers de Jake, ces baisers dont elle était devenue totalement dépendante.

Un lourd soupir lui échappa lorsque la sonnerie du téléphone l'arracha à sa rêverie, mais, quand elle entendit la voix de Jake, elle sourit aussitôt.

— Ça va ? s'enquit-il au bout d'un moment. Tu me parais un peu déprimée.

— Je pensais à la maison, avoua-t-elle.

Jake garda le silence pendant ce qui parut une éternité à Megan.

— Cela veut-il dire ce que je pense ? demanda-t-il enfin.

— Que vous me manquez, toi, Tess et le ranch ? Oui, je le crains.

— Tu n'as pas l'air d'en être heureuse.

— Je suis...

Elle chercha le mot juste, mais ne put vraiment le trouver.

— ... désorientée, je crois. Je ne m'attendais pas à éprouver ce sentiment. Je pensais que je me jetterais dans la bataille, que je ferais ramper Dean Whicker à mes pieds et que j'étranglerais Micah.

— Et ?

Elle se mit à rire.

— Eh bien, j'ai toujours envie d'étrangler Micah, avoua-t-elle. Mais le reste m'importe peu. Bien d'autres chaînes accepteront de reprendre l'émission. Et si je pourrais poursuivre Dean par principe, je n'arrive pas à trouver la motivation.

— Alors, permets-moi d'être motivé pour deux ! s'exclama Jake. Qu'on touche à Megan O'Rourke et on me trouvera. A ce propos, j'ai parlé à Evan Porter, aujourd'hui. Il est aussi scandalisé que moi. Je lui ai transmis le dossier. On va plumer tous ces salopards.

— Tu sembles bien remonté.

— Il n'y a rien que j'aime tant qu'une bonne bagarre, un adversaire digne de ce nom et une juste cause.

— Ce ne sont que les affaires, souligna Megan.

Jake parut interloqué par cette remarque.

— Pardon ? fit-il enfin. Tu as bien dit que c'étaient *seulement* les affaires ? Ai-je bien entendu ?

— Oui. Je suis aussi ahurie que toi. Je dois être un peu déphasée. A part ça, pas de problème au ranch ? Tess va bien ?

— Tess dort tranquillement dans son lit. Elle a passé la journée à l'école sans être une seule fois envoyée chez le principal. Flo est venue dîner avec nous et elle m'a ensuite aidé à mettre au net les papiers que j'ai faxés à ton avocat, à New York. Elle comprend vite, quand elle veut — même si sa frappe laisse encore à désirer.

— Ne me dis pas que tu en es réellement satisfait ! s'exclama Megan, surprise par son ton approbateur.

— Eh bien, si, je te le dis.

— Cela signifie-t-il qu'elle pourra un jour redevenir une mère à temps complet pour Tess ?

En même temps qu'elle posait la question, Megan sentit un sentiment d'anxiété la traverser.

— Je crois qu'elle est déjà prête à refaire partie de la vie de Tess, mais il faudra encore attendre avant qu'elle aspire à assumer la responsabilité d'élever sa fille. Pour l'instant, la situation est très bien telle qu'elle est, surtout pour Tess. Elle commence à s'épanouir, Megan. Elle commence à savoir qu'on l'aime et qu'on ne la laissera plus tomber. Flo y est pour quelque chose, et toi aussi.

Megan se surprit à accueillir avec gratitude cette opinion.

— Et Peggy ? demanda-t-elle en se rendant compte combien elle se sentait hors du coup après seulement un jour loin du ranch. Comment ça se passe avec Johnny ?

— Elle lui fait tirer la langue. Elle l'a appelé il y a de cela une heure — c'est-à-dire bien après l'heure à laquelle il se couche, à ce que j'ai cru comprendre — et lui a signifié qu'elle avait une envie folle de glace aux copeaux de chocolat. Johnny a débarqué ici moins de trente minutes après. Ils sont allés ensuite en ville. A mon avis, elle voulait seulement vérifier qu'il était bien à la maison.

— Nul doute qu'il aura droit à d'autres tests, remarqua Megan. Et Barbara Sue, elle va bien ?

Jake hésita.

— Pour l'instant, oui, répondit-il enfin.

Megan comprit aussitôt pourquoi son ton s'était fait soucieux.

— Lyle est sorti de l'hôpital, c'est ça ?

— Oui. Il est chez sa mère et aussi mauvais qu'un serpent. Je ne suis pas certain que Bryce pourra le calmer. Il a chargé un de ses suppléants de garder un œil sur Barbara Sue, mais il n'a pas assez de personnel à sa disposition pour lui accorder longtemps la protection de la police.

— Il a signifié à Lyle l'ordonnance d'éloignement ?

— Oui. Sauf que nous savons l'un comme l'autre que ça ne servira pas à grand-chose s'il décide de l'ignorer et que le suppléant tourne le dos ne serait-ce qu'une fraction de seconde.

— Et Barbara Sue refuse toujours de prendre des vacances et de quitter la ville pendant un moment ?

— Plus que jamais ! Pour ne rien arranger, Henrietta est d'accord avec elle. Elle estime que Barbara Sue ne doit pas montrer sa peur à Lyle et que lui tenir tête lui remontera le moral.

Megan baissa les yeux sur la liste des futurs sujets de son magazine, qu'elle avait posée avec d'autres documents sur la table du téléphone en rentrant. Il était prévu des articles sur l'art de retaper les vieux meubles, sur les fleurs de soie, sur la restauration des vêtements des années 20, sur les motifs pour couverture piquée susceptibles de plaire aux enfants. Est-ce qu'on avait vraiment besoin de savoir ce genre de trucs ? songea-t-elle. Ce qui était important, c'était ce qui se passait à Whispering Wind. Là était la vraie vie.

Elle soupira lourdement.

— Qu'y a-t-il ? demanda Jake.

— Rien. Seulement deux ou trois choses auxquelles il faut que je réfléchisse. Je te rappellerai demain matin.

— O.K., dit-il d'un ton perplexe. Je t'aime, ma chérie.

— Oh ! Jake... Je t'aime aussi.

Pour la première fois, Megan comprit enfin que cela

seul était plus que suffisant pour la rendre vraiment heureuse. Tout le reste n'était que de l'accessoire.

Le lendemain matin, perché sur un des tabourets du snack, Jake sirotait son café en repensant à l'humeur singulière de Megan la veille au soir. Entre-temps, il ne cessait de garder un œil sur Barbara Sue, qui servait les clients et riait à leurs blagues.

— Elle a l'air heureuse, hein ? s'enquit Henrietta en lui remplissant sa tasse.

Il hocha la tête, et elle laissa échapper un profond soupir.

— Je me demande combien de temps cela va durer.

— Aussi longtemps que Lyle restera éloigné d'elle, je suppose.

Comme il levait les yeux, Jake vit Henrietta blêmir et se précipiter vers le téléphone.

— Qu'est-ce qu'il y a ?

— Bryce, viens tout de suite ! aboya Henrietta dans l'émetteur avant de désigner la rue d'un coup de menton.

Lyle se dirigeait vers le snack en boitant, les traits tirés mais empreints d'une sinistre détermination. Barbara Sue l'aperçut à cet instant, et son carnet de commande lui glissa des doigts. Elle tremblait de tout son corps.

— Je vais l'arrêter ! lança Jake à Henrietta en se dirigeant vers la porte. Emmène Barbara Sue dans la cuisine et fais-la sortir par-derrière.

Henrietta obéit aussitôt. Jake n'attendit pas de voir si Barbara Sue la suivait : il franchit le seuil du snack et bloqua le passage à Lyle sur le trottoir.

— C'est un endroit public, tu ne peux pas m'empêcher d'entrer, lui dit ce dernier en essayant de passer.

Mais il n'aurait pas eu la force de repousser un nourrisson, et encore moins un homme aussi résolu que Jake.

— C'est pourtant exactement ce que je vais faire, répliqua celui-ci. Retourne chez ta mère, Lyle. Tu sais très bien qu'il t'est interdit d'approcher Barbara Sue. Henrietta a déjà appelé Bryce.

Lyle le dévisagea de ses yeux injectés de sang. Apparemment, en déduisit Jake, il avait passé la nuit à mélanger alcool et analgésiques. Ou, plus vraisemblablement, à se contenter de l'alcool.

Avant que Jake ait pu deviner ses intentions, il plongea la main dans sa poche et en tira un revolver.

— Soit tu t'écartes de mon chemin, soit je te descends avec elle, déclara-t-il avec un calme effrayant. Je m'en fiche, maintenant. Je n'ai plus rien à perdre.

— Si, rétorqua Jake sans flancher. Ta liberté, sinon ta vie.

Il soutint le regard de Lyle, évitant de jeter le moindre coup d'œil à l'arme. Il lui fallait retenir le bonhomme jusqu'à l'arrivée de Bryce, se dit-il. Mais qu'est-ce qu'il fabriquait celui-là, bon sang ?

— Ma vie, elle est fichue de toute façon, reprit Lyle. Elle a ruiné ma réputation. Tu sais que maman m'a viré de la boutique, après ça ? Elle prétend que les clients ne viendraient plus à cause de moi. Barbara Sue me tire dessus et je perds mon boulot dans le magasin de ma propre famille. Où est la justice, là-dedans, hein ? Qu'est-ce que t'en dis, toi, le fameux avocat ? Tu vas me défendre, peut-être, m'aider à récupérer mon boulot.

— Oui, répondit Jake. Ou t'aider à en trouver un autre. Dans une autre ville, où tu pourras commencer une nouvelle vie.

— Allez, arrête ton cinéma ! rétorqua Lyle d'un ton amer. Je sais bien que tu es de son côté. T'es prêt à dire n'importe quoi pour m'éloigner d'elle.

Du coin de l'œil, Jake aperçut Bryce qui venait vers

eux, l'arme au poing. S'il pouvait seulement retenir encore un instant l'attention de Lyle, pensa-t-il, continuer à le faire parler, tout cela se terminerait peut-être sans effusion de sang.

— Hé ! comme tu viens de le dire, je suis avocat, Lyle ! C'est mon boulot d'aider les gens qui en ont besoin. Ce n'est pas parce que j'ai défendu Barbara Sue que je ne t'aiderai pas à retrouver un travail.

— Bien essayé, articula l'autre d'une voix pleine de regret. Mais ça ne prend pas.

Il abaissa son arme et, pendant un moment, Jake crut qu'il avait réussi à le ramener à la raison. Puis, avant qu'il ait pu deviner ses intentions, Lyle visa sa cuisse et tira. Alors qu'il s'écroulait par terre et que la douleur fusait dans sa jambe, Jake entendit Barbara Sue hurler d'horreur.

— Reste à l'intérieur ! s'écria-t-il.

Il y eut alors un second coup de feu, puis un autre encore.

Lyle parut tomber au ralenti et s'effondra à quelques centimètres de Jake, les mains serrées sur la blessure béante qui lui déchirait la poitrine.

Ensuite, Jake sombra dans le chaos. La dernière chose dont il eut conscience, ce fut Henrietta qui se penchait vers lui et lui ordonnait de tenir bon.

— Ne va pas t'aviser de mourir, lui dit-elle. Ou Megan ne nous le pardonnera jamais.

Megan raccrocha, mettant fin à une conversation des plus réjouissantes avec Dean. Il avait avalé son chapeau et était revenu si vite sur sa menace d'annuler l'émission qu'il était miraculeux qu'il ne se soit pas étouffé avec ses propres paroles.

— Alors ? s'enquit Todd. Qu'a-t-il dit ?

— Il semble avoir réfléchi.

— Bien. Et que lui as-tu répondu ?

— Que j'avais contacté d'autres chaînes ce matin et désirais réfléchir moi aussi.

Elle eut un sourire ravi.

— Il couinait comme un chiot, Todd. J'adore ça !

Au même moment, le téléphone sonna. Todd se pencha sur le bureau de Megan pour décrocher.

— Bureaux de Megan O'Rourke.

Il marqua une pause.

— Quoi ? Moins vite. Qui est à l'appareil ?

La seconde d'après, il tendait le téléphone à Megan.

— C'est Henrietta. Elle ne veut parler qu'à toi.

— Henrietta ? répéta Megan, l'estomac soudain noué. Qu'est-ce qu'il y a ? demanda-t-elle à la vieille dame.

Celle-ci prit une profonde inspiration avant de lâcher :

— C'est Jake, ma chérie.

— Jake ? Que lui est-il arrivé ?

— On lui a tiré dessus.

Megan sentit ses genoux se dérober. Prise de vertige, elle s'affala dans son fauteuil et, après avoir dégluti avec peine, elle réussit à articuler :

— Est-il... ?

Elle ne put en dire plus.

— Il est vivant. Il a été touché à la jambe. Il se trouve à l'hôpital, maintenant. On doit l'emmener au bloc dans cinq minutes.

Personne ne pouvait quand même mourir d'une blessure à la jambe ? se dit Megan avec espoir. Oh ! Seigneur, il était peut-être plus gravement atteint encore...

— Henrietta, il n'y a rien d'autre, n'est-ce pas ? Il ne va pas mourir ?

— Pas si j'ai mon mot à dire là-dedans, répliqua Henrietta d'un ton lugubre. Reviens dès que possible, c'est tout.

— Attends ! s'exclama Megan en comprenant qu'elle était sur le point de raccrocher. Que s'est-il passé ? Qui lui a tiré dessus ?

— Ce salopard de Lyle. Il...

Henrietta s'interrompit. Quand elle reprit la parole, sa voix était lourde de sanglots.

— Il a tiré sur Barbara Sue aussi.

— Est-elle... ?

— Elle est morte, oui, répondit Henrietta d'une voix sans timbre. Barbara Sue est morte.

Le combiné glissa des doigts de Megan. Todd, qui l'observait anxieusement, se baissa pour le ramasser. Megan l'entendit à peine parler à Henrietta, poser des questions, murmurer des réponses. Le monde autour d'elle commençait à basculer. Puis elle vit Todd agenouillé devant elle.

— Ça va ?

Elle se contenta de hocher la tête.

— Je vais affréter un avion. Va directement à l'aéroport, et je passerai chez toi prendre les affaires dont tu as besoin. Je te les apporterai plus tard.

Megan hocha une nouvelle fois la tête.

— Si ça continue, on ferait aussi bien d'acheter un avion, ajouta Todd sans la quitter des yeux, tout en composant le numéro de la société d'affrètement.

— Bonne idée, murmura-t-elle.

Quitte à se rendre sans cesse d'un bout à l'autre du pays, songea-t-elle, autant qu'elle dispose d'un avion et d'un pilote privés.

Todd prit une de ses mains glacées et la tint en même temps qu'il arrangeait le vol. Quand il eut raccroché, Megan sentit la chaleur qui revenait en elle.

— Tu es sûre que ça va ? lui demanda-t-il. Tu veux que je t'accompagne à l'aéroport ?

— Non, garde le fort en mon absence. Tu me rejoindras plus tard.

— Il va s'en tirer, lui assura Todd. Henrietta m'a dit...

— Henrietta n'est pas médecin ! l'interrompit Megan avant de le dévisager, désorientée. Barbara Sue est morte.

— Lyle aussi. Le shérif l'a abattu.

Soudain, des larmes coulèrent sur les joues de Megan.

— Et leurs enfants ? Que vont-ils devenir ?

Todd afficha une expression désemparée.

— Allez, vas-y, Megan, lui dit-il enfin. Tu verras ce que tu peux faire pour eux là-bas.

Elle était encore groggy quand elle sortit de ses bureaux. Elle prit un taxi en face de l'immeuble puis, une fois parvenue à l'aéroport, embarqua comme une somnambule dans l'avion affrété par Todd. Le trajet vers l'Ouest lui parut durer une éternité, bien que le crépuscule ne fût pas encore tombé dans le Wyoming quand elle y atterrit enfin. Un chauffeur l'attendait à l'aéroport.

— Je suis désolée, lui déclara-t-elle. Je n'ai pas besoin de chauffeur. Je vais juste louer une voiture.

Il sourit.

— Le patron m'avait prévenu que vous diriez ça et il m'a demandé de vous donner cette note.

Il la lui tendit.

« Megan, je sais que tu estimes ne pas avoir besoin de voiture avec chauffeur pour te conduire chez toi, mais je pense que tu te trompes. Ecoute-moi, juste pour une fois. Todd. »

Elle gratifia le chauffeur d'un regard lugubre.

— Allons-y.

— Par ici, m'dame.

Quelques minutes plus tard, ils s'arrêtaient devant l'hôpital de Laramie.

— Je vous attendrai ici.

— Vous n'êtes pas sur une zone de stationnement et je risque d'en avoir pour des heures, le prévint-elle.

— Je vous attendrai, répéta-t-il.

— Merci.

— J'espère que vous allez apprendre que votre ami se porte bien, ajouta le chauffeur.

— Moi aussi, murmura Megan en pénétrant dans le bâtiment.

Elle trouva Jake assis dans son lit, en train de hurler à l'infirmière d'éloigner de lui la seringue qu'elle comptait utiliser.

— Eh bien, voilà qui répond au moins à une de mes questions ! s'exclama gaiement Megan. Tu vas survivre.

— A condition qu'on arrête de me droguer, marmonna-t-il.

— C'est pour que vous ayez moins mal, expliqua l'infirmière.

— Ce qui me fait vraiment mal, c'est votre...

— Ça suffit, Jake ! intervint Megan en traversant la pièce pour le réduire au silence d'un long baiser. Sais-tu au moins à quel point je suis heureuse de te voir ?

Une toux discrète interrompit leurs effusions. Megan se retourna et s'aperçut alors seulement que Henrietta se trouvait dans la chambre, assise dans un coin.

— Bon, dit-elle en se levant, je crois que je peux y aller, maintenant que la cavalerie est arrivée. Je te conseille de lui mettre un peu de plomb dans la tête, ma jolie. Si ça ne tenait qu'à lui, il ficherait tout de suite le camp d'ici malgré l'avis des médecins.

Megan la raccompagna à la porte.

— Merci de m'avoir appelée.

— Et qui d'autre l'aurait fait ? Je regrette seulement qu'on en soit arrivé là. Jamais je n'aurais dû mêler Jake aux problèmes de Barbara Sue.

— Tu as agi selon ton cœur, assura Megan. Comment vont les enfants ?

— Janie les garde chez elle. Je dois aller les reprendre en sortant d'ici.

— Que va-t-il leur arriver ?

— Je ne sais pas. Barbara Sue ne s'entendait pas trop bien avec sa sœur, et c'est la seule parente qui leur reste. Quant à les confier à la mère de Lyle, c'est hors de question !

Megan lui pressa la main.

— On trouvera une solution, promit-elle. Donne-leur pour l'instant un gros baiser de ma part, d'accord ?

Après le départ de la vieille dame, Megan regagna la chambre et s'arrêta un instant devant le lit pour contempler le bandage qui couvrait la jambe de Jake de la cheville à la cuisse.

— Ça mériterait une photo, observa-t-elle.

— Tu n'avais pas besoin de revenir si vite, tu sais. J'étais entre de bonnes mains.

— Oh ! si, il fallait que je revienne vite ! répliqua-t-elle. Ne serait-ce que pour vérifier de mes propres yeux que tu n'étais pas aux portes de la mort. Sais-tu combien de fois j'ai paniqué durant le vol ? J'avais terriblement peur que Henrietta m'ait menti...

— Henrietta, mentir ? Tu rêves ! Cette femme en est incapable.

— Il n'empêche qu'elle craignait pour ta vie. Ça s'entendait dans sa voix. Et elle se reproche d'avoir provoqué la mort de Barbara Sue.

— Et pourquoi diable irait-elle penser ça ? demanda Jake. C'est Lyle, le responsable, de bout en bout.

Megan frémit à l'idée que le dénouement de cette tragédie aurait pu être pire encore. Lyle aurait pu également tuer Jake.

Elle s'assit maladroitement sur le lit, de l'autre côté de la jambe blessée de Jake. Lorsqu'elle lui prit les mains et les tint étroitement serrées entre les siennes, elle commença enfin à se détendre un peu.

— J'ai réfléchi, annonça-t-elle lentement.

— Dieu nous garde.

— Chut ! Je suis sérieuse. Crois-tu que Henrietta accepterait de s'occuper des enfants de Lyle et Barbara Sue ? Ils la connaissent bien, et il est clair qu'elle les adore.

— Je crois que c'est ce que Barbara Sue aurait souhaité, approuva Jake. Nous en avons justement parlé ensemble quand elle était en prison.

— C'est une lourde charge pour une femme de l'âge de Henrietta.

Jake eut une grimace amusée.

— Ne va pas lui répéter ça ! Elle a beau aller sur ses soixante-dix ans, elle croit encore qu'elle en a trente. Elle a toute l'énergie qu'il faut pour élever deux enfants.

— Mme Perkins se battra pour les avoir, souligna Megan. Elle prétendra que c'est tout ce qui lui reste de son cher petit garçon.

— J'aiderai Henrietta à lui tenir tête. Je pense que la justice de cette ville a maintenant compris combien cette femme était nuisible.

— Elle pourra les garder, alors ?

— Tu sais, ma chérie, je suis sincèrement ravi de constater à quel point tu as confiance dans mes talents d'avocat, mais j'espérais plus ou moins que ton intérêt pour moi était plus personnel que ça.

— Personnel ? répéta Megan avec une feinte candeur.

— Disons que je pensais être à tes yeux un possible papa pour Tess. Et un possible mari pour toi.

— Intéressante idée, reconnut Megan, surprise de s'apercevoir que la perspective du mariage ne l'effrayait plus autant que jadis. Es-tu sûr au moins d'être à la hauteur ? Tess et moi représentons une lourde charge.

— Peut-être pas tout de suite, concéda-t-il. Mais donne-moi quelques jours, et je t'attends à l'église.

Et il l'attendrait aussi à l'aéroport quand elle en aurait besoin, songea Megan. Il serait toujours là, présent à ses côtés. Elle commençait tout juste à se rendre compte à quel point c'était vital pour elle.

Elle se coucha près de lui, posant la joue contre son torse. Heureuse de sentir les battements de son cœur et la chaleur de ses bras autour d'elle, elle laissa échapper un soupir de satisfaction. L'avenir qui s'annonçait était bien différent de celui qu'elle avait en tête quelques semaines plus tôt, mais elle le trouvait tout aussi excitant. Elle pouvait tout avoir, si elle le voulait.

— Peut-être Tex savait-il ce qu'il faisait, après tout, murmura-t-elle.

Jake s'esclaffa.

— Oh ! ma chérie, il n'a jamais douté de ce qui arriverait. Ni moi non plus, d'ailleurs.

Boston possède plus d'un quartier mal famé où l'industrie du sexe puise sans peine de nouvelles recrues.
Devant l'indifférence de la police, la jeune femme ne peut compter que sur l'aide de Clancy Donovan, un homme dévoué à la cause des jeunes en perdition. Ensemble, ils vont affronter le redoutable proxénète qui a attiré Kitty dans ses filets.
Et qui ne reculera devant rien pour la garder…

Le bûcher des innocents, de Shirley Palmer • N° 242
Malibu, Californie. Un violent incendie fait rage autour de la ville, dévastant tout sur son passage. C'est là, dans cet enfer brûlant, que l'architecte Matt Lowell découvre un nouveau-né abandonné – trop tard cependant pour le sauver… Mais l'horreur ne s'arrête pas là : bientôt en effet, il apprend qu'un autre cadavre a été trouvé à proximité. La victime, une jeune adolescente, s'avère être la mère du bébé et porte sur elle la trace de sévices atroces. Qui est-elle ? Que lui est-il arrivé ? Bouleversé par le sort de ces deux innocents, Matt décide de mener lui-même l'enquête – sans imaginer que celle-ci va le plonger au cœur d'un abominable trafic…

A l'ombre des magnolias, de Fiona Hood-Stewart • N° 243
Fille de sénateur, épouse d'un politicien promis à un brillant avenir, Elm MacBride a toujours fait passer les intérêts de sa famille avant les siens. Jusqu'au jour où elle découvre que son mari la trompe… Révoltée, elle trouve refuge chez une amie et entreprend de vivre enfin selon ses désirs. Des désirs qui ne tardent pas à s'incarner en Johnny Graney, un riche éleveur de chevaux… Mais on ne rompt pas si facilement avec le passé, et lorsque son mari la supplie de prendre en considération les conséquences d'un divorce sur sa carrière, Elm accepte de jouer quelques semaines encore les épouses exemplaires. Au risque de tout perdre…

Menace à Manhattan, de Howard Simon • N°121 (*réédition)*
Chirurgien et chercheur hors pair, Zach Green a contribué à faire du CHU de Manhattan l'un des plus réputés de la Côte Est. Aidé de son collègue, Glen Brinkman, ainsi que d'une nouvelle recrue, la séduisante Casey Brenner, il vient justement de se lancer dans l'étude d'une technique opératoire novatrice, susceptible de sauver des vies dans des cas jugés jusqu'alors désespérés. Mais ce projet sonne comme une provocation pour un groupe de dangereux individus lancés dans une guerre sans merci contre les laboratoires de recherche du pays. Déjà, plusieurs savants ont été assassinés. Et Zach pourrait bien être le prochain sur la liste…

La collection BEST-SELLERS est en vente au rayon poche Harlequin.

COMMANDE... COMMANDE... COMMANDE...

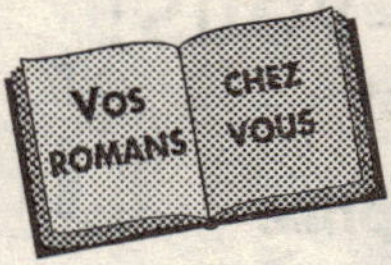

Ces volumes sont disponibles auprès du Service Lectrices dans la limite des stocks. Si vous souhaitez commander certains titres, cochez les livres choisis et indiquez vos coordonnées dans le bon de commande ci-joint.

Chaque volume est vendu au prix de 6,08 €, auquel s'ajoutent 2,30 € par colis pour la participation aux frais de port et d'emballage.

N'envoyez pas d'argent aujourd'hui, une facture accompagnera votre colis.

Renvoyez ce bon à : Service Lectrices HARLEQUIN
CÉDAP / BP 77 - 94232 CACHAN CEDEX.

Mme ☐ Mlle ☐ Si abonnée, n° : ☐ ☐☐☐☐☐☐☐

NOM ____________________

Prénom ____________________

Adresse ____________________

Code Postal ☐☐☐☐☐ Ville ____________________

____________________ Tél. : ☐☐ ☐☐ ☐☐ ☐☐ ☐☐

Adresse e-mail ____________________

Date d'anniversaire ☐☐ ☐☐ ☐☐☐☐

Signature indispensable

Le **Service Lectrices** est à votre écoute au **01.45.82.47.47**
du lundi au jeudi de 9h à 17h et le vendredi de 9h à 15h.

Conformément à la loi Informatique et Libertés du 6 janvier 1978, vous disposez d'un droit d'accès et de rectification aux données personnelles vous concernant. Vos réponses sont indispensables pour mieux vous servir. Par notre intermédiaire, vous pouvez être amené à recevoir des propositions d'autres entreprises. Si vous ne le souhaitez pas, il vous suffit de nous écrire en nous indiquant vos nom, prénom, adresse et si possible votre référence client. Vous recevrez votre commande environ 20 jours après réception de ce bon.

Offre réservée à la France métropolitaine et soumise à acceptation.

Composé et édité par les
éditions Harlequin
Achevé d'imprimer en août 2005

BUSSIÈRE
GROUPE CPI

à Saint-Amand-Montrond (Cher)
Dépôt légal : septembre 2005
N° d'imprimeur : 51901 — N° d'éditeur : 11616

Imprimé en France